btb

Aus Freude am Lesen

btb

Buch

Lisi Badichi, die Lokalreporterin mit den großen Füßen und dem notorischen Pech in der Liebe, hat alle Hände voll zu tun. In Be'er Scheva soll ein neuer Bürgermeister gewählt werden, und die Kandidaten buhlen um die Gunst der Presse. Unbeeindruckt stellt Lisi eigene Nachforschungen an. Auch über Ehud Lion, den aussichtsreichsten Kandidaten für das Amt. Als sie erfährt, dass Lion während seiner Militärzeit beim Grenzschutz im Sinai war, erinnert sie sich an ihren alten Professor Moschik Bamberg, der ebenfalls dieser Truppe angehörte. Doch Bamberg weicht Lisis Fragen aus – eine sichere Methode, um Lisis Jagdinstinkt zu wecken. Schließlich rückt Bamberg mit der Information heraus, dass Lion damals wegen Drogenhandels mit Beduinen aus der Truppe entfernt wurde. Als Lisi dieses brisante Material veröffentlicht, bricht die Hölle los. Nicht nur, dass sie von ihrem Vorgesetzten Arieli umgehend vom Dienst suspendiert wird, auch ihre bei der Polizei beschäftigten Schwäger Benzi und Ilan werden unangenehmen dienstlichen Untersuchungen unterzogen: Lion ist reich und setzt seinen Einfluss in der Stadt ein, um Lisi zu stoppen. Sie jedoch wühlt tief in der Vergangenheit und stellt Fragen über jene Zeit, als in Be'er Scheva nur einige wenige verwegene Siedler es wagten, unter den Beduinen zu leben. Damals wurde der Grundstein für die Vermögen einiger Familien gelegt, und diese Familien möchten nicht, dass Lisi nachforscht. Um die Journalistin zu stoppen, schrecken sie vor nichts zurück. Auch nicht vor Mord.

Autorin

Shulamit Lapid, geboren in Tel Aviv, zählt zu den bekanntesten Schriftstellerinnen Israels. Neben ihren auch in Deutschland sehr beliebten Kriminalromanen schreibt sie historische und sozialkritische Romane sowie Kurzgeschichten, Theaterstücke und Kinderbücher.

Shulamit Lapid bei btb

Lokalausgabe. Roman (72036), Der Hühnerdieb. Roman (72412), Goldstück. Roman (72699), Der tote Bräutigam. Roman (72843), Er begab sich in die Hand des Herrn. Roman (72205), Die Strandbar. Roman (72574)

Shulamit Lapid

Die Geliebte auf dem Berg

Roman

Aus dem Hebräischen von
Mirjam Pressler

btb

Die Originalausgabe erschien 2000 bei
Keter Publishing House, Jerusalem

btb Taschenbücher erscheinen im Goldmann Verlag,
einem Unternehmen der Verlagsgruppe Random House GmbH

1. Auflage
Deutsche Erstausgabe Juli 2002

Umschlaggestaltung: Design Team München
Umschlagfoto: Look
Satz: Uhl + Massopust, Aalen
CV · Herstellung: Augustin Wiesbeck
Made in Germany
ISBN 3-442-72972-6
www.btb-verlag.de

Mich wollten sie töten
und meine Nebenfrau haben sie geschändet,
sodass sie gestorben ist.

RICHTER 20,5

New York, 1969

1

Simon stand vor der Tür im neunten Stock und hörte ihr Lachen, das rollende Lachen eines hysterischen jungen Mädchens, begleitet von kleinen, erschrockenen Schreien, und die Stimme Tonys, von einer genussvollen Heiserkeit, wie die Stimmen von Stierkämpfern nach dem Kampf, von Sängern, die ein ganzes Stadion in Bann schlagen. Tony war immer high nach großen Auftritten und zog wie eine Siegestrophäe ein Mädchen hinter sich her, eines, das sich an ihn hängte, dann lächelte er sein müdes Siegerlächeln, kann ich vielleicht was dafür, sie hängen an mir wie die Kletten, diese kleinen Mädchen mit den feuchten Höschen, hast du keine Mama, Süße? Hast du keinen Papa? Na gut, komm, Süße, komm schon, wenn es das ist, was du willst, machen wir eine kleine private Fete, nur du und ich. Und dann kam die Süße, und wenn sie sein Zimmer im Hotel betraten, nahm er noch eine letzte Ration, um sich auf den kleinen Preis vorzubereiten, den er als Bonus gewonnen hatte, und dann schlief er ein wie eine tote Kuh, noch bevor die Fete angefangen hatte, und wenn er gegen Mittag aufwachte, befriedigte er die Süße mit seinen akrobatischen Veranstaltungen und schenkte ihr eine signierte Fankarte, oder – auch das passierte manchmal – er gab ihr Geld, damit sie den Mund hielt.

Jedes Mal, wenn die *Barefoot Monkeys* in New York auftraten, wohnten sie im *Lotus*, einem Hotel ohne Vergangenheit und ohne Zukunft. Das Hotel wurde zum Maskottchen der Gruppe. In diesem Hotel war man bereit, sie aufzunehmen, als es noch nicht üblich war, barfüßige Hippies mit langen Haaren zu akzeptieren, die in den Zimmern leere Flaschen und den Gestank von Zigaretten und Marihuana zurückließen und die Garage mit ihren Minibussen und Kleinlastern verstopften. Sie nahmen immer mindestens ein Dutzend Zimmer für die Band und die Leute vom Sound und der Beleuchtung, für die Fahrer, die Organisatoren und die Bodyguards, und was noch wichtiger war, sie bezahlten im Voraus und cash. Tony, der Gitarrist, Sänger und musikalische Leiter der Gruppe, bekam immer die Suite im neunten Stock, Zimmer 909, mit Ausblick auf den kleinen Park und die Wolkenkratzer dahinter. Inzwischen konnten sie sich jedes Hotel leisten, das sie wollten, aber sie blieben dem *Lotus* treu, und das Hotel sorgte dafür, dass jedes Mitglied der Band sein festes Zimmer bekam.

Dieses Mädchen trug das rote Röckchen der Anhängerinnen eines Baseballclubs, so kurz, dass es nur knapp ihren Po bedeckte, eine schwarze Motorradlederjacke, die den schwarzen BH darunter freigab, Schuhe, die wie Ballettschuhe aussahen, aber braun und schmutzig waren, und schwarze Spitzenhandschuhe à la Rita Hayworth. Sie schrie hysterisch, als sie vor der Bühne stand, und sie schrie hysterisch, als er nach der Aufführung hinten am Künstlerausgang auftauchte, und Tony spielte sein gewohntes Spielchen des Halbgotts, der sich einer erhitzten Halbwüchsigen ergibt, und ließ zu, dass sie ihm ins *Lotus* folgte.

Simon saß am Eingang zum Treppenhaus auf den Stufen und lauschte. Der Aufzug knarrte, wenn er hinauf- oder hinunterfuhr, aus den verschlossenen Zimmern waren die dumpfen Stimmen von Fernsehern zu hören oder das Klingeln von Telefonen. Türen wurden geöffnet und fielen mit diesem weichen Klang ins Schloss, den man von Hotels kennt. Es dauerte fast eine Stunde, bis sie am Eingang zum Treppenhaus auftauchte.

Sie gab ihm den Schlüssel und er hielt ihr die Jeans hin und wartete, bis sie das kurze Röckchen ausgezogen und die blonde Perücke vom Kopf genommen hatte, dann stand er vor dem Aufzug und zählte die Stockwerke, bis sie in der Tiefgarage angekommen war. Dort, das wusste er, wartete ein Taxi mit laufendem Motor auf sie, in dem eine Dame mit schwarzem Jackett und schwarzem Strohhut saß, die ihrer beider Mutter war. Er blickte auf die Zeiger seiner Uhr und berechnete die Zeit, die sie brauchen würden, um sich vom Hotel zu entfernen. Um Viertel nach zwei machte er die Tür auf, drückte mit aller Kraft das Kissen auf Tonys Gesicht und wartete, bis Tony aufhörte, wie wild mit seinen weißen Armen und Beinen um sich zu schlagen, bis er aufhörte zu kämpfen und zu zappeln. Sein erster Plan war gewesen, Tony aufzuwecken und dann aus dem Fenster des neunten Stocks zu werfen, aber darauf hatte er verzichten müssen. Daddy hatte die Regeln festgelegt.

In Tonys Geldbeutel fand er den Schlüssel für den Safe, der im Kleiderschrank eingebaut war. Er öffnete ihn und nahm die alte indianische Ledertasche heraus, in der sich, wie ihm und allen anderen Bandmitgliedern bekannt war, der Schlüssel zum Hotelsafe im Parterre befand. Er legte den Schlüssel zum Schranksafe in Tonys Geldbeutel zurück, ging zum Bett und streute sorgsam den Rest des weißen Pulvers, das noch in der Tüte auf dem Tisch war, in den offenen Mund und die Nasenlöcher, und was übrig blieb, kippte er in die tote Hand. Etwas von dem Pulver war auf den Teppich gefallen und er stellte sich vor, dass denjenigen, der die Leiche finden würde, diese Verschwendung sicher bekümmern würde. Er steckte den Zimmerschlüssel von innen ins Schloss, nahm die Tasche, verließ das Zimmer und fuhr mit dem Aufzug hinunter zur Tiefgarage.

Für eine Sekunde flackerte Licht auf. Simon ging zum Auto seines Vaters und reichte ihm den Schlüssel zum Hotelsafe. Sein Vater stieg aus, ein kleiner, magerer Mann in braunem Anzug mit einem Hut auf dem Kopf. Er hinkte mit seinem Stock zu den Stufen hinüber, die in die Eingangshalle führten.

Simon ließ die indianische Tasche auf den Boden unter dem Beifahrersitz fallen und steuerte das Auto aus der Tiefgarage. Er fuhr durch die kleine Gasse hinter dem Hotel, erreichte über eine Ampel, die außer Betrieb war, die Vorderseite des Gebäudes und hielt vor der Eingangstür. Die Hotelangestellten waren daran gewöhnt, dass alle möglichen seltsamen Typen zu jeder Tages- und Nachtzeit mit Tonys Schlüssel ankamen und Sachen in den Safe legten oder herausnahmen, sie stellten keine Fragen. Vom Auto aus beobachtete er, wie Albert, der alte Nachtportier, aufstand, mit seinem Vater zu dem Raum mit dem Safe ging und dann zu seinem Stuhl hinter der Theke zurückkehrte. Eine Minute später kam sein Vater aus der Hoteltür und hinkte auf das Auto zu, in der Hand die James-Bond-Tasche. Er öffnete die hintere Autotür, setzte sich hinein und sagte: »Fahr.« Als sie die Ampel erreichten, machte Simon die Scheinwerfer an. Er wunderte sich, warum sich sein Vater hinten ins Auto gesetzt hatte. Vielleicht wegen des schwarzen Portiers. Eine charakteristische Pose, falls ihm irgendwelche Fragen gestellt würden.

Bis jetzt hatte alles geklappt wie am Schnürchen.

Sie sprachen kaum, als sie in die Wohnung kamen. Seine Mutter brachte einen großen Müllsack, sie zogen sich aus und packten alle Kleidungsstücke, die sie getragen hatten, hinein, dazu Susis Rock und ihre Perücke. Sein Vater machte Tonys indianische Tasche auf. Drei Päckchen Pulver waren darin, vermutlich Heroin, eine Tüte mit blau-rosa Pillen, ein brauner Umschlag, der gebrauchte, mit Gummis zusammengebündelte Hunderterscheine enthielt, zwei Revolver und etwas, das aussah wie eine zerlegte Maschinenpistole. Sein Vater nahm die Revolver aus der Tasche und legte sie auf den Teppich, seine Hände steckten noch immer in Handschuhen. »*Luger*«, sagte er anerkennend. »*Browning* 9 mm.« Dann versuchte er das Metallrohr mit dem zu verbinden, was aussah wie eine Maschinenpistole. »Ein Schalldämpfer.« Er räumte alles in die indianische Tasche zurück und ging ins Schlafzimmer.

Die beiden Frauen saßen in Sesseln, seine Mutter im schwarzen Unterrock, seine Schwester mit schwarzem Büstenhalter und winzigem Slip, ihre Gesichter leuchteten blass in dem dämmrigen Raum. Susi sah wie ein kleines, vergewaltigtes Mädchen aus. Er war zornig auf seine Mutter, die zugelassen hatte, dass ihr Vater sie in »diese Sache« hineinzog. Hätte sie protestiert oder sich gewehrt, hätte Vater nachgegeben. Sie wusste, wie sie ihren Willen durchsetzen konnte, wenn sie es wollte. Sie hätte sich nur vor ihm aufbauen müssen, mit ihrer Vitalität und ihrem Lebenshunger, dem Grundmotiv ihres Lebens, bis er wieder zu dem Waschlappen geworden wäre, der er normalerweise war. Sie verstanden sich gut, seine Eltern. Seine Schoah und ihre Schoah verbanden sich auf mysteriöse Weise zu einem geheimen Bund der Opfer und Überlebenden, zwei Schafe in der Herde, denen der Viehzüchter sein Brandmal eingeätzt hatte, zwei Gezeichnete.

Sein Vater kam ins Zimmer zurück, er trug nun eine graue Hose und ein kariertes Jackett. Er packte immer noch mit Handschuhen den Müllsack, die James-Bond-Tasche und die indianische Tasche.

»Geht schlafen«, sagte er, ohne sie anzuschauen. »Du musst noch den Teppich saugen, Sarah, aber nicht gleich.« Er sagte ihnen nicht, wohin er ging, und sie stellten ihm keine Fragen.

Am Morgen saßen sie im Wohnzimmer, wie sie es in den letzten vier Tagen getan hatten, und erwarteten wieder die Menschen, die zur Schiva kamen, um ihnen ihr Beileid zum Tod des Sohnes und Bruders Mike Berger auszudrücken. Alte Leute aus der Synagoge der Eltern, *Bollwerk Zions*, da und dort jemand aus Sosnowec, der am Leben geblieben war, die »Vondorts« des Vaters, Ladenbesitzer aus der Straße, in der der Vater seit seiner Ankunft in New York vor nunmehr einem Vierteljahrhundert ein Geschäft für Schmuck und Uhren betrieben hatte, Freunde von Susi aus der jüdischen Highschool *Sinai*, die sie und ihre älteren Brüder besucht hatten, Freunde und Freundinnen von Mikey und Simon, die zum Teil schon Familien gegründet hatten und mit ihren Frauen oder Männern kamen. Sie blätterten in den Fotoalben, die auf dem Tisch lagen, und kramten Erinnerungen von Ferienlagern, der Abschlussfeier und endlosen Jam Sessions hervor, die in diesem oder jenem Keller abgehalten worden waren und bei denen Mikey Geige oder Elektrobass gespielt hatte, Jazz und Rock, Country und Folk, und seinen musikalischen Vorlieben, Bach, der zu Jazz und Schubert, der zu Rock geworden war, und sie sprachen über Mikeys Verrücktheiten und Begabungen, die jetzt zu seinem Gedenkstein wurden.

Seine Eltern saßen still da und schwiegen.

Als er sie vom Music Festival in Atlantic City angerufen hatte, wusste Simon, dass dies die schwerste Aufgabe seines Lebens war. Wie sagt man Eltern, dass ihr zwanzigjähriger Sohn an einer Überdosis gestorben ist? Sein Vater kam in das Krankenhaus von New Jersey und kümmerte sich sachlich und versteinert um die Überführung der Leiche und um alles, was mit der Beerdigung zu tun hatte. Er blieb sachlich und versteinert, auch als ihre Mutter auf dem Friedhof ohnmächtig wurde, nachdem sie schreckliche Schreie ausgestoßen hatte, und ebenso, als sie von der Beerdigung nach Hause zurückkehrten. Er war auch sachlich und versteinert, als er abends in Simons Zimmer kam, nachdem die Mutter und die Schwester endlich eingeschlafen waren, und anfing, Fragen zu stellen.

»Ohne Ausflüchte, Simon«, sagte er, »nur Tatsachen. Wer hatte Mikey Drogen verkauft, seit wann war er ein Junkie, hat er auch selbst gedealt?«

Auch er wäre gerne sachlich und versteinert gewesen, aber die Tränen liefen ihm ständig übers Gesicht, er zitterte und schluchzte beim Antworten, während er versuchte, tief durchzuatmen, um sich zu beruhigen, und doch wieder fast an seinen Tränen erstickte.

Tony Kingsley, der Sänger, Gitarrist und musikalische Boss

der Gruppe, hatte Mikey mit Drogen versorgt. Mikey war schon seit mindestens einem Jahr von Heroin und Tabletten abhängig, in den letzten Monaten nahm er peruanischen Koks. Er kaufte das Zeug von dem Geld, das er für Kurierdienste bekam. Die Deals machten sie auf ihren Reisen nach Mexiko und Miami, dort saßen die großen Bosse. Die meisten Reisen der *Monkeys* dienten dazu, Ware zu transportieren und Geld zu kassieren. Tony war nicht der Boss. Dafür hatte er nicht genug Verstand. Simon hatte keine Ahnung, von wem er seine Anweisungen bekam und wer seine Verbindungsleute waren. Vermutlich waren es andere Bands, die von einem Festival und einem Campus zum anderen reisten und ebenfalls mit Drogen handelten und für denjenigen arbeiteten, für den auch Tony arbeitete.

Er wartete darauf, dass sein Vater fragen würde: »Warum hast du mir das nicht gesagt?«, aber diese Frage kam nicht.

»Komm«, sagte der Vater, als es schon fast dunkel war. Sie gingen zusammen in Mikeys Zimmer und sein Vater fing an zu suchen, er hinkte vom Schrank zur Kommode und vom Bett zur Stereoanlage, er zerlegte sogar fast das Klavier. Aber was er suchte, fand er nicht. Er setzte sich auf Mikeys Bett und musterte das Zimmer Zentimeter für Zentimeter.

»Was suchst du?«, fragte Simon.

»Das, was die Polizei suchen wird, wenn sie kommt. Sie haben gesagt, dass sie Nachforschungen anstellen müssen. Die üblichen Untersuchungen, haben sie gesagt. Wenn sie es nicht finden, werden die Verbrecher herkommen.«

»Was für Verbrecher?«

»Du hast doch gesagt, dass Mikey ein Kurier war.« Er fuhr fort, jeden Fleck des Zimmers mit den Augen abzusuchen.

Simon fiel plötzlich ein, wie Mikey eine Medusa an seine Zimmertür genagelt und wie er sie geküsst hatte, wenn er das Zimmer betrat, und sein Grinsen, wenn er das tat. Er holte einen kleinen Schraubenzieher und schraubte die Medusa ab. Im Hohlraum fand er einen Safeschlüssel und die Nummer des Safes einer Bank in Queens.

Simon gab seinem Vater den Schlüssel und den Zettel und befestigte die Medusa wieder an ihrem Platz.

»Wir müssen einen Erbschein beantragen«, sagte der Vater.

»Wozu?«

»Um Mikeys Safe zu öffnen.«

Simon betrachtete seine Hände. Ich bin nicht weit genug geflohen, dachte er. Bei den *Monkeys* mitzuspielen hatte die Möglichkeit bedeutet, so weit weg von seinen Eltern zu fliehen, wie es nur ging, aber letztlich hatte es nicht gereicht.

»Wann treten die *Monkeys* wieder in New York auf?«

»Übermorgen, glaube ich«, antwortete Simon.

»Wo?«

»Auf dem Campus von irgendeinem College.«

»Wie kommen sie ohne Mike und ohne dich zurecht?«

»Keine Ahnung.«

»Wohnt ihr noch immer im *Lotus*?«

»Ja.«

»Gute Nacht, Simon«, sagte sein Vater und hinkte hinaus.

Am Tag vor Mikeys Beerdigung saß sein Vater mit den Trauergästen im Wohnzimmer, schweigend, hörte nichts und antwortete nicht, war in seine eigene Welt versunken, was auch niemanden überraschte. Er sprach das Abendgebet mit den Männern aus seiner Synagoge, die extra dafür gekommen waren, und als der letzte Besucher gegangen war, rief er die Familie in der Küche zusammen und erklärte ihnen mit dieser sachlichen und versteinerten Stimme, wie sie es zu viert, als Familie, und mit einem genauen Plan schaffen würden, Tony umzubringen.

»Susi ist erst siebzehn, Joel«, protestierte die Mutter.

»Ich weiß, Sarah.«

»Warum müssen wir denn seinen Safe durchsuchen?«, fragte Susi.

»Diesen Kerlen tut das Verschwinden von Drogen und Geld mehr weh als der Tod von Tony Kingsley.«

»Joel Berger erklärt den Drogenhändlern von New York den Krieg?«, fragte seine Mutter. »Du bist verrückt geworden, Joel.«

»Geht schlafen.«

In der Morgenzeitung stand nichts über Tony, und Radio und Fernsehen machten sie nicht an, wegen der Schiva. Wenn das Telefon klingelte, nahm immer einer der Besucher ab und reichte den Hörer dann an den Vater oder die Mutter weiter, die daraufhin ihr »Ja, danke, danke« murmelten. Manchmal hatte Simon das Gefühl, als höre er das Heulen einer Polizeisirene oder eines Krankenwagens, und er lauschte, bis das Geräusch verklang und das Stimmengewirr der Besucher wieder das Zimmer beherrschte. Am Nachmittag, als die anderen Trauergäste gegangen waren, um der Familie Zeit zum Essen und zum Ausruhen zu geben, kam der Anruf, auf den er die ganze Zeit gewartet hatte. Shorty, der Schlagzeuger der Band, sagte: »Simon? Simon?«

»Ja, Shorty, ich bin's, Simon.«

»O Gott, Simon! Simon!«

»Ja, Shorty, ich bin's, Simon.«

»Nein! Nein! Simon! Ich weiß nicht, wie ich es dir sagen soll…«

»Was? Was ist passiert?«, fragte Simon.

»Es ist Tony«, sagte Shorty mit erstickter Stimme.

»Was ist los, Shorty, nun sag schon!«

»Er ist tot, Simon. Tony ist tot.«

»Was?«

»Gott hat uns verflucht, Simon. Wir sind am Ende, Simon, tot und begraben!«

»Eine Überdosis?«

»So sagt man.«

»Was soll das heißen, so sagt man, wer sagt es? Mach mich nicht verrückt, Shorty.«

»Die *Monkeys* sind tot, Simon. Erst Mikey und jetzt Tony.

Jerry hat an die Tür geklopft, und als Tony nicht geantwortet hat, ist er ins Zimmer gegangen und hat ihn gefunden. Er war schon ganz kalt, als er gefunden wurde. Er ist tot, Mensch! Alle sind hier, die Polizei und ein Krankenwagen, Reporter, Mikrofone und Fotografen. Zwei Tote, innerhalb von einer Woche, aus einer Gruppe? Das ist ein Fest für die alle! Wir haben unseren Auftritt abgesagt. Berkof kümmert sich darum. Ich werde versuchen, später zu dir zu kommen. Ich wollte nur, dass du es von mir erfährst. Dass du es nicht irgendwie von irgendwem hörst.« Und als Simon nicht antwortete, fragte er: »Bist du noch da, Simon?«

»Ja, ich bin da.«

»Jemand hat uns echt verflucht, Simon.«

»Erzähl mir davon.«

»Oh, tut mir Leid. Wir sind alle geschockt. Die Polizei veranstaltet ein Festival mit all diesen beschissenen Reportern. Du hast Glück, dass du nicht hier bist.«

»Ja, Shorty.« Simon verdrehte die Augen zur Decke. Das Schlagzeug hatte Shortys Gehirn zermatscht. Wie blöd konnte ein Mensch bloß sein?

»Ich komme später zu dir, in Ordnung?«

»Klar, Shorty, natürlich ist das in Ordnung.«

Seine Eltern und seine Schwester saßen am Küchentisch und schauten ihn an.

2

Die Schiva war am Sonntag zu Ende und am Abend kam ein Anruf von der Mordkommission. Sie fragten Herrn Joel Berger, ob sie am nächsten Morgen vorbeikommen könnten, um ein paar Fragen zu stellen, es werde nicht lange dauern, nur Routine. Es wäre gut, wenn auch seine Frau und seine Kinder zu Hause seien, wenn sie kämen. Herr Berger antwortete, das sei in Ordnung, nur gegen Abend würden er und sein Sohn in die Synagoge gehen. Der Polizist, der anrief, Peter Polonski, sagte, sie würden im Lauf des Vormittags kommen.

Es waren fünf Leute, alle in Zivil. Sie zeigten einen Durchsuchungsbefehl und ihre Ausweise vor und verkündeten der von der Invasion überraschten Familie, dass es sich um eine Voruntersuchung handle, es könne sein, vielleicht, dass sie noch als Zeugen geladen würden, aber im Moment sehe es nicht so aus, und sie fragten, ob sie ihren Rechtsanwalt rufen wollten. Herr Berger schüttelte den Kopf und sagte schließlich Nein, wozu einen Rechtsanwalt? Drei Beamte vom Erkennungsdienst verließen das Wohnzimmer, die beiden anderen, vermutlich Detektive, setzten sich in die Sessel, in denen während der ganzen vergangenen Woche Trauergäste gesessen hatten. Der Weiße, ein Mann von ungefähr vierzig Jahren, mit einem kurzärmeligen Karohemd und einer gelben Krawatte, die mit Marienkäferchen geschmückt und nachlässig über dem offenen Kragenknopf gebunden war, stellte die Fragen. Der Schwarze nannte ihn Polly und er war wohl der Mann, der gestern Abend angerufen und sich als Peter Polonski vorstellt hatte. Der Schwarze war etwas älter als Polly, zumindest wirkte er so wegen seiner grauen Haare, die aussahen wie eine Perücke aus Stahlwolle. Er wurde Baker genannt. Er notierte die Fragen und die Antworten mit einem Bleistift. Er kann die Antworten ausradieren und stattdessen andere hinschreiben, dachte Simon, sie hätten verlangen müssen, dass er einen Kugelschreiber benutzte.

Sein Vater hatte ihnen befohlen, wenig zu sprechen. »Ich beantworte ihre Fragen«, hatte er nach dem Anruf der Polizei gesagt. »Ihr wisst nichts. Gar nichts.«

Seit jener Nacht, als er Tonys Ermordung geplant hatte, bewegte sich ihr Vater auf vertrautem Terrain. Da waren sie wieder, die Nazis, die man überlisten musste, wieder musste man stehlen, sich verstecken, betrügen, sich rächen, das alles hatte er schon einmal mitgemacht, da kannte er sich aus, in allen

Tricks. Er war kein kleiner, hinkender Jude mehr, er wurde vor ihren Augen zu einem Napoleon, dieser Mann, der all die Jahre hindurch ihr Vater gewesen war, der unfähig war zu lieben, sich zu freuen, zu feiern, dieser Mann, dessen Frau und Kinder Antwort und Rache waren, und das Vermögen, das er verdient hatte, war eine Lebensversicherung, und die Synagoge der einzige Ort, an dem er sich ein bisschen zu Hause fühlte. Er erzählte nie, was ihm »dort« passiert war, und als sie Kinder waren, dachten sie in ihrer Naivität, dass die teuflischen Nazis ihrem Vater das Bein kaputtgemacht und ihn zu diesem bitteren und verschlossenen Mann gemacht hatten, den sie so gerne geliebt hätten. Doch einmal, sie waren alle noch auf der jüdischen Highschool, fuhr der Vater nach Colorado. Simon hatte Grippe und lag im Bett und seine Mutter setzte sich zu ihm und erzählte ihm die »Geschichte des Beines«.

»Ironie des Schicksals«, sagte sie. »Ausgerechnet die amerikanischen Befreier haben ihn überfahren.«

Als er aus den Lagern kam und erfuhr, dass niemand von seiner Familie überlebt hatte, schickten sie ihn in ein Lager für Displaced Persons in der Nähe von München. Er war sechzehn Jahre alt und wog achtundzwanzig Kilo. Zwei jüdische Soldaten aus der amerikanischen Armee adoptierten ihn. Sie besuchten ihn, als er noch im Krankenhaus lag, brachten ihm Schokolade und Schuhe. Als er kräftiger wurde, begann er, in der Stadt herumzulaufen und zu handeln, er verkaufte Zigaretten und Nylonstrümpfe, Milchpulver, Kaffeeersatz und Whisky gegen Gold- und Silberschmuck, gegen Kunstgegenstände und Uhren, Edelsteine, Waffen und sogar Autos. Er machte viel Geld. Es gab damals noch andere solche Kinder. Sie waren der Hölle entkommen und mussten entdecken, dass sie nun ohne Familie waren, ohne Zuhause, ohne Orientierung, und alles, was ihnen geblieben war, waren grauenhafte Erinnerungen, Trauer und Einsamkeit. Geld war etwas Konkretes, etwas, das ihnen Sicherheit verlieh. Einige von ihnen, dreizehn-, vierzehnjährige Jungen, handelten auch mit deutschen Frauen.

»Ein halbes Jahr nachdem er wiederhergestellt war, besaß dein Vater ein Motorrad, das er ein paar Monate später gegen ein Auto mit Chauffeur eintauschte. Der Chauffeur war Jossel, ein junger Mann aus Lemberg, mit dem sich Joel angefreundet hatte, als sie beide noch im Krankenhaus lagen. Joel war reich, aber noch zu jung für einen Führerschein. Eines Tages erfuhr er, dass irgendein Deutscher, der in einer großen Villa ungefähr eine Viertelstunde von München entfernt lebte, eine große Bildersammlung gegen Mehl und Öl verkaufen wollte. Er beschloss, sich die Bilder anzuschauen. Auf der Fahrt zu dieser Villa stieß ihr Auto mit einem amerikanischen Lastwagen zusammen. Man sagt, der Fahrer sei betrunken gewesen. Aber es war damals gar nicht so selten, dass amerikanische Lastwagen ›zufällig‹ mit deutschen Autos zusammenstießen. Jossel war auf der Stelle tot und Joel wurde in das amerikanische Militärkrankenhaus in München gebracht. Er hatte eine schwere Kopfverletzung, beide Kiefer und die meisten Rippen waren gebrochen und ein Bein war völlig zermalmt. Niemand glaubte, dass er am Leben bleiben würde. Seine amerikanischen Freunde waren inzwischen nach Hause zurückgekehrt, aber als sie erfuhren, welches Schicksal ihn getroffen hatte, bemühten sie sich, für ihn eine Einwanderungsgenehmigung in die Vereinigten Staaten zu bekommen. Fast ein Jahr lang lag er im Krankenhaus. Er wurde am Kopf operiert, erst, um ihn zu retten, dann um ihm ein menschliches Aussehen zu geben. Einen Teil des Beines mussten sie amputieren, er bekam eine Prothese. Die Amerikaner machten dem betrunkenen Fahrer den Prozess und er bekam sechs Monate oder so, und die amerikanische Armee musste Joel Berger für den Verlust des Beins und des Autos entschädigen, gab ihm ein paar tausend Dollar. Jossel hatte keine Familie, die man hätte entschädigen müssen, sie sind also billig davon gekommen, die Amerikaner. Als Joel das Krankenhaus verließ, hörte er auf zu handeln. Er blieb im Lager, versuchte, sich an die Prothese zu gewöhnen, und wartete auf seine Einwanderungsgenehmigung.«

Während er wartete, erwarb er eine Lizenz für die Vertretung der Firma *Leica* in den Vereinigten Staaten, eine Firma für Fotoapparate und Linsen. Und als die Bewilligung gekommen war, mietete er ein Auto, fuhr zu seiner Stadt in Polen und suchte die beiden Polizisten, die damals in ihr Haus gekommen waren und seinen Vater, seine Mutter und seine drei Schwestern abgeholt hatten – »übrigens, sie liegen in einem Massengrab in einem Wald, nicht weit von Sosnowec« –, aber er fand sie nicht. Danach ging er zum Haus seiner Eltern und brachte die Nachbarn um, die das Haus am selben Tag besetzt hatten, als seine Eltern abgeholt worden waren. Von dieser polnischen Stadt aus fuhr er nach Hamburg und bestieg das Schiff, das ihn in die Vereinigten Staaten brachte. Abgesehen von der *Leica*-Vertretung hatte er in seiner Prothese ein Säckchen Diamanten.

»Für diese Diamanten kaufte er diese Wohnung und das Geschäft und dann erwarb er noch die Vertretung für alle möglichen Uhren, von denen man noch nie etwas gehört hatte. Auf diesem Gebiet war er allen immer einen Schritt voraus. Er wusste, was in Mode kommen würde, dafür hat er ein geniales Gefühl. Als er die Vertretung von *Leica* verkauft hat, vor zehn Jahren, hätten wir diese ganze Straße kaufen können, wenn wir gewollt hätten. Er hat die Hälfte der Summe auf unsere Konten gelegt, auf eure und meines. Für die andere Hälfte hat er den neuen Flügel der Synagoge bauen lassen, den Teil, der *Die Heiligen von Sosnowec* heißt, und das *Schtibl* hinten, das *Jossel's* genannt wird, nach dem Chauffeur aus Lemberg, der umgekommen ist. Die Diamanten haben unsere Hochzeit und mein Brautkleid finanziert.«

»Wo habt ihr euch kennen gelernt?«, fragte Simon.

»In der Synagoge. Ich bin am Neujahrsfest hingegangen, zum Beten. Ich bin hinausgegangen und habe einen kleinen Mann da stehen und rauchen gesehen. Ich fand das so lustig, dass er heimlich geraucht hat, und da haben wir angefangen, uns zu unterhalten. Wo bist du her, und du, und so weiter, was

Juden eben so sagen, wenn sie sich treffen. Wir haben damals beide nicht besonders gut Englisch gesprochen, deshalb sind wir bald zu Jiddisch übergegangen. Er wollte wissen, was ich mache. Ich sagte, ich sei Buchhalterin in einem Fotogeschäft und würde darauf warten, bei einer Musikschule angenommen zu werden, aber ich hätte keine Zeugnisse, denn ich hatte keine Schulen besucht, außer drei Jahre eine Dorfschule in Russland, wohin meine Familie während des Kriegs geflohen war. Wie führst du dann die Bücher?, fragte er. Ich habe es in Abendkursen gelernt, sagte ich. Und was möchtest du an der Musikschule lernen? Singen, sagte ich, ich habe eine gute Stimme. Er hat mir vorgeschlagen, bei ihm als Buchhalterin zu arbeiten, für doppelt so viel, wie ich bei dem Fotoladen bekam, und er sagte, er würde mir genug Zeit lassen, damit ich mich auf die Aufnahmeprüfungen an der Musikschule vorbereiten könnte. Nach drei Monaten haben wir geheiratet. Aus war's mit der Musikschule.«

Sie hat nicht gesagt, dass sie sich ineinander verliebt haben, dachte Simon. Sie waren so verschieden. Sie mit ihrem Bildungshunger und ihrer Liebe zur Kunst, ihrer Gier nach schönen Kleidern und Goldschmuck, nach Konzerten, Opernbesuchen, Theater und Ausstellungen. Als Kinder hatten sie keine Oper versäumt und jeden Sonntag wurden sie von ihrer Mutter in ein Museum geschleppt. In ihrer Wohnung gab es Ölbilder von Mane Catz und Chagall, Gouachen von Pascin und Soutin und zwei Zeichnungen von Israëlis, und neben dem Flügel, den seine Eltern gekauft hatten, nachdem sein Lehrer gesagt hatte, dass ihr Simon der zukünftige Arthur Rubinstein wäre, stand auf einem hohen Ständer eine Bronzefigur von Lipschitz. Vielleicht ergänzten sie sich ja auch, die beiden Flüchtlinge, die magere Kriegsratte und das rundliche jüdische Mädchen, das so gerne sang. Sie gab ihm ein schönes Haus und eine schöne Familie und er, der nichts brauchte, freute sich vielleicht, dass das Geld, das in seine Taschen floss, es ihm ermöglichte, etwas aus den Scherben seines Lebens zu machen, eine Familie zu gründen, ein ehrbares bürgerliches Leben im teuersten Viertel der Stadt zu führen und, auf seine Art, eine der Stützen der Gemeinde zu sein und zweimal in der Woche im *Schtibl* zu lernen, das er zur Erinnerung an seinen Freund Jossel hatte bauen lassen.

Die Polizisten waren bestimmt erstaunt, als sie die Wohnung betraten. Persische Teppiche, ein Flügel und an den Wänden teure Gemälde, das war nicht unbedingt das, was man in der Wohnung von Rocksängern zu finden erwartet.

»Saugen Sie Staub?«, fragte die Mutter Polly, als sie den Lärm hörte, der aus einem der Zimmer drang.

»Ja, und sie machen es umsonst«, sagte Polly.

»Wozu?«, erkundigte sich die Mutter erstaunt.

»Fasern, Haare, Reste von Rauschgift, wir wissen nie, was bei diesen Durchsuchungen herauskommt. Das wird anschließend ins Labor gebracht, für mikroskopische Untersuchungen. Einmal haben wir winzige Glasreste gefunden und dann hat sich herausgestellt, dass es von einem Glasauge stammte, das hat uns schließlich zu dem Mörder geführt.«

Er hält sich wohl für amüsant, dachte Simon.

»Haben sie das auch in Atlantic City gemacht? Da, wo unser Mikey gestorben ist?«, fragte sein Vater.

»Da bin ich sicher.«

»Haben Sie nicht gefragt?«

»Das wird automatisch gemacht, Mister Burger«, sagte Baker.

»Berger!«, rügte Polly seinen Kollegen. »Nicht wie diese Hamburger, wie Denver, *du schwarzer Gornischt*!«

»Ich hab's kapiert, *du meschugger Polak*«, entgegnete der Schwarze.

Beide lächelten. Die Karten lagen auf dem Tisch. Polly hatte, auf seine Art, den Hausbewohnern mitgeteilt, dass er Jude war und Jiddisch verstand, und Baker hatte klargemacht, dass seine Stellung als Polizeibeamter nicht geringer war als Pollys, obwohl er im Moment derjenige war, der die Fragen und Antworten notierte.

»Weiß man schon, an welchem Rauschgift Mikey gestorben ist?«, fragte Joel Berger.

»Kokain«, sagte Baker.

»Und Tony Kingsley? Dasselbe?«, fragte Joel Berger. Er fragt zu viel, dachte Simon. Du lieber Gott, hoffentlich hält er bald den Mund.

»Das werden wir wissen, wenn sie mit der Autopsie fertig sind.«

»Wie lange dauert das?«

»Das hängt davon ab, wie viel sie zu tun haben.«

»Haben sie in Atlantic City weniger zu tun?«

Simon verstand nicht, was sein Vater wollte. Versuchte er, etwas herauszubekommen?

»Wer hat ihnen das Rauschgift verkauft?«

»Ihnen?«, fragte Baker und kaute an seinem Bleistift.

Wenn unser Vater nicht den Mund hält, sind wir geliefert, dachte Simon.

»Mikey und Tony.«

»Das versuchen wir herauszubekommen, Herr Berger.«

»Das wird uns Mikey nicht zurückbringen«, sagte die Mutter und wischte sich mit einem Taschentuch über die Augen. Sie versucht, ihn zum Schweigen zu bringen, dachte Simon.

»Ich möchte nur, dass sie gefangen und aufgehängt werden, das ist alles«, sagte Joel Berger ruhig zu seiner Frau.

Sie stellten alle Fragen, die zu erwarten waren. Wo Mikey gewohnt hatte. Ob er eine Freundin hatte. Wer waren seine Freunde, wann hatten sie ihn zuletzt gesehen, ob er ein enger Freund von Tony war, ob sie von seinem Drogenproblem gewusst hatten, wo er sich amüsierte, ob er Schulden gemacht oder ob er in der letzten Zeit Sorgen gehabt hatte. Schließlich baten sie Simon, zu ihnen aufs Revier zu kommen.

»Kann das nicht warten bis nach dem Trauermonat?«, fragte der Vater Polly.

»Doch, es kann. Aber es würde uns helfen, wenn er morgen oder übermorgen mal vorbeikommen würde. Wir befragen alle Mitglieder der Band und jeden, der damit zu tun hatte.«

»Ich werde morgen kommen«, sagte Simon, bevor sein Vater etwas sagen konnte, was besser ungesagt blieb.

»Wann passt es Ihnen?«

Simon zuckte mit den Schultern.

»Um zwölf Uhr mittags?«

»In Ordnung.«

»Und was machen Sie?«, fragte Baker Susi.

»Ich gehe aufs *Sinai*. Die jüdische Highschool. Dieses Jahr werde ich fertig.« Man konnte sie kaum verstehen. Dünn wie ein Vögelchen, sie verschwand fast im Sessel. Simon fühlte, wie ihm das Herz wehtat vor Mitleid mit seiner kleinen Schwester.

»Gehen Sie morgen wieder in die Schule?«

»Das weiß ich nicht.«

»Alle unsere Kinder haben das *Sinai* besucht«, mischte sich seine Mutter ein. Vermutlich wusste Baker nicht, dass nur Kinder mit ausgezeichneten Noten an dieser Schule genommen wurden. Aber dem Ton ihrer Stimme konnte er es entnehmen. »Als Simon fertig war, hat jede Universität, bei der er sich beworben hat, ihn haben wollen. Auch Harvard, Yale und Berkley.«

Baker sah überrascht aus. »Was haben Sie studiert?«, fragte er Simon.

»Medizin.«

»Sie machen Witze.«

»Nein. Ich habe zwei Jahre Medizin studiert und dann aufgehört und bei der Band mitgemacht.« Und in Gedanken fuhr er fort: Und ich habe meine Eltern schrecklich enttäuscht, die sich schon damit abgefunden hatten, dass ich nicht der kommende Arthur Rubinstein würde, zum Trost aber wenigstens ein Doktor.

»Bei den *Barefoot Monkeys*?«

»Damals waren wir noch nicht die *Barefoot Monkeys*. Ich

und zwei Freunde von mir, wir waren am Anfang die Begleiter von Nick Ryder. Die *Monkeys* haben wir erst später gegründet.«

»Ich bin verrückt nach Nick. Sie ist der Wahnsinn.«

»Ja. Und damals war sie noch wahnsinniger.«

»Ich glaube, ich habe alle Platten von ihr. Die *Peanut-Polda*, die *Deadly Fuse*. Ich bin einfach verrückt nach ihr. Sie haben sie also begleitet? Das haut mich um! Ihr Name taucht auf ihren Platten auf?«

»Ja.«

»Simon Berger?«

»Ja, Simon Berger.«

»Ich bringe ihre Platten morgen ins Revier mit, damit Sie sie signieren.«

»Dann sollten Sie auch Jerry Bukowski um eine Unterschrift bitten, unseren E-Gitarristen, und Shorty, den Schlagzeuger. Sein richtiger Name ist Tim Spencer. Sie haben damals auch mit ihr gespielt.«

»Und ob ich sie bitten werde.« Seine Augen funkelten. »Hättest du das geglaubt?«, fragte er Polly.

»Was wundert dich so daran? Die *Monkeys* sind eine der erfolgreichsten Rockbands. Auf welchem Platz wart ihr mit Honolulu Lulu?«

»Auf dem dritten in den Vereinigten Staaten, drei Wochen lang, und auf dem vierten in England, zwei Wochen lang.«

»Ja, aber das mit Nick Ryder habe ich nicht gewusst«, sagte Baker zu Polly.

»Dann weißt du es jetzt.«

Ich habe es geschafft, euch von Susan abzulenken, dachte Simon.

Polly gab Simon seine Visitenkarte mit der Adresse des Reviers. »Haben Sie eine Karte?«, fragte er Baker und erhielt auch von ihm eine. Wir benehmen uns wie Banker bei einem Geschäftstreffen, dachte Simon. Polly ging in die Küche, wo die Leute von der Spurensicherung inzwischen waren.

»Sie sind fast fertig«, sagte Polly, als er ins Wohnzimmer zurückkam. »Sie wollen jetzt ins Wohnzimmer kommen. Ist das in Ordnung?«

»In Ordnung«, sagte seine Mutter. Alle standen auf.

»Kommst du, Polly?«, fragte Baker und lächelte Simon zu, noch immer überrascht von seiner Beziehung zu der bewunderten Nick Ryder. Simon lächelte nicht zurück.

Als Polly und Baker verschwunden waren und die Leute von der Spurensicherung das Wohnzimmer betraten, ging Simon in sein Zimmer und legte sich aufs Bett. Er hörte Susans Zimmertür zuklappen und verstand, dass auch sie beschlossen hatte, sich in ihrem Zimmer einzuschließen. Er überlegte, ob er zu ihr gehen sollte. Die Trauer lag ihm wie ein Stein auf der Brust. Wir sind gezeichnet, dachte er, gezeichnet. Am Schluss hat er uns erwischt, der armselige Schlawiner. Nach allen Anstrengungen, die sie unternommen hatten, zuerst er und nach ihm Mikey, aus diesem Haus zu fliehen, waren sie zurückgekehrt. Einer im Sarg, der andere mit einer Vorladung bei der Polizei. Gott möge sich Susans erbarmen, dachte er. Wenn er geglaubt hätte, dass es etwas nützte, hätte er die Gebetsriemen angelegt, sich den Gebetsschal übergehängt und für sie gebetet. Seine kleine Schwester, so zerbrechlich wie ein trockenes Blatt am Ende des Sommers. Seine Augen füllten sich mit Tränen, die nicht fließen wollten.

3

Albert, der alte Portier des *Lotus*, erinnerte sich an das Mädchen, das in der Nacht, als Tony starb, mit ihm aufs Zimmer ging, und er erinnerte sich an den hinkenden Alten. Er hatte mit ihm in den Raum mit dem Safe gehen müssen, mit dem zusätzlichen Schlüssel des Hotels, und der Alte hatte mit einem Plastikkuli, den er ihm gegeben hatte, unterschrieben. Auf dem Formular stand: Zwei Uhr fünfzig morgens. Jetzt, als er die Unterschrift betrachtete, erschien sie ihm wie »Kingsley«, aber in Wahrheit? Alle möglichen Leute hatten auf dem Formular mit »Kingsley« unterschrieben und er hatte schon lange aufgehört, die Unterschriften zu prüfen. Er hatte nicht mit dem Alten gesprochen – wer unterhielt sich schon um diese Zeit zwischen Nacht und Morgen –, und soweit er sich erinnerte, hatte auch der Alte kein Wort gesagt, hatte nur den Schlüssel vorgezeigt, wie es Tonys Freunde zu tun pflegten, die zu den seltsamsten Uhrzeiten an den Safe wollten.

Die Polizisten zeigten Albert Fotos von Joel Berger mit Hut und ohne, mit Brille und ohne, aber er sagte, nein, er glaube nicht, dass dies der Mann sei. Und schließlich sagte der Rechtsanwalt, den Joel Berger sich nahm, ein gewisser Joe Rivkes, Verteidiger von Mördern, Huren und Betrügern, der bei der Polizei und in der Yellow Press als »Wespe« bekannt war, zu den Polizisten: Sogar wenn Albert mit eigenen Augen gesehen hätte, wie Joel Berger Tony Kingsley selig ein Messer in die Brust gestoßen hätte, würde seine Zeugenaussage nicht mehr anerkannt werden, wegen der tausend Fotos seines Mandanten, die sie Albert gezeigt hatten. Und das alles, ohne das Missverhältnis zwischen dem alten, behinderten Mann und dem Gitarristen in Betracht zu ziehen, der jung und im Vollbesitz seiner Kräfte gewesen war, wie tausende bezeugen könnten, die an jenem Abend seinen Auftritt gesehen hatten. »Statt hinter Verbrechern herzujagen, jagt die Polizei hinter den Opfern her«, sagte die »Wespe« zu den Journalisten, während er sich die rote Fliege band, die sein Markenzeichen war. Was das Groupiemädchen betraf, so erinnerte sich Albert nur an ihre »Bömbchen«, denn sie habe dauernd mit ihrer Jacke gewedelt, habe sie geöffnet und geschlossen, um sich Kühlung zu verschaffen, und das war alles, was er in der halben Minute gesehen hatte. Eine Blondine in einem roten Röckchen von der Größe eines Taschentuchs, die hektisch mit ihrer kurzen Lederjacke wedelte, wobei jedes Mal ihre Bömbchen zu sehen waren und auch ihre Unterhosen. Jedenfalls glaubte er, dass es ihre Unterhose gewesen war. Aber sogar das war er nicht bereit zu beschwören.

Nach wochenlangen Untersuchungen war es der Polizei klar, dass Tony Kingsley die *Monkeys* ausgenutzt hatte, um Drogen aus Kolumbien, Mexiko, Miami und sogar aus England, der Schweiz und Holland zu schmuggeln. Der Manager der *Monkeys*, Stanley Berkof, war das Verbindungsglied zwischen den Händlern und Tony gewesen. Berkof gab zu, dass er über Telefon Anweisungen bekommen hatte, wo Ware abzuholen und wo sie hinzubringen war, und diese Anweisungen hatte er an Tony weitergegeben. Die Beziehung zwischen den Händlern und Berkof hatte begonnen, als sie gedroht hatten, seine Kinder zu entführen, falls er nicht tue, was sie sagten. Persönlich hatte er nie jemanden gesehen. Manchmal wartete die Ware im Hotel auf Tony, manchmal in einem Schließfach am Flughafen oder am Bahnhof.

Er, Stanley Berkof, bekam eine feste Summe, fünftausend Dollar, die jeden Monat auf sein Bankkonto eingezahlt wurden. Es geschah auch, dass das Geld, das Tony brauchte, um die Lieferanten zu bezahlen, sich in den gelieferten Waren befand, die seine Frau beim Lebensmittelhändler des Viertels bestellt hatte. Aber Tony schaffte es immer, es herauszunehmen, bevor seine Frau die Kartons auspackte. Normalerweise befand es sich in Cornflakesschachteln und bestand aus Hunderterbündeln, die von Gummiringen zusammengehalten wurden. Woher er das wusste? Tony hatte es ihm erzählt. Er ärgerte sich über die Sache mit dem Lebensmittelgeschäft und forderte Stanley auf, diesen Arschlöchern auszurichten, sie sollten endlich aufhören, ihm das Geld nach Hause zu schicken. Zu Hause ist zu Hause und Business ist Business. Er, Stanley Berkof, glaube, dass es, nachdem er Tonys Nachricht weitergeleitet hatte, an wen auch immer, höchstens noch zwei- oder dreimal passiert sei.

Frau Kingsley verstand nicht, was die Kriminalpolizei

wollte, als sie sich bei ihr nach den Cornflakes aus dem Lebensmittelgeschäft erkundigten. Sie war sicher, dass sie zum Narren gehalten wurde, und sagte zu den Polizisten, es mache ihr absolut nichts aus, ihnen ins Gesicht zu sagen, dass sie sie für beschissene Dreckskerle halte, denen es Spaß mache, eine arme Witwe mit ihrem drei Monate alten Baby zu quälen, einem kleinen Mädchen, das nie im Leben diesen wunderbaren und großartigen Mann kennen lernen würde, der sein Vater gewesen und gerade erst vor einer Woche begraben worden war. Sie drohte ihnen, wenn sie es wagen sollten, noch einmal mit irgendwelchen Cornflakesgeschichten zu ihr zu kommen, würde sie sie wegen Hausfriedensbruch, Belästigung und seelischer Grausamkeit verklagen und dafür sorgen, dass sie in den Knast kämen.

Im Lebensmittelgeschäft führte ihre Befragung zu nicht enden wollendem Gelächter der beiden Koreaner, denen der Laden gehörte, und des jungen Filipinos, der für sie Waren austrug. Sie waren überzeugt davon, Opfer der »Versteckten Kamera« zu sein, suchten die ganze Zeit nach der verborgenen Filmkamera und warteten darauf, dass der berühmte Showmaster hervortreten und sie fragen würde, ob sie ihn erkennen.

Nachforschungen bei der Bank ergaben, dass tatsächlich in den letzten drei Jahren regelmäßig fünftausend Dollar auf das Konto von Berkof eingezahlt worden waren. Die Polizei riet Berkof, mit ihr zusammenzuarbeiten, das wäre nur zu seinen Gunsten, doch sein teurer Rechtsanwalt riet ihm, das großzügige Angebot abzulehnen. Wenn Sie auspackten, sagte er, gibt es zwei Möglichkeiten: Entweder explodiert Ihr Auto und Sie fliegen mit Ihrer ganzen Familie in die Luft, oder Sie werden im Gefängnis ermordet und hängen an den Beinen, den Kopf nach unten, mit den Hoden im Mund. Der Rechtsanwalt sorgte dafür, dass Berkofs Entscheidung zu schweigen, der Mafia zu Ohren kam. Etliche Zeitungen und ein paar lokale Fernsehsender verbreiteten die Nachricht, dass Stanley Berkof, der Manager der *Barefoot Monkeys*, von der Polizei verhört worden sei, es aber vorgezogen habe, die Aussage zu verweigern, und vermutlich wegen illegalen Drogenhandels vor Gericht gestellt würde. Berkofs Schweigen sei auf den Schock zurückzuführen, den ihm der Tod von zwei Stars der *Monkeys* zugefügt habe, zwei großartige Musiker, die zu entdecken und zu fördern er das Glück gehabt habe und die schon zu ihren Lebzeiten zu einer Legende geworden seien. Er sagte, dieses doppelte Unglück habe ihn getroffen wie ein Blitz.

Es bestand kein Zweifel daran, dass Tony Kingsley an einer Überdosis gestorben war. Es gab gewisse Zweifel – begründet durch die Aussage des Portiers Albert über ein junges Mädchen im Mini und einem hinkenden alten Mann – wegen der Begleitumstände des Todes. Tony war bis an die Halskrause voller Drogen gewesen, aber bei der Obduktion hatte man Würgemale entdeckt, die Fragen aufwarfen. Zwei Bandmitglieder wurden wegen Drogenbesitzes vor Gericht gestellt, Joey Gracia und Tim »Shorty« Spencer, jeder von ihnen wurde zu einer Strafe von tausend Dollar und zwei Jahren auf Bewährung verurteilt. Das führte allerdings nur dazu, dass ihnen von allen Seiten Arbeitsangebote gemacht wurden und ihre Anhänger sie nur umso hysterischer feierten.

Simon Berger, der Pianist der *Barefoot Monkeys*, verzichtete vorläufig auf weitere Auftritte. In seinem Zimmer merkte er nichts vom hysterischen Feiern. Sein Vater lief während der dreißig Trauertage im Haus herum und schrie mit der ganzen Kraft, die sein magerer Brustkorb hergab: »Mikey! Mikey!« Und seine Mutter zog die Samtvorhänge zu und stellte die Klimaanlage an, in der Hoffnung, dass die Nachbarn die Schreie so nicht hörten. Sie weinte und umarmte ihren Mann, hielt ihn fest und versuchte, mit ihrem dicken, starken Körper etwas von seinem Schmerz aufzusaugen. Wenn er einschlief, ging sie in die Küche und verbrachte die Nächte damit, mit dem Kopf gegen die Wand zu schlagen und ihrerseits »Mikey, Mikey« zu rufen. Während der ganzen Zeit trug sie dasselbe alte Kleid, vermutlich ungewaschen, ihre Haare wurden dünner und weißer und auf ihrer Stirn zeichneten sich Beulen und Schrammen von ihrem nächtlichen Treiben in der Küche ab.

Simon zwang Susi, in die Schule zu gehen und ihre Prüfungen abzuschließen. Er versprach ihr, zu Hause zu bleiben und auf die Alten aufzupassen. Sie bekam das Angebot, während der Sommermonate Praktikantin im Weißen Haus zu werden, eine von fünfzehn Schülern, die landesweit ausgewählt wurden, aber sie teilte mit, dass sie die Einladung zu ihrem großen Bedauern nicht annehmen könne. Von der Einladung und der Ablehnung erfuhr die Familie erst, als der Direktor des *Sinai* zu Hause anrief und Simon bat, er solle doch seine Eltern dazu bringen, dass sie Susi nach Washington fahren ließen. Sie ist jung, sagte er, das Leben liegt noch vor ihr, sie hat ein großartiges Potenzial, die Arbeit im Weißen Haus wäre eine Erfahrung, die nicht mit Gold aufzuwiegen sei, es sei auch das erste Mal in der Geschichte der Schule, dass eine Schülerin als Praktikantin ausgewählt sei, eine große Ehre sowohl für sie Schule als auch für die Familie, und diese spannende Erfahrung würde ihr das furchtbare Unglück, das sie getroffen habe, vielleicht erleichtern.

Den Eltern ging überhaupt nicht in den Kopf, was Susis Auswahl als Praktikantin bedeutete, sie verstanden kaum, was gesprochen wurde, und als Simon versuchte, ihnen klar zu machen, dass Susi ihre Unterstützung brauchte und dass es gut wäre, wenn sie das Haus verließe und in eine andere Umgebung käme, schauten sie ihn an wie zwei Taube, die einen Sprechenden betrachten und nicht verstehen, worum es geht.

Dann fiel ihnen ein, wie sie für Mike Anträge für Universitäten gestellt hatten, zum Studium der Betriebswirtschaft, und wie er, obwohl er überall angenommen worden war, beschlossen hatte, mit seinem großen Bruder Musik zu machen und nicht zu studieren. Der Vater hatte gehofft, Mike würde bei ihm eintreten und irgendwann, wenn es soweit wäre, die Leitung der Familiengeschäfte übernehmen. Und die Mutter hatte gesagt, wenn schon nicht Betriebswirtschaft, dann wenigstens eine Musikschule, er habe noch immer die Möglichkeit, ein künftiger Menuhin zu werden. Sie hatten vergessen oder wollten sich nicht daran erinnern, dass der kommende Menuhin in seinen beiden letzten Jahren an der jüdischen Highschool zur Bassgitarre gewechselt hatte und abends in allen möglichen Löchern im Village auftrat und sich auf seinen Beitritt zu den *Monkeys* vorbereitete. Er gründete mit zwei Freunden eine Band, und weil er rote Haare hatte, wie alle drei Kinder der Bergers, nannte er die Band die *Skeletons,* nach dem Schauspieler Red Skeleton. Sie machten sich einen gewissen Namen, sammelten Erfahrungen und verdienten sogar Geld, und als Mike die Highschool beendet hatte, spielte er bei Tony Kingsley vor und wurde sofort genommen. Die letzte Hoffnung auf irgendeinen Doktor oder Professor in der Familie lag nun auf Susi, wie die Eltern oft lächelnd sagten, doch nun, vor lauter Trauer um Mike, waren sie unfähig, auch nur zu sehen, was mit ihren beiden anderen Kindern los war. Und »Praktikantin im Weißen Haus« ging an ihren Ohren vorbei, als würde man ihnen mitten im Gebet etwas über die Pygmäen in Afrika erzählen.

Simon lag im Bett und verließ sein Zimmer nur, wenn es unbedingt nötig war. Er versuchte mit aller Macht, sich nicht daran zu erinnern, wie Tony unter dem Kissen, das auf sein Gesicht gedrückt wurde, gezappelt hatte. Mike, dachte er, ich werde an Mike denken, an Mike und die *Skeletons*, an das Lachen, die Freude, an Mikes Auftritt auf der Bühne, wenn er mit den *Monkeys* spielte. Er versucht sich mit dem glücklichen Leben zu trösten, das sein kleiner Bruder gehabt hatte, kämpfte mit den Schuldgefühlen, weil Mike beschlossen hatte, ihm zu folgen, erinnerte sich jetzt an alle Anzeichen der Drogenabhängigkeit, die er gesehen hatte, ohne sie wahrzunehmen, an die glänzenden Augen, das verrückte und grundlose Lachen, die rote, tropfende Nase und die schwere, stolpernde Zunge, wenn nach einem Auftritt tonnenweise Blödsinn aus seinem Mund kam.

Wie alle Drogensüchtigen war auch Mike ein Lügner, er

schwor Simon, dass er nichts nahm, wieso denn, wie kommst du denn auf so eine Idee, und Simon glaubte ihm und bat ihn um Verzeihung. Auch wenn er Geld von ihm verlange – er hatte stets eine Geschichte parat, einmal war ein Mädchen schwanger geworden, ein andermal hatte man ihm seinen Geldbeutel mit den Kreditkarten geklaut –, hatte Simon ihm geglaubt, weil er ihm glauben wollte, und Mike hatte das Geld, das er von seinem großen Bruder geliehen hatte, auch immer brav zurückbezahlt. Simon hatte nicht rechtzeitig erfasst, was vor sich ging, und als es ihm klar wurde, war es bereits zu spät.

Jetzt, wo er den Hergang rekonstruierte, verstand er, was er damals hätte verstehen müssen. Er war wütend auf seine Eltern, weil sie die ganze Trauer um Mike für sich in Anspruch nahmen und keinen Platz ließen für seine und Susis Trauer. Ihm wurde übel, wenn er an den Strom der Trauergäste dachte, die ihm und seiner Schwester die Hand gedrückt und gesagt hatten, sie müssten jetzt viel Kraft aufbringen, um ihre Eltern zu stützen. Und wer stützt uns?, dachte er. Auch wir sind vom Unglück getroffen. Er versuchte, nicht an jene Nacht in *Lotus* zu denken, er verschob sein Erinnern auf später, auf einen anderen Zeitpunkt, wenn in seinem Herzen genügend Platz für Wut und für Reue wäre.

Simons Hoffnung, Susi aus dem Haus zu bekommen, löste sich in Luft auf. Susi beschloss, dass sie bei ihren Eltern bleiben musste, und schrieb sich bei der Columbia University ein. Statt Jura zu studieren, wie sie es vorgehabt hatte, entschied sie sich nun für Sozialarbeit. Sie versucht, Buße zu tun, dachte Simon. Seit Mikes Tod hatte sie ihre Klarinette nicht mehr in die Hand genommen, so wie er den Flügel im Wohnzimmer und den Synthesizer in seinem Zimmer nicht mehr angerührt hatte. Beide trafen sich nicht mit ihren Freunden und sprachen auch möglichst wenig miteinander, aber zwischen ihnen war ein geheimes Bündnis entstanden, das keiner Worte bedurfte. Wir sind hier, bei ihnen, sagten sie wortlos zueinander, aber wir werden es ihnen nie verzeihen.

Joel Berger ging während des Trauermonats jeden Tag in *Jossel's Schtibl*, um dort mit den »Ständigen« zu lernen, und ihre Mutter verbrachte die meiste Zeit in der Küche, rauchte ununterbrochen und kochte Berge von Essen, das sie nachher in den Mülleimer warf. Wenn sie einkaufen ging, geriet sie mit allen möglichen Verkäufern und Händlern in lautstarken Streit und kam dann mit zorngerötetem Gesicht nach Hause. »Ich habe nur darauf gewartete, dass er die Hand gegen mich hebt«, sagte sie wütend, wenn sie von diesen Vorfällen erzählte. »Er hätte nur die Hand gegen mich zu erheben brauchen, ich hätte ihn eigenhändig umgebracht.« Susi bot ihr an, die Einkäufe zu erledigen, doch ihre Mutter sagte, auf keinen Fall, kommt nicht in Frage, das ist ein Dschungel da draußen, und jeder einzelne Mensch ist ein wildes Tier. Es sei ihr gutes Recht, gegen die Tiere im Dschungel zu kämpfen.

Nach den dreißig Trauertagen rasierte sich ihr Vater und ging wieder ins Geschäft. Eines Tages verkündete Susi, dass sie eine kleine Wohnung neben der Universität gefunden habe und mit einer Mitstudentin dort einziehen wolle. Sie rief jeden Tag zu Hause an, und an den Freitagabenden kam sie, zu Schabbatbeginn, und blieb bis zum nächsten Abend, bis zum Ende des Schabbat, zu Hause.

»Hast du vor, dein ganzes Leben im Bett zu verbringen?«, fragte sein Vater ihn an einem Freitagabend, als alle zum Schabbatessen um den Tisch saßen.

»Nein«, sagte Simon.

»Wirst du weiter Klavier spielen?«

»Ich weiß es nicht.«

»Möchtest du weiter Klavier spielen?«

»Ich weiß es nicht.«

»Was weißt du denn?«

»Gar nichts.«

»Willst du zu mir ins Geschäft kommen? Mit mir arbeiten?«

»Nein.«

»Was ist mit dem Studium? Wirst du weiter Medizin studieren?«

Medizin. Sie träumen noch immer davon, mein Sohn, der Doktor, dachte er erstaunt. Das Medizinstudium war nur ein kurzer Abschnitt in seinem Leben gewesen, den er schon vergessen hatte. Das plötzliche Interesse, das sie an ihm zeigten, machte ihn nervös. Vermutlich hatte Susi mit ihnen über ihn gesprochen, hatte ihre Aufmerksamkeit auf den Sohn gelenkt, der schon seit drei Monaten im Bett lag.

»Also, was wirst du tun?«

Er schwieg. Er hatte nichts zu sagen. Seine Zukunft war in den Gesprächen, die er mit seiner Zimmerdecke führte, bisher noch nicht aufgetaucht.

»Vielleicht fährst du nach Israel?«

Israel! »Israel« war eine Art Kode im Freundeskreis seiner Eltern. Die gelungenen Söhne schickte man an eine der angesehenen Universitäten oder nahm sie in den Familienbetrieb auf, die anderen, die »problematischen«, schickte man nach Israel. Es war wie eine Art Fremdenlegion für junge Juden, die vom rechten Weg abgekommen oder einfach dumm waren. Nach Israel zu reisen hatte auch etwas Idealistisches, es hatte etwas mit der Verwirklichung des Zionismus und mit Selbstaufopferung zu tun. Es stimmte, es war ein armes und wildes Land, es gab Araber und Kriege, aber alle waren Juden und Juden bürgten für einen, und außerdem hatte jeder irgendeinen heldenhaften Verwandten oder Bekannten, der gerettet worden war und ein Auge auf den Jungen haben könnte. Es war weniger gefährlich, als ihn zum Beispiel nach Kalifornien zu schicken, mit all den Hippies und den Drogenabhängigen, die es dort gab.

»Kannst du noch ein bisschen Hebräisch?«

»Und die Berge werden von süßem Wein triefen und alle Hügel werden fruchtbar sein«, sang Simon und lächelte seiner Schwester zu. Das war immer das erste hebräische Lied, das die Kinder im *Sinai* lernten.

»Ich habe für euch beide ein Konto in der Schweiz eröffnet«, sagte Joel Berger.

Simon und Susi schauten ihn an und warteten auf eine Erklärung.

»Eine Million Dollar für jeden von euch.« Wieder sprach er mit dieser sachlichen und versteinerten Stimme.

»Was?« Susi sprang von ihrem Stuhl auf und starrte ihren Vater an, als habe er sie tätlich angegriffen.

»Ich will dein Geld nicht«, flüsterte sie. »Ich will kein Konto in der Schweiz. Ich will gar nichts von dir. Nie! Du hast unseren Schock über Mikes Tod ausgenutzt und uns zu Mördern gemacht. Mich wirst du mit deinem Geld nicht kaufen! Ich habe Arbeit gefunden. Ich arbeite als Bedienung, ich bringe mich selbst durch, und ich will keinen Cent von euch. Solange ich lebe. Ich bleibe in New York wegen Mama. Nicht wegen dir. Ich werde es dir nie, nie verzeihen.«

»Es ist nicht mein Geld«, sagte Joel Berger. »Es ist Mikeys Geld.«

Ihre Mutter saß aufrecht da, schweigend, ihr Blick war auf das Fenster gerichtet. Sie hatte diese Geschichte schon aus dem Mund des Vaters gehört.

»Wir haben den Erbschein bekommen. In Mikeys Schließfach in der Bank in Queens waren drei Millionen Dollar. Zwei Kilo Heroin, ein Revolver *Smith and Wesson* und zwei gefälschte Pässe. Die Fotos in den Pässen waren Mikes, aber sie waren auf andere Namen ausgestellt.«

Er war ein Dealer!, dachte Simon erstaunt. Sein kleiner Bruder Mike war ein Dealer gewesen! Nicht irgendein armseliger Kurier, der da und dort eine Ration dafür abbekam, dass er Transportdienste übernahm. Du lieber Himmel!

»Ich habe viel über die Spritze nachgedacht, die ihn umgebracht hat«, sagte der Vater. »Es war nur eine. Es gab keine Anzeichen von weiteren Einstiche am Körper. Auch wenn er ein Junkie war, so hat er nicht gespritzt. Ich weiß nicht, ob das Geld und das Rauschgift ihm gehört haben oder nicht.«

»Was willst du damit sagen?«, fragte Simon. Er brachte die Worte kaum heraus.

»Dass er ermordet wurde.«

»O Gott, o Gott!« Seine Schwester fing an zu weinen und konnte gar nicht aufhören mit ihrem »o Gott.«

»Eine Million habe ich selbst behalten«, fuhr der Vater fort. »Ich möchte Mikeys Mörder finden.«

»Sagt ihm, er soll zu Polizei gehen«, sagte die Mutter, den Blick noch immer zum Fenster gerichtet. »Er soll den Kriminalbeamten sagen, was er in Mikeys Schließfach gefunden hat, er soll ihnen sagen, was er von der Spritze hält. Sagt es ihm. Auf mich will er nicht hören.«

»Die Polizei wird uns Mikey nicht zurückbringen. Und wir alle wandern auf den elektrischen Stuhl, Sarah.«

»Joel Berger macht sich auf, gegen die Mafia zu kämpfen«, sagte die Mutter spöttisch.

»O Gott«, weinte Susi. »O Gott.«

»Ich will Mikeys Geld nicht«, sagte Simon.

»Das Geld liegt auf euren Namen auf Schweizer Konten. Ihr braucht es euer Leben lang nicht anzurühren. Auch ich will es nicht. Ich habe mir nur das behalten, was ich vermutlich brauche, um seine Mörder zu finden.«

»Wieso ist die Polizei nicht auf dieses Schließfach gestoßen?«

»Früher oder später werden sie darauf stoßen. Sie haben nicht in der Medusa gesucht, Simon. Wenn sie uns verhören, wissen wir nicht, von was sie reden.«

»Man wird sich bei der Bank an dich erinnern.«

»Na und? Was können sie beweisen? Mikeys Schließfach bei der Bank in Queens ist leer.«

»Und was war drin?«

»Ich habe einen Erbschein bekommen, ich habe das Schließfach aufgemacht, es war leer. Nichts ist drin gewesen, gar nichts.«

»Ich komme nächstes Wochenende nicht hierher«, schrie

Susi. »Auch nicht in zwei Wochen oder drei Wochen und nicht in vier Wochen. Wenn du mich sehen willst, Mama, ruf mich an, wir treffen uns dann in der Stadt.«

Susi verließ die Wohnung und knallte die Tür laut hinter sich zu.

In den Tagen danach führte Simon lange Beratungsgespräche mit seiner Zimmerdecke. Er erzählte ihr von Mikey, Tony und Susi und den wilden Tieren, die sich in den Dschungeln seiner Mutter und seines Vaters herumtrieben. Er wollte nicht hier bleiben, aber er hatte auch keine Kraft, aufzustehen und wegzugehen. Er wollte nicht Klavier spielen, er wollte nicht studieren, er wollte nicht arbeiten. Er wollte gar nichts. Vielleicht war es gar kein so schlechter Gedanke, Israel. Seine kleine Schwester war stärker als er, dachte er. Sie hatte einen Weg gefunden, wie sie sich von ihrem Vater entfernen konnte, ohne die Mutter im Stich zu lassen. Der Gedanke an einen abgelegenen Ort hatte etwas Beruhigendes. Vielleicht würde er in der Wüste leben, barfuß herumlaufen, sich der starken Sonne aussetzen. Unter freiem Himmel schlafen, auf einem nackten Berg im Negev oder auf dem sandigen Strand des Mittelmeers. Er würde Feigen und Datteln essen, die er unterwegs fände, eine Art Kain sein. Das war er doch. Kain. Das war es, was sein Vater aus ihm gemacht hatte. Falls er nach Israel fahren würde, beschloss er, würde er die Beziehung zu seinen Eltern für immer abbrechen.

Be'er Scheva, 1999

1

Die Ursache für Lisi Badichis Suspendierung lag eigentlich in den guten Absichten des Oberbürgermeisters von Be'er Scheva, Schraga Ben Porat, der beschlossen hatte, nach zwei erfolgreichen Amtsperioden abzutreten. Er verkündete, er würde dafür sorgen, dass die geschätzten Einwohner seiner Stadt den ehrenwerten Wahlkampf, den sie verdienten, auch bekämen. Er hielt eine Pressekonferenz im großen Saal des Rathauses ab und lud die drei Bewerber für den Posten des Oberbürgermeisters ein. Jedem gestand er zwanzig Minuten zu, um von sich zu berichten, über seine Herkunft und seine Zukunftspläne. Der Saal war voller lokaler Vertreter von Presse, Rundfunk und Fernsehen, Aktivisten mit Transparenten waren da, die an den richtigen Stellen anfingen zu klatschen, und besorgte städtische Angestellte. Die vielen Mikrofone führten dazu, dass die Kandidaten rote Gesichter bekamen, sie sprachen über Kommunikation, über das Volk, man stehe vor einem politischen, gesellschaftlichen und wirtschaftlichen Scheideweg, und dann? Die Grenze für den geplanten Aufstieg war der Himmel.

Ehud Lion, in einem Sommeranzug von *Armani* und Schuhen von *Gucci* (das jedenfalls behauptete die französische Reporterin von *Kol Habe'er,* die in der Reihe vor Lisi saß), erzählte, er sei in Be'er Scheva geboren wie auch sein Vater und seine Mutter, und er habe sogar einen Großvater, der sich noch vor dem Ersten Weltkrieg hier niedergelassen hatte, aus Gaza, wo er Direktor der Anglo-Palestine-Bank gewesen war, ebenjener Bank, die später zur israelischen Nationalbank wurde. Er stamme aus einer Familie, von der man, ohne anzugeben, sagen könne, dass sie zu den Vätern des Staates gehört habe. Die Baufirma der Familie hatte sein Großvater gegründet, noch bevor Ben Gurion das Volk Israels aufgefordert hatte, die Wüste Negev zu besiedeln, es gebe fast kein Viertel von Be'er Scheva und Vororten, das nicht von ihrem Familienbetrieb *Lion Erbauer des Negev* allein oder in Zusammenarbeit mit anderen aufgebaut worden wäre. Er selbst habe in der Armee gedient, bei der Grenztruppe, Wirtschaft und Administration studiert und schon während des Studiums begonnen, im Familienbetrieb mitzuarbeiten, so wie seine beiden älteren Brüder das auch getan hatten. Vor fünf Jahren habe er sich teilweise vom Familienbetrieb getrennt und eine eigene Firma gegründet, er habe mit nichts angefangen, den ganzen Betrieb mit eigenen Händen aufgebaut und es zu dem gebracht, was er heute darstelle, er könne nicht klagen, Gott sei Dank, aber er habe das Gefühl, dass es an der Zeit sei, der Gesellschaft, die ihm dies alles ermöglicht habe, etwas zurückzugeben. Be'er Scheva sei seine Heimat und von der Heimat nehme man nicht nur, der Heimat müsse man auch etwas geben. Die Zeit des Gebens sei nun gekommen. Er sei überzeugt, dass nicht nur seine Stadt die reiche Erfahrung, die er im Bereich von Bau und Entwicklung gesammelt hätte, brauche, sondern auch die Menschen, die in der Stadt und mit der Stadt gewachsen seien und sich um ihre Zukunft sorgten. Er habe eine Frau, die in einem Teilbetrieb der Familie arbeitete, und drei Kinder und sie wohnten in einer schönen Villa im Stadtteil Omer. Sie seien traditionell, würden koscher essen und zu Schabbatbeginn Kerzen anzünden, sie würden die Traditionen achten, aber sie würden auch am Schabbat zu den Spielen von *Po'al Be'er Scheva* fahren.

Die Leute im Saal liebten ihn. Be'er Scheva hatte einen »Prinzen«.

Unter den Journalisten saß ein Reporter der Presseagentur *Zeiten*, und Lisi wusste, dass er Beiträge zu allen Redaktionen des Landes schicken würde, sodass es sich nicht lohnte, etwas von dem, das hier gesagt wurde, an die überregionale *Zeit* zu schicken. Überdies verteilten die Kandidaten in ihrer großen Güte Kopien ihrer Reden, die sie gerade auf der Bühne gehalten hatten. Das bedeutete, dass die *Zeit im Süden* und die *Post im Süden* gleichzeitig dasselbe Material veröffentlichen würden. Lisi hasste Pressekonferenzen, sie machten aus ihrer Zeitung ein Propagandablatt. Natürlich brachte diese »Propaganda« Anzeigen ein, über die sich Dahan, der Chef der Zeitung, freute, aber sie wollte ihren eigenen Blickwinkel. Etwas, das die anderen nicht hatten. Obwohl sie die Redakteurin der *Zeit im Süden* war, liebte sie die Feldforschung und versuchte, Gewinn aus ihren großen Füßen zu ziehen.

Lisi stieg in ihren alten *Justy*, rief über ihr Handy die Universität an und bat, mit der Abteilung für Orientalistik verbunden zu werden. Eine Sekretärin namens Tami teilte ihr mit, dass Professor Bamberg schon nicht mehr »bei uns« arbeitete.

»Wo arbeitet er?«, fragte Lisi.

»Entweder in Bar Ilan oder in Beit Berel, ich weiß es nicht.«

»Haben Sie vielleicht seine Telefonnummer?«, erkundigte sich Lisi.

»Mit wem spreche ich?«

»Ich war eine Studentin von ihm, als er hier in Be'er Scheva gelehrt hat.«

»Ich glaube nicht…«

»Ich muss noch ein paar Arbeiten fertig machen und würde mich gern mit ihm beraten.«

»Warten Sie einen Moment.«

Lisi kannte Professor Mosche Bamberg noch aus der Zeit, als sie an der Universität Orientalistik belegt hatte und er ein junger Dozent war, einfach Moschik genannt wurde. Er war ein rothaariger Amerikaner mit sonnenverbranntem Gesicht, der sommers wie winters in Jeans und Sandalen herumlief. Er lehrte ägyptisches Arabisch und neuzeitliche ägyptische Geschichte mit viel Begeisterung und Energie, und es gelang ihm, seine Studenten damit anzustecken. Sie hatte diese Fächer gewählt, weil ihre Familie aus Ägypten stammte und sie von zu Hause den ägyptischen Dialekt kannte. Abends hatte er im Blauen Pelikan Jazz gespielt und einige Studenten hatten ihn wegen seiner musikalischen Fähigkeiten höher geschätzt als wegen seiner Kenntnisse der neueren ägyptischen Geschichte. Während der Rede von Ehud Lion, Erbauer des Negev, war Lisi eingefallen, dass Moschik Bamberg damals, während seiner Militärzeit, ein paar Monate lang ein Zimmer bei ihren Verwandten, Tante Klara und Onkel Ja'akov, gemietet hatte, und die Studenten erzählten, er habe beim Grenztrupp Dienst getan, und es verbreiteten sich Gerüchte von Heldentaten, an denen er beteiligt gewesen sein sollte, die natürlich ein militärisches Geheimnis waren. Moschik Bamberg und Ehud Lion waren ungefähr gleich alt, beide waren Einwohner von Be'er Scheva, und vielleicht, vielleicht bestand eine Möglichkeit, dass Moschik etwas von Ehud Lions Militärdienst bei der Grenztruppe erzählen konnte.

2

Die Musik, die aus Klaras und Ja'akovs Laden am Busbahnhof drang, stammte nicht aus dem *Mikado*. Durch das Schaufenster konnte sie die beiden sehen, wie sie feierlich um das Grammofon herumschritten und etwas sangen, was sich wie »Antantra! Zini! Bum!« anhörte, während sie zugleich in imaginäre Trompeten bliesen. Es klang wie Gilbert und Sullivan und aller Wahrscheinlichkeit nach war es auch etwas von Gilbert und Sullivan. Es war möglich, dass Klara und Ja'akov den

Mikado einmal fallen ließen, aber nie im Leben würden sie diese beiden Komponisten hintergehen, die ihr Ein und Alles waren. Wenn ich jetzt eine Sonnenbrille oder eine Kassette bräuchte, dachte Lisi, und durch die Schaufensterscheibe den Zwerg mit der Perücke auf dem Kopf und die große Frau, wie ein Boxer im Kleid, sehen würde, wie sie singend um das Grammofon herumlaufen, ich würde nicht hineingehen. Kein Wunder, dass der Laden fast immer leer war. Sie suchte, ob sie Schnaps, den Kater der beiden, irgendwo sah, und entdeckte ihn unter der Klimaanlage. Tanzen und Singen erschreckte ihn immer.

»Das ist nicht aus dem *Mikado*«, sagte Lisi, als sie den Laden betrat. In der Luft hing der angenehme Duft von Kaffee.

»Lisi!«

Es rührte ihr Herz, als sie sah, wie sich die beiden über ihr Kommen freuten. Sie war ihre Lieblingsnichte, war es schon immer gewesen, und ihre Treue ihr gegenüber war so fest und unverbrüchlich wie die zu Gilbert und Sullivan. Die Liebe beruhte auf Gegenseitigkeit. Auch als sie als kleines Mädchen herausgefunden hatte, dass Tante Klara einmal Menasche geheißen und der Bruder ihrer Mutter gewesen war, änderte das nichts an ihrer Zuneigung und Achtung, die sie den beiden entgegenbrachte. Tante Klara und Onkel Ja'akov lebten in einer Welt, in der es Könige und Prinzen gab, in Palästen mit Intrigen, Hochzeiten und bösen Plänen, die aber am Schluss immer gut ausgingen, da sich erwies, dass der Waisenjunge in Wirklichkeit ein Prinz war und die Hand der Königstochter bekam, die fast, fast schon dem Bösewicht ins Netz gegangen wäre.

Sie machten das Grammofon aus und Klara fragte: »Sollen wir Kaffee kochen, Lisi?«

»Ja, bitte.«

»Ja'akov hat ihn gerade frisch gemahlen.«

Onkel Ja'akov stellte den kupfernen Finjan auf den Gaskocher und kleine Tassen auf das ebenfalls kupferne Tablett. Die Art und Weise, wie er Kaffee bereitete, hatte immer etwas Feierliches, wie eigentlich alles, was er tat.

»Ich werde euch einen elektrischen Wasserkessel schenken«, sagte Lisi lächelnd.

»Um Gottes willen, Lisi! Das ganze Aroma geht verloren, wenn man den Kaffee nicht auf offener Flamme kocht.«

»Die Italiener haben einen wunderbaren Kaffee und sie machen ihn in diesen Espressokännchen.«

»Und die Beduinen? Machen die nicht einen wunderbaren Kaffee? Wir sind nicht gegen den Fortschritt, nicht wahr, Ja'akov?«

»Nein, Klara.«

»Aber man wirft nicht etwas Gutes weg, nur weil es Fortschritt gibt. Das macht dem Fortschritt keine Ehre.«

Ja'akov hob den Blick zu Klara. Sie drückte alles, was er dachte, so klar und genau aus.

»Was habt ihr gesungen, als ich hereingekommen bin?«

»*Iolanthe*, eine Oper von Gilbert und Sullivan, die wir nicht so gut kennen. Wir haben angefangen, sie zu studieren, für das fünfzigjährige Bestehen des Staates Israel.«

»Es ist sowohl der Name der Oper als auch der Name der Primadonna«, erklärte Ja'akov.

»Sie ist halb Mensch, halb Fee. Ja'akov und ich haben uns gedacht, dass auch das Land Israel halb Traum und halb Wirklichkeit ist, deshalb wollen wir dieses Jahr *Iolanthe* singen. Wir sind sehr überrascht worden, Lisi.«

»Warum?«

»Weil die Geschichte dieser Oper der Geschichte des Staates Israel so ähnlich ist. Alle Hoffnungen unseres Landes finden sich in der Geschichte dieser Oper. Strephon, der Sohn der armen Iolanthe, welche die Magd der Feenkönigin ist, ist einfach ein junger, naiver Hirte. Aber er verliebt sich in Phyllis, die Tochter des Parlamentspräsidenten. Phyllis mögen wir nicht so besonders, stimmt's, Ja'akov?«

»Stimmt.« Vorsichtig goss Ja'akov Kaffee in die kleinen Tassen.

»Sowohl die Königin als auch das Parlament sind gegen

diese Heirat. Aber am Ende geht alles gut aus. Strephon heiratet Phyllis und alle Politiker heiraten die Feen, die sie vorher so gehasst haben, und allen wachsen Flügel und sie ziehen gemeinsam ins Reich der Feen. Sie waren so klug, Gilbert und Sullivan.«

Alle drei tranken schweigend ihren Kaffee. Lisi hatte es längst aufgegeben, der gewundenen Logik ihrer Verwandten folgen zu wollen.

»Was gibt's Neues bei dir, Lisi?«

Aha, die Schlüsselfrage! Lisi war ihre Verbindung zur großen Welt. In ihren Augen war die nachgeborene Tochter von Batscheva eine junge, schöne und begabte Frau, die sich in den höchsten Kreisen bewegte. In diesem Laden für Sonnenbrillen und Schirme, Kassetten und Stifte war sie die größte Dame, die es je gegeben hatte und je geben würde.

»Alle sind jetzt mit den Wahlen zur Stadtspitze beschäftigt«, sagte Lisi. »Alle Oberbürgermeisterkanditaten rauchen schon vor lauter Versprechungen. Ich komme gerade von einer Pressekonferenz, die der Oberbürgermeister für alle Kandidaten gehalten hat.«

»Schade, dass Herr Ben Porat aufhört«, sagte Tante Klara. »Es ist eine Ehre für Be'er Scheva, dass wir einen Oberbürgermeister haben, der weiß, wie man eine Krawatte bindet.«

»Man sagt, dass nun bald die Abgaben für die Geschäfte steigen«, sagte Ja'akov.

»Wer sagt das?«

»Die Leute, so sagt man eben.«

»Davon habe ich nichts gehört. Bestimmt ist es nur ein dummes Gerücht. Jeder Kandidat macht den anderen schlecht.«

»Wir verbreiten keine dummen Gerüchte, Lisi.« Klara war gekränkt. Sie straffte den Rücken und strich ihren Rock glatt. Schnaps kam unter der Klimaanlage hervor und sprang auf ihren Schoß.

»Gestern war Snan Abu Arar hier, erinnerst du dich an ihn? Unser Freund seit bald dreißig Jahren. Er ist zum Donnerstagsmarkt gekommen, und vor dem Markt kommt er immer erst zu uns. Wir haben so gesessen, mit Kaffee und Keksen, er hat erzählt, wir haben erzählt. Seine Brüder sammeln für uns Kräuter in den Bergen, für Heilmittel, und auch die Schlangenzähne. Du weißt doch, dass der ganze Negev mal ein See gewesen ist, und als er aufhörte, ein See zu sein, sind alle Schlangen, die vorher im Wasser gelebt haben, gestorben. Die Kinder von Abu Arar, als sie noch mit den Ziegen herumgewandert sind, haben für uns die antiken Zähne gesucht.«

»Wozu braucht man denn Schlangenzähne?«

»Das ist ein erprobtes Mittel, Lisi.« Klara betrachtete ihre Nichte erstaunt, dass sie so etwas landläufig Bekanntes nie gehört hatte. »Ja'akov hat sie gemahlen und wir haben das Pulver von den Zähnen in einen kleinen Stoffbeutel getan, wie es die Beduinenfrauen für eine Wöchnerin oder einen alten kranken Vater machen. Man kann auch Löcher in die Zähne bohren, damit man sie dem Säugling wie eine Kette um den Hals hängen kann. Das ist wirklich viel Arbeit, denn diese Zähne sind sehr klein und man muss das Loch hineinmachen, ohne dass sie kaputtgehen. Das Pulver haben wir mit der Kaffeemühle gemacht.«

»Hat Snan Abu Arar euch gesagt, dass die Abgaben erhöht werden?«

»Er hat es nicht gesagt, aber so haben wir es verstanden, als wir darüber sprachen, nachdem er gegangen war. Er ist zum Markt gekommen, um ein Lamm zu kaufen zu Ehren des Besuchs, den Ehud Lion seinem Stamm abstatten will. Das kostet heute viel Geld, so ein Lamm. Deshalb hat Ja'akov ihn ganz vorsichtig gefragt, ob er Hilfe braucht. Und da hat er gesagt, wir sollten unsere Börsen lieber gut festhalten, denn in Kürze würden wir das Geld für die Abgaben brauchen, wegen des Geschäfts. Er hat das Lamm gekauft, weil sie Lion bitten wollen, dass sie in ihrer Straße Strom und Abwasser bekommen.«

»Wohnen sie in Tel Scheva?«

»Ja. Sie haben auch außerhalb von Tel Scheva Grundbesitz.«

»Der Boden von Tel Scheva gehört nicht zu Be'er Scheva«, sagte Lisi. »Lion kann nichts für sie tun und sie können nichts für Lion tun.«

»Viele von den Abu Arar arbeiten in Be'er Scheva. Snan hat eine Versicherungsagentur, zwei von seinen Brüdern besitzen einen Traktor und arbeiten für alle möglichen Bauunternehmer. Er hat auch Brüder, die Lehrer sind, stimmt's, Ja'akov?«

»Ja.«

»Sie haben eine feste Bindung zu Be'er Scheva. Abends kehren sie nach Hause zurück, nach Tel Scheva, weil sie auf ihrem eigenen Boden bleiben wollen. Snans Eltern haben dort ein großes, elegantes Haus, stimmt's, Ja'akov?«

»Es sieht eher aus wie eine Villa in Kairo, in diesem vornehmen Viertel.«

»Findest du?«

»Was hat das mit Ehud Lion zu tun?«, mischte sich Lisi wieder ins Gespräch ein, bevor ihre Verwandten anfingen, über die Architektur Kairos zu diskutieren und sie mit der Architektur der Abu Arar zu vergleichen.

»Die Geschäfte der Abu Arar sind hier, in Be'er Scheva. Sie bezahlen Steuern an die Stadt.«

»Und das Lamm soll Lion dazu bringen, dass er mit seiner Regierung spricht, damit sie Abu Arar nicht das Land wegnehmen?« Lisi merkte selbst, dass sie anfing, wie ihre Verwandten zu sprechen.

»Das Lamm wird für eine freundschaftliche Atmosphäre sorgen. Ehud Lion ist ein Freund des Regierungspräsidenten und von vielen Ministern. Und wenn er ein gutes Wort für Be'er Scheva einlegt, wird Be'er Scheva das Paris der Levante. Lisi, er hat ein Herz aus Gold, dieser Lion, das hat uns Snan gesagt, und er hat auch gesagt, es würde sich lohnen, wenn die Läden hier vom Busbahnhof den Wahlkampf von Lion unterstützen, damit er uns Dank schuldet und nach den Wahlen die Abgaben nicht erhöht.«

»Das glaube ich nicht.«

Ja'akov und Klara waren gekränkt. Glaubte Lisi, ihre geliebte Nichte, sie würden lügen?

»Das ist Erpressung!«, rief Lisi. »Ich hoffe, ihr habt für keinen Kandidaten Geld gespendet. Es ist doch gar nicht sicher, ob Lion die Wahl gewinnt.«

»Er wird gewählt werden«, sagte Onkel Ja'akov. »Snan hat es gesagt. Snan weiß es.«

»Habt ihr Geld für ihn gesammelt?«

»Hat hier jemand etwas übrig? Die Geschäfte gehen bei allen miserabel. Alle Kunden hier sind junge Soldaten, was kaufen sie schon? Falafel und Kaugummi und Cola und vielleicht mal eine Zeitung. Ganz selten kauft eine Russin ein Eis für ihr Kind. Ich und Ja'akov, wir haben darüber gesprochen und beschlossen, nichts zu tun. Wir würden uns genieren, von unseren Nachbarn hier eine Spende zu verlangen.«

»Man sagt, die Stadt will absichtlich alle Geschäfte hier am Busbahnhof kaputtmachen, damit die Läden schließen und *Lion Erbauer des Negev* hier ein zwanzigstöckiges Einkaufszentrum hinbauen kann«, sagte Ja'akov.

»Wenn Ehud Lion Oberbürgermeister wird, kann er hier nichts bauen«, sagte Lisi.

»Seine Brüder werden bauen.«

»Wer sagt das?«

»Alle. Hast du gesehen, wie viele Geschäfte hier schon zugemacht haben? Die Leute haben kein Geld und keine Arbeit, die Läden waren leer und haben die Ersparnisse der Besitzer aufgefressen mit all den Abgaben für die Stadt und der Immobiliensteuer, die Unmengen verschlingt, deshalb haben sie zugemacht. Schau dich doch mal um! Der Blumenladen ist zu, die Trikotage, die Hochzeitskleider, der Friseur. Leute, die seit dreißig Jahren hier gearbeitet haben.«

»Andererseits«, sagte Ja'akov, »sind Russen gekommen und haben diese Läden gekauft und lassen sie leer stehen, damit sie dann Entschädigung bekommen, wenn hier zwanzigstöckige Einkaufszentren gebaut werden.«

»Die russische Mafia?«

»Wir benutzen solche Wörter nicht, Lisi. Wir erinnern uns noch genau, wie man uns ›Messer-Marokkanis‹ beschimpft hat, als wir nach Israel gekommen sind.«

»Ihr seid nicht aus Marokko.«

»Aber wer uns nicht kannte, konnte das nicht wissen, nicht wahr?«, sagte Ja'akov. »Sollen wir jetzt Leuten, die wir gar nicht kennen, Schimpfnamen geben, nur weil sie aus Russland kommen?«

»Sie wollen hier auch ein Hotel bauen, über den Geschäften, stimmt's, Ja'akov?«

»Die Baufirmen haben ein großes Interesse daran, mit dem befreundet zu sein, der als Oberbürgermeister gewählt wird.«

»Ehud Lion ist ein großer Bauunternehmer. Warum sollte er Oberbürgermeister werden wollen, wenn solche Projekte anstehen?«

»Weil er ein goldenes Herz hat, Lisi. Die Zukunft unserer Stadt ist ihm wichtiger als sein Geldbeutel. Iolanthe hat ihr Leben für ihren Sohn Strephon geopfert, ihr ganzes Leben lang hat sie unten am Fluss gelebt, im Schlamm, mit den Fröschen, mit einem schrecklichen Geheimnis im Herzen, nur aus Liebe zu ihrem Sohn. Unser Be'er Scheva ist so etwas wie Lions Sohn. Solche Leute gibt es auf der Welt, Lisi.«

Lisi wunderte sich, warum sie von solchen Plänen noch nie etwas gehört hatte. Um den Busbahnhof herum standen alte Gebäude, in denen sich Läden und Kioske befanden. Die Händler hier machten keine großen Geschäfte. Aber es stellte ein noch nicht erschlossenes Potenzial dar, was Immobilien betraf. Wenn es stimmte, was Tante Klara und Onkel Ja'akov sagten, war das Gelände hier Millionen wert. Schon jetzt war es Millionen wert.

»Hat Lion Snan Abu Arar zu euch geschickt?«

»Nein, wie kommst du denn auf diese Idee! Meinst du etwa, Lion braucht uns, Lisi? Snan hat uns nur erzählt, warum er es selbst übernommen hat, ein Lamm zu kaufen.«

»Lion ist Millionär.«

»Ein Millionär nimmt kein Geld aus seiner eigenen Tasche, Lisi. Das ist doch bekannt. War er bei der Pressekonferenz im Rathaus?«

»Ja. Er hatte einen Anzug von *Armani* an und Schuhe von *Gucci.*«

»Was für eine Farbe?«

»Beige.«

»Beides, der Anzug und die Schuhe?« Endlich waren sie bei einem Thema angelangt, das Ja'akov und Klara wirklich interessierte.

»Ja«, sagte Lisi. »Beides.«

»Mit Gilet?«

»Was?«

»Mit Weste, war der Anzug dreiteilig?«

»Nein.«

»Welcher Knopf war geschlossen, der oberste oder der unterste?«

»Keine Ahnung. Ich glaube, es war keiner geschlossen.«

»Hast du nicht darauf geachtet?«

»Nein.«

»Und was haben die anderen Kandidaten angehabt?«

»Ich habe nicht so hingeschaut«, sagte Lisi. »Hose und Hemd.«

»Baumwollhemden oder Jersey?«

»Ich weiß nicht.«

Klara und Ja'akov verstanden nicht, wie man auf so wichtige Dinge nicht achten konnte. Wenn die Reporterin von *Kol Habe'er* nicht so snobistisch gewesen wäre, hätte Lisi sie ihren Verwandten vorgestellt. Ihr fielen Dinge auf, die Lisi überhaupt nicht wahrnahm.

»Lion hat gesagt, er wäre bei der Grenztruppe gewesen.«

»Alle Achtung!« Ein Anzug von *Armani*, Schuhe von *Gucci* und dazu noch die Grenztruppe? Klara und Ja'akov schauten sich mit glänzenden Augen an. Die Armee war ihnen lieb und teuer, und wenn Soldaten etwas bei ihnen kauften, bekamen sie immer Rabatt. Ehud Lions Ansehen stieg in ihren Augen.

»Erinnert ihr euch noch an den Professor Mosche Bamberg?«

»Natürlich, Lisi, er hat doch ein paar Monate lang bei uns gewohnt, als er bei der Armee war. Er war auch bei der Grenztruppe. Was für ein Zufall! Weißt du, wer ihn damals zu uns gebracht hat, damit wir ihm ein Zimmer geben?«

»Wer?«

»Snan Abu Arar.«

»Ach, was du nicht sagst?«

»Wir nennen ihn Moschik, ich und Ja'akov, er war fast noch ein Kind, als wir ihn kennen gelernt haben, deshalb fällt es uns schwer, ihn Professor Bamberg zu nennen. Er ist als Tourist nach Israel gekommen, ist die ganze Zeit durch die Wüste gewandert. In Amerika gab es damals Drogen und dieses Woodstock und Hippie-Kommunen. Er ist aus New York gekommen und hat davon geträumt, so was wie ein Hippie-Beduine zu sein. Er ist durch die Wüste Sinai gelaufen und war in Taba und Scharem, wie alle jungen Leute damals, und ein paar Monate lang arbeitete er bei Rafi Nelson in Eilat. Aber am Schluss hatte er die Nase voll von diesem Leben, er hat gesagt, es wäre dieselbe Sache in Grün. Ein Bourgeois auf der Suche nach Abenteuern. Deshalb ist er vom Sinai hierher gekommen und hat sich unter den Beduinen in der Nähe von Be'er Scheva herumgetrieben, und am Schluss ist er bei den Abu Arar geblieben. Er hat mit ihnen gearbeitet und mit ihnen gelebt, damals haben sie noch in Zelten und Blechhütten gewohnt. Donnerstags haben sie ihre Kamele zum Markt gebracht. Das war damals die Zeit, als wir uns mit Snan angefreundet haben. Moschik war fast ein Jahr bei ihnen und hat auch Arabisch gelernt. Er konnte Arabisch, noch bevor er Hebräisch gesprochen hat. Als Snan beschloss, zur Armee zu gehen, ist Moschik mit ihm gegangen.«

»Ich glaube, er ist älter als Snan«, sagte Ja'akov.«

»Ja, das stimmt. Jedenfalls hat er seinen Touristenpass gegen den Pass eines Neueinwanderers getauscht und sich zum Militärdienst gemeldet. In seiner Rekrutenzeit war es ihm zu unbequem, immer mit Snan zu seinem Stamm zu fahren. Er wollte ein Zimmer mit Komfort in der Stadt: ein gutes Bett, ein Badezimmer mit warmem Wasser, eine Waschmaschine in der Wohnung. Du weißt, wie unsere Soldaten sind. Sie bringen immer die Uniform nach Hause, damit die Mama sie wäscht und bügelt. Snan hat gefragt, ob wir Moschik als Untermieter aufnehmen, und wir haben uns sehr gefreut, dass wir einem Neueinwanderer, der zugleich ein allein stehender Soldat war, ein Zuhause bieten konnten. Freitags haben wir für ihn den Boiler angemacht und Ja'akov hat ihm seine Uniform gebügelt, wie jede gute Mutter.«

»Und Klara hat Kuchen für ihn gebacken und in eine Blechdose gepackt, damit er die ganze Woche was davon hatte.«

»Er hat Gilbert und Sullivan auch geliebt. Er hatte sie nicht gekannt, bevor er zu uns kam. Damals haben alle jungen Leute die Lieder von Elvis Presley und Bob Dylan und den Beatles gesungen. Wenn wir Gilbert und Sullivan aufgelegt haben, hat er sich zu uns ins Wohnzimmer gesetzt und zugeschaut, wie wir gesungen und getanzt haben, und dazu hat er mit den Fingern im Takt auf die Sessellehne geklopft. Weißt du noch, Ja'akov?«

»Ja.« Die Erinnerung zauberte ein Lächeln auf beider Gesichter. Lisi dachte, auch wenn sie hundert Jahre lebte, würde sie nie wieder ein Paar finden, das ein Leben so voller Liebe, gegenseitiger Achtung und Harmonie lebte.

»War Snan auch bei der Grenztruppe?«, fragte Lisi.

»Nein. Ich glaube, er war Späher. Was sagst du, Ja'akov?«

»Damals waren alle Beduinen, die zur Armee gegangen sind, beim Spähtrupp.«

»Hat er Ehud Lion in der Armee kennen gelernt?«

»Wer?«

»Snan.«

»Keine Ahnung, Lisi. Moschik hat er kennen gelernt.«

»Wer?«

»Lion.«

»Ehud Lion und Moschik Bamberg waren zusammen bei der Grenztruppe?« Endlich waren sie beim Thema.

»Ja. Oft, auch nach der Grundausbildung, hat Lion Moschik mit seinem Auto mitgenommen, wenn sie zum Lager zurückgefahren sind. Er war schon damals reich. Seine Brüder hatten diese Erdarbeiten im Sinai bekommen und er hat bei ihnen gearbeitet, noch bevor er eingezogen worden ist. Moschik mochte ihn nicht so gerne, glaube ich. Was sagst du, Ja'akov?«

»Sie haben ihn später aus der Grenztruppe geworfen.«

»Wen?«, fragte Lisi.

»Lion«, sagte Ja'akov.

»Aha.«

»Ich glaube, das haben sie gesagt, erinnerst du dich, Klara?«

»Ich habe irgendetwas Unangenehmes in Erinnerung«, nickte Klara.

»Das ist eine große Verantwortung, die Grenztruppe«, sagte Ja'akov. »Ihre Einheit hat Patrouillen entlang der ägyptischen Grenze gemacht. Damals hat man Kamele und Haschisch geschmuggelt, außerdem gab es natürlich auch illegale Grenzgänger. Nicht jeder kann so eine Verantwortung aushalten. Man macht Geschäfte mit irgendwelchen Ganoven, und wer nicht stark ist, hat schnell Dreck an den Fingern.«

»Aber Moschik hat sich nicht die Hände schmutzig gemacht«, ergänzte Klara.

»Stimmt, und es ist auch kein Zufall, dass er jetzt ein wichtiger Professor geworden ist. Für uns ist er wie Strephon. Er war ein Hirte, er lebte an einer Quelle, zusammen mit den Fröschen, und am Schluss wurde er zu einem Mitglied des Parlaments und heiratete Phyllis.«

»Ich glaube nicht, dass man Lion aus der Armee geworfen hat«, sagte Lisi. Sie war fest entschlossen, nicht zuzulassen, dass Klara und Ja'akov wieder in Gilbert und Sullivan versanken. »Sonst hätte er heute den Journalisten doch nicht erzählt, dass er bei der Grenztruppe gedient hat.«

»Auch eine Uhr, die steht, zeigt zweimal am Tag die richtige Zeit an«, sagte Onkel Ja'akov.

»Was?«

»Ja'akov meint, dass Lion nicht gelogen hat, aber er hat auch nicht die ganze Wahrheit gesagt, stimmt's, Ja'akov, das hast du doch gemeint, oder?«

»Ja.«

»Lion hat bei der Grenztruppe gedient. Und dann hat er woanders gedient. Er hat aufgehört, Moschik sonntags abzuholen, zu ihrer Einheit. Und als wir gefragt haben, was los sei, hat Moschik gesagt, dass Lion nicht mehr mit ihm zusammen diente.«

»Das heißt doch nicht, dass man ihn aus der Armee geworfen hat.«

»Sie haben ihn aus der Grenztruppe entfernt, nicht aus der Armee, Lisi.«

»Aber wenn er etwas Schmutziges getan hat, ist er bestimmt verurteilt und bestraft worden, und dann hätte er doch jetzt nicht der ganzen Welt ausgerechnet von seinem Dienst bei der Grenztruppe erzählt.«

»Es gibt Leute, die das Schicksal herausfordern, Lisi. Weißt du, was am Schluss mit der bösen Feenkönigin passiert ist? Sie hat ihren Palastwächter geheiratet.«

»Warum ist Moschik damals bei euch ausgezogen?«

»Er hat ein Mädchen gefunden«, sagte Ja'akov.

»Und beim Jom-Kippur-Krieg hatten sie schon das erste Kind. Es war ein Junge.« Klara lächelte stolz.

Lisi entschied, dass sie nichts mehr von romantischen Geschichten und liebenden Herzen, die vom Schicksal getrennt und am Schluss wieder vereint wurden, hören wollte. Sie stand auf.

»Bist du noch mit dem Rechtsanwalt aus Tel Aviv zusammen?«, fragte Tante Klara.

»Ja.«

»Hast du noch was von *Chanel Nr. 5*?«

»Ja.«

»Sag mir, wenn du welches brauchst, Lisi.«

»In Ordnung.« Wenn sie Tante Klara erzählte hätte, dass sie das *Chanel Nr. 5* überhaupt nicht benutzte, hätte sie das tief getroffen. Seit Lisis zwölftem Lebensjahr hatte Tante Klara angefangen, sie in die kleinen Geheimnisse einzuweihen, welche die Wege der Frauen zu den Herzen der Männer ebnen. Lisi besaß Fläschchen mit Weihrauchkörnern und Myrrhepulver, welche die Beduinen aus Ein Gedi und Jericho Tante Klara und Onkel Ja'akov gebracht hatten, kleine Stoffbeutel, gefüllt mit Rosenblättern und indische Parfüms fanden sich in ihrer Kramschublade, und in ihrem Medikamentenschrank im Badezimmer standen Dosen mit Cremes, die über »romantische Kräfte« verfügten – ebenso in Vergessenheit geraten wie die vorsichtigen Hinweise zu ihrer Verwendung.

»Lade ihn doch zu uns ein, wenn er das nächste Mal nach Be'er Scheva kommt.«

»Gern. Und danke für den Kaffee.«

»Danke für den Besuch, Lisi.«

3

Moschik Bambergs Stimme hatte sich im Lauf der Zeit verändert. Er sprach nicht mehr so schnell und energisch, nicht mehr so atemlos, als würde er gerade rennen. Jetzt klang sie heiser, misstrauisch und matt.

Nachdem sie sich vorgestellt hatte, fragte er, was er für sie tun könne. Sie sagte, sie bereite eine Reportage für die *Zeit im Süden* vor, über Ehud Lion, den Kandidaten für das Oberbürgermeisteramt in Be'er Scheva, und weil sie zusammen bei der Armee gewesen waren, habe sie sich gedacht, er könne ihr etwas über den Lion von damals erzählen.

»Hat Lion Ihnen gesagt, wir wären zusammen bei der Armee gewesen?«, fragte er. Noch immer war ein leichter amerikanischer Akzent zu hören, obwohl er sich um eine sehr genaue Aussprache bemühte.

»Nein.«

»Wieso wenden Sie sich dann an mich?«

»Mir ist eingefallen, dass Sie bei der Grenztruppe, Abschnitt Süden, waren, und Lion hat ebenfalls dort gedient, deshalb habe ich gedacht…«

»Ich habe die Armee vor fünfundzwanzig Jahren verlassen!«

Lisi war sich nicht mehr sicher, ob dieser Anruf eine so gute Idee gewesen war. »Meine Verwandten«, sagte sie, »Klara und Ja'akov, haben gesagt, dass Sie bei ihnen gewohnt haben, damals, und Lion habe Sie immer sonntags mit dem Auto mitgenommen.«

»Klara und Ja'akov?«, fragte er und wurde plötzlich munter. »Klara und Ja'akov!« Der energische Ton, an den sie sich erinnerte, kehrte plötzlich in seine Stimme zurück. »Wie geht es ihnen?«

»Gut, sie sind gesund. Sie führen ihren Laden am Busbahnhof und singen noch immer Gilbert und Sullivan.«

»Sie waren großartig.«

»Sie sind noch immer großartig.«

»Ich habe nicht gewusst, dass sie Onkel und Tante von irgendjemandem sind! Wer von beiden ist mit Ihnen verwandt?«

»Tante Klara.«

»Bru-, Schwester von wem?«

»Von meiner Mutter.«

Professor Bamberg lachte. Lisi wartete unbehaglich. Die große Liebe zwischen Klara, die einmal ein Mann gewesen war, und dem fast zwergwüchsigen Ja'akov führte oft zu amüsierten Reaktionen, mit denen sie immer noch nicht umgehen konnte.

»Ich erinnere mich an Sie«, sagte er.

»Was?«

»Sie haben in meinen Vorlesungen immer Kaugummi gekaut und sich manchmal auch die Nägel lackiert.«

»Aha.«

»Ich hätte Sie am liebsten rausgeworfen, aber bei den Prüfungen haben Sie immer sehr gut abgeschnitten.«

»Ich will Ihnen nicht allzu viel Zeit stehlen.«

»Ich habe nichts über Lion zu erzählen. Das ist alles lange her.«

»Sagen Sie mir was darüber, welche militärischen Aufgaben Sie damals erledigen mussten.«

»Wen interessiert das heute noch?«

»Die Wähler von Be'er Scheva. Er kandidiert für das Amt des Oberbürgermeisters und vermutlich wird er auch gewählt werden.«

»Wer hat Ihnen gesagt, dass Sie bei mir anrufen sollen?«

»Niemand.«

»Es ist Ihnen also von selbst eingefallen.«

»Ja. Was ist daran so seltsam?«

»Nicht seltsam. Das passt zu Ihnen. Von wem haben Sie meine Telefonnummer?«

»Von der Sekretärin der Fakultät. In Be'er Scheva. Sie wusste nicht, ob Sie in Bar Ilan lehren oder in Beit Berel.«

»Sowohl als auch.«

»Warum haben Sie in Be'er Scheva aufgehört?«

»Man hat mir eine ordentliche Professur in Bar Ilan angeboten. In meinem Alter denkt man schon an die Pensionierung.«

»Tante Klara hat gesagt, dass Ihr Sohn im Jom-Kippur-Krieg geboren worden ist.«

»Der Älteste, ja. Tante Klara achtet auf die wichtigen Dinge des Lebens.« Wieder lachte er. »Wir haben zwei Söhne und eine Tochter.«

»Wie alt ist die Kleine?«

»Siebzehn. Warum fragen Sie?«

»Einfach so. Um Sie weicher zu stimmen. Bitte, können Sie mir nicht eine halbe Stunde schenken?«

»Nein. Das wäre Zeitvergeudung. Es gibt nichts, was ich über ihn erzählen könnte.«

»Wer war noch mit Ihnen in der Einheit? Gibt es jemand anderen, den ich interviewen könnte?«

»Es war eine kleine Einheit. Ich habe keine Ahnung, wo die anderen heute sind. Es ist lange her.«

»Aber Sie haben drei Jahre lang gemeinsam gedient.«

»Ein Jahr.«

»Nur ein Jahr? Wieso das?«

»Sie interviewen mich schon.«

»Ich werde weder Kaugummi kauen noch mir die Nägel lackieren.«

Bamberg lachte. Sie erinnerte sich gut an sein Lachen. Wie gegen seinen Willen brach es aus ihm heraus. Und brach sofort wieder ab, wie bei einem Jungen, den man bei einem Streich ertappt hat. Die Verwirrung brachte ihn wohl dazu, dass er jetzt sagte: »Lassen Sie mich nachdenken. Rufen Sie mich in einer Viertelstunde wieder an.«

Als sie eine Viertelstunde später anrief, sagte er als Erstes: »Ich will nicht, dass Sie meinen Namen erwähnen. Nicht in der Zeitung und nirgendwo.«

»In Ordnung.«

»Das ist meine Bedingung.«

»Akzeptiert.«

»Kann ich mich auf Sie verlassen?«

»Ja.«

»Warum?«

»Sie können mich vor Gericht verklagen, wenn ich mein Versprechen nicht halte.«

»Danke.«

Sie hoffte, sie würde ihn, wenn sie sich trafen, davon überzeugen können, dass sie das, was er sagte, als Gerücht veröffentlichen könnte. Arieli war immer wütend auf sie, wenn sie etwas »aus wohl informierten Quellen« oder »nahe stehenden Kreisen« berichtete. »Das riecht nach Bluff und es fordert Verleumdungsanzeigen geradezu heraus«, schimpfte er, wenn sie die Identität ihres Informanten geheim halten musste.

Professor Mosche Bamberg lud sie für den nächsten Nachmittag ein und erklärte ihr, wie sie sein Haus finden würde. Er wohnte an der Straße, die nach Bethlehem führte, ungefähr zwei Kilometer nach der Tankstelle. Sein Haus war allein stehend und von der Hauptstraße aus nicht zu sehen. Wenn sie eine alte Tamariske neben einem ungepflasterten Weg sah, hatte er ihr erklärt, müsse sie einbiegen, der Weg würde sie zu seinem Haus bringen. Ein breites, blau gestrichenes Tor führe auf den Hof, sie könne durchfahren bis vors Haus.

Bamberg hatte Recht. Das Haus war schwer zu finden. Vor allem, weil sie keine Ahnung hatte, wie eine Tamariske aussah, egal ob alt oder jung. Das Haus stand im Nirgendwo, weit weg von der Straße. Es war zweistöckig, geräumig und von einem großen, mit Kakteen eingefassten, Garten umgeben. Der innere Hof war gefliest und ein langes Asbestdach schützte das, was vermutlich der Parkplatz des Hauses war, auch wenn im Moment kein Auto dort stand. Das Haus sah vollkommen anders aus, als man es von einem Hippie-Beduinen erwartet hätte, der zurück zur Natur wollte. Es glich eher einer Festung von Aufständischen in einem mexikanischen Film. Lisi stieg aus dem Auto und klingelte. Ein leises Surren war zu hören und sie entdeckte über dem Tor etwas, das wie ein elektronischer Spion aussah.

Sie stand vor dem blauen Tor, groß und gelassen, und betonte mit einem Gähnen den unbedarften Eindruck, den ihre blauen, allen wohl bekannten Plastikohrringe schon vermittelten. Mit einem elektrischen Summen öffnete sich das Tor. Sie fuhr das Auto auf den Hof und parkte es unter dem Schutzdach.

Ihre Bedenken verflogen, als sie das Haus betrat. Das Wohnzimmer sah aus, wie es von einem Professor für Orientalistik zu erwarten war. Voll gestopfte Bücherregale in wilder Unordnung bedeckten zwei Wände des Raums vom Boden bis zur Decke und auf dem großen Esstisch, der offenbar als Schreibtisch benutzt wurde, türmten sich Bücher und Papiere. Auf einem betagten Klavier standen eine Lampe mit grünem Glasschirm und ein Metronom, daneben lag ein hoher Stapel Noten, seitlich lehnte ein alter Gitarrenkasten. Neben einem Sessel befand sich eine große, kompliziert wirkende Stereoanlage, an die ein Kastenschrank voller Platten und CDs anschloss. Hier gab es sogar noch mehr Platten und CDs als bei Roni, allerdings bestimmt Beethoven und Ähnliches. Lisi überlegte, wer hier wohl der Musiker war. Moschik, seine Frau, die Kinder? In einer Ecke der Küche häufte sich schmutziges Geschirr im Spülbecken und auf dem Fußboden standen Kartons mit Mineralwasser, Cola, H-Milch und eine Kiste Wassermelonen.

»Meine Frau ist nicht zu Hause, ich muss mich für die Unordnung entschuldigen.«

»Ist sie im Ausland?«

»Nein, nein, sie ist nach Jerusalem gefahren, zu unserem ältesten Sohn. Wenn sie morgen zurückkommt, wird die Wohnung blitzblank sein.«

»Was studiert er?«

»Studiert! Er hat schon vier Kinder. Der Jüngste ist vor zwei Wochen geboren worden, meine Frau ist hingefahren, um der Schwiegertochter zu helfen.«

»Ist er ein Neu-Orthodoxer?«, fragte Lisi.

»Ja, zu meinem großen Bedauern. Auch der zweite Sohn ist zur Religion zurückgekehrt. Er hat es seinem Bruder nachgemacht.«

»Aber Sie stehen mit Ihnen in Verbindung?«

»Ja, Gott sei Dank«, sagte er und lachte. »Wir haben jetzt eine koschere Küche, damit sie uns besuchen können. Wir haben sogar eine Schabbat-Uhr angeschafft.«

»Fahren Sie nicht am Schabbat?«

»Ich fahre am Schabbat, meine Frau fährt am Schabbat und unsere Tochter fährt am Schabbat. Wir hören auch Radio und schauen fern. Wenn die Söhne kommen, passen wir uns ihnen an. Das ist nicht so schwer.«

Die Jahre hatten Moschik Bamberg nicht verschont. Er war noch immer groß und mager, doch seine roten Haare wiesen graue Strähnen auf, sein Rücken war gebeugt und seine blauen Augen hatten sich mit einem trüben Film überzogen. Sein Gesicht, früher einmal rosig angehaucht, sah grau aus. Er trug eine kurze Khakihose, ein zerknittertes kariertes Hemd und Plastiksandalen. Er hat keinen Onkel Ja'akov mehr, der ihm die Hemden bügelt, dachte Lisi. Seine Bewegungen waren schnell, er sprach rasch, in dieser Hinsicht hatte er sich nicht geändert. Lisi versuchte zu erraten, wie alt er war. Fünfzig? Sechzig?

Er brachte zwei Tassen Kaffee und stellte sie auf den Kupfertisch, der zwischen zwei Sesseln stand. Dann zeigte er ihr seinen letzten Artikel, der im *Katheder* erschienen war, über den Aufstand der Studenten in Ägypten zu Beginn des Jom-Kippur-Krieges sowie einen Aufsatz, der in einem Universitätsorgan in den Vereinigten Staaten erschienen war, über Ägypten und den Bürgerkrieg im Jemen. Die Artikel, die in Transparentfolien steckten, schenkte er ihr. Sie bedankte sich in dem sicheren Wissen, dass sie sie nur unter Gewaltandrohung lesen würde. Ab und zu warf er einen Blick zu dem Fenster, das zum Hof hinaus ging, als warte er auf jemanden.

»Ich fürchte, ich habe Sie umsonst herbemüht«, sagte er.

»Warum?«, fragte Lisi und holte ihren Block und einen Stift aus ihrer Tasche. Sie fürchtete, wenn sie das Aufnahmegerät auspackte, würde er sich weigern, mit ihr zu sprechen.

»Ich weiß nicht viel über Ehud Lion.«

»Sie waren ein ganzes Jahr mit ihm zusammen beim Militär.«

»Das ist lange her.«

»Welche Aufgabe hatten Sie beide?«

»Wir waren Cowboys.« Er lächelte. »Es war eine besondere Einheit innerhalb der Grenztruppe und unsere Aufgabe war es, die Grenze nach Ägypten zu bewachen. Wir verfolgten illegale Grenzgänger, wir nahmen Schmuggler fest, es ging vor allem um Haschisch, manchmal auch um Kamele, die von Jordanien nach Ägypten gebracht werden sollten. Die meiste Zeit waren wir in der Wüste, wir hatten Verbindung mit beduinischen Informanten und übersahen illegale Aktionen, wenn man uns sagte, dass wir wegschauen sollten. Auch das kam vor. Im Nachhinein hört sich das romantisch an, alles in allem war es jedoch eine schmutzige Arbeit. Aber ich war jung und abenteuerlustig, mir machten das Risiko und die Heimlichtuerei Spaß, die mit meinem Dienst zusammenhingen. Ich genoss auch meine freie Zeit bei Ihren Verwandten.«

Lisi lächelte, als sie an Onkel Ja'akov und Tante Klara dachte. »Wie sind Sie zu dieser Einheit gekommen?«, fragte sie.

»Ich habe das Arabisch der Beduinen gesprochen und ich kannte die verschiedenen Stämme um Be'er Scheva herum ziemlich gut.«

»Meine Tante und mein Onkel haben gesagt, dass Sie früher, bevor sie zur Armee gingen, bei Snan Abu Arar gewohnt haben.«

»Im Zelt!« Er lachte. »Den ägyptischen Dialekt habe ich bei Ihren Verwandten gelernt.«

»Sind Ihre Eltern in den Vereinigten Staaten geboren?«

Bamberg schüttelte den Kopf. »In Polen. Bei uns zu Hause wurde Jiddisch gesprochen.«

»Und Ihre Frau?«

»Hier geboren, eine Eingeborene.« Ein geheimnisvolles Lächeln erhellte sein Gesicht. Er liebt sie, dachte Lisi und Bamberg fragte: »Möchten Sie noch etwas wissen?«

»Warum hat man Ehud Lion damals aus der Grenztruppe geworfen, aber nicht aus der Armee, und wie kommt es, dass niemand etwas darüber weiß?«

»Das ist doch nichts, was man in die Welt hinausposaunt.«

»Bei der Pressekonferenz hat er erzählt, dass er bei der Grenztruppe gedient hat.«

Bamberg schwieg. Er war in Gedanken versunken.

»Das ist seltsam, nicht wahr?«, sagte er schließlich.

Lisi nickte. »Das finde ich auch. Wenn er rausgeworfen wurde, warum hat er dann ausgerechnet das erwähnt?«

»Schlafende Schlangen herauslocken, damit er ihnen die Köpfe abschlagen kann.«

»Was?«, fragte Lisi erstaunt.

Bamberg schwieg wieder.

»Hat man ihm einen Prozess gemacht?«

»Ja.«

»Weshalb?«

»Das müssen Sie selbst herausfinden.«

»Drogenschmuggel?«

»Ich habe genug gesagt.«

»Hat er im Gefängnis gesessen?«

»Nein.«

»Wieso nicht?«

»Er wurde in eine andere Einheit versetzt.«

»Sind Sie bei dem Prozess als Zeuge aufgetreten?«

»Nein.«

»Wieso nicht?«, fragte Lisi. »Sie haben doch in der gleichen Einheit Dienst getan.«

»Wieso fragen Sie mich das?«

»Sie wussten etwas, was ihm hätte schaden können, und jemand anderer hat dafür gesorgt, dass Sie nicht als Zeuge geladen wurden.«

Vom Hintereingang war das Klappen einer Tür zu hören, dann leichte Schritte, und in der Wohnzimmertür erschien ein Mädchen, zweifellos Bambergs Tochter. Sie sah dem jungen Moschik, an den Lisi sich erinnerte, sehr ähnlich – schmal, dichte rötliche Locken, flammend blaue Augen, ein aufgewühltes Mienenspiel. Sie blieb unvermittelt stehen, als sie Lisi bemerkte, schwankte, ob sie den Rückzug antreten oder bleiben sollte.

»Ist Effy noch nicht zurückgekommen?«, fragte sie. Im Gegensatz zu ihrem ungestümen Auftreten war ihre Stimme zögernd.

»Nein. Komm, Dina, ich will dir Lisi Badichi vorstellen. Eine ehemalige Studentin von mir.«

Lisi lächelte dem Mädchen zu. »Guten Tag, Dina.«

»Guten Tag.« Der Hauch eines Lächelns erschien auf dem kleinen Gesicht. Dann drehte sich Dina um, ging hinüber zu der Treppe und rannte hinauf in den ersten Stock. Über ihnen wurde eine Tür zugeworfen.

»In welche Klasse geht sie?«, fragte Lisi.

»Sie geht nicht in die Schule.

»Wieso?«

»Sie hat beschlossen aufzuhören.«

»Ist sie auch religiös geworden?«

»Nein.«

Bamberg war anzusehen, dass er nicht über seine Tochter sprechen wollte. Er stand auf und machte das Licht an. Erst jetzt sah Lisi, dass der Himmel draußen dunkel wurde. Er stand an dem überladenen Schreibtisch und blätterte in den Papieren, dann machte er ihr ein Zeichen, dass es Zeit wäre, aufzubrechen.

»Wer spielt hier?«

»Wir alle. Aber die Berufsmusikerin ist meine Frau.

»Tritt sie auf?«

»In Kindergärten.« Wieder erschien das verhaltene Lächeln auf seinem Gesicht.

Lisi fragte sich, wie ein Universitätsprofessor und eine Kindergärtnerin es geschafft hatten, sich ein so großes Haus zu bauen. Das Grundstück war vermutlich billig gewesen, aber ein zweistöckiges Haus auf einer Fläche zu bauen, die nach mindestens hundertfünfzig Quadratmetern aussah, musste ein Vermögen gekostet haben. Vielleicht war seine Frau ja reich.

»Hat Lion auch Arabisch gesprochen?«

»Ja. Alle Soldaten unserer Einheit kamen aus Familien, in denen Arabisch gesprochen wurde. Ich war ein fremder Vogel zwischen all den anderen, deren Muttersprache eigentlich Arabisch war. Mein Vorteil war allerdings, dass ich den Beduinendialekt sprach.«

»Hat man Sie verächtlich behandelt?«

»Nein, überhaupt nicht, warum hätten sie das tun sollen? Im Gegenteil, ich war eine Art Maskottchen. Unsere Gruppe wurde nämlich die ›Roten‹ genannt.«

»Auch früher, beim Palmach, hat man die Kampftruppen ›Rote‹ genannt, das ist nichts Neues. Haben Sie den Kurs beim Nachrichtendienst gemacht?«

»Ja.«

»Zusammen mit Lion?«

»Ja.«

»Wann war das?«

»Wir haben 1970 bei der Armee angefangen und uns für ein Jahr verpflichtet, wegen dem Kurs. Der Jom-Kippur-Krieg war sozusagen die Prämie, die wir bekommen haben.« Seine Stimme klang auf einmal bitter. Er schwieg, seine Augen glitten über die Buchreihen. »Nach dem Krieg haben sich die ›Roten‹ aufgelöst. Zwei sind bei Ras Sudar gefallen, einer ist auf einem Auge blind geworden, einer hatte einen Gefechtsschock. Ich machte meinen Reservedienst bei der Bürgerwehr. Nun ja, ich bin alt, militärisch gesehen. Heute rennen andere Kinder durch die Wüste und spielen dieselben Spiele.«

»Haben Sie und Ehud sich nach dem Kurs zur selben Einheit gemeldet?«

»Ja.«

»An die ägyptische Grenze?«

»Ja.«

»In welchem Bezirk?«

»Am Gaza-Streifen. Rafiach, Chan Junis, Deir el Balach. Unsere Partner waren, in jeder Hinsicht, vor allem die örtlichen Beduinenstämme. Sippen wie die Jabarat, die Chanjra, die Tarabin, die A-Sana. Wissen Sie noch was von dem, was Sie mal gelernt haben?«

»Ein bisschen.«

»Die Beduinen, die nach dem Unabhängigkeitskrieg aus der Gegend von Be'er Scheva zum Gazastreifen geflohen sind. Danach haben sie angefangen, auf allen Hochzeiten zu tanzen.«

»Einige von ihnen sind zurückgekommen und leben heute in festen Siedlungen in der Nähe von Be'er Scheva.«

»Ich weiß«, sagte er. »Ich habe von den frühen Siebzigern gesprochen.«

»Sind Sie drei Jahre lang bei derselben Einheit geblieben?«

»Ja, auch im Krieg. Wenn Sie den Kurs dazunehmen, sind es insgesamt vier Jahre.«

»Wohin wurde Lion versetzt, nachdem er aus Ihrer Einheit entfernt worden war?«

»Das haben Sie mich schon einmal gefragt.«

»Ist das so ein Geheimnis? Wenn er Dreck am Stecken hatte, hat man ihn nicht gerade auf einen hohen Posten versetzt.«

»Nein.« Er lachte. »Er wurde zur Militärverwaltung in Be'er Scheva versetzt.«

»Wie war das möglich?«

»Da müssen Sie ihn selbst fragen.«

»Wird er mir diese Frage beantworten?«

»Ich glaube nicht.«

»Hat er etwas zu verbergen?«

»Ja.«

»Wo soll ich anfangen zu suchen?«

»Hören Sie mir gut zu«, sagte er. »Ich rate Ihnen, überhaupt nicht anzufangen. Außerdem werden Sie sowieso nichts finden.«

»Der Mann will unbedingt Oberbürgermeister von Be'er Scheva werden! Das Schicksal der Stadt wird in seinen Händen liegen. Er verwandelt sich von einer Privatperson in eine Figur des öffentlichen Interesses. Falls er nicht sauber ist, ist es doch besser, das gleich herauszufinden, bevor es zu spät ist.«

»Hat er Aussichten, die Wahl zu gewinnen?«

»Meiner Meinung nach ja.«

»Lion ist schlau und gerissen, er weiß, wie man Leute für sich einnimmt und überzeugt. Er hat Geld und er hat überall Freunde, er wird keine Dummheiten mehr machen.«

»Sie meinen heute, wenn er Oberbürgermeister wird?«, fragte Lisi.

»Ja. Er war jung, er war zu hungrig, er war unerfahren. Der Mann ist inzwischen erwachsen geworden.«

»Er ist noch immer zu hungrig«, sagte Lisi.

»Woher wollen Sie das wissen?«

»Er hat ein finanzielles Imperium und er will unbedingt Oberbürgermeister werden. Er will mehr als das, was er hat. Wenn er ein Betrüger ist, wird es ihm sein neuer Posten erleichtern, schmutzige Geschäfte zu machen.«

»Sie sind …«

»Sagen Sie's lieber nicht!«, schnappte Lisi.

»Oh!« Er wurde rot wie eine Rübe.

Lisi wusste, was er hatte sagen wollen. Wenn noch einmal einer diesen Satz »Sie sind gescheiter, als Sie aussehen, Lisi Badichi«, sagte, dachte sie, dann zieh ich meine großen Schuhe aus und hau sie ihm über den Schädel. Sie beschloss, seine Verlegenheit sofort auszunutzen.

»Was hat er getan? Drogen gestohlen?«

»Ja.«

»Von den Drogen, die Sie den Schmugglern abgenommen hatten?«

»Ja.«

Lisi schwieg. Sie hatte ihre Sensation bekommen. Wenn sie es schaffte, ihre Erregung zu verbergen, würde er noch weitere Informationen liefern. Im Allgemeinen funktionierte dieser Trick. Sie hörte auf mitzuschreiben, ihre schweren Lider sanken fast über die Augen und sie machte ein gelangweiltes Gesicht, fast tat es ihr Leid, dass sie keinen Kaugummi mitgebracht hatte.

»Aber Sie haben das nicht von mir gehört«, sagte er.

»Hat er mehr als einmal geklaut?«

»Ja.«

»Wieso ist es Ihnen nicht aufgefallen?«

»Wir sind überhaupt nicht auf die Idee gekommen, dass so etwas passieren könnte.«

»Wie ist er erwischt worden?«

»Die Polizei von Be'er Scheva hat einen Drogenhändler geschnappt. Beim Verhör hat sich herausgestellt, dass sein Lieferant ein Beduine war, der sagte, er arbeite mit der Armee zusammen und hätte deshalb die Möglichkeit, an Haschisch zu kommen. Die Polizei hat sich an die Militärpolizei gewandt und die an uns. Dieser Beduine war tatsächlich einer von unseren Informanten, aber die Sache mit den Drogen war eine Idee von Lion. Jedes Mal, wenn wir einen Drogenschmuggler geschnappt hatten, nahm er ein oder zwei Päckchen für sich und brachte sie dem Beduinen, der sie an den Dealer weitergab, und die drei teilten sich den Gewinn.«

»Warum ist er nicht ins Gefängnis gekommen?«

»Irgendjemand vom Militärgericht hat behauptet, Lion habe gesagt, er habe das Geschäft mit dem Beduinen ganz naiv gemacht, es wäre ihm nicht eingefallen, dass er damit ein Gesetz übertreten hätte, dafür hätte er auch Informationen bekommen, und es wäre unmöglich, dreckige Geschäfte mit dreckigen Typen zu machen und selbst sauber zu bleiben. Er spielte den Patrioten, der vor lauter Eifer zu weit gegangen war. Die Zweifel blieben aber. Er wurde von einem Militärgericht zu einem Jahr auf Bewährung verurteilt, die Armee hatte kein Interesse daran, unsere Einheit ins Licht der Öffentlichkeit zu rücken. Er wurde zur Verwaltung versetzt, unter der Bedingung, dass er den Mund hielt.«

»Wo kann man diesen Irgendjemand vom Militärgericht finden?«

»Auf dem Militärfriedhof?«

»Seltsam, dass Lion bei der Pressekonferenz ausgerechnet

die Grenztruppe erwähnt hat. Er hätte doch besser geschwiegen, nicht wahr?«

»Ich weiß nicht, wie sein Kopf funktioniert«, sagte Bamberg.

»Trotzdem …«

»Vielleicht wollte er angeben? Vielleicht hat er gedacht, dass sich keiner mehr daran erinnert. Oder im Gegenteil, vielleicht wollte er herausfinden, ob sich jemand erinnert. Sie bringen sich in Gefahr, ich warne Sie.«

»Tante Klara hat gesagt, dass Ehud Lion das Schicksal herausfordert.«

»Hundert Punkte für Tante Klara. Die Geschichte ist voll von Heerführern und Königen, die den Gipfel erreicht haben und wegen irgendeiner Dummheit abgestürzt sind. Denken Sie nur an Clinton.«

Sie lachten beide. Die Stimmung im Raum wurde gelassener.

»Was hat der Beduine bekommen?«

»Zwei Jahre Gefängnis. Laut Gesetz hätte er sehr viel mehr bekommen müssen. Auch der Dealer hat nur zwei Jahre gekriegt. Ihr Verteidiger hat argumentiert, es hätte sich nur um Privatbedarf gehandelt.«

»Das findet sich doch bestimmt in Lions Militärakte. Vielleicht hat sogar die Zivilpolizei eine Akte.«

»Das bezweifle ich.«

»In der Akte des Beduinen wird sein Name auftauchen.«

»Höchst unwahrscheinlich.«

»Glauben Sie, dass er es geschafft hat, seinen Namen aus allen Gerichtsunterlagen zu entfernen?«, fragte Lisi.

»Ja.«

»Wie könnte ich das beweisen?«

»Meiner Meinung nach gar nicht.«

»Der Beduine und der Dealer hatten doch ein Interesse daran, dass Lions Name als Lieferant auftauchte.«

»Ich glaube, dass das Militärgericht verbergen wollte, dass

er in die Geschichte verwickelt war, um unsere Einheit zu schützen.«

»Hat es einen Vergleich gegeben?«

»Das ist möglich. Alle Strafen waren zu gering.«

»Hat jemand von Ihrer Gruppe bei dem Prozess als Zeuge ausgesagt?«

»Das weiß ich nicht«, sagte er. »Vergessen Sie nicht, dass Sie versprochen haben, mich aus der Sache herauszuhalten und meinen Namen nicht zu erwähnen. Sie haben mir Ihr Wort gegeben.«

»Ich werde Sie nicht hintergehen.«

»Sie werden meinen Namen nirgendwo und niemandem gegenüber erwähnen. Das hatten wir abgemacht. Die Beweise müssen Sie selbst finden. Ich glaube nicht, dass es Ihnen gelingt. Aber wie dem auch sei, ich tauche nirgends auf.«

»Das habe ich doch versprochen, oder?«, sagte Lisi.

»Ja, das haben Sie versprochen.«

»Und wo findet sich der Anfang des Fadens?«

»Sie sind die Journalistin«, sagte Bamberg.

4

Das Licht über dem Tor sprang an und über der Eingangstür leuchtete ein rotes Licht auf. Moschik Bamberg trat an die Tür und nahm den Hörer der Gegensprechanlage ab. Dann drückte er auf den Knopf und rief: »Dina!« Durch das Fenster sah Lisi, wie das eiserne Tor sich langsam öffnete, ein altes Motorrad in den Hof einbog und neben ihrem Auto stehen blieb.

»Es ist gefährlich, in einem so allein stehenden Haus zu wohnen, praktisch im Nichts«, sagte Lisi.

»Es ist nicht gefährlich, es macht echt Spaß. Wir würden dieses Haus nicht hergeben, auch wenn man uns eine Villa in Acapulco dafür bieten würde. Die Türsprechanlage haben wir nur, weil die Versicherung es verlangt. Man hat allein im letzten Jahr dreimal bei uns eingebrochen. Das Ding hilft *wi fat tojte bankess*, wie meine Mutter gesagt hätte, so wenig wie Schröpfköpfe den Toten.«

»Wurde etwas gestohlen?«

»Was gibt es hier schon zu stehlen? Sie haben Geld und Schmuck gesucht, es war einfach lästig.«

Dina kam die Treppe herunter und fiel einem etwa dreißigjährigen Mann in die Arme, der sie dreimal im Kreis schwenkte, Drehungen, die einem Bolschoi-Tänzer alle Ehre gemacht hätten. Effy Levia – der zurzeit am meisten angehimmelte Sänger des Landes! Zwei goldene Schallplatten im letzten Jahr! Sein »Weine nicht, Mama« war überall zu hören, das Lied drang aus jedem Autobus und jedem Taxi von Be'er Scheva. Effy Levia war der einzige Mensch, der es geschafft hatte, an Sonn- oder Montagen das *Forum* zu füllen, bis dahin die »toten Tage« dieses riesigen Saals.

»Bist du fertig?«, fragte er Dina.

»Ja.« Sie rannte die Treppen hinauf, während Effy unten stehen blieb und ihr nachschaute.

»Wollt ihr jetzt noch fahren?«, fragte Bamberg. »Was ist das für ein Motorrad?«

»Mir ist beim Landrover die Gangschaltung kaputtgegangen. Ich habe mir das Motorrad bis morgen von der Firma ausgeliehen.«

»Hast du heute einen Auftritt?«

Effy schüttelte den Kopf. »Nein, ich muss ein paar Sachen zu Hause erledigen.«

»Das lässt sich nicht bis morgen früh verschieben?«, fragte Bamberg.

»Mach mich nicht so an«, sagte Effy sonnig und schenkte Bamberg ein strahlendes Lächeln. Sein Charme ist wirklich umwerfend, dachte Lisi. Kein Wunder, dass Bambergs Tochter die Schule wegen ihm aufgegeben hat.

»Es wird gleich dunkel«, sagte Bamberg. »Wartet doch bis morgen früh, bis dahin ist dein Auto repariert.«

»Moschik! Dieses ›bis morgen früh‹ sagst du schon seit vier Tagen, du hast dich in mich verschaut, okay, das schmeichelt mir, aber ich muss los, Mensch.«

Dina kam die Treppe herunter, sie trug eine blaue Plastiktasche in der Hand und einen kleinen Rucksack auf dem Rücken. Sie strahlte übers ganze Gesicht.

»Machst du ihn schon wieder an?«, neckte sie ihren Vater.

»Effys Auto ist in Reparatur«, sagte Bamberg. »Morgen ist es fertig. Wartet bis morgen. Wenn es bis morgen nicht fertig ist, könnt ihr Mamas Auto nehmen. Sie muss morgen früh zurückkommen.«

»Papa!«

»Bitte. Schau dir doch dieses Motorrad da draußen an. Es wird keine drei Kilometer durchhalten.«

»Ich warte nicht auf Mamas Auto. Du weißt es und ich weiß es, dass Mama nicht zurückkommt, solange Effy hier im Haus ist.« Dinas Stimme klang zornig.

Sie umarmte Effy, legte ihm ihre schmalen Arme um die Taille. Sein T-Shirt lag an wie eine zweite Haut, er hatte breite Schultern, einen flachen, harten Bauch und schmale Hüften. Es bekommt einem Mann nicht, wenn er zu hübsch und zu nett ist, dachte Lisi, und noch dazu ein Supersänger. Außerdem hatte sie das Gefühl, dass er verheiratet war. Sie versuchte sich zu erinnern, ob sie in den Klatschspalten etwas über die neue Freundin von Effy Levia gelesen hatte, und fragte sich, ob sich ihre Abmachung mit Bamberg auch auf diese Information bezog. Aus dieser Geschichte ließ sich etwas machen, da war sie sicher.

»Ich werde den Verstand verlieren vor lauter Sorge«, sagte Moschik Bamberg.

»Wohin wollen Sie fahren?«, fragte Lisi.

»Nach Givat Benjamin«, sagte Effy Levia. »Ach ja, und ich will kurz in Juval Barkan vorbeischauen, das liegt direkt auf dem Weg. Mein Pass ist dort.«

»Effy!«, rief Dina wütend und ließ ihn los.

»Nur auf einen Sprung! Ich hole bloß schnell meinen Pass und bin gleich wieder da!«

»Wozu brauchst du deinen Pass?«, fragte Moschik.

»Mein Agent hat mir einen Auftritt in der Türkei organisiert. Bei einer Hochzeit von reichen Juden in Istanbul.«

»Wann?«

»Nächsten Montag.« Er wandte sich an Dina. »Komm, Süße, lach doch. Es wird nur eine Minute dauern!«

»Fahr doch allein nach Juval Barkan«, schlug Moschik vor. »Dina kann solange hier bleiben, morgen holst du dein Auto von der Reparatur und ihr fahrt nach Givat Benjamin.«

»Er fährt nirgendwohin ohne Dina«, verkündete Dina. »Los, Effy, komm, bevor dich mein Vater wieder rumkriegt.«

»Geht es dir hier so schlecht?«, fragte Moschik.

»Nein, Papachen! Wieso denn!« Jetzt fiel sie ihrem Vater um den Hals und drückte ihm zwei schmatzende Küsse auf die Wange. Dann fragte sie, während sie ihm die Faust in den Bauch bohrte: »Warst du nicht auch mal jung und verliebt? Sag, warst du's? Sag schon!«

»Ja, ja, ich war's, natürlich war ich's.« Moschik befreite sich von seiner Tochter und brach in dieses kollernde Lachen aus, an das Lisi sich erinnerte, dem jedes Mal verlegene Röte folgte.

»Großvater Viktor hat nicht mit euch gesprochen, bis ihr ihm den ersten Enkel gebracht habt. Glaub ja nicht, dass ich das nicht weiß. Und Mama war genau in meinem Alter, kannst du dich noch erinnern, Alterchen?« Wieder stieß sie ihm die Faust in den Bauch und brachte ihn damit zum Lachen. Dann befahl sie: »Und jetzt komm, Effy.«

»Ich habe Angst vor diesem Motorrad«, sagte Bamberg. »Es sieht wie ein Schrotthaufen aus.«

»Verlass dich auf Josch, meinen Manager«, sagte Effy Levia. »Auch wenn dieses Motorrad wie eine Schrottkiste aussieht, kannst du sicher sein, dass es keine ist.«

»Nichts, was Effy Levia hat, ist Schrott«, sagte Dina und lachte.

Lisi zögerte kurz, dann sagte sie zu Bamberg: »Ich könnte sie mitnehmen. Ich wollte sowieso nach Tel Aviv fahren.«

»Wärst du beruhigt, wenn sie uns hinfährt?«, fragte Effy Levia Bamberg.

»Es würde mich beruhigen, wenn ihr diese Nacht hier bleibt und morgen fahrt, bei Tageslicht.«

»Papa!«, protestierte Dina. »Wie lange willst du damit noch weitermachen?«

»Ich habe dich fast ein halbes Jahr nicht gesehen. Da kann ich doch wollen, dass du noch ein bisschen hier bleibst.«

»Ich komme, wenn Effy wieder einen Auftritt im *Forum* hat. Aber was wird Mama sagen?«

»Sie hat große Sehnsucht nach dir, Dina.«

»Ja, ja«, sagte Dina und wandte sich an Lisi. »Wollen Sie das wirklich tun? Dieser Alte da wird die ganze Nacht nicht schlafen, wenn wir mit dem Motorrad fahren.« Sie lächelte Effy zu und sagte erstaunt: »Kaum zu glauben, wie jeder dich rumkriegen kann.«

»Sogar du hast mich rumgekriegt!« Wieder umarmten sie sich.

Sie können die Hände nicht voneinander lassen, dachte Lisi, ist ja widerlich. Aber die Tatsache, dass ihr alter *Justy* plötzlich zu einem begehrten Transportmittel avanciert war, amüsierte sie. »Also, fahren wir?«, sagte sie.

Sie brannte darauf, mit dem jungen Paar allein zu sein. Ein Bericht über die neue Liebesgeschichte von Effy Levia war zehn Zeilen bis zwei Spalten im Gesellschaftsteil der überregionalen *Zeit* wert und in solchen Fällen bekam sie einen Bonus. Das Geld sparte sie und kaufte dafür Geschenke für ihre Nichten, die Töchter ihrer Schwestern Georgette und Chavazelet. Videokassetten, CDs, Rucksäcke, Plateauschuhe, die alle Freundinnen hatten, nur sie noch nicht, all diese kleinen Geschenke, die hoch willkommen waren, weil die Eltern sie von ihrem Verdienst als Polizisten und Krankenschwestern nur schwer finanzieren konnten.

Effy half Dina, ihr Gepäck in Lisis Auto zu verstauen, und holte aus der Motorradtasche eine große Tasche aus braunem Leinen und einen Lederbeutel, den er sich um die Hüfte schnallte.

»Ich rufe morgen früh Josch an, damit er das Motorrad abholen lässt«, sagte Effy zu Bamberg. »Er wird dich vorher anrufen, um sicherzugehen, dass du zu Hause bist, ja?«

»In Ordnung. Pass auf meine Tochter auf.«

»Hör auf, dir Sorgen zu machen.«

»Und bring sie dazu, dass sie zu Besuch kommt, wenn ihre Mutter zu Hause ist.«

»Glaubst du im Ernst, man könnte sie zu irgendetwas überreden?«

Sie lachten, ein alter Mann und ein junger Mann, die beide ein rothaariges Mädchen liebten, das man zu nichts überreden konnte.

Lisi drückte Moschik Bamberg die Hand. »Ich danke Ihnen sehr«, sagte sie.

»Haben Sie irgendjemandem erzählt, dass Sie zu mir fahren?«, fragte er.

Sie schüttelte den Kopf.

»Gut«, sagte er. »Es wäre auch besser, dass es keiner weiß. Und fahren Sie vorsichtig.«

Wenn er nicht über Lion reden wollte, warum hat er mich dann zu sich eingeladen, überlegte Lisi, als sie den *Justy* anließ. Sie hatte ihn nicht dazu gezwungen, ihm nicht gedroht. Sie hatte ihm von vornherein gesagt, was sie von ihm wollte, und er hatte nicht gesagt: »Kommen Sie nicht, ich habe keine Ahnung, wovon Sie reden.« Das heißt, dass er erzählen wollte, er wollte sich nur nicht bloßstellen. Und sie würde seine Bedingung respektieren müssen. Lisi hatte noch nie einen Namen genannt, wenn die betreffende Person ungenannt bleiben wollte. Das war eine der Grundregeln, die sie für sich aufgestellt hatte, als sie vor ungefähr zehn Jahren bei der *Zeit im Süden* anfing.

In der Ferne gingen die Lichter von Be'er Scheva an. Das Licht der untergehenden Sonne verfing sich mit seinen orangen Strahlen in tausenden Fenstern und wurde zu einer glänzenden Bernsteinkette, die sich um die hügelige Landschaft wand. Lisi schwankte noch, ob sie, wenn sie das liebende Paar abgesetzt hatte, nach Be'er Scheva zurückfahren sollte oder weiter nach Tel Aviv, wie sie vor ihrem Besuch bei Moschik Bamberg beabsichtigt hatte. Nein, dachte sie, ich werde nach Tel Aviv fahren und das machen, was ich vorgehabt habe. Sie wollte Material über Ehud Lion suchen und einen Artikel über ihn schreiben, der aller Wahrscheinlichkeit nach ein Aufmacher für die *Zeit* werden würde.

Sie sah die Schlagzeile schon vor sich: »Ehud Lion, der Oberbürgermeisterkandidat von Be'er Scheva, war während seiner Militärzeit in Drogenhandel verwickelt.« Aber dazu brauchte sie noch eine andere zuverlässige Quelle. Arieli war bestimmt nicht bereit, eine solche Bombe zu veröffentlichen, wenn sie auf »Quellen, die nicht genannt werden wollten« beruhten. Vielleicht konnte Roni mit seinem Computer etwas über diese schmutzige Geschichte finden. Die Datenbank der Polizei oder des Gerichts zu knacken gehörte zu den Herausforderungen, die ihn glücklich machten. Sie könnte auch ihre Schwäger nach dieser Drogengeschichte fragen. Benzi und Ilan waren erst nach dem Jom-Kippur-Krieg zur Polizei gekommen, aber vielleicht hatten sie etwas gehört oder eine Idee dazu. Aber wenn sie sie fragen würde, würden sie anfangen zu bohren, warum sie fragte und wer ihr etwas gesagt hatte und was. Sie musste jemanden finden, der es ihr ermöglichte, Bamberg aus dem Spiel zu lassen.

Lisi beschloss, mit ihren Nachforschungen in der Stadtbücherei von Tel Aviv anzufangen. Die Zeitungen in der Presseabteilung waren nach Jahrgängen geordnet, und was noch wichtiger war – dort wusste niemand, wer sie war. Wenn Bamberg und Lion 1970 zur Armee gegangen waren und davor ein Jahr lang einen Kurs gemacht hatten, musste sich die Sache mit den Drogen 1971 oder 1972 zugetragen haben. Bamberg hatte gesagt, den Jom-Kippur-Krieg hätten sie schon als »Prämie« bekommen. Eine andere Hölle, seinem Gesichtsausdruck nach zu schließen, die aber nichts mit den Aktivitäten seiner Einheit zu tun gehabt hatte.

Lisi nickte. Genau. Sie würde mit 1971 anfangen.

5

Die Straße von Be'er Scheva nach Hebron war dunkel und leer. Die Straßenlaternen standen in weiten Abständen und es gab keine Autos, die die Fahrbahn erleuchtet hätten. Die bescheuerte Winterzeit hatte das verdorben, was »die blaue Stunde« hätte sein sollen. Ein paar Juden verließen nun das Haus zum Slichot-Gebet im kühlen Morgengrauen, und der ganze Rest des Landes zerfloss schon in der Früh beim Aufwachen vor Hitze und hüpfte am Abend mit den Grillen ins Bett.

Das verliebte Paar hatte seine Sachen auf den Beifahrersitz geworfen, sich hinten in den *Justy* gesetzt und knutschte schamlos. Sie benehmen sich, als wäre ich ihr Chauffeur, dachte Lisi bitter. Sie mit ihrem großen Mundwerk! Wieso musste sie diese beiden im Finsteren nach Givat Benjamin mitnehmen? Bis sie nach Tel Aviv kam, war kein Archiv mehr offen.

»Soll ich über Juval Barkan fahren?«, fragte Lisi das verknotete Paket aus Armen und Beinen, das sie im Rückspiegel sah.

»Ja«, sagte Effy.

»Nein«, sagte Dina.

Das Paket entwirrte sich.

»Ich brauche nur eine Minute. Ich hole meinen Pass und komme sofort wieder. Ich brauche ihn! Ich kann doch nicht ohne ihn fahren.«

»Nicht wenn ich dabei bin. Fahr ohne mich nach Juval Barkan. Die Szene, die uns deine Frau gemacht hat, als du das letzte Mal für einen Moment hineingegangen bist, war das Demütigendste, was ich je erlebt habe. Das brauch ich nicht noch mal. Du liebst Szenen, was? Du willst wohl, dass die Hühner sich deinetwegen die Augen auskratzen. Kriegst einen Orgasmus, wenn zwei kreischende Weiber einen Boxkampf anfangen wegen deinem Schwanz!«

»Dina, also echt, hör doch, Herzchen ...«

»Hör bloß auf mit dem ›Herzchen‹«, fuhr Dina ihn an, »und hör auf, mir das Hirn mit Scheiße voll zu stopfen. Ins Loch deiner Frau gehst du ohne mich.«

Hat die ein Schandmaul, die Tochter von Professor Bamberg, dachte Lisi, da bewahre einen Gott davor. Effy, der mindestens zehn Jahre älter war als sie, wenn nicht mehr, bat und bettelte, und sie überschüttete ihn mit Gülle, gegen die jeder Jauchekanal wie paradiesisches Quellwasser erscheinen musste.

Sie bog von der Straße nach Hebron auf einen ungeteerten Weg voller Schlaglöcher ab, um nach Juval Barkan zu kommen, das früher aus Baracken bestanden hatte und jetzt zu einer dieser Siedlungen geworden war, in der die Leute blieben, weil ihnen die Kraft fehlte wegzugehen. Der glänzende Gürtel von Be'er Scheva war hinter den Hügeln verschwunden, sie fuhren über die schmale Straße auf schwach beleuchtete Häuser zu. Es waren höchstens zwanzig oder dreißig Häuser mit Bäumen, die von selbst hochgeschossen waren, leeren Blumentöpfen, verrosteten Mülltonnen, Wasserhähnen und Wasserschläuchen, die als Gartendekoration durchgehen mussten. In einem Hof saßen drei alte Männer mit Käppchen und spielten Domino unter einer nackten Glühbirne, die einen krummen Tisch beleuchtete.

»Am Ende der Straße nach rechts, dort ist eine Synagoge, dann das zweite Haus danach«, sagte Effy zu Lisi.

Jawohl, mein Herr, sagte Lisi in Gedanken. Kaum zu glauben, dass Effy Levia, der erfolgreichste Sänger des Jahres, aus so einem Loch stammte, dachte sie. Eine der Überraschungen des Schicksals. Begabung, jede Art Begabung, war etwas Wunderbares in ihren Augen, ein Geschenk, das für die Menschen Wunder wirkte. Man brauchte eine große Begabung und viel Kraft, um von hier aus zu dem Punkt zu gelangen, den er erreicht hatte. Sein Haus unterschied sich in nichts von den anderen Häusern, außer vielleicht dadurch, dass zwei Autos vor der Tür standen, ein silberner *Subaru* und ein schwarzer *Buick.*

Schreckliches Geschrei drang aus dem Haus, in dem Effy verschwunden war. Eine Frauenstimme, die Stimmen von Männern, das Krachen zerschmetternder Gegenstände. »O lieber Gott«, sagte Dina und machte die Tür auf. Lisi streckte die Hand aus und packte Dinas dünnen Arm.

»Sie verlassen das Auto nicht«, sagte sie und hielt das Mädchen mit aller Kraft fest, das sich ihrem Griff zu entwinden versuchte und sie anschrie: »Lass mich los, du blöde Fotze!«

Lisi drehte sich ganz nach hinten um und umklammerte das Mädchen mit ihren beiden starken Händen. Manchmal hatte es eben auch Vorteile, einen so großen, kräftigen Körper zu haben.

Die Haustür wurde aufgerissen, Effy flog heraus und hinter ihm eine Schublade, deren gesamter Inhalt, Notizbücher und Papiere, sich über ihn ergoss. Eine etwa dreißigjährige Frau mit schwarzem Haar, kurz und stoppelig wie ein brutal gemähter Rasen, tauchte in der Tür auf und schrie: »Der Pass! Der Pass? Ich bring dich um, du Mistkerl, dich und deine stinkende Mätresse zusammen! Einen Gerichtsbeschluss kannst du von mir haben, dass du keinen Fuß mehr aus dem Land setzen darfst, du verpisstes Stück Scheiße!« Zwei Männer, vermutlich ihre Brüder, stürzten der Schublade hinterher und warfen sich auf Effy, einer der beiden hielt ihn fest und der andere trat und schlug mit den Fäusten nach ihm. Sie waren auch um die dreißig bis fünfunddreißig, ihre schwarzen Haare ebenso kurz geschoren wie die ihrer Schwester. Derjenige, der Effy festhielt, schien betrunken zu sein, seine Froschaugen quollen ihm unter den schwarzen Brauen hervor, die sich über der Nasenwurzel zu einer Linie verbanden, sein Mund stand offen, zu einem Gorillalächeln gefletscht. Der zweite trug ein Unterhemd und kurze Hosen, aber seine Füße steckten in Cowboystiefeln, einschließlich Sporen, die zu einer gefährlichen Waffe wurden, wenn er nach Effy trat. »Hilfe!«, brüllte Dina, »Hilfe!«, und ihre Schreie mischten sich mit dem Gezeter der Frau und Effys Schreien, der am Boden lag und in den Rücken und in die Rippen getreten wurde. Die Lichter in den Häusern gingen aus, Türenklappen war zu hören. Niemand kam heraus und niemand versuchte, die Prügelei zu beenden.

»Du bleibst hier«, sagte Lisi zu Dina. »Rühr dich ja nicht vom Fleck!« Sie ließ den Motor an, nahm die Waffe aus ihrem Handschuhfach und stieg aus.

»Lasst ihn in Ruhe!« Sie stand vor ihnen, den Revolver in der Hand, wie ein Cowboy im Wilden Westen.

Die beiden Brüder ließen einen Augenblick von Effy ab und dieser Moment reichte ihm, ins Auto zu springen und die Tür hinter sich zuzuwerfen. Lisi entfernte sich von den beiden, während sie den Revolver auf sie gerichtet hielt.

»Bringt sie um!«, schrie die tobende Frau. »Bringt sie um! Er hat schon eine neue Hure gefunden. Er wird dich verlassen, so wie er alle verlassen hat, du dummes Miststück!«

Lisi stieg ins Auto, legte den Gang ein, machte eine schleudernde Kehrtwendung und nahm einen Teil vom Zaun der Synagoge mit, als sie das Lenkrad wieder ausrichtete. Ein Stein, der dem Auto nachgeworfen wurde, verpasste zum Glück die Heckscheibe, doch das Krachen verriet, dass das Auto eine heftige Beule abbekommen haben musste. Auch gut, dachte Lisi. Damit war das Geld für eventuelle Geschenke an ihre Nichten weg, denn wenn sie einen Bonus bekam, würde sie ihn fürs Ausdellen und Lackieren hernehmen müssen. Bei näherer Überlegung allerdings verzichtete sie auch auf den Bonus. Alles, was sie sich jetzt wünschte, war, dieses Pärchen hinten im Auto loszuwerden und heil und gesund nach Hause zu kommen. Ihre Hände zitterten noch. Der Revolver war ihr aufgedrängt worden, weil sie manchmal in den Gazastreifen fuhr, um Nachforschungen wegen irgendwelcher Vorfälle anzustellen. Sie hatte einen Waffenschein und einmal im Jahr ging sie zu Schießübungen, aber noch nie hatte sie die Waffe benutzt und sie war gar nicht geladen.

Auf dem Rücksitz waren Dinas Jammern und Effys Stöhnen zu hören, danach das ganze Geturtel und Geschnäbel, das eine liebende Frau von sich gibt, wenn sie ihren verletzten Torero bemitleidet. Der Torero krächzte jedes Mal »Aua«, wenn ihn das liebende Weibchen berührte.

»Ich fahre zum Krankenhaus«, sagte Lisi.

»Nein, auf keinen Fall«, stöhnte Effy.

»Du bist verletzt«, sagte Lisi.

»Ich will nicht, dass man mich so sieht. Das hätte mir gerade noch gefehlt!«

»Du könntest dir was gebrochen haben, vielleicht musst du genäht werden.«

»Wenn wir nach Givat Benjamin kommen, rufe ich Josch an, meinen Manager, er wird sich um einen Arzt kümmern.«

»Du blutest, Effyle«, klagte Dina mit zitternder Stimme. »Fahren wir zum Krankenhaus, wie sie gesagt hat.«

»Nein.« Der verwundete Torero war energisch.

Sie hielt Dina ihr Handy hin und sagte: »Ruf seinen Agenten an, damit er wenigstens einen Arzt nach Givat Benjamin schickt.«

»Was für eine Nummer hat er, Effy?«, fragte Dina. Doch der war inzwischen ohnmächtig geworden und Dina fing an, ihm kleine hektische Schläge auf die Wangen zu geben, wobei sie schluchzend schrie: »Effy, Effyle!«

Die Straße verbreiterte sich, wurde zweispurig. Lisi warf einen Blick in den Rückspiegel. Sie hatte die Abzweigung nach Juval Barkan schon einige Zeit hinter sich gelassen, konnte also nicht mehr feststellen, ob sich unter den wenigen Autos auf der Straße auch ein Wagen mit den rabiaten Brüdern befand. Aber falls, dachte Lisi, dann sieht es schlecht für mich aus.

Gedämpfte Lichter tauchten auf dem Hügel neben der Straße auf. Lisi erinnerte sich nicht, ob dort die El-Assad oder die El-Ukabi saßen. Sie beschloss abzubiegen. Kein Auto würde es wagen, sie bis dort zu verfolgen. Und wenn, würde man es sehen und sie wären gewarnt.

»Wo fährst du hin?«, schrie Dina hysterisch.

»Hilfe holen.«

»Von den Beduinen? Bist du verrückt geworden? Wage es ja nicht, zu den Beduinen zu fahren! Los, fahr zur Straße zurück!«

»Sie haben Wasser und Medikamente und vielleicht sogar einen Arzt. Effy braucht erste Hilfe.«

»Fahr zur Straße zurück, hab ich gesagt! Wir sind gleich da, es dauert nur noch sechs, sieben Minuten.«

Jawohl, meine Dame, aber bitte, meine Dame, gern geschehen, meine Dame, murmelte Lisi im Stillen. Fehlt bloß noch, dass er im Auto stirbt, dachte sie, während sie wendete und auf die Straße zurückfuhr. Wie bin ich nur in diesen Schlamassel geraten? Was habe ich mit diesem Paar Verrückter zu tun? Effy war wieder zu sich gekommen und sagte zu Dina, sie solle damit aufhören, zu brüllen und ihm Ohrfeigen zu geben.

Als das Schild »Givat Benjamin« am Straßenrand auftauchte, atmete Lisi erleichtert auf. Ich setze sie ab, bestelle einen Krankenwagen, alarmiere die Polizei und gebe Gas, beschloss sie. Sie hatte die Nase voll von dieser rolligen Katze und dem Starsänger. Hätten die beiden Dummbeutel auf Dinas Vater gehört, wäre das alles nicht passiert. Aber es gibt nichts Hirnverbrannteres und Geschmackloseres als ein verliebtes Paar. Roni fiel ihr ein, aber sie und Roni wären nie im Leben so in eine Situation hineingeschlittert wie diese beiden Dummköpfe da.

Givat Benjamin war einer jener neuen Orte, die sich gerne »Aussichtswarte« oder »Aussichtsturm« nennen. Fünf, sechs

Straßen mit Namen wie Honigwabe, Veilchen oder Chrysantheme, die Häuser kreisförmig um einen mit roten Klinkersteinen gepflasterten Platz erbaut, an dem es einen einzigen Laden gibt, der Flachshonig verkauft, afghanische Kelims und formschöne Tonkrüge mit Disteln gespickt und natürlich ein Teehaus, in dem man bei leiser Hintergrundmusik seinen Tee zu sich nimmt. Wenn es nach mir ginge, dachte Lisi, würde ich immer den *Kuckuck* vorziehen, mit seinen aufgeplatzten Resopaltischen und den ganzen Nichtstuern, die türkischen Kaffee aus dickwandigen Gläsern mit Sprüngen trinken, rauchen und die Asche auf den Boden streuen.

Dina diktierte ihr den Weg zu Effys Haus, in einer Straße namens Platanenweg. Ein allein stehendes, bescheidenes Haus mit jungen Bäumen im Garten, einem runden Tisch und grün gestrichenen Eisenstühlen auf dem Rasen, dazu eine Hängematte, die mit einem Schonbezug abgedeckt war. Es war ein Haus, in das man bestimmt gerne zurückkehrte, wenn man die Schlüssel dazu hatte. Das Problem war, wie sich herausstellte, als sie aus dem Auto gestiegen waren, dass Effy während des Streits seinen Ledergürtel mit der Tasche verloren hatte, in der sich die Schlüssel für das Haus und das Auto sowie der Geldbeutel und die Brieftasche mit den Papieren befanden. Effy konnte sich nicht auf den Beinen halten und Dina saß neben ihm auf der Eingangstreppe und weinte.

»Ich gehe zu den Nachbarn«, sagte Lisi und verfluchte sich sofort dafür.

»Die Nachbarn sind ins Ausland gefahren«, sagte Effy.

»Alle?«

»Eine organisierte Reise.«

»Ich werde schon jemanden finden«, seufzte Lisi.

Sie klopfte an einige Türen, aber niemand machte ihr auf. Die Leute waren hierher gezogen, um dem Lärm der Stadt zu entfliehen, ein ruhiges Leben im Schoß der Natur zu führen und ihre Kinder in sauberer Luft zu erziehen. Effy Levia passte nicht in ihr Konzept. Oder sie waren wirklich alle ins Ausland gefahren. Sie beschloss, demnächst einen Artikel über die neuen Siedlungen zu schreiben, die in der Umgebung Be'er Schevas aus dem Boden schossen.

Ein alter Mann auf einem Esel, dem zwei volle Säcke an den Seiten baumelten, tauchte auf der Sandstraße auf, die ein trockenes Wadi entlangführte. Lisi rannte den Hügel entlang, rief und fuchtelte mit den Armen. Der Mann brachte den Esel zum Stehen und wartete. Sie erzählte ihm kurz von dem verwundeten Mann, der Hilfe brauchte, und fragte, ob sie ihn zu ihm bringen könnten, bis ein Krankenwagen erschiene. Es stellte sich heraus, dass der alte Mann, der gerade von seinem Maisfeld zurückkam, nicht hier wohnte, sondern in Tel Benjamin, aber er war gerne bereit, sie bei sich aufzunehmen, selbstverständlich, keine Frage. Er wartete mit dem Esel, bis Dina und Lisi den wieder ohnmächtigen Effy in den *Justy* zurückgeschleppt hatten, und dann holperten sie mit zwei Stundenkilometern dem Esel auf dem Feldweg hinterher, bis zu dem Haus des Alten in Tel Benjamin.

Tel Benjamin war eine alte landwirtschaftliche Siedlung, inmitten niedriger Hügel. Der Ort bestand aus einer Mischung von Bauernhäusern der alten Art und neuen Villen, in denen die erfolgreicheren Bewohner des Ortes oder ihre Kinder lebten. In den Höfen der Häuser standen neue Autos neben kleinen Lieferwagen und Lastwagen. Auf der anderen Seite des Ortes, auf der Anhöhe hinter den Häusern, erstreckten sich Felder mit Mais und Getreide und in den Gärten vor den Häusern wuchsen alte Bäume und es gab gepflegte Beete. Lisi stellte fest, dass man hier kreativ mit alten Autoreifen umging, teils waren sie zu Blumenbehältern umfunktioniert worden, teils dienten sie als Wippen oder bunte Klettergerüste für Kinder. Bestimmt hatte einer mit dieser Mode angefangen und die anderen hatten es ihm nachgemacht. Es war erst Viertel vor neun und durch die offenen Wohnungsfenster drang das flackernde Licht der Fernsehapparate. Lisi hatte das Gefühl, schon seit Stunden unterwegs zu sein. Ab und zu schaute jemand aus einem Fenster, um zu sehen, wer so spät abends noch die Straße entlangfuhr, und blieb wie erstarrt stehen, wenn er den Alten auf dem Esel sah und das Auto, das hinter ihm herkroch. Morgen werden sie was zu reden haben, dachte Lisi. Tel Benjamin rettet Effy Levia! Tel Benjamin im Rampenlicht der Welt!

Das Haus des Alten stand am Rand der Straße, vermutlich war es seit seiner Erbauung nie renoviert worden. Alte, früher einmal grün gestrichene Holzfensterläden rahmten mit Fliegengittern bespannte Fenster ein, und auch hinter der Haustür befand sich eine zusätzliche Tür mit Fliegengitter. Im Hof standen auf der einen Seite zwischen alten Eukalyptusbäumen ein Hühnerstall und ein Taubenschlag, auf der anderen, ebenfalls unter alten Eukalyptusbäumen, ein langer Tisch, dessen Wachstuchplatte mit Vogelkot und trockenen Blättern bedeckt war. Eine kleine, rundliche Frau öffnete die Haustür.

»Ruf Chana, sie soll den Esel nehmen«, sagte der Alte zu der Frau, wohl seine Ehefrau.

Lisi öffnete die hintere Tür des *Justy* und half Dina, Effy herauszuholen. Der Alte machte das Hoftor auf und hielt es für sie offen. Er hatte einen kräftigen, gedrungenen Körper und krumme Beine. Lisi fragte sich, was eher da war, die krummen Beine oder der Esel. Ein Mädchen, vielleicht vierzehn Jahre alt, rannte hinaus zu dem Esel, und als sie die seltsame Prozession sah, die auf ihr Haus zuschritt, blieb sie einen Moment lang verblüfft stehen.

»Er muss liegen«, sagte Lisi. »Haben Sie Telefon?«

»Bring Wasser, Mirjam«, sagte der Alte zu seiner Frau. »Auch für die beiden Mädchen.«

Er half Lisi und Dina, Effy auf das Sofa im Wohnzimmer zu betten, dann legte er Dina auf einen dreiteiligen Sessel, der auf der anderen Seite des Couchtisches stand. Dina, die roten Haare über der Lehne ausgebreitet, war so weiß wie die Zimmerwand. Nichts von ihrer Aggressivität war geblieben. Chana schob Dina ein Kissen unter den Kopf, worauf sie sich mit schwacher Stimme bedankte. Schau einer an, sie kann danke sagen, dachte Lisi, welch eine Überraschung. Mirjam brachte einen Krug und Gläser. Der Alte flößte Effy Wasser ein und Chana half Dina beim Trinken. Nur Lisi, die dumme Kuh, die sie bis zur Tränke gebracht hatte, bot sich selbst einen Sitz in einem weiteren Sessel an, goss sich Wasser in ein Glas und trank ganz allein. Der Alte befahl seiner Frau, eine Schüssel mit Wasser und ein sauberes Handtuch zu bringen, um den jungen Mann ein bisschen zu waschen, bevor der Krankenwagen mit dem Notarzt kam.

»Kein Krankenwagen«, sagte der »junge Mann«. Dann fiel ihm ein, dass seine Tasche mit den Papieren abhanden gekommen war, und er erinnerte sich absolut nicht an die Telefonnummer seines Agenten. Erschöpft ließ er den Kopf auf das Kissen sinken und schloss die Augen.

»Ich will jetzt die Polizei anrufen«, sagte Lisi.

»Auf keinen Fall«, befahl der ohnmächtige Prinz.

»Efraim?«, fragte der Alte.

Effy schlug die Augen auf und schaute den Alten an.

Der klopfte sich auf die Brust. »Cheski! Cheski Elchanan! Der Schwager von deinem Onkel Nechamja! Mirjam, Chanale, das ist Efraim! Efraim Levi! Der Sohn von Elijahu Levi, dem Bruder von Nechamja, der Schwager von Srika.«

»Du meinst Effy Levia!« Chanas Augen glichen zwei riesigen Murmeln. »Ich fall gleich in Ohnmacht!«

»Du lieber Gott, Efraim, was ist dir passiert! Ruf sofort den Roten Davidsstern an, Mirjam!«

»Nein, nicht den Roten Davidsstern, keinen Krankenwagen, keine Polizei«, wiederholte Effy sein Mantra. »Es ist nicht nötig, dass morgen in allen Zeitungen steht, was mir passiert ist.«

»Was ist dir denn passiert, Efraim?«, fragte Mirjam.

»Die Brüder von seiner Frau haben ihn verprügelt«, antwortete Lisi. Diese nette Familie hatte etwas verdient als Dank für die freundliche Aufnahme, dachte sie. Sie schaute aus dem Fenster zu dem Hügel hinüber, von dem sie gekommen waren.

Von dort konnte kein Auto kommen, das man nicht von hier aus gesehen hätte.

»Verrückte«, sagte Mirjam. »Ein Bruder von ihnen, Schmulik, hat letztes Jahr einem Nachbarn von uns die Baumwolle angezündet, weil er ein Darlehen von ihnen nicht zurückzahlen konnte. Und dann haben sie ihm das Geld abgenommen, das er von der Versicherung für die verbrannte Baumwolle bekommen hat. Verbrecher sind sie. Die Leute hier im Ort haben eine Todesangst vor der ganzen Chazon-Familie. Sie haben auch hier bei uns Verwandte, mit denen keiner etwas zu tun haben will.«

»Wir müssen die Polizei anrufen«, sagte Lisi.

»Nein«, sagte Effy.

»Sie könnten hier auftauchen, um das zu Ende zu bringen, was sie angefangen haben.«

»Gott bewahre uns!«, rief Mirjam. »Cheski, ruf bei der Polizei an!«

»Nein, nein, nicht anrufen«, stöhnte Effy. »Ich versuche, es geheim zu halten, dass diese Gauner aus Juval Barkan meine Schwäger sind. Die Leute werden sich nachher nur daran erinnern, dass ich irgendetwas mit der Mafia von Juval Barkan zu tun habe. Nein, nein und nochmals nein. Ich will keine Polizei.«

»Gibt es einen Arzt hier am Ort?«, fragte Lisi.

»Chanale, lauf zum Sohn von Obadja«, sagte Cheski Elchanan. »Er ist Tierarzt, aber er kann schon mal was tun, bis wir einen Arzt gefunden haben.« Chana lief hinaus und Cheski wandte sich nun an Dina: »Wie fühlst du dich, Kind?«, fragte er. »Ein bisschen besser?«

»Ja.« Sie bekam langsam wieder Farbe.

»Bring einen Tropfen Wodka für die Mädchen«, sagte Cheski zu seiner Frau. Lisi hätte ihn am liebsten dafür geküsst, dass er sie in »die Mädchen« mit eingeschlossen hatte.

Cheski wusch Effys Wunden aus und kontrollierte gleichzeitig ganz behutsam seine Glieder. Er hob ein Bein hoch und beugte es sanft, ebenso das andere Bein, anschließend auch die Arme. Auf diese Art untersuchte er höchstwahrscheinlich auch seine Esel und Maulesel. »Atme tief ein«, sagte Cheski. Effy schnaufte. »Die Rippen sind nicht gebrochen«, stellte Cheski fest. »Das Auge da wird noch ein paar Tage blau sein. Kannst du damit normal sehen?«

Effy machte die Augen auf, schaute den Alten an und sagte: »Ja.« Und dann, halleluja, lächelte er. »Dina? Dinale?«, sagte er.

»Ja, Liebling.«

Dinale stand auf und umarmte Effyle, der einen unterdrückten Schrei ausstieß. »Oh, Effyle« und »Oh, Dinale« streichelten sich gegenseitig, vorsichtig, küssten sich, ebenfalls vorsichtig, weinten und lachten abwechselnd. Ein Glück, dass sie ihre Glieder jetzt nicht ineinander verknoten können, dachte Lisi. Das hätte die beiden gutherzigen Alten sicher erschreckt.

Chana kam zurück. »Er wird jeden Augenblick da sein«, verkündete sie.

6

Der Alte hielt plötzlich inne und lauschte. Mit langen Schritten ging er zum Schalter und machte das Licht im Zimmer aus. »Bring Effy in den Bunker, Mirjam, lauft, macht dort kein Licht und schließt die Tür hinter euch. Und kommt erst wieder raus, wenn wir es euch sagen.«

Dann schloss er die Tür mit dem Fliegengitter und die Haustür, danach auch noch die Fensterläden. »Nimm die Mädchen mit in dein Zimmer, Chana.«

Lisi und Dina tappten im Dunkeln hinter Chana her bis zu ihrem Zimmer am Ende des Gangs. Sie setzten sich zu dritt auf das Sofa und warteten. Lisi hörte weder ein Auto näher kommen, noch hörte sie Schritte und sie verstand nicht, was den Alten geängstigt hatte. Wenn die Chazons sie suchten, dann wäre ihr Auto, das vor dem Haus geparkt war, ein perfektes Erkennungszeichen. Durch Chanas Fenster konnte sie Gemüsebeete erkennen und jenseits des Zauns erhoben sich dunkel die massigen Hügel. Still und drohend. Plötzlich schrie ein Nachtvogel und Lisi lief ein Schauer über den Rücken. Sie machte den Fensterladen zu und schloss das Fenster.

Dina zitterte und Lisi umarmte sie und murmelte: »Bleib ganz ruhig…«

»Ich kann nicht«, flüsterte Dina. Ihre Knochen fühlten sich sehr dünn an und ihr Haarschwall kitzelte Lisis Gesicht.

»Du musst tief durchatmen«, sagte Lisi und streichelte Dinas Rücken, die nun krampfhaft zu atmen begann. Lisi fürchtete, von der Hysterie des Mädchens angesteckt zu werden, wenn sie nicht bald eine Vorstellung hatte, vor wem oder was sie sich hier versteckten. Als es an die Tür klopfte, atmete sie im ersten Moment erleichtert auf. Jetzt wussten sie es. Das Klopfen wurde sofort lauter, dann hämmerten Fäuste gegen die Tür. Sie hörten, wie der Alte zur Tür schlurfte und fragte: »Wer ist da?«

»Mach die Tür auf! Oder wir treten sie ein! Wir wollen Effy Levia!«

»Wen?« Die Stimme des Alten zitterte. Es gelang ihm nicht einmal, sich selbst etwas vorzumachen. »Hier gibt es keinen Effy Levia.«

Ein Splittern war zu hören, dann war die Tür aufgebrochen. »Wo ist er?«

»Bei uns ist er nicht«, sagte der Alte, dann war sein Schrei zu hören. Jemand hatte ihn geschlagen.

»Wo ist er?«, wurde wieder gebrüllt. »Wo ist er?«

Chana hielt sich mit beiden Händen die Ohren zu und kauerte sich neben dem Bett auf den Boden, den Kopf zwischen die Knie gedrückt. Dina zitterte immer weiter. Lisi nahm Chana die Hände von den Ohren. »Wenn sie hier einbrechen, müsst ihr ganz ruhig sein«, flüsterte sie. »Redet nicht mit ihnen. Und sobald sich eine Gelegenheit ergibt, lauft weg. Nicht in die gleiche Richtung, nicht zusammen. Jede in eine andere Richtung. Wenn ich ›Lauft!‹ sage, rennt ihr hinaus. Chana, du gehst in eines der Häuser und rufst die Polizei an. Aber geh auf keinen Fall in das Haus, in dem diese Verwandten von den Chazons wohnen. Hast du hier einen Stock oder so was?« Chana schüttelte den Kopf. Lisi wusste nicht, ob das Mädchen sie verstanden hatte.

»Wo ist die Frau?«, fragte einer der beiden Gorillas. Jede Frage wurde offenbar von Schlägen begleitet, denn bevor die Antwort kam, war immer ein Schrei zu hören.

»Weggefahren.«

»Bist du allein im Haus?«

Der Alte erinnerte sich offenbar an das Auto, das vor dem Haus stand. »Nein«, sagte er, »Freundinnen von meiner Tochter sind da.«

Der Mann in dem Unterhemd und den kurzen Hosen, einer der beiden, der Effy verprügelt hatte, trat ihre Zimmertür auf. Die spitzen Sporen waren das Erste, was Lisi sah. Er warf einen Blick auf die drei Frauen und brüllte seinem Kumpan zu: »Schau mal, was ich gefunden habe, Schmulik! Die Huren von Effy! Kommt, Mädchen! Los! Raus hier, ihr Nutten!«

Der Alte saß auf dem Boden, neben dem Sessel. Blut lief aus seiner Nase, tropfte von seinen Lippen und er hielt mit einer Hand seinen anderen Arm fest. »Ich bin in Ordnung, Chanale«, sagte er.

»Natürlich bist du in Ordnung!«, sagte der Verrückte, der Schmulik hieß, und versetzte ihm einen Tritt in die Rippen. Er war der größere von beiden. Chana brüllte: »Hör auf! Hör auf, ihn zu schlagen! Er könnte dein Vater sein, du Ungeheuer!«

»Sei still, Chana«, sagte ihr Vater.

»Ja, sei still, Chana«, sagte Schmulik und gab ihr eine Ohrfeige, die sie taumeln ließ und zu Fall brachte. Entsetzt starrte sie den Mann an, der sie geschlagen hatte. Er hatte ein schmales Gesicht und eine beginnende Glatze ließ seine Stirn höher erscheinen. Seine kleinen schwarzen Augen standen eng beieinander, sein Unterkiefer war lang und dreieckig, mit Pferdegebiss. »Wo ist Effy?«, fragte der Unterkiefer. Er schrie nicht, aber beim Klang seiner ruhigen Stimme durchrieselte Lisi ein Schaudern. Die beiden Männer versperrten den Weg zur Haustür. Sie müsste den ersten Moment, in dem sich eine Lücke auftat, ausnutzen, um loszurennen. Es würde keine Zeit bleiben, das Auto zu starten.

»Was wollt ihr von Effy?«, flüsterte der Alte. Er versuchte, die Aggression auf sich zu lenken. »Was hat er euch getan?«

»Was wir von Effy wollen?«, fragte der mit dem Unterhemd seinen Bruder und lachte, wobei die schwarzen Haare auf seinem halb nackten Bauch zitterten. »Wir wollen ihn ficken, Alter!« Wieder trat er zu, bevor er fortfuhr: »Wir wollen ihn in den Hintern ficken, ihm den Arsch dermaßen aufreißen, dass sein Zug in die Türkei durch den Tunnel passt, den wir ihm reinrammeln!«

Die beiden stießen ein hysterisches Lachen aus, steigerten sich in ihre Bösartigkeit hinein wie im Rausch. Lisi spähte kurz zur offenen Haustür und wartete auf den Moment, in dem sie fliehen könnten.

»Er ist nicht hier, ihr gemeinen Schufte, ihr Bestien, wie sprecht ihr vor den Mädchen, ihr Untiere?«, sagte Cheski, zwischen den einzelnen Wörtern keuchend. Er versucht, Zeit zu gewinnen, dachte Lisi.

»Die Mädchen!« Der Unterhemdträger packte Dina und stellte sie auf die Beine, indem er mit der einen Hand an ihren Haaren zerrte, mit der anderen an ihrem T-Shirt. Ihre Brüste wurden sichtbar. »Die Mätresse von Effy Levia ist sie, dieses Mädchen!« Er stieß seine Lenden gegen ihren Bauch und rieb sich schaukelnd an ihr, während sein Bruder schrie: »Los, besorg's ihr! Besorg's ihr!«

»Eure Schwester will ihn doch gar nicht zurück«, flüsterte Dina. Sie zitterte am ganzen Leib in den Händen des Unterhemdträgers, der sie wie eine Stoffpuppe schüttelte. Ihr Gesicht war wachsbleich.

»Ihr seid ja echte Helden gegenüber Schwächeren«, sagte Lisi. Sie saß auf dem dreiteiligen Sessel, der näher in Richtung Ausgang stand.

»Was hast du gesagt?« Der Gorilla mit den Froschaugen näherte sich ihr. Seine Augen waren wässrig, transparent, sein Blick rutschte ständig ab und auf seinen Lippen hatte er weiße Spuckeflecken. Sein feuchtes Hemd, vor Schweiß und Schmutz starrend, stank nach Alkohol.

»Ich habe gesagt, dass ihr nur Schwächeren gegenüber Helden seid«, sagte Lisi. Sie hoffte, er würde weiter auf sie zukommen. »Ihr greift einen alten Mann und junge Mädchen an.«

»Wir wollen Effy, nicht den Alten und nicht die Mädchen.«

»Du hast gehört, dass er nicht da ist.«

»Wer sagt das?«

»Lass sie in Ruhe, Nachik«, sagte der Unterkiefer zu seinem Bruder und kam auf den Sessel zu.

»Was heißt das, ich soll sie in Ruhe lassen? Ich werde sie kastrieren, das werde ich tun! Das ist die mit dem Revolver! Sie hat uns Effy entführt, dieses Mistvieh!« Seine Faust traf ihren Kopf, ohne dass sie darauf vorbereitet gewesen wäre. Eine Sekunde lang sah sie nichts, eine schwarze Kugel kreiselte durch ihren Kopf, Sterne tanzten. Sie saß auf dem Boden, den Kopf auf den Knien und wartete, dass der Schock nachließ. Dann hob sie langsam, ganz langsam den Kopf, und als sie seinen Arm sah, der wieder auf sie zukam, packte sie seine beiden Beine, die direkt vor ihr standen, zerrte an ihnen und brüllte: »Lauft!«, während der Trunkenbold namens Nachik auf den Rücken fiel.

Lisi rannte auf die Hügel zu, ohne zu wissen, ob Chana und Dina es auch geschafft hatten zu fliehen. Sie war zu groß, um nicht gesehen zu werden, deshalb rannte sie gebückt und versuchte, den Kopf nicht zu heben. Als die Steigung anfing, änderte sich die Bodenbeschaffenheit, die Erde wurde härter und steiniger und immer wieder streifte sie dornige Sträucher. Sie stolperte über Unebenheiten, stürzte, rappelte sich auf und rannte weiter, auf einen einsamen Baum zu, der zwischen den kahlen Hügeln wuchs. Ihr Atem pfiff, ihr Herz hämmerte so heftig in ihrer Brust, dass sie das Gefühl hatte, man könne es schon von weitem hören. Sie kannte diese Gegend nicht, sie hatte keine Ahnung, wohin sie rannte, ob sie in die Richtung Be'er Scheva lief oder in Richtung Hebron. Die Hügel nahmen ihr die Sicht, sie sah keine Straßenbeleuchtungen, keine Lichter von Häusern. Sie überlegte kurz, ob sie sich unter den Baum setzen sollte, aber die Angst trieb sie vorwärts. Wenn es Dina und Chana gelungen war zu fliehen, würden sie den Alten umbringen, dachte sie, und wenn es ihnen nicht gelungen war, würden sie auch sie umbringen. Sie musste weiterlaufen, bis sie Hilfe fand, sie hatte keine andere Wahl.

Sie lag in einem trockenen Wasserloch, mit pfeifendem Atem wie ein kochender Wasserkessel, der nächtliche Wüstenwind strich über ihr Gesicht und ihren Körper. Eine Kindheitserinnerung stieg in ihr auf, von der sie nicht wusste, woher sie kam: Sie ist ein kleines Kind und sie weint, klammert sich an ihrer Mutter fest und Tante Klara, die ihren Kopf streichelt, sagt mit weicher Stimme immer wieder: »Du hast schlecht geträumt, Lisi. Liebe Lisi, gute Lisi.«

Am Himmel standen Sterne und ein schwacher Mond leuchtete matt. Der Blick auf den Himmel über ihr, der weder Gut noch Böse kannte, beruhigte sie. Sie wollte hier bleiben, wollte schlafen, traumlos. Sie wollte die Verrückten vergessen, die sie verfolgten, sie wollte ihren schmerzenden Körper vergessen, ihre blutigen Fußsohlen und ihre schreckliche Angst um das Schicksal der beiden Mädchen und des alten Mannes. Aber leider war jetzt nicht die passende Zeit, sich der großen Umarmung des Himmels zu überlassen. Als sie sich hinsetzte, tat ihr alles weh, jeder einzelne Körperteil schmerzte.

Sie spitzte die Ohren und lauschte, aber sie hörte nichts, weder Schritte noch Stimmen. Sie kam ächzend auf die Beine und bewegte sich auf den Hügel zu, der am weitesten von den Häusern entfernt schien. Sie ging gebückt, mit langen Schritten, und ignorierte die Wunden an ihren Beinen. Ihre Augen hatten sich an die Dunkelheit gewöhnt, jetzt schaffte sie es schon, Dornensträuchern und großen Steinen auszuweichen. Plötzlich glaubte sie, Hundegebell zu hören. Ich halluziniere, dachte sie. Dann hörte sie ein Blöken. Reglos blieb sie stehen und lauschte. Kurz darauf drang wieder ein Blöken an ihr Ohr, dazu das leise Bimmeln einer Glocke. Wenn es hier Vieh gibt, dachte sie, dann gibt es auch einen Hirten, und wenn es einen Hirten gibt, gibt es vielleicht auch Hilfe. Sie rannte in die Richtung, aus der das Blöken gekommen war. Das Hundegebell klang jetzt wütend. In der Ferne entdeckte sie die Glut einer Zigarette.

Je näher Lisi den Schafen kam, umso lauter wurde das Bellen der Hunde. Ein etwa siebzehnjähriger Junge starrte sie an, erschrocken, als wäre vor seinen Augen ein Teufel aus der Dunkelheit gefahren. Hunde kamen auf sie zugeschossen, zogen sich zurück, bildeten einen Kreis um sie. In ihr Bellen mischte sich Musik, die aus einem kleinen Radio kam, das auf einem Stein stand.

»Sag den Hunden, sie sollen Ruhe geben«, sagte Lisi.

»Baasss«, sagte der Hirte zu den Hunden, ohne seinen erschrockenen Blick von ihr zu wenden.

»Hast du ein Telefon?«, fragte sie.

»Telefon?«

»Telefon, Telefon«, schrie sie ihn an.

»Nein, ich hab keins.«

»Wo ist das nächste Telefon?«

Er verstand nicht, was diese große Teufelin, die mitten in der Nacht auftauchte, von ihm wollte.

»Von wo bist du? Von El-Okabi?«

»Ja, von El-Okabi.«

»Wie weit sind wir von deinem Stamm entfernt?«

»Zu Fuß? Eine halbe Stunde.«

»Lauf und rufe die Polizei in Be'er Scheva an und sage, dass es einen Mord in Tel Benjamin gibt. Renn schon los, ich passe inzwischen auf die Ziegen auf.«

Der Hirte zögerte. Er wollte seine Herde nicht bei dieser fremden Frau lassen. Und mit der Polizei wollte er auch nichts zu tun haben.

»Ich habe ein Moped«, sagte er.

»Hier?«

»Ja.«

»Los, bring mich nach El-Okabi. Oder gibt's ein Telefon, das näher ist?«

»Unten an der Straße.«

»Dann bring mich hinunter zur Straße, dann kannst du zu deinen Ziegen zurückkehren. Komm!«

Ein altes Moped stand hinter einem Baum, mit einer schwarzen Decke zugehängt. Sie fuhren los und Lisi wurde übel bei der holprigen Fahrt, sie musste sich heftig zusammennehmen, um dem Hirten nicht in den Nacken zu kotzen. Unten an der Straße hielt er neben einem Telefonhäuschen an.

»Wo sind wir hier?«, fragte sie, als sie vom Moped stieg.

»Dort ist Meitar.« Er deutete über die Straße hinüber, dann gab er Gas und donnerte wieder den Hügel hinauf, bestrebt, so schnell wie möglich von ihr wegzukommen. Sie sah keine Spur von Meitar auf der anderen Seite der Straße. Nur eine tiefe, bedrohliche Dunkelheit.

»Danke!« rief sie dem Jungen nach. Sie wusste nicht, ob er sie noch gehört hatte.

Sie wählte die Nummer der Polizei und verlangte Benzion Koresch oder Ilan Bachut.

»Sie sind nicht da«, antwortete eine Frauenstimme.

»Malka?«

»Ja?«

Tante Malka hatte ihre Stimme nicht erkannt.

»Malka, hör gut zu. Hier ist Lisi. Es gibt einen Mord in Tel Benjamin. Im Haus von einem alten Mann, der Cheski heißt. Die Gang aus Juval Barkan bringt dort die Familie um. Beeilt euch!«

»Cheski und weiter?«

»Ich erinnere mich nicht mehr. Das Haus steht am Rand er Ortschaft. Im Bunker sind eine alte Frau und ein verletzter junger Mann.«

»Lisi, wo bist du?«

»Weiß ich nicht. Auf der Straße Nr. 60, glaube ich. Gegenüber von Meitar. In einer öffentlichen Telefonzelle.«

»Bist du nicht mit dem Auto dort?«

»Nein, mein Auto steht vor dem Haus, in dem gemordet wird.«

»Bleib, wo du bist. Bei der Telefonzelle.«

»Sie bringen sie um, Malka.«

»Lisi, bleib in der Nähe der Telefonzelle. Versteck dich irgendwo. Geh nicht weg. Ich komme und hol dich.«

Malka knallte den Hörer auf. Lisi überquerte die Straße, kletterte einen Hang hinauf, bis sie einen großen Stein fand, auf dem sie sich niederließ. Wie lange war sie über die Hügel gerannt? Ihr Zeitgefühl war abhanden gekommen. Sie starrte auf die Straße unten und wartete auf das Blaulicht der Polizei.

7

Lisi war auf die Erde gerutscht, saß mit dem Rücken an den Stein gelehnt und wartete. Die nächtliche Kälte der Wüste jagte immer wieder Schauer über ihren Rücken. Bilder von dem gequälten alten Mann und den beiden Mädchen tauchten vor ihren Augen auf, und obwohl sie sich sagte, dass es nur die Panik und der Schock waren, konnte sie nicht aufhören zu zittern. Dauernd schaute sie auf ihre Uhr, die Zeiger wollten sich einfach nicht vorwärts bewegen. Ihre Tante Malka, die Protokollantin der Polizei von Be'er Scheva, war eine alte, erfahrene Polizistin, das wusste Lisi. Von dem Moment an, wo sie mit ihr gesprochen hatte, konnte sie sicher sein, dass die richtigen Dinge von den richtigen Leuten erledigt wurden, und trotzdem wollte sie im Moment nichts lieber tun, als nach Tel Benjamin zurückzulaufen. Vielleicht würde sie ihr Auto erreichen, ohne dass die beiden Gorillas sie bemerkten, könnte den Revolver herausnehmen, laden und die zwei Gangster erschießen, bevor sie den Alten und die beiden Mädchen umbrachten.

Von Westen her tauchte das Blaulicht der Polizei auf. Der Streifenwagen machte eine Kehrtwendung und blieb vor der Telefonzelle stehen. Das Innenlicht ging an. Am Steuer saß ein Polizist, neben ihm eine Frau. Auch auf dem Rücksitz saß ein Polizist. Die Frau stieg aus und stellte sich neben das Häuschen. Tante Malka. Lisi sprang auf, rannte den Hang hinunter und stolperte in Malkas Arme, die sie auf den Rücksitz des Wagens schob und sich neben sie setzte. Der Polizist, der ihr Platz machte, war ihr Schwager, Oberinspektor Benzion Koresch, und der Polizist am Steuer war ihr anderer Schwager, Inspektor Ilan Bachut.

»Los«, sagte Lisi, »so schnell wie möglich nach Tel Benjamin.« Und fing an zu weinen.

»Was suchen wir und wo?«, fragte Benzi. »Weinen kannst du später.«

Während Lisi erzählte, gab Benzi über Funk Anweisungen. Er beorderte einen Krankenwagen nach Tel Benjamin, daneben einen Streifenwagen mit einem Arzt, einem Fotografen und Leuten von der Spurensicherung. Anschließend schickte er noch zwei Streifenwagen nach Juval Barkan, sie sollten dort nach den Brüdern Chazon Ausschau halten und sie und ihre Schwester festnehmen.

Die Stimmen im Funkgerät und das Gefühl, in guten Händen zu sein, beruhigten Lisi. Sie schloss die Augen und versank in einen Dämmerzustand, die Stimmen drangen nur noch wie durch eine Watteschicht an ihr Ohr. Sie wusste, dass sie aussah, als hätte man sie gerade unter den Trümmern eines Hauses herausgezogen, und sie war wirklich dankbar dafür, dass keiner von ihrer Familie jetzt anfing, sie mit »o Gott, o weh« zu bombardieren. Ihr fiel ein, dass Tante Malka am Telefon gesagt hatte, Ilan und Benzi wären nicht da. Aber anscheinend hatte sie sie gefunden und herbeibeordert, um ihr zu helfen. Sie begann wieder zu weinen und die Tränen rollten unaufhaltsam über ihre Wangen und tropften auf ihr Hemd.

Vor Cheski Elchanans Haus standen ein Krankenwagen und ein Polizeiauto. Auf dem Bürgersteig gegenüber drängten sich mindestens zwanzig Nachbarn. Der Alte lag auf einer Bahre und wurde gerade zum Krankenwagen gebracht. Ein Polizist half Mirjam, seiner Frau, beim Einsteigen. Ein nicht sehr großer und kräftiger Mann um die vierzig, der offenbar der Sohn der Alten war, rief ihnen nach: »Ich fahre mit meinem Auto hinterher.« Dann drehte er sich um und rief offenbar seiner Frau zu: »Bleib du bei Chana, bis ich zurückkomme.«

»Von wo kommt ihr?«, fragte Malka den Polizisten, der in den Krankenwagen stieg.

»Der Tierarzt von Tel Benjamin. Er ist drin, bei dem Mädchen.«

Lisis Herz begann zu hämmern. »Und wo ist Effy Levia?«, fragte sie den Polizisten. »Und Dina?«

»Er ist auch drinnen. Er wollte auf keinen Fall in den Krankenwagen steigen.«

Als Lisi und ihre Rettungsengel die Stufen hinaufstiegen, flüsterte Malka den beiden Schwägern zu: »Als ich euch nicht gleich erreicht habe und Karnapol auch nicht, habe ich den Polizeidirektor angerufen, er hat gesagt, er schickt sofort einen Streifenwagen, aber der ist nicht da. Ich verstehe nicht, was hier los ist.«

Effy lag auf dem Sofa und ein Mann mittleren Alters im Pyjama, vermutlich der Tierarzt, verband sein Bein. Auf dem Boden stand ein Erste-Hilfe-Koffer aus Metall, auf dem ein Sticker mit dem Slogan »Lasst die Tiere leben« klebte. Chana hockte mit tränenverschmiertem Gesicht im Sessel, neben einem Polizisten, der ihr Fragen stellte. Ihre Kleidung war staubig und voller Dornen, ebenso wie ihr Haar, ihre Sandalen waren zerrissen und ihre Arme zerkratzt.

»Wo ist Dina?« Effy sprang vom Sofa hoch, als er Lisi hereinkommen sah.

»Hat sie es geschafft zu fliehen?«, fragte Lisi Chana.

»Ich weiß es nicht«, sagte das Mädchen. »Ich bin einfach nur losgerannt, über die Felder. Ich glaube, sie ist auch weggelaufen. Aber ich habe mich nicht umgeschaut, ich bin losgerannt, als du es gesagt hast. Und ich habe nicht gehört, was hinter mir war.«

»Lasst sie doch erst mal sich waschen«, bat die Frau, die neben Chana saß. »So lange kann ihre Befragung doch noch warten.«

Der Polizist blickte fragend zu Benzi, dem ranghöchsten Polizisten im Raum.

»Wer sind Sie?«, fragte Benzi die Frau.

»Ich bin Chanas Schwägerin, die Frau von ihrem Bruder Schlomi, der hinter dem Krankenwagen hergefahren ist.«

»Und wie heißen Sie?«

»Ora. Ora Elchanan. Wir wohnen hier im Ort.«

»In Ordnung«, sagte Benzi. »Gehen Sie mit ihr ins Badezimmer. Und passen Sie auf, dass sie Ihnen nicht umkippt. Sie soll auch was Warmes anziehen.« Chana war vielleicht zwei, drei Jahre älter als seine eigenen Töchter.

Eine Sirene war zu hören. Der Streifenwagen, den Benzi bestellt hatte, blieb mit eingeschaltetem Blaulicht vor dem Haus stehen.

Benzi übernahm die Befehlsgewalt. Er befahl, aus den Schlägern von Juval Barkan herauszubekommen, wohin sie Dina Bamberg gebracht hatten. »Von mir aus könnt ihr die Auskunft aus ihnen herausprügeln«, sagte er. Dann wandte er sich an die anderen. »Bei dieser Dunkelheit werden wir nicht viel erreichen, aber wir fangen jedenfalls an zu suchen. Wir nehmen ein paar von den Faulenzern mit, die draußen herumstehen. Ilan, teile sie in drei Suchtrupps auf. Ich führe einen an, du den anderen und Malka den dritten.«

»Ich komme mit«, rief Effy und stand schon bereit.

»Sie werden uns nur aufhalten«, sagte Benzi. »Bleiben Sie hier. Wie sieht sie aus, Lisi?«

»Siebzehn, rote Locken, blaue Augen, mittelgroß, dünn.«

»Was hatte sie an?«

Er sprach in der Vergangenheit.

»Ein kurzes T-Shirt und Jeans«, sagte Lisi.

»Sie rühren sich hier nicht von der Stelle«, befahl Benzi Effy Levia. »Und Sie auch nicht«, sagte er, zum Tierarzt gewandt, der seinen Platz dem Polizeiarzt freimachte.

»Ich bleibe nicht hier! Ich muss sie finden!« Die klangvolle Stimme von *Weine nicht, Mama* wurde zu einem heiseren Krächzen.

Benzi wehrte ab. »Das bringt absolut nichts. Wir würden uns ständig um Sie kümmern müssen, anstatt dass wir uns aufs Suchen konzentrieren.« Als er Lisi schon an der Tür stehen sah, fuhr er sie an: »Du bleibst auch hier.«

»Benzi!«

»Ich habe keine Zeit für Diskussionen!«

»Kann ich dich was fragen?«

»Was?«

Lisi ging mit Benzi hinaus. Ilan überquerte gerade die Straße und wandte sich an die Leute auf dem Bürgersteig. Wo waren die eigentlich alle, als im Haus geschrien wurde?, dachte Lisi.

»Ich möchte Dinas Vater anrufen. Ihn vorbereiten.«

»Wer ist es?«

»Professor Mosche Bamberg von der Universität Bar Ilan. Er wohnt in Be'er Scheva, an der Straße Nr. 60, in einem allein stehenden Haus nach der Tankstelle.«

»Vielleicht ist sie ja zu Hause«, sagte Benzi. »Ruf ihn an.«

Lisi fand ihre Tasche unter dem umgestürzten Tisch. Sie folgte dem kleinen Pfad in den hinteren Teil des Hofes, Benzi auf den Fersen. Nach dem vierten Klingeln war Bambergs verschlafene Stimme zu hören. »Hallo?«

»Professor Bamberg? Hier spricht Lisi Badichi. Ich… also… die Schwäger von Effy aus Juval Barkan haben uns überfallen. Wir sind geflohen, und jetzt … die Polizei … sie suchen Dina. Ist sie vielleicht nach Hause gekommen?«

Am anderen Ende war es ganz still.

»Professor Bamberg?«, rief Lisi.

Benzi nahm ihr das Handy aus der Hand. »Hier spricht Oberinspektor Benzion Koresch, Polizei Be'er Scheva. Wir befinden uns jetzt in Tel Benjamin. Zwei Streifenwagen aus Be'er Scheva, einer aus Omer und ein Krankenwagen. Hören Sie mich?« Moschik antwortete vermutlich, denn Benzi sprach sofort weiter: »Sie wollten nicht Ihre Tochter. Sie wollten Effy Levia. Sie sind durchgedreht, nachdem sie ihn nicht gefunden haben. Bleiben Sie daheim. Es kann sein, dass sie sich irgendwo versteckt, vielleicht fährt sie per Anhalter nach Hause. Bleiben Sie, wo Sie sind. Wer ist bei Ihnen?« Benzi hörte zu, dann sagte er in sanfterem Ton: »Vielleicht sollten Sie Ihre Frau anrufen, damit sie nach Hause kommt.« Wieder lauschte er, dann gab er Lisi das Telefon. Die Stimme am anderen Ende war so schwach, dass Lisi sie kaum verstehen konnte.

»Warum sind Sie zu mir gekommen, Lisi Badichi?«

Lisi fing an zu weinen.

»Hören Sie jetzt gut zu.«

»Ja?« Seine Stimme wurde fester. »Sie sind zu mir gekommen, um den Sänger Effy Levia und seine neue Freundin zu interviewen.« Seine Stimme war kalt wie Eis und Lisi merkte, wie sich ihre Haare im Nacken und auf den Armen sträubten.

»Ja, ich habe verstanden. Möchten Sie, dass ich zu Ihnen komme und mit Ihnen warte?«

»Nein. Aber die Zeitungen und der Rundfunk werden sich auf diese Geschichte stürzen. Also merken Sie sich, Lisi Badichi: Sie sind zu mir gekommen, um Effy Levia zu interviewen.«

Der Hörer wurde aufgelegt. Stille. Lisi stand im dunklen Hof und betrachtete den Himmel.

»Was hat er gesagt?«, fragte Benzi.

»Dass er nicht will, dass ich komme«, flüsterte Lisi.

»Ich organisiere jetzt die Suchtrupps«, sagte Benzi. »Geh ins Haus. Sag dem Arzt, ich hätte gesagt, er soll dich untersuchen.«

Lisi blieb hinten im Hof, dachte an das, was Bamberg gesagt hatte. Dann rief sie in der Redaktion der *Zeit* in Tel Aviv an und bat, mit dem Dienst habenden Redakteur verbunden zu werden.

»Hier ist Lisi Badichi aus Be'er Scheva. Kann ich noch einen Bericht für morgen hineinbekommen? Mit wem spreche ich?«

»Eran.«

»Eran Fischer? Wieso bist du bei der Aufnahme?«

»Die Zeitung ist fertig, Lisi. Was für ein Bericht?«

»Der Sänger Effy Levia ist von einer Gang aus Juval Barkan angegriffen worden.«

»Schick ihn rüber.«

»Ich bin nicht in der Redaktion, du wirst ihn aufschreiben müssen.«

»Dann los.«

»Der Sänger Effy Levia ist von einer Gang aus Juval Barkan angegriffen worden. Von unserer Reporterin im Süden, Lisi Badichi. Der Sänger Effy Levia wurde angegriffen, als er gestern zum Haus seiner von ihm getrennt lebenden Ehefrau in Juval Barkan in der Nähe von Be'er Scheva fuhr, um seinen Reisepass zu holen. Die Brüder seiner Frau verprügelten ihn und als er im Auto unserer Reporterin floh, verfolgten sie ihn bis zum Moschav Tel Benjamin und brachen in das Haus von Cheski Elchanan ein, der dem Sänger, seiner Freundin und unserer Reporterin Schutz geboten hatte. Cheski Elchanan gelang es, Effy Levia zu verstecken, worauf die Mitglieder der Gang – zwei Brüder der Familie Chazon aus Juval Barkan – ihren Zorn an dem Alten, seiner vierzehnjährigen Tochter und unserer Reporterin ausließen. Elchanan ist schwer verletzt ins Krankenhaus *Soroka* gebracht worden. Die Polizei hat zusammen mit Freiwilligen aus dem Moschav eine Suchaktion nach der Freundin Effy Levias eingeleitet, das Mädchen ist noch immer verschwunden. Die Polizei hat vor, die Mitglieder der Gang von Juval Barkan, deren Identität bekannt ist, festzunehmen.«

»Wie heißt die Freundin, Lisi?«

»Ihre Familie ist noch nicht informiert worden, Eran.«

»Wie heißt sie, wer ist sie?«

»Sie ist siebzehn Jahre alt und aus Be'er Scheva. Das ist alles, was ich sagen kann.«

»Bist du in Ordnung?«

»Nein, ich bin nicht in Ordnung.«

»Ich bring es noch rein.«

Lisi ging zurück ins Haus.

8

Effy Levia hörte nicht auf, »Dinale, Dinale« zu jammern. Er ging allen ziemlich auf die Nerven. Der Polizeiarzt untersuchte Lisis Kratzer und verband ihr die Füße. Ora, Cheski Elchanans Schwiegertochter, gab ihr ein paar Hausschuhe ihres Schwiegervaters, als Lisi es nicht schaffte, ihre verbundenen Füße in ihre Sandalen zu zwängen. Auf Rat des Arztes bereitete Ora heiße Milch und Effy, Lisi und Chana schluckten sie folgsam, zusammen mit einer Beruhigungspille. Für die Gesunden im Raum – der Polizist aus Omer, der Polizeiarzt, der Tierarzt aus Tel Benjamin und sie selbst – kochte Ora einen starken Kaffee, dessen Duft das Zimmer erfüllte.

Vor dem Haus standen zwei Polizeiautos und die Geräusche aus ihren Funkgeräten bildeten eine Art monotoner Hintergrundmusik, die Lisis Gefühl von Benebelung steigerte. Aber sie wollte nicht einschlafen. Sie hatte Angst, es würde etwas passieren, während sie schlief. Deshalb beschloss sie, Effy in ein Gespräch zu verwickeln, vielleicht könnte daraus ja ein Zeitungsartikel werden. Die Worte, die Bamberg am Telefon gesagt hatte, hallten noch immer in ihren Ohren wider und beunruhigten sie. Entschlossen stand sie auf und setzte sich neben Effy.

»Wo hast du Dina kennen gelernt, Effy?«, fragte sie.

»Im *Blauen Pelikan.*«

»Du machst Witze.«

»Nein, es stimmt.«

»Einfach so?«

»Ich hatte vorher einen Auftritt im *Forum* und wollte noch etwas mit den Musikern trinken. Sie war dort mit ihren Schulfreundinnen. Sie kam zu mir, so richtig kess, und sagte: ›Du warst echt super, wir hatten großen Spaß.‹« Effy lächelte traurig.

Lisi holte ihren Block aus der Tasche und fing an, sich Notizen zu machen. Im Raum waren genügend Leute, die bezeugen konnten, dass er »zum Zitieren« sprach, zumindest hatte er nichts Gegenteiliges geäußert.

»Und, was hast du gemacht? Hast du sie zu euch an den Tisch gebeten?«

»Nein.« Effy lachte. »Mein Gitarrist hat zu ihr gesagt: ›Du bist aber auch echt super, Süße.‹ Und du weißt ja, wie sie ist, sie hat sich zu ihm umgedreht und ihn angefaucht: ›Mit dir habe ich nicht gesprochen, Süßer!‹ Und schon haben sie angefangen zu streiten.« Effy lächelte. »Ihre Freundinnen haben sie von uns weggeholt, zu ihrem Tisch. Bevor wir weggingen, habe ich sie um Entschuldigung gebeten für das, was passiert war, und mich für ihr Lob bedankt. Sie schrieb mir ihre Telefonnummer auf eine Serviette und ich steckte sie ein. Und dann habe ich sie vergessen. Es gibt etliche Mädchen, die mir ihre Telefonnummer geben und sich anbieten, ich bin da sehr vorsichtig. Erstens war ich damals noch mit meiner Frau zusammen, und zweitens hat sie für mich ausgesehen wie ein kleines Mädchen.«

»Wie alt war sie, als du sie im *Blauen Pelikan* getroffen hast?«

»Sechzehn.«

»Nun, das ist wirklich sehr jung.«

»Einen Monat später sind wir wieder im *Forum* aufgetreten. Vor dem Auftritt kam sie in mein Zimmer und sagte wütend: ›Du hast mich nicht angerufen, du Scheißer!‹ Ich habe mich nicht mal an sie erinnert. Josch, mein Manager, wollte sie am Arm nehmen und aus dem Zimmer führen, da hat sie ihm ihren Ellenbogen in den Bauch gerammt und gesagt: ›Rühr mich ja nicht an, du Dreckstück!‹ Er hat sich gekrümmt und wollte die Ordner rufen, damit sie sie vor die Tür setzen. ›Bist du nach der Aufführung im *Blauen Pelikan*?‹, fragte sie mich. Du weißt ja, wie sie ist. Mit ihren verrückten Augen und den roten Locken. Ich habe ›Ja‹ gesagt und sie hat gesagt, ›komm alleine‹, wie eine Feldwebelin bei der Armee. Ich fand das sehr komisch, ein Mädchen mit so einer Autorität, das Befehle erteilt. Sie war verschwunden, bevor die Ordner auftauchten. Nach meinem Auftritt bin ich in den *Blauen Pelikan* gefahren. So hat es angefangen.«

»Hat sie deinetwegen die Schule aufgegeben?«, wollte Lisi wissen.

Effy nickte. »Ja. Die Beziehung zu meiner Frau war von Anfang an sehr schlecht. Ich hatte schon längst beschlossen, das Haus zu verlassen. Ich hatte nur Angst vor ihren Brüdern. Wir sind zusammen aufgewachsen, sie und ich, wir kommen aus demselben Stall, wie man so sagt, wir sind gleich alt und entfernt verwandt miteinander, wie alle Leute von Juval Barkan, und allen war klar, dass wir heiraten würden. Und ich habe mich gefügt, ich glaube, es war aus Angst. Es hat von Anfang an nicht geklappt zwischen uns.«

»Dein eigentlicher Name ist Levi?«, fragte Lisi.

»Ja. Als ich mit den Auftritten angefangen habe, hat mein Manager gesagt, Efraim Levi sei kein Name, der Leute anzieht, und er hat mir den Namen Effy Levia vorgeschlagen. Dann habe ich den Namen auch in meinem Pass ändern lassen. Sogar darüber habe ich mit meiner Frau gestritten. Sie hat immer alles als Bedrohung angesehen. Vielleicht mit Recht. Ich hatte meine Musik, die Proben, die Auftritte, und je mehr Erfolg ich hatte, umso mehr beklagte sich Sigal, ich würde sie vernachlässigen, benachteiligen und ignorieren, und sie hat mir ihre ganze Familie auf den Hals gehetzt. Mit meiner Musik habe ich das Land erobert, gleichzeitig war ich zu Hause so was wie ein Putzlumpen. Dina hat mir Mut gemacht. Du hast ja gesehen, wie sie ist. Sie hat kein bisschen Angst. Und ein Selbstbewusstsein von hier bis zum Mond. Ich habe meine Frau verlassen, wir haben das Haus in Givat Benjamin gemietet und sind zusammengezogen.«

»Und ihre Eltern?«, fragte Lisi. »Hatten die nichts dagegen?«

»Doch, natürlich hatten sie was dagegen. Und die Familie von Sigal… Sie haben unsere Wände beschmiert, sie haben uns Müll in den Hof gekippt… die Leute von Givat Benjamin haben sich von uns distanziert. Aber du hast Dina ja gesehen. Wenn sie etwas will, kann sie nichts aufhalten. Und sie hat mich gewollt. Sie liebt unser Haus und unser Leben, mit der Musik, mit den Proben, mit den Aufführungen, und ich… sie ist die Liebe meines Lebens, das, was uns passiert ist, passiert einem nur einmal. Jeden Morgen, wenn ich aufwache, danke ich Gott dafür, dass wir uns getroffen haben.«

Effy schlug die Hände vors Gesicht. Hoffentlich fängt er nicht an zu weinen, dachte Lisi. Eine Geschichte für die Zeitung hatte sie jedenfalls schon, das war klar.

»Wann hast du ihre Eltern getroffen?«

»Diese Woche. Nur ihren Vater. Sie haben einen neuen Enkel gekriegt, in Jerusalem, und der Vater hat Dina angerufen, um es ihr zu erzählen. Als er sagte, er sei jetzt allein zu Hause, hatte sie plötzlich Mitleid mit ihm und hat zu mir gesagt: ›Komm, fahren wir zu ihm!‹ Eine halbe Stunde nach seinem Anruf waren wir schon dort. Er hat sich so gefreut, als er die Tür aufgemacht und sie gesehen hat! Ein halbes Jahr lang hatten sie sich nicht gesehen. Sie haben eine sehr starke Beziehung zueinander. Sie ist ›ihre Kleine‹. Als wir weggehen wollten, hat er auf einmal gesagt: ›Ich möchte Effy kennen lernen, bleibt hier.‹ Da sind wir geblieben. Er wollte meine Lieder hören, er wollte mit mir sprechen und herausfinden, wer dieser Mann ist, den seine Tochter liebt. Übrigens, er ist sehr musikalisch. Fast ein Profi. Ich habe ihm das Lied vorgespielt, an dem ich gerade arbeite, und seine Anmerkungen haben mir wirklich sehr genützt.«

»Was ist das für ein Lied?«

»Ich habe es für Dina geschrieben.«

»Wie heißt es?«

»Ich liebe dich.«

Effy und Lisi lächelten. Die anderen Leute im Zimmer lächelten auch.

»Kannst du den Text auswendig?«

»Natürlich.«

»Lass hören.«

»Jetzt?«

»Warum nicht?«

»Ach nein, lieber nicht.«

Der Tierarzt mischte sich plötzlich ein. »Betrachten Sie es doch einfach als Bezahlung für meine Arbeit. Haben Sie eine Ahnung, wie viel ich für die Behandlung eines kranken Hundes bekomme?«

Effy lachte. Dann wurde er ernst, konzentrierte sich, und durch das Zimmer mit den zerbrochenen Möbeln, erfüllt von Ängsten und Spannung, strömte auf einmal die Stimme, die dem ganzen Land unter die Haut ging, weich und schimmernd wie eine Perle.

Nach dem Tag kommt der Abend,
nach der Nacht das Morgenrot,
ich bin dir nachgegangen wie der Knabe
hinter dem Pflug.

Egal, ob im Dunkel oder Licht,
ich liebe dich,
ich liebe dich.

Nach der Saat kommt das Wachsen,
nach dem Reifen die Ernte,
ich bin dir nachgegangen wie der Bauer
den Jahreszeiten.

Egal, ob im Dunkel oder Licht,
ich liebe dich,
ich liebe dich.

Lisi war nicht so begeistert von dem Tremolo in seiner Stimme bei »ich liebe dich, ich liebe dich«, umso mehr, als sie am Anfang gedacht hatte, er rede über Zwiebeln oder Kartoffeln, weil das Lied so nach Landwirtschaft klang. Aber sie hatte sowieso Blech in den Ohren, wie konnte da ausgerechnet sie Effy Levia kritisieren. Sie spürte die Rührung der anderen, niemand klatschte. Als würde das etwas Heiliges profanieren.

Ora seufzte plötzlich tief auf und sagte: »Oh, wunderbar! Oh, einfach wunderbar.« Und alle im Zimmer murmelten, wie wunderbar das Lied sei. Chana wischte sich die Tränen aus den Augen.

»Ich habe es als Rock geschrieben und Moschik Bamberg hat den Anflug von Folk hineingebracht, der vorher nicht drin war. Das hat es viel besser gemacht.«

»Er spielt ein Instrument?«, fragte Lisi.

»Er hat Klavier gespielt, der Professor für Orientalistik. Und ich habe mich selbst auf der Gitarre begleitet. Und Dina hat sich zusammengerollt und zugehört. Wie eine kleine Katze. Sie war glücklich, weil wir uns so gut verstanden haben. Und jeden Abend, wenn sie sagte, wir müssten jetzt aber nach Givat Benjamin fahren, sagte Bamberg: ›Du kannst ja fahren, Dinale, aber Effy lässt du mir hier, er gefällt mir, dieser Junge.‹ Wir sind vier Tage geblieben, glaube ich, ich bin schon ganz durcheinander.«

»Und warum habt ihr euch heute fürs Zurückfahren entschieden?«

»Das war nicht ich, von mir aus hätten wir noch bleiben können. Es war Dina, die nicht bleiben wollte. Sie wusste, dass ihre Mutter aus Jerusalem zurückkommen sollte, und wollte sie nicht treffen.«

»Warum?«

»Schau, das alles ist keine normale Situation. Erstens bin ich noch immer mit Sigal verheiratet. Sie ist nicht bereit, sich von mir scheiden zu lassen. Sie hat mir im letzten Jahr ziemlich viele peinliche Szenen gemacht. Ich kann Dinas Mutter verstehen. Welche Mutter würde ihrer Tochter wünschen, in solchen Verhältnissen zu leben?«

»Dina hat gesagt, dass Sigal dich nicht mehr zurückhaben will«, sagte Lisi.

»Sie will mich nicht zurückhaben, aber mein Geld will sie. Und ihre Brüder werden dafür sorgen, dass sie es auch bekommt.«

»Was soll das heißen?«

»Frag doch meinen Manager.«

»Hast du ihn angerufen?«

»Wie viel Uhr ist es?«, fragte Effy.

Lisi schaute auf die Uhr. »Vier. Du solltest vielleicht besser bis zum Morgen warten.«

»Wo ist sie?«, fing Effy wieder zu jammern an. »Wo ist sie? Wo kann sie sein?«

Lisi entschied, dass sie nicht genug Kraft hatte, sich noch einmal sein Gejammer anzuhören. Sie hatte genug Material für zwei Seiten, ohne die Fotos. Und wenn sie den Artikel bei der überregionalen *Zeit* nicht wollten, würde sie ihn eben in der *Zeit im Süden* bringen.

Sie ging hinaus auf den Hof und betrachtete die Hügel. Sie hatte das Gefühl, als seien Monate vergangen, seit sie dort gerannt war, auf der Flucht vor den verrückten Gorillas von Juval Barkan. Im Osten war ein schwaches Licht zu sehen, zögernd wie ein Bittsteller auf der Schwelle. Von den Suchtrupps war nichts zu entdecken. Beschäftigungstherapie war es, was diese Suchtrupps betrieben. Was konnten sie in dieser Dunkelheit schon finden? Und wenn es hell wird und man suchen könnte, dann werden sie zum Umfallen müde sein, dachte Lisi. Etwas von dem, was Effy gesagt hatte, schoss ihr wie ein Blitz durch den Kopf, leuchtete einen Moment lang auf und war dann wieder verschwunden. Er hatte etwas gesagt, was für die Suche relevant war, aber jetzt fiel es ihr nicht mehr ein. Was war es nur gewesen?

9

Lisi kontrollierte den Inhalt ihrer Tasche: Handy, Block und Pieper, die Schlüssel, die Taschenlampe – alles war da. Die Leute im Zimmer – Effy, Chana, Ora, der Polizist aus Omer, der Tierarzt – dösten vor sich hin. Lisi war endlich eingefallen, was ihr im Kopf herumgegangen war. Effy hatte von ihrem Haus in Givat Benjamin erzählt, über ihre große Liebe in diesem Haus. Sollte es Dina geschafft haben zu fliehen, war sie sicher dorthin gerannt. Lisi machte die Haustür auf, atmete tief die kühle Nachtluft ein und schlenderte langsam hinaus. Sie wusste, wenn sie irgendjemandem sagen würde, wohin sie fahren wollte, würde der Polizist lauthals protestieren und Effy würde darauf beharren, dass sie ihn mitnähme.

Das Geräusch des anspringenden Motors ging im Lärmpegel der Streifenwagen unter und sie ließ das Auto ohne Licht ausrollen. Erst als sie am Ende der Straße angelangt war, schaltete sie die Scheinwerfer ein und drückte mit Cheski Elchanans Hausschuh auf das Gas. Bald würden die Leute im Zimmer merken, dass sie nicht mehr da war, ihr blieb nicht viel Zeit. Als sie die große Straße erreichte, schlug sie die Richtung nach

Be'er Scheva ein und hielt Ausschau nach der Abzweigung nach Givat Benjamin. Sie fuhr alles in allem vielleicht fünf Minuten, als das Schild bereits vor ihr auftauchte. Beim letzten Mal war ihr die Fahrt nach Givat Benjamin nach Tel Benjamin viel länger erschienen. Sie bog in den Ort ein, fuhr über einen gepflasterten Platz und suchte den Platanenweg. Stille lag über dem Ort wie ein in der Dunkelheit lauerndes Tier. Einen Moment lang überlegte Lisi, ob sie den Revolver nehmen sollte, schob den Gedanken aber sofort zur Seite. Sie war sich nicht ganz sicher, ob sie es so ohne weiteres schaffen würde, ihn zu laden und zu entsichern, er würde sie nur behindern.

Trotz der Kälte liefen ihr Schweißtropfen übers Gesicht und über ihren Rücken, als sie das Haus von Effy Levia erreichte. Die grünen Möbel im Hof waren jetzt grau und von Tautropfen überzogen, die im Licht des blassen Mondes glitzerten. Lisi stieg aus dem Auto, öffnete das Garagentor und ging auf das Haus zu. Ihr Herz klopfte und sie fragte sich, was oder wen sie überhaupt suchte. Plötzlich hörte sie Flügelschlagen. Sie blieb stehen und schaute in die Richtung, aus der das Geräusch gekommen war. Große Vögel erhoben sich von der Antenne des Nachbarhauses, zogen Kreise durch die Luft und ließen sich wieder auf ihren Platz auf der Antenne sinken. Raben. Lisi überkam ein Zittern. Das Haus war dunkel und still. Als sie die Eingangstreppe hinaufgehen wollte, stieß ihr Fuß gegen etwas. Lisi holte ihre Taschenlampe heraus und leuchtete auf die Stufen. Da lag Dina, und sie war tot, zweifellos war sie tot, ihre blauen Augen quollen fast aus den Höhlen vor Entsetzen und ihr Mund war zu einem letzten Schrei aufgerissen. Ihr fehlte ein Vorderzahn. Sie war nackt, ihr Körper zerkratzt und zerschlagen, von den Füßen bis zum Kopf. Blut überkrustete ihre Stirn, war aus ihrem Mund auf den dünnen Hals geflossen, und Blut und Dreck bedeckten auch ihren Bauch und ihre Beine. Sie war vergewaltigt und verprügelt worden, bevor sie starb, aber um sie herum, auf der Treppe, waren weder Blut noch Anzeichen eines Kampfes zu sehen. Sie war woanders ermordet und dann hierher gebracht worden. Wer sie hier auf die Schwelle des Hauses gelegt hatte, hatte Effy Levia ein monströses Geschenk machen wollen.

Das Telefon in ihrer Tasche läutete und sie machte einen erschrockenen Satz. Mit zitternden Fingern nahm sie es heraus und keuchte ein paar Mal, bevor sie ein »Hallo« herausbrachte.

»Lisi! Wo bist du? Der Polizist im Haus von Elchanan sagt, du bist mit dem Auto verschwunden!« Benzis Gebrüll brachte sie wieder zu sich.

»Ich ha-hab sie gefunden.«

Er schaffte es, seine donnernde, ewig zornige Stimme etwas zu dämpfen. »Wo bist du?«, fragte er.

»In Givat Benjamin. Vor dem Haus von Effy Levia. Sie ... sie ist tot, Benzi.«

»Wie heißt die Straße?«

»Platanenweg.«

»Wir sind gleich da. Fass nichts an.«

Sie wollte Dina mit etwas zudecken, damit niemand sie so sah, diesen nackten, dünnen weißen Körper, der so geschändet war. Sie wollte ihr die Lider schließen, damit niemand das Entsetzen in den blauen Augen sah. Sie sah so klein aus. Ein Kind. Von ihrem aufbrausenden Temperament waren nur noch die roten Locken geblieben, die an ihrem Kopf klebten wie eine Clownsperücke und aus ihrem Gesicht eine grauenhafte Maske machten.

Lisi setzte sich auf einen der grünen Stühle, das Gesicht der Antenne des Nachbarhauses zugewandt, und bewachte Dina vor den Raben. Die Stille war vollkommen und die nächtliche Kälte der Wüste prickelte auf ihrer Haut. Sie verstand nicht, wie Menschen an einem solchen Ort leben konnten.

Es dauerte nur ein paar Minuten, bis die beiden Streifenwagen vor dem Haus hielten. Die blauen Lichter blinkten, aber die Sirenen hatten sie nicht eingeschaltet. In dem einen Auto saßen Benzi, Ilan, Malka und zwei Polizisten, an deren Namen sie sich im Moment nicht erinnerte, im zweiten die Leute vom

Erkennungsdienst, auch Schoschi, die sie vermutlich von zu Hause herbeordert hatten, der Polizeiarzt und ein Fotograf, und noch zwei weitere Polizisten aus Be'er Scheva. Malka holte eine Decke aus dem Auto und hängte sie um Lisis Schultern, dann drückte sie ihr eine Tasse mit heißem Kaffee in die Hand, den sie aus einer Thermoskanne gegossen hatte. Lisi war dankbar, dass keiner sie ansprach. Wie durch einen Schleier sah sie, wie die Polizisten ihre Arbeit machten, sachlich, zielbewusst und vermutlich sehr müde. Sie schaute auf die Uhr. Würde diese Nacht denn nie ein Ende nehmen?

Ilan kam zu ihr und setzte sich neben sie. »Lisi, Schätzchen, ich brauche ein paar Auskünfte fürs Protokoll.«

»Dina Bamberg«, sagte Lisi und Ilan fing an zu schreiben. »Siebzehn Jahre alt. Die Freundin von Effy Levia, dem Sänger. Das hier ist das Haus, in dem sie zusammengewohnt haben. Er ist noch immer verheiratet mit Sigal Chazon, die in Juval Barkan lebt. Ihre Brüder, einer heißt Schmulik und einer Nachik, die auch in Juval Barkan wohnen, haben uns gegen Abend angegriffen und bis zum Haus von Cheski Elchanan in Tel Benjamin verfolgt.«

»Wir haben sie festgenommen, auch die Frau.«

»In Juval Barkan?«

»Ja. Sie haben auf der Terrasse Karten gespielt. Sie haben überhaupt nicht gewusst, was wir von ihnen wollen.«

»Schweine.«

»Und das Mädchen?«, fragte Ilan.

»Dina Bamberg, die Tochter von Professor Mosche Bamberg. Er wohnt in Be'er Scheva, an der Straße Nr. 60, nach der Tankstelle. Ich bin gegen Abend zu ihm gefahren, um Effy und Dina zu interviewen, die bei ihm zu Besuch waren.«

»Wir werden die Identifizierung durch ein Familienmitglied brauchen.«

»Nein, Ilan, ich flehe dich an, sie sollen sie nicht so sehen!«

»Wir werden die Identifizierung erst dann machen, wenn wir sie zum pathologischen Institut gebracht haben.«

»Ilan! Wie kannst du nur! Schau sie dir doch an!«

»Ich habe sie schon gesehen. Ein kleines Mädchen. Wenn ich die Kerle in die Finger gekriegt hätte, die das gemacht haben, ich hätte sie glatt abgeknallt.«

Benzi, der offenbar ihrem Gespräch zugehört hatte, sagte leise: »Nehmt Nachman mit und bringt Effy Levia her.«

»Er wird auf der Stelle tot umfallen, Benzi«, sagte Lisi.

Benzis berüchtigte Stimme wurde um ein paar Dezibel lauter. »Ist das sein Haus oder nicht?«

»Ja.«

»Er muss kommen.«

»Warum?«

»Sonst sagt er später, wir hätten etwas bewegt, beschmutzt oder kaputtgemacht. Ich will ihn hier.« Und plötzlich schrie er in die Nacht. »Was ist das hier für ein Ort? Wohnt da niemand?«

»Sie sind auf einer Gruppenreise im Ausland«, sagte Lisi.

»Das ganze Givat Benjamin?« Er rief einem der Polizisten zu: »Geh und klopf an ein paar Türen. Bestimmt gibt es einen Nachbarn, der was gesehen oder gehört hat. Malka, los.«

»Sie ist doch identifiziert, Benzi, ich habe sie identifiziert«, sagte Lisi mit flehender Stimme. »Warum willst du, dass Effy Levia hergebracht wird?«

»Willst du, dass wir ihren Vater oder ihre Mutter holen?«

»Auf keinen Fall. Aber ich habe euch gesagt, wer sie ist. Effy Levia hat sie geliebt, aus ganzem Herzen hat er sie geliebt.«

»Er hat sie aus lauter Liebe umgebracht, der Dreckskerl.«

»Was?« Lisi traute ihren Ohren nicht.

»Ein verheirateter Mann von dreißig nimmt sich ein Mädchen von sechzehn und holt sie aus der Schule.«

»Sie war es, die hinter ihm her war, nicht er hinter ihr«, sagte Lisi. »Glaub's mir, ich weiß es.«

»Sie war ein dummes kleines Ding. Er ist erwachsen und verheiratet. Darf er sich etwa alles erlauben, nur weil er ein bekannter Sänger ist?«

»Er liebt sie. Ich habe die beiden zusammen gesehen, du nicht. Wenn es nach ihm gegangen wäre, hätte er sein Leben geopfert, um sie zu retten.«

»Ach ja? Und wie kommt es dann, dass er lebt und sie tot ist?«

»Du willst ihn strafen, ihn quälen«, schrie Lisi Benzi an. »Deshalb bringst du ihn her. Was hast du davon? Ich habe sie identifiziert! Du weißt, wer sie ist! Du warst schon immer bösartig und bösartig bis du geblieben!«

Der Streit mit Benzi ließ Lisi wieder zum Leben erwachen. Auch Benzi. Beide befanden sich jetzt auf vertrautem Terrain. Benzi drehte ihr den Rücken zu und schrie zum Streifenwagen hinüber: »Malka! Nachman! Los!«

Lisi schaute zu, wie sich der Streifenwagen entfernte. Sie wollte nicht dabei sein, wenn Effy Levia eintraf. Sie wollte nicht dabei sein, wenn er sie so sah, tot und beschmutzt auf der Schwelle seines Hauses liegend. Sie erhob sich von dem feuchten Stuhl und strich sich die Hosen glatt.

»Ich fahre nach Hause«, sagte sie.

»Du bist nicht in der Verfassung, Auto zu fahren, Lisi«, sagte Ilan.

»Hör auf, mir zu sagen, in welcher Verfassung ich bin.«

»Wenn Malka zurückkommt, fährt sie dich nach Hause.«

»Und was ist mit meinem Auto?«

»Wir werden es dir bringen. Es muss sowieso untersucht werden.«

»Was?«

»Du hast sie nach Juval Barkan gefahren und dann nach Givat Benjamin und nach Tel Benjamin, bestimmt gibt es Blutspuren im Auto, nachdem sie Effy Levia in Juval Barkan zusammengeschlagen haben. Der Erkennungsdienst wird dein Auto untersuchen wollen, Lisi. Wart ihr hier im Haus?«

»Nein. Effy hatte seine Schlüssel verloren, als er zusammengeschlagen wurde.«

»Warum hast du das nicht gesagt?«, brüllte Benzi. »Ich habe gedacht, er kommt und bringt die Hausschlüssel mit.«

»Du hast gedacht, du hast gedacht! Bist du überhaupt fähig zu denken?«, schrie Lisi zurück. »Eine Matschbirne hast du, sonst nichts! Warum hast du mich nicht gefragt, wenn du schon mal gedacht hast?«

»Wie hätte ich auf die Idee kommen sollen, dass er keine Schlüssel für sein eigenes Haus hat?«

»Hört auf zu schreien, ihr zwei, um Himmels willen!«, sagte Ilan. »Lisi, Schätzchen, was ist los mit dir?«

Sie waren so verschieden, ihre beiden Schwäger. Ilan (Sergio) Bachut war die Bescheidenheit und Güte in Person, während Benzion Koresch ein schreckliches Temperament und eine donnernde Stimme besaß, die mit seinem aufbrausenden Zorn einherging. Trotzdem kamen sie gut miteinander aus, halfen einander, seit vielen Jahren in guten wie in schlechten Zeiten, mit einer Treue und einer Freundschaft, die bei der Polizei sprichwörtlich geworden war. Ihre Treue und Freundschaft waren auch nicht ins Wanken geraten, als sie ihre Frauen, Lisis Schwestern, Georgette und Chavazelet getauscht hatten. Beide hatten ihre Töchter mitgenommen, die jetzt mit einem Stiefvater lebten, der eigentlich ihr Onkel war.

»Kann ich mich so lange in mein Auto setzen?«, fragte Lisi. »Mir ist kalt.«

»Setz dich in den Streifenwagen.«

»Ich möchte nicht im Streifenwagen sitzen, Benzi. Ich möchte in meinem eigenen Auto sitzen. Ich habe eine Heizung, und außerdem habe ich der Spurensicherung die Sache schon versaut, als ich mit meinem Auto von Tel Benjamin hierher gefahren bin. Im Gegensatz zu dir will ich nicht zuschauen, wie Effy Levia kommt und Dina sieht, kapiert?« Ihre Stimme war immer lauter geworden, die letzten Worte schrie sie. Ihre Schwäger hatten Lisi noch nie so brüllen gehört. Benzi antwortete ihr mit der sanftesten Stimme, die er aufbringen konnte: »In Ordnung, Lisi, setz dich in dein Auto, du kannst auch die Heizung anmachen, aber fass sonst nichts an. Wenn Malka kommt, bringt sie dich heim. Und wir bringen dir das Auto, sobald das Labor damit fertig ist. Auf meine Verantwortung.«

»Du bist ein Sadist«, zischte Lisi Benzi zu, als sie zum Gartentor gingen.

»Sag nicht solche Sachen, Schätzchen«, sagte Ilan hinter ihrem Rücken. »Er macht nur seine Arbeit.«

»Deckt sie wenigstens mit etwas zu.«

Sie setzte sich ins Auto und ließ den Motor an, um die Heizung in Gang zu setzen. Aber das Licht schaltete sie nicht ein. Sie hatte vor, ein bisschen zu dösen, bis Malka kam, doch Ilans letzter Satz hatte sie plötzlich munter gemacht. Die Information, dass sie Effy Levia zu dem Überfall in Juval Barkan gefahren hatte, würde am Morgen in der *Zeit* erscheinen. Aber der Bericht von der Verhaftung der Gang und dem Mord an Dina Bamberg würde morgens in den Radionachrichten kommen. Die Zeitung erwartete die ganze Geschichte von ihr. Schließlich geschah es nicht jeden Tag, dass die Reporterin einer Zeitung persönlich in ein Verbrechen verwickelt war. Sie musste die Fortsetzung ihres Berichts für die morgige Ausgabe schicken. Wenn sie jetzt einschlief, würde sie bis übermorgen nicht mehr aufwachen. Schade, dass sie ihr Notebook nicht mitgenommen hatte. Sie musste sich endlich daran gewöhnen, so wie sie sich angewöhnt hatte, das Haus nie ohne Handy und ohne Pieper zu verlassen. Vor einem Monat hatte sie den Computer von Maurice Dahan bekommen, nachdem er irgendeinen Deal mit dem örtlichen Vertreter von *Kumpan* gemacht hatte.

Dahan, der administrative Chef und Verantwortliche für die Anzeigen in der *Zeit im Süden*, war ein absoluter King, wenn es um »Rotationsgeschäfte« ging. Sie hatten gemeinsam angefangen, als die Zeitung gerade gegründet wurde, und nachdem ihm klar war, dass Lisi von seinen Frauengeschichten wusste, wollte er ihr immer irgendwelche Gefälligkeiten erweisen. Sie würde nie im Leben ein Wort über seine Affären verlieren, da war er sich sicher, aber seiner Auffassung nach fühlte er sich ihr gegenüber »verpflichtet«. Das Notebook hatte er für die *Zeit im Süden* organisiert, nachdem er zu einem Kongress im Hilton Hotel in Tel Aviv gefahren war. Morgens war er in die Redaktion gekommen, eingehüllt in eine Wolke Aftershave und in der Hand die große James-Bond-Tasche, die er zu benutzen pflegte, wenn er Fahrten außerhalb der Stadt unternahm. Er teilte Lisi mit, er würde erst am nächsten Vormittag zurückkommen, denn er habe keine Lust, am selben Abend drei Stunden hin und drei Stunden zurück zu fahren, und sie sagte, kein Problem. Als sie am Fenster der Redaktion stand, im zweiten Stock, erblickte sie ihn auf dem Parkplatz, wie er seine Autotür für die neue Friseuse in Jacquelines Salon aufhielt. Der Gentleman hob den Kopf und sah sie am Fenster stehen. Und sie, aus einer lausbübischen Laune heraus, die so gar nicht zu ihr passte, winkte ihm zum Abschied zu, sogar mit Kusshand. Als er am nächsten Morgen zurückkam, fing er auf einmal damit an, dass alle, buchstäblich a-l-l-e beim Kongress ein Notebook dabeigehabt hatten. Da völlig klar war, dass nur einer in der Redaktion so ein Ding benutzen würde, musste man nicht Einstein sein, um zu begreifen, dass er auf Lisi abzielte.

Lisi schaltete die Innenbeleuchtung ein und holte aus ihrer Tasche den Block und einen Stift. Der Bericht, den sie vor kurzem geschickt hatte – war das tatsächlich auch in dieser Nacht gewesen? –, hatte mit der Suche nach der verschwundenen Dina aufgehört. Sie begann zu schreiben, rekonstruierte alles, was in dieser Nacht geschehen war, und diesmal ließ sie den Namen des jungen Mädchens nicht aus, das inzwischen zum »Opfer« geworden war. Wenn sie zur Redaktion kam, würde sie alles abtippen und das ganze Material nach Tel Aviv schicken. Die *Zeit im Süden* erschien wöchentlich, sie würde noch genug Zeit haben, die Geschichte in ihrer Zeitung zu bringen, mit allen Details, die für die Einwohner von Be'er Scheva interessant waren, nicht jedoch für die Leser der überregionalen *Zeit*.

Sie musste unbedingt ein Foto von Dina auftreiben. Diesen Auftrag, der alles andere als angenehm war, würde sie auf Dorit, Dahans Tochter, abwälzen, die die Redaktionsfotografin war.

Lisi stieg aus dem Auto und lief zum Haus hinüber.

»Man muss ihre Eltern informieren«, sagte sie zu Ilan.

»Wir kümmern uns darum, Schätzchen.«

An der Straßenecke tauchte das Blaulicht auf. Lisi beeilte sich, in ihr Auto zurückzukommen, machte das Licht aus und schloss die Augen. Sie wollte ganz bestimmt nicht Zeugin der Begegnung zwischen Effy Levia und der toten Dina sein.

10

Es war schon fünf Uhr morgens, als Lisi in der Redaktion ankam. Sie kochte sich eine Tasse Kaffee und schaute in den kleinen Kühlschrank: eine Flasche Wasser, eine Dose Cola und ein rosafarbener Jogurtbecher, der vermutlich Schibolet gehörte. Schibolet, die Redaktionssekretärin, verbrachte einen beträchtlichen Teil ihrer Abende vor dem Fernsehapparat, und der sich immer mehr zuspitzende Wettbewerb der Firmen *Tnuva* und *Strauss* brachte sie dazu, jede neue Jogurtsorte zu probieren. Lisi kämpfte mit sich, sie hatte seit dem vergangenen Morgen nichts gegessen und war sehr hungrig, entschied sich am Schluss jedoch gegen den Jogurt – das Rosa war einfach zu abstoßend. Sie würde hinuntergehen und sich etwas zu essen holen, sobald der Kiosk gegenüber aufmachte. Weil sie ihren Bericht letzte Nacht telefonisch übermittelt hatte und die druckfrische *Zeit* noch nicht in der Redaktion angekommen war, überlegte sie, womit sie den Artikel beendet hatte.

Sie schrieb die Überschrift: »Dina Bamberg, 17, vergewaltigt und ermordet von einer Gang aus Juval Barkan. Von Lisi Badichi, der Reporterin der *Zeit* in Be'er Scheva.«

Einige Minuten lang starrte sie die Überschrift an. Der

nackte Körper auf der Schwelle des Hauses, wie das Opfer eines Rituals, tauchte vor ihren Augen auf. Sie erinnerte sich daran, wie Bamberg seine Tochter angefleht hatte, sie solle nicht am Abend wegfahren, sondern bis zum Morgen warten, und daran, wie Dina gelacht, ihren Vater geneckt hatte, wie sie ihm die Fäuste in den Bauch geschoben und gefragt hatte: »Warst du nicht auch mal verliebt?« Es bestand nicht die geringste Ähnlichkeit zwischen dem lachenden Mädchen und der Leiche auf der Schwelle, und trotzdem war es ein und derselbe Mensch. Lisi schloss gequält die Augen. Würde Moschik Bamberg sie beschuldigen, nicht auf seine Tochter aufgepasst zu haben? Sie wollte nicht daran denken. Auf keinen Fall! Sie würde die trockenen Tatsachen berichten, chronologisch geordnet, so wie sich die Dinge in dieser Nacht abgespielt hatten. Es war nicht nötig, »Farbe« oder persönliche Gefühle einzubringen, beschloss sie. Die Fakten würden für sich selbst sprechen.

Um halb sechs klingelte das Telefon und am anderen Ende war Roni.

»Bist du noch immer oder schon wieder in der Redaktion?«, fragte er.

»Noch immer.«

»Was machst du?«

»Ich verfasse einen Bericht über einen Mord.«

»Bist du in Ordnung, Lisi?«

»Nein.«

»Physisch oder psychisch?«

»Ich bin erledigt. Ich mache den Artikel fertig, dann fahre ich heim und gehe ins Bett. Ich habe seit gestern Morgen nicht geschlafen.«

»Willst du, dass ich zu dir komme?«

»Nein. Im Moment will ich nur meine Arbeit fertig machen und schlafen gehen, das ist alles. Ich rufe dich an, wenn ich aufwache, keine Ahnung, wann das sein wird. Bestimmt am Abend.«

»Gut, Süße, dann störe ich dich nicht länger. Küsse vom hässlichen Frosch, der sehnsüchtig darauf wartet, von der schlafenden Schönheit geküsst zu werden.«

Schibolet kam um acht, und als sie Lisi sah, legte sie sofort los: »O Gott, Lisi, bist du noch da oder schon wieder? Ich habe auf dem Weg hierher im Radio von dem Mord auf diesem Benjamin-Hügel gehört und dass sie die Mordverdächtigen schon gefasst haben, und sie haben auch gesagt, dass du dort warst, als das alles passiert ist, und dass du das arme Mädchen selber gefunden hast, das umgebracht worden ist, und ich habe überhaupt nicht gewusst, dass Effy Levia eine Freundin hatte, du lieber Gott, was der jetzt alles durchmachen muss, warum hast du mir nichts von seiner Liebesgeschichte erzählt, war das ein Geheimnis?«

Schibolets langer Atem überraschte Lisi immer aufs Neue. Jedes Mal, wenn sie zu einem ihrer Monologe ansetzte, beschloss Lisi, es wäre an der Zeit, mit Schwimmen anzufangen. Diese starken Lungen waren bestimmt das Ergebnis der Bahnen, die sie jeden Morgen vor der Arbeit schwamm. Schibolet hatte vor, sich ihren Freunden aus ihrem Kibbuz anzuschließen, die in irgendeinen Aschram im Norden Indiens gefahren waren, weshalb sie sich auf zwei wichtige Dinge konzentrierte: aufs Sparen und auf eine Verbesserung ihrer Kondition. Lisi hatte das Gefühl, es wäre schon das dritte Mal, dass Schibolet nach Indien fuhr. Wenn sie den Kopf mal wieder frei hatte, würde sie Schibolet fragen, was an Indien denn so interessant sei.

»Holst du mir ein Sandwich, Schibolet?«, fragte sie.

»Klar, natürlich, was willst du, Lisi? Tunfisch, Ei, Käse, Pastete? Soll ich dir auch einen Filterkaffee mitbringen?«

»Ja«, sagte Lisi gleichgültig. Schibolet warf ihr einen seltsamen Blick zu, dann verließ sie die Redaktion.

Lisi las ihren Artikel noch einmal durch und beschloss dann, ihn abzuschicken. Die Einführung war sachlich und kurz, die Fakten konzentriert, und bestimmt würde sie auf der ersten

Seite kommen, die Fortsetzung des Berichts dann auf einer der folgenden Seiten, mit Archivaufnahmen von Effy Levia. Es war nicht unmöglich, dass sie auch Fotos von Dina Bamberg auftrieben. Darum würde sie sich aber nicht kümmern. Sie fühlte sich außer Stande, mit Moschik Bamberg zu sprechen. Noch nicht.

Das Telefon läutete, Lisi nahm ab. Eine Frauenstimme sagte: »Lisi?«

»Ja. Wer spricht?«

»Schoschi.«

»Was?«

»Schoschi vom Erkennungsdienst.«

»Ach, Schoschi, du bist's. Bist du noch wach?«

»Du doch auch«, sagte Schoschi. »Hast du die Nachrichten gehört?«

»Nein, ich hab's nicht geschafft.«

»Treffen wir uns auf dem Parkplatz vom Negev-Einkaufszentrum. In der unteren Ebene.«

»Was ist los, Schoschi?«

»Ich rufe von einer öffentlichen Telefonzelle an. Sag niemandem, dass du mich triffst.«

»In Ordnung, Schoschi, ich bin gleich da.«

Erst als sie den Hörer aufgelegt hatte, fiel Lisi ein, dass sie kein Auto hatte. Sie beschloss, sich auf Kosten der Redaktion einen Leihwagen zu nehmen, bis ihr *Justy* aus dem Labor zurückkam. Aber dafür brauchte sie Dahan, der immer irgendeinen kannte, der genau das hatte, was jemand gerade brauchte und noch dazu preiswert. Sie wollte nicht bei der Taxigesellschaft anrufen. Schoschi hatte sich wie jemand vom Geheimdienst angehört, der eine Untergrundmission ausführt. Sie nahm ihre Tasche und ging hinunter. Auf der Straße traf sie Schibolet mit dem Kaffee und dem Sandwich. Sie trank einen Schluck von dem brühheißen Kaffee, biss einmal in das Brot und sagte ihr, sie solle Dahan ausrichten, dass er ihr für ein oder zwei Tage ein Auto mieten solle.

»Wohin gehst du, Lisi?«, fragte Schibolet. »Was hast du für Schuhe an?« Sie lachte, wurde aber sofort wieder ernst. »Warum sind seine Füße verbunden?«

Lisi schaute auf ihre Füße. Sie hatte vergessen, dass sie noch immer Cheski Elchanans Hausschuhe trug.

»Ich geh schnell in die Stadt und kauf mir Sandalen, ich bin gleich zurück«, sagte sie.

»Willst du mein Fahrrad nehmen, Lisi?«

»Nein, danke.«

»Du kommst wieder in die Redaktion?«

»Vermutlich. Ich weiß es nicht. Ich habe das Material zum Desktop in Tel Aviv geschickt. Bitte informiere dich, ob alles angekommen ist.«

»In Ordnung, Lisi.«

»Und sag Dorit, sie soll ein Foto von Dina Bamberg, dieser Freundin von Effy Levia, beschaffen.«

»Ich rufe sie gleich an.«

Lisi hielt ein Taxi an und bat den Fahrer, sie zum Negev-Einkaufszentrum zu bringen. Durch das Fenster sah sie, dass Schibolet immer noch, den Kaffee in der Hand, auf dem Gehweg stand und dem davonfahrenden Taxi nachschaute.

Trotz der verhältnismäßig frühen Stunde standen eine ganze Reihe Autos auf der untersten Parkebene. Offenbar parkten dort die Ladenbesitzer des Zentrums, Schoschi hatte den Platz nicht zufällig ausgesucht. Eine Hand winkte Lisi aus einem weißen Subaru zu, Lisi schlurfte hinüber zu Schoschis Auto, bemüht, die Hausschuhe nicht zu verlieren.

»Sie haben mich vom Dienst suspendiert.«

»Was?« Lisi nahm ihren Block, einen Stift und das Aufnahmegerät aus der Tasche.

»Ohne Aufnahme.«

»In Ordnung.«

»Ich bin seit über vierundzwanzig Stunden auf den Beinen«, sagte Schoschi. »Gestern, während der Polizeipräsident, der Präfekt und der Chef der Polizeidienststelle im *Topas* mit dem

Oberbürgermeister zu Abend gegessen haben, haben wir uns den Arsch aufgerissen, für unser beschissenes Gehalt. Aber wer muss immer die Zeche zahlen? Die dummen Kleinen.«

»Wer hat das entschieden, dass du suspendiert wirst?«

»Der Kommissar. Er ist auf einmal ganz klein und leckt dem Präfekt die Füße und der dem Präsident … Sollten sie doch alle zum Teufel gehen.«

Der »Kommissar« war der Leiter der Polizeidienststelle von Be'er Scheva, Polizeikommandant Elischa Karnapol. Im Allgemeinen bemühte er sich um ein gutes Arbeitsklima für seine Polizisten. Eine solche Vorgehensweise war sehr ungewöhnlich. Lisi wunderte sich.

»Willst du ein halbes Sandwich von mir?«

»Ja, danke.«

Lisi teilte das Brot und sie aßen schweigend. Lisi wartete darauf, dass Schoschi sich beruhigte und ihr erzählte, was noch alles passiert war, nachdem sie sich getrennt hatten.

»Haben sie noch jemanden suspendiert?«, fragte sie.

»Gabi Siton, den Arzt, der die ganze Nacht dabei war. Kannst du dir das vorstellen?«

»Aber warum?«, fragte Lisi. »Was ist passiert?«

»Weil wir Idioten sind, deshalb. Nachdem wir unsere Arbeit in Givat Benjamin erledigt hatten, Fotos, Fingerabdrücke, Laboruntersuchungen, alles, was nötig ist, wollten wir Schluss machen und fuhren mit der Leiche zur Pathologie vom *Soroka*. Es war schon fast Morgen und wir gaben bei der Dienststelle Bescheid, dass die Leiche im *Soroka* ist und dass man sie von dort nach Abu Kabir bringen müsse, und sie sollten Effy Levia vom *Soroka* holen, damit er seine Aussage macht. Ich hatte selbst mit Mike Silcha gesprochen, bevor wir aus Givat Benjamin weggefahren waren, und er hatte sich alles aufgeschrieben und versprochen, sich darum zu kümmern.«

Schoschi machte die Augen zu, sie war noch erledigter als Lisi.

»Soll ich dir einen Kaffee bringen?«, fragte Lisi.

»Nein, nein. Ich möchte heim und bis Ende des Monats durchschlafen. Aber die Kinder werden mich ja nicht lassen. Ich weiß noch nicht, was ich ihnen sagen werde. Ich wollte es dir nur erzählen, weil ich weiß, dass Adolam sich diese Schlagzeile nicht entgehen lässt, dass man mich suspendiert hat. Wenn schon die ganze Welt erfährt, was für eine Versagerin ich bin – nach zwölf Jahren beim Erkennungsdienst! –, ist es nur gerecht, dass du Bescheid weißt. Nach allem, was du diese Nacht mitgemacht hast. Aber du weißt es nicht von mir, vergiss das nicht.«

»In Ordnung, Schoschi, ich verspreche es dir.«

Lisi war Tante Malka sehr dankbar gewesen, dass sie sie, als sie nach Givat Benjamin zurückgekommen war, nach Hause gefahren hatte. Als sie ins Polizeiauto gestiegen war, hatten sie das hysterische Weinen und die verzweifelten Schreie von Effy Levia begleitet, der darauf bestand, im Krankenwagen zusammen mit Dina zu fahren. Lisi wollte endlich weg von diesem schrecklichen Ort, von Effys Hysterie und dem Anblick der Leiche, die in diesem Moment in den Wagen geschoben wurde. Als sie Malka gesagt hatte, sie solle sie bitte an der Redaktion absetzen, murmelte sie nur »in Ordnung«. Auch Malka war fix und fertig, sie hatte keine Kraft mehr, mit Lisi zu diskutieren, außerdem wusste sie, dass das ohnehin nichts bringen würde.

Schoschi erzählte Lisi, dass man am Schluss nachgegeben und Effy im Krankenwagen mitgenommen hatte. Doktor Siton hatte ihm eine Beruhigungsspritze gegeben, aber sie hatte nichts genützt. Es gibt Menschen, einer von tausend, bei denen so eine Spritze das Gegenteil bewirkt, sagte Schoschi, und statt dass sie sich beruhigen, drehen sie noch mehr auf, und Effy war vermutlich so einer. Den ganzen Weg lang schrie er »Dinale! Mein Herzchen!«, bis sie und Doktor Siton das Gefühl hatten, verrückt zu werden.

Als sie im *Soroka* ankamen und die Bahre zur Pathologie brachten, lief er hinter ihnen her und schrie: »Ich habe mich nicht von ihr verabschiedet! Ich habe mich nicht von ihr verabschiedet! Dinale! Dinale! Mein Herz ist noch hier! Ich will mich von ihr verabschieden!« Die Leiche musste im Krankenhaus bleiben, bis man sie zur gerichtsmedizinischen Untersuchung nach Abu Kabir bringen würde. Der Dienst habende Arzt schloss die Tür, nachdem die Leiche hineingeschoben worden war. Effy schlug wie ein Verrückter an die Tür und brüllte, bis der Arzt herauskam und sagte, so könne er nicht arbeiten. Er forderte sie auf, Effy zu entfernen. Da die Polizisten, die Effy Levia zur Vernehmung abholen sollten, noch nicht gekommen waren, konnten sie, Schoschi und Doktor Siton, die Verantwortung für ihn auch nicht abgeben. Sie standen da wie Idioten, natürlich wollten sie nicht, dass ihn wieder irgendein Gorilla zusammenschlug, nach allem, was ihm in dieser Nacht passiert war. Effy fiel vor dem Pathologen auf die Knie, schluchzte und bettelte, er müsse sich von ihr verabschieden, nur zwei Minuten, um von ihr Abschied zu nehmen, er würde auch nichts anfassen, ihr nur Lebewohl sagen. Schoschi und der Polizeiarzt, die nach vierundzwanzig Stunden Dienst todmüde waren, fragten den Pathologen, was er in solchen Fällen normalerweise tat. Der Pathologe dachte vermutlich, er könne bei dem Geheule und Gejammer im Hintergrund ohnehin nicht arbeiten, deshalb sagte er zu Effy: »In Ordnung, kommen Sie für einen Moment herein, sagen Sie ihr Lebewohl, und dann gehen Sie und geben Ruhe.«

Schoschi und Doktor Siton setzten sich auf die Stühle, die dort im Flur standen. Und plötzlich hörten sie einen seltsamen Schrei. Effy stieß den Pathologen aus der Tür und schloss sich im Labor ein. Der Schlüssel befand sich, wie er sagte, im Besitz seiner Kollegin, die sie aber nicht erreichten. Im Schlüsselsafe im Zimmer der Oberschwester fanden sie einen Schlüsselring, an dem ein Zettel befestigt war: Leichenraum und pathologisches Labor, doch keiner der Schlüssel passte zu der Metalltür, die so fest schloss, als handle es sich um einen Tresor. Schoschi rief bei der Dienststelle an und fragte Mike Silcha, wo die Polizisten blieben, die er hätte schicken sollen. Sie informierte ihn darüber, was passiert war, und bat ihn, Unterstützung zu schicken. Der Unteroffizier, der in dieser Nacht für den Sicherheitsdienst im Krankenhaus verantwortlich war, kam zur Pathologie und versuchte, mit Effy mit einem Megafon durch die geschlossene Tür zu sprechen. Alle möglichen Neugierigen versammelten sich im Flur und fingen an, gute Ratschläge zu geben, und schließlich kamen auch Adolam und die für Polizeiberichte zuständige Reporterin der lokalen Radiostation. Kurz gesagt, es war ein wahres Freudenfest. Mike Silcha fiel ein, dass sie Abi Metussian vorübergehend inhaftiert hatten, einen einschlägig bekannten alten Kunden, den man in Kollegenkreisen »Flieger« nannte, da er einmal einen legendären Absprung aus dem vierten Stock gemacht hatte. Die Zeitungen nannten ihn liebevoll den »Zauberer von Oz«, wegen seiner hohen beruflichen Kompetenz und seiner geringen Körpergröße. Silcha schlug vor, ihnen den »Flieger« zu schicken, um die Tür der Pathologie zu öffnen. Es dauerte fast eine Stunde, bis der »Flieger« herbeigeschafft worden war, allerdings keine fünf Minuten, bis er die Tür aufgebracht hatte. Einfach verblüffend.

Als sie den Raum betraten, begriffen sie im ersten Moment gar nicht, was passiert war. Effy stand neben dem Operationstisch, mit den Schuhen in einer ausgedehnten Blutlache, Arme und Gesicht blutverschmiert, und in der Hand hielt er eine Plastiktüte. Volle Tüten, säuberlich verschnürt, standen neben ihm auf dem Boden, der Rest von Dinas Leiche lag zerteilt auf dem Operationstisch.

Er schaute sie an wie von Sinnen, sein Gesicht zeigte den Ausdruck eines Künstlers, der besessen nach der Lösung eines Problems sucht. Die Körperteile waren mit schwarzer Tusche beschriftet. Erst verstanden sie nicht, was sie sahen, und als es ihnen dämmerte – du lieber Gott! Der »Flieger« erbrach sich, die Radioreporterin wurde ohnmächtig…

In der Zeit, in der sich Effy mit Dina in dem Raum aufgehalten hatte, hatte er es geschafft, sie so kunstgerecht wie ein Huhn beim Metzger zu zerlegen – in zwölf Teile, und auf jedes Teil hatte er mit schwarzem Tuschestift notiert, für wen es bestimmt war. Zwei Glieder waren den Brüdern Chazon aus Juval Barkan gewidmet; die linke Brusthälfte, die mit dem Herzen, ihrer Schwester Sigal, der Frau, von der er getrennt lebte; ein Teil war für die Nachbarn in Tel Benjamin gedacht, der Rest für die Polizisten, die es nicht geschafft hatten, die Verbrecher von Juval Barkan rechtzeitig zu verhaften, angefangen vom Polizeikommandanten von Be'er Scheva über den Präfekten bis zum Polizeipräsidenten und dem Minister für innere Sicherheit, dem er Dinas Kopf vorbehalten hatte.

Die Krankenschwester rief den Dienst habenden Psychiater, und als er kam, um Effy von der Leiche wegzuholen, brach Letzterer in lautes Klagegeschrei aus: »Ich hab noch nicht alles eingepackt! Ich muss meine Päckchen abschicken! Ich muss sie einpacken!« Der Psychiater, der aussah, als würde er gleich vom Schlag getroffen, gab ihm eine Spritze und sagte, er würde ihm helfen, die Päckchen zu packen, sie würden sie dann gemeinsam wegschicken und ähnlichen Blödsinn. Am Schluss hatten ihn drei Pfleger in eine Zwangsjacke gesteckt und endlich weggebracht.

Schoschi machte die Autotür auf, rannte hinüber zu einem Abfalleimer und erbrach sich. Lisi drehte die Klimaanlage in Schoschis Auto stärker auf. Als Schoschi wieder neben ihr saß, lehnte sie den Kopf zurück und schloss die Augen. Dann stieß sie einen tiefen Seufzer aus, machte die Augen wieder auf und fuhr fort zu erzählen.

Der Bericht von der Zerstückelung kam in den Morgennachrichten, sowohl im Radio als auch im Fernsehen, und Beni Adolam, als Zeuge am Tatort, nannte das, was im *Soroka* passiert war, »Die Opferung des Opfers«, dieser verdammte Klugscheißer! Im Radio hatten sie Adolams sprachliche Perle sofort aufgegriffen, hatten sich über die nachlässige Bewachung der Polizeilabore ausgelassen und hatten Hörer interviewt, die haarsträubende Geschichten von Körperteilen erzählten, die verloren gegangen oder vertauscht worden waren, wegen krimineller Fehler der Götter in Weiß, die unter dem Schutz ihrer Freunde bei der Polizei standen. »Eine Hand wäscht die andere« war an diesem Morgen der übereinstimmende Tenor aller Medien gewesen.

»Ich habe noch kein Radio gehört«, sagte Lisi. »Ich habe in der Redaktion gesessen und einen Artikel über das geschrieben, was heute Nacht passiert ist.«

Wegen der Anwesenheit der Reporter und der Fotografen war jeder, der etwas bei der Polizei zu sagen hatte, hingelaufen, um sich am Tatort fotografieren zu lassen, damit auch er in den Genuss kam, die beiden so wichtigen und unsterblichen Worte zu sagen: »Kein Kommentar.« Adolam nutzte die Anwesenheit der Großen aus und beklagte sich darüber, dass Lisi Badichi von der *Zeit* wegen ihrer familiären Verbindungen zur Polizei von Be'er Scheva immer die Knüller bekomme, die, Wunder über Wunder, die anderen Journalisten nicht erreichten.

»Was?«, rief Lisi. »Ich glaub's nicht!«

»Du kannst es mir glauben, so war es. Karnapol hat Adolam ein bisschen Zucker gegeben. Er hat Adolam gesagt, er könne, natürlich nicht unter Nennung seines Namens, sondern ›aus wohl informierten polizeilichen Quellen‹ schreiben, dass Oberfeldwebel Schoschana Masor, die Leiterin der kriminaltechnischen Abteilung von Be'er Scheva, bis zum Ende der innerpolizeilichen Ermittlungen vom Dienst suspendiert sei, ebenso der Polizeiarzt Doktor Gabriel Siton, der Effy Levia die Mitfahrt im Krankenwagen erlaubte, in dem das Opfer zum *Soroka* gebracht wurde, außerdem den Polizisten, der in dieser Nacht Dienst im *Soroka* hatte. Verdammt, ich will nicht, dass Karnapol auf meine Kosten den Helden spielt. Wenn meine Suspendierung ein Zuckerstückchen für Adolam ist, dann kriegst du auch eins, und zwar von mir. Sollen sie mir doch alle den Buckel runterrutschen.«

»Danke, Schoschi.«

»Gern geschehen.«

Plötzlich fiel Lisi etwas ein, was sie erstaunt hatte.

»Als ich Malka angerufen und ihr gesagt habe, dass diese Gang hinter uns her ist, hat sie Benzi und Ilan von woanders abgezogen und nach Tel Benjamin geschickt. Sie werden auch Schwierigkeiten bekommen meinetwegen.«

»Keiner bekommt deinetwegen Schwierigkeiten, Lisi. Halt du den Mund, das ist alles. Wir hatten Hinweise auf diesen Abschaum in Juval Barkan, doch niemand hat etwas getan, denn bis nicht ein Mord passiert, bewegt kein beschissener Polizeioffizier seinen Hintern. So ist das, verlass dich drauf, du kannst die Beschwerden in unseren Tagesprotokollen und in den Protokollen anderer Polizeidienststellen finden.«

»Werden sie von irgendjemandem gedeckt?«

»Keine Ahnung. Vielleicht auch bloß Verschleißerscheinungen. Zu wenig Polizisten und zu viel Arbeit.«

»Wer hat Dinas Eltern informiert?«

»Ich weiß es nicht. Im Moment kümmert sich jeder nur um seinen eigenen Arsch.«

»Ich werde in meinem Bericht über die Suspendierung schreiben, ›wie aus wohl informierten Kreisen der Polizei verlautbarte‹.«

»Wie erkläre ich nur meinen Kindern die ganze Geschichte?«, sagte Schoschi. »Sie beklagen sich immer, dass ihre Mutter nie zu Hause ist, und ich habe ihnen ständig eingeredet, wie wichtig meine Arbeit ist.«

»Wie alt sind sie?«

»Der Große ist in einem Monat mit dem Militärdienst fertig, das Mädchen ist gerade eingezogen worden, und der Kleine ist sechzehn, er kommt in die elfte Klasse.«

»Sie sind keine Kinder mehr, sie sind erwachsene Menschen, sie werden es verstehen.«

»Jedenfalls werde ich ein paar Nächte lang durchschlafen können, das ist auch was wert.« Sie seufzte. »Erzähle auch

Benzi, Ilan und Malka nicht, dass ich mit dir gesprochen habe.«

»In Ordnung, Schoschi. Ich bin dir sehr dankbar.«

Lisi stieg aus dem Subaru und schlurfte auf den Eingang des Einkaufszentrums zu, um sich ein paar Sandalen zu kaufen.

11

Lisi schickte ihren Bericht an die Redaktion in Tel Aviv – über die Ermordung Dina Bambergs und ihre Zerstückelung durch den Starsänger Effy Levia, der in die geschlossene Abteilung eines Nervenkrankenhauses eingeliefert worden war, und über die innerpolizeilichen Ermittlungen, die gegen diejenigen eingeleitet worden seien, die diesen ungeheuerlichen Vorfall ermöglicht hätten. Sie hatte große Lust, Adolams »Perle« von der »Opferung des Opfers« zu verwenden, um sich an ihm dafür zu rächen, dass er ihre Familienmitglieder beschuldigte, exklusive Informationen an sie weiterzugeben, aber sie beherrschte sich. Er hatte bestimmt seinen eigenen Arieli, der ihm im Nacken saß.

Zwischen Lisi und Beni Adolam herrschte seit Jahren ein Verhältnis, das man als »misstrauische Anerkennung« bezeichnen konnte. Er hatte ein Jahr nachdem sie den Job bei der *Zeit* angenommen hatte, bei der *Post* angefangen, und zu Beginn hatte sie ihm mit allen möglichen Tipps geholfen. Mehr als einmal sagte sie ihm auch zu Hause Bescheid, damit er nichts verpasste, sofern es sich um eine Information handelte, die ohnehin jeder bekommen würde. Damals war Adolam noch Student der Orientalistik gewesen, ein Fach, das auch sie an der Universität studiert hatte, und sie hatte Verständnis dafür aufgebracht, dass er ständig zeitlich unter Druck stand. Es herrschte eine Art Ganovenagreement zwischen ihnen: Beide waren übereingekommen, über nichts zu berichten, was viel

Zeit kostete, wie zum Beispiel ein Konzert der Philharmonie oder eine Aufführung von einem Stück von Shakespeare. Eine Zeit lang war er sogar in sie verliebt gewesen, was sie sehr erstaunt und verwirrt hatte, denn sie war drei Jahre älter als er, mindestens zehn Zentimeter größer und behandelte ihn wie einen Anfänger. Auch in den Jahren, die seither vergangen waren, hatte er immer wieder einmal angedeutet, dass er nichts gegen eine Affäre zwischen ihnen einzuwenden hätte, ganz im Gegenteil, und dann bog er sich vor Lachen über ihre Reaktion. Er hatte viele Affären, seit er sozusagen ein Promi geworden war, und seine Bemerkungen ihr gegenüber waren eher neckend als ernst gemeint, doch sie wusste nicht, wie man mit solchen Flirtereien umging. Die Stimmung zwischen ihnen war angespannter geworden, seit es private Fernseh- und Rundfunksender in Be'er Scheva gab und sich auch die überregionalen Zeitungen in den Kampf ums Werbebudget eingeschaltet hatten. Ihre lokalen Widersacher interessierten ihren großen Chef, Arieli, nicht, aber Dahan passte genau auf, und jeder Artikel in der *Post* über ein neues Restaurant, einen neuen Friseursalon oder ein neues Altersheim brachte ihn auf die Palme. Die Spielregeln waren zwar nicht ganz sauber, aber klar: Jeder Artikel dieser Art brachte auch eine bezahlte Annonce mit sich. Lisi hatte sich damit arrangiert. Sie bekam nichts außer ihrem Gehalt und ihre Artikel waren nicht an irgendwelche Gefälligkeiten gekoppelt. So wurde es auch von anderen Lokalausgaben gehandhabt, das war eben nicht zu ändern.

Lisi dehnte den Rücken, schloss die Augen und streckte ihre langen Beine aus. Wegen der Verletzungen an ihren Füßen und den Verbänden hatte sie einfach keine Sandalen gefunden, die ihr nicht wehtaten, und sich am Ende in der Männerabteilung ein paar schlichte Badelatschen aus Plastik gekauft.

Cheski Elchanans Hausschuhe steckten jetzt in einer Plastiktüte von *Maschbir*. Vielleicht besuche ich ihn ja im *Soroka*, dachte sie, dann kann ich ihm seine Hausschuhe zurückbringen. Sie hatte ganz vergessen nachzufragen, wie es ihm ging.

Unten im Hof stand der Renault Clio, den Dahan für sie bei *Alpha* gemietet hatte. Seit über einem Jahr redete er schon auf sie ein, ihr antiquiertes Fahrgestell gegen ein neues Auto zu tauschen. Er fand es nun höchst erfreulich, dass die Polizei ihren *Justy* beschlagnahmt hatte. Das sei eine wunderbare Gelegenheit, sagte er, ein neues Auto mit Automatik auszuprobieren. Wenn sie den Unterschied erst einmal gemerkt hätte, würde sie nie wieder ein Auto mit Gangschaltung wollen. Und ein Stereoradio und eine Klimaanlage. Eine komplett andere Welt. Und er könne ihr das Auto zu Sonderkonditionen besorgen, in Raten – der Renault-Händler von Be'er Scheva sei nämlich ein alter Freund von ihm, vom Militär, praktisch wie ein Bruder, Lisi brauche nur Ja zu sagen und schon würde er ihn anrufen.

Inzwischen war es schon zwölf Uhr geworden. Sie hatte Hunger, aber sie fühlte sich zu schwach aufzustehen, trotz der anregenden Befriedigung, die sie darüber empfand, dass sie Adolam übertrumpft hatte. Wenn er morgen die Zeitung aufschlug, würde er merken, dass sie seine ganze Geschichte ebenfalls drin hatte. Platzen sollte er vor Wut.

Das Telefon klingelte, der Redakteur der Wochenendausgabe der *Zeit* bat sie, einen Artikel über Effy Levia und Dina Bamberg fürs Feuilleton zu schreiben. Etwas Persönliches, sagte er, wie sie sich kennen gelernt haben, wie lange sie zusammen waren, wo sie gewohnt haben, und natürlich, was in der Nacht passiert war, wie sie selbst das alles erlebt hatte.

»Für wann brauchst du das?«, fragte Lisi.

»Spätestens bis heute Abend. Die Beilage wird heute Nacht gedruckt.«

»Ich habe seit gestern Morgen keine Sekunde geschlafen«, klagte Lisi.

»Ich gebe dir vier Spalten, wenn es nötig ist. Hast du Fotos von der Mätresse?«

»Die Mätresse war ein siebzehnjähriges Mädchen.« Lisi fühlte, wie ihr das Blut zu Kopf stieg.

»Ich hätte auch gerne ein Foto von seiner Frau. Und von diesen Brüdern.«

»Sie sind in Haft.«

»Wie heißt eure Fotografin in der Redaktion?«

»Dorit Dahan.«

»Gib mir mal ihre Telefonnummer. Ich werde mit ihr reden. Und du schreib mir den Artikel. Ich verstehe, dass du sehr müde bist, aber das ist der Hit der Woche. Ich brauche mindestens zweitausend Wörter. Achte nicht auf Stil und Rechtschreibfehler und so Zeug, wir werden es hier noch bearbeiten.«

»Wie heißt du?«

»Schaj Chaviv.«

»Ich pflege keine Rechtschreibfehler zu machen, Schaj Chaviv. Und ihr werdet meinen Artikel nicht bearbeiten. Ich will nicht, dass ihr mir Dinge reinschreibt, die ich nicht geschrieben habe.«

»Wann, glaubst du, kannst du das Material schicken?«, fragte er.

»Was heißt das, bis heute Abend?«

»Spätestens neun. Das Layout muss ja noch gemacht werden.«

»In Ordnung.«

»Danke.«

Aber gerne, nichts zu danken, dachte Lisi.

»Oje, Lisi, bist du nicht nach Hause gegangen?«

Schibolet weckte sie auf. Sie war offenbar eingeschlafen.

»Ich muss noch einen Artikel für die Wochenendausgabe schreiben.«

»Jetzt?«

»Ja.«

Schibolet verließ das Zimmer und kam ein paar Minuten

später mit Dahan zurück. Sie schleppten die Matratze, die normalerweise hinter Dahans Aktenschrank stand, für »Notfälle«.

»Schibolet hat dir eine Pizza und Kakao bestellt«, sagte Dahan. »Wenn du gegessen hast, legst du dich hin. Wir wecken dich in einer Stunde. Und fang ja keine Diskussion an.«

»Werd ich nicht.« Sie fühlte sich erleichtert, dass Dahan die Verantwortung übernahm. Sie aß und legte sich dann auf die Matratze, die natürlich zu kurz war. Ihre Füße hingen auf den Boden und ihr Magen strahlte ein angenehm warmes Gefühl nach der Pizza und dem Kakao aus, und schon war sie weg. Sie hatte das Gefühl, nur ein paar Minuten geschlafen zu haben, als sie merkte, dass jemand ihre Füße behandelte. Georgette, ihre Schwester, saß neben der Matratze und wickelte ihr die Verbände von den Füßen, und ein Mann, den sie nicht kannte, beugte sich über sie und kontrollierte ihren Puls.

»Was ist los?«, fragte Lisi.

»Ich habe eine bescheuerte Schwester, das ist los«, sagte Georgette. »Und sie hat Glück gehabt, dass jemand mit ein bisschen Verstand im Kopf sich um sie kümmert.« Während sie sprach, warf sie die Binden in den Papierkorb. »Das ist Doktor Geber von meiner Station, der mir einen persönlichen Gefallen getan hat, als er mit mir hierher gekommen ist, nach Dahans Anruf.«

Der Arzt berührte ihre Wange, Lisi zuckte zusammen, die Berührung tat ihr weh.

»Wie ist das passiert?«, fragte er.

»Einer von den Verbrechern aus Juval Barkan hat mir einen Faustschlag versetzt.«

»Und die Wunden an den Beinen?«, fragte Georgette.

»Als ich losgerannt bin, um Hilfe zu holen.«

»Ist Ihnen schlecht? Schwindlig?«, fragte der Arzt und zog ihre Lider nach unten.

»Nein, ich bin nur müde«, sagte sie, »das ist alles. Ich habe fast zwei Tage nicht geschlafen, ich habe keine Gehirnerschütterung.«

»Die Wange wird blau werden. Das ist nicht angenehm, aber in ungefähr einer Woche ist es vorbei. Sie sollten so viel wie möglich ruhen.« Und zu Georgette sagte er: »Sie kommt wieder in Ordnung.«

»Ich desinfiziere ihre Füße und verbinde sie. Warten Sie auf mich?«

»Kein Problem.«

»Hast du Socken?«, fragte Georgette Lisi.

»Hier? Nein.«

»Ich geh schnell runter und kauf welche«, sagte Schibolet.

»Kauf Baumwollstrümpfe«, sagte Georgette. »Die größten, die auftreiben kannst. Am besten gleich drei Paar, zum Wechseln. Ich lasse dir Salbe und Binden hier, Lisi, die Verbände müssen mindestens zweimal am Tag gewechselt werden.«

»In Ordnung.«

»Du hättest ganz schöne Vereiterungen bekommen, wenn Dahan mich nicht angerufen hätte. Du musst dich bei ihm bedanken, Lisi.«

»Danke. Und auch dir, Georgette, und auch Ihnen, Doktor Geber. Wie viel Uhr ist es?«

»Drei.«

»Drei Uhr?« Lisi fuhr von der Matratze hoch und funkelte Dahan wütend an. »Du hast versprochen, mich nach einer Stunde zu wecken.«

»Ich habe es nicht geschafft, dich wach zu kriegen, Lisi. Deshalb habe ich deine Schwester angerufen.«

»Ich muss bis neun Uhr zweitausend Wörter geschrieben haben. Wie soll ich das jetzt schaffen?«

»Sie ist schon in Ordnung«, sagte Georgette zu dem Arzt.

»Haben Sie eine Anzeige bei der Polizei gemacht?«, fragte er Lisi.

»Wieso?«

»Dieser Faustschlag ist eine Körperverletzung.«

»Ich habe ihm auch einen Schlag versetzt.«

»Wer hat angefangen?«

»Natürlich er«, sagte Lisi. »Bei mir war es Notwehr.«

»Sie müssen ihn anzeigen, und Ihre Beule sollte fotografiert werden. Das wird in die Akte von dem Schweinehund kommen.«

»Nein, danke.«

»Aber ...«

»Doktor Geber«, sagte Georgette, »wir müssen danke sagen, dass wir sie überhaupt untersuchen durften. Sie kennen meine Schwester nicht. Los, fahren wir zur Klinik zurück. Und danke für den Anruf, Dahan.«

»Ich sorge dafür, dass Dorit Ihre Verletzungen fotografiert«, sagte Dahan.

»Oh, Georgette«, sagte Lisi, »du musst mir einen Gefallen tun. Bei euch liegt ein gewisser Cheski Elchanan aus Tel Benjamin, das ist der Mann, der versucht hat, uns vor den Verbrechern zu retten. Gib ihm die Tüte dort und bedanke dich bei ihm, dass er deine Schwester beschützt hat.«

»Auf welcher Station liegt er?«

»Keine Ahnung. Er ist zusammengeschlagen worden und ein Krankenwagen hat ihn abgeholt.«

»Was ist in der Tüte?«

»Seine Hausschuhe.«

Mit zusammengepressten Lippen griff Georgette nach der Tüte. Vermutlich hatte sie sich vorgenommen, keine Fragen zu stellen. Oder sie verkniff sich das Lachen. Lisi wollte, dass sie verschwanden, damit sie ihren Artikel schreiben konnte. Mit Dahan würde sie morgen abrechnen. Plötzlich fiel ihr ein, dass sie morgen die Lokalausgabe *Zeit im Süden* fertig machen musste. Die Titelgeschichte würde »Das geopferte Opfer« sein, die anderen Beiträge würde sie aus den Papieren zusammensuchen, die sich auf ihrem Schreibtisch häuften. Sie hatte das Interview, das sie vor zwei Wochen mit der Leiterin der Organisation Frauenhilfe im Negev gemacht hatte, einen Bericht über ein Haus für geschlagene Frauen, außerdem noch die Geschichte von diesem Friseur, der einen Salon extra für Studenten aufgemacht hatte (das brachte mit Sicherheit eine Anzeige für Dahan), und dann gab es da etwas über das Theater aus dem sechsten Jahrhundert, das Archäologen in Chaluza gefunden hatten, sowie etwas über einen Kaktus, der zu dieser Jahreszeit blühte und sich als stinkendes Aas verkleidete, um Fliegen anzulocken – eine Anzeige vom Naturschutzbund? Von einem Fotogeschäft? Vielleicht würde sie Dahan bitten, sie zu diesem Reiki-Institut zu fahren, das er ihr empfohlen hatte. Nein, mit der *Zeit im Süden* würde sie keine Schwierigkeiten haben. Wenn es ihr an Material fehlen sollte, würde Dahan freudig die Anzeige einfach ein bisschen vergrößern. Anzeigen waren sein Leben. Und sie bezahlten seine Villa und seine neuen Autos, die Wohnungen für die Kinder, Dorits Fotostudio und die Ausrüstung sowie die gelegentlichen Liebeleien, die ihm sein schweres Leben leichter zu ertragen halfen.

Das Telefon klingelte. Es war Roni.

»Wieso bist du immer noch in der Redaktion?«

Wenn noch einer mir diese Frage stellt, fange ich an zu plärren, dachte Lisi und sagte: »Einfach so.«

»Und was ist mit morgen?«

»Morgen muss ich die *Zeit im Süden* fertig machen.«

»Und am Freitag?«

»Ist Familienabend bei meiner Mutter.«

»Dann komm am Schabbat zu mir nach Tel Aviv.«

»Ich weiß es noch nicht, Roni.«

»Was ist passiert?«

»Ich habe ein blaues Auge und verbundene Füße«, sagte Lisi.

Das brachte ihn zum Lachen. Lisi knallte den Hörer auf, doch sofort klingelte das Telefon wieder.

»Lisi! Leg mir nicht mitten im Wort auf. Willst du, dass ich heute nach Be'er Scheva komme? Wir könnten am Abend essen gehen.«

»Nein, Roni. Ich bin seit gestern Morgen auf den Beinen und die Arbeit wächst mir über den Kopf. Übermorgen wird der erste Tag sein, an dem ich Luft holen kann. Reden wir übermorgen noch einmal.«

»Ich komme und hole dich am Schabbat ab.«

»Ich komme selber.«

»Schön.«

»Ich sehe aus wie eine Pizza, die man aus dem Mülleimer gefischt hat«, sagte Lisi.

»Ich liebe Pizzas, aus Mülleimern ganz besonders.«

»Bye«, sagte Lisi.

»Bye, Schätzchen.«

Lisi legte den Hörer auf. »Schibolet!«, brüllte sie.

Schibolet kam erschrocken angerannt, den Ton war sie von Lisi nicht gewohnt. Lisi atmete tief durch und sagte mit der ruhigsten Stimme, die sie aufbringen konnte: »Stell keinen Anruf zu mir durch, hörst du, von niemandem.«

»In Ordnung, Lisi«, sagte Schibolet. »Möchtest du ein Sandwich? Eine Tasse Kaffee?«

»Nein. Ich muss diesen verschissenen Artikel bis heute Abend um neun losjagen. Also lasst mich gefälligst in Frieden. Ich habe keine Zeit!«

Schibolet verließ das Zimmer und schloss leise die Tür hinter sich. Eine schreiende Lisi, die ordinäre Ausdrücke benutzte, hatte sie bisher noch nicht kennen gelernt.

12

Die Nachricht von der Suspendierung Schoschis und ihrer Kollegen erschien auf der Seite »Inlandsnachrichten« unter der Überschrift »Was ist nur mit unserer Polizei los?« In der Wochenendbeilage der *Zeit* war Lisis Bericht zum Leitartikel geworden, unter einem Farbfoto von Effy Levia und Dina Bamberg, die sich umarmten und in die Kamera lachten, und die Überschrift »Weine nicht, Mama« lief schräg durch das Foto. Die Grafiker waren kreativ gewesen. Zu Ehren von Schaj

Chaviv musste gesagt werden, dass er Lisis Artikel nicht angerührt hatte, doch die seltsamen, in Blocksatz abgehobenen Zwischenüberschriften führten dazu, dass sie am liebsten gleich ausgewandert wäre: »Die Elite der Polizei von Be'er Scheva tafelte im Nobelrestaurant *Topas*, während das Fußvolk die Gangster von Juval Barkan jagte«; »Effy Levias Opfer war eine Minderjährige, der Starsänger hatte sich in sie verliebt und aus dem Gymnasium geholt«. Und das Lied *Ich liebe dich*, das Lisi in Tel Benjamin aus Effys Mund gehört hatte, war auf gelbem Hintergrund abgedruckt, unter der Überschrift: »Das letzte Lied, das Effy Levia für seine tote Geliebte Dina Bamberg schrieb«.

Außer Lisis Artikel erschienen in der Wochenendausgabe noch zwei Berichte von Aviv Chason, dem sagenhaften Polizeireporter der *Zeit*. In einem ging es um die Geschichte der Gangmitglieder von Juval Barkan und im nächsten um die erstaunlichen Aktivitäten in der langen Karriere des »Fliegers«, des ungekrönten Königs der israelischen Einbrecher. Ein Mitarbeiter der Abteilung »Clips« schrieb über den »kometenhaften Aufstieg« des Sängers und Gewinners goldener Schallplatten, Effy Levia, mit Zitaten seines Freundes und Managers Josch Sinai, der ihn entdeckt und aufgebaut hatte. Die Verantwortliche der Rubrik »Naturtipps« brachte eine romantische Beschreibung des Ortes, an den sich das Liebespaar zurückgezogen hatte, mit wunderbaren Farbaufnahmen der großartigen Natur und der Aussicht von Givat Benjamin. Zu Schaj Chavivs Ehren muss gesagt werden, dass er ein schneller und effektiver Redakteur ist, dachte Lisi, aber alles, was sie im Moment wollte, war, aus Be'er Scheva zu fliehen.

Erst als sie bereits in Tel Aviv, in Ronis Wohnung war, sagte sie ihrer Mutter Bescheid, dass sie am Freitagabend nicht zum Schabbatessen kommen würde. Die letzten Menschen, die sie jetzt sehen wollte, waren ihre Schwäger und ihre Schwestern.

Dina Bambergs Beerdigung war für den Sonntag um elf Uhr festgesetzt. Lisi beschloss nach schweren inneren Kämpfen, nicht daran teilzunehmen. Sie hatte nicht den Mut, Dinas Eltern zu treffen. Sie fühlte sich schuldig und war sicher, dass auch Moschik Bamberg sie, auf irgendeine Art, am Tod seiner Tochter für mitverantwortlich hielte. Wenn. Das große Wenn von Leben und Tod. Wenn sie nicht angeboten hätte, die beiden zu fahren… Wenn sie Moschik Bamberg geholfen hätte, sie davon zu überzeugen, erst am nächsten Morgen zu fahren… Wenn sie sie zum Krankenhaus gebracht hätte, nach dem Angriff in Juval Barkan… Wenn sie sofort die Polizei gerufen hätte… Wenn sie Dina zusammen mit Effy in Cheski Elchanans Bunker geschickt hätte… Die Wenns verfolgten sie den ganzen Tag und raubten ihr nachts den Schlaf. Und wenn sie endlich einschlief, tauchte Dina auf und ihre rothaarige, energische Person zerfiel im Traum in Stücke, wie ein Puzzle, das man wieder zusammensetzen musste. Roni weckte sie, als sie im Schlaf schrie, und sie hatte Angst, wieder einzuschlafen.

Lisi schaute auf die Uhr. Jetzt versammeln sie sich dort, auf dem Friedhof, dachte sie, und begraben die Teile, die im gerichtsmedizinischen Institut in Abu Kabir wieder zusammengeflickt worden sind, wie eine Puppe, in ein Leintuch gehüllt, damit sie in die Grube hinuntergelassen und »zur letzten Ruhe« unter die Erde gebracht werden konnte. Die Totengräber würden der Familie die Ehre erweisen, sich am »guten Werk« der Beerdigung zu beteiligen, und die mutigeren oder entfernteren Verwandten würden die Schaufel aus der Hand des Totengräbers entgegennehmen und Erde auf das siebzehnjährige Mädchen schaufeln, das geliebt hatte bis in den Tod. Dann würden die Totengräber Steine auf das Grab legen, damit ihnen die Leiche nicht mittendrin ausriss, wenn der Chasan *»Gott voller Gnaden«* sang, und auf die Steine würden sie wieder Erde häufen, sie festklopfen und am Schluss ein Schild mit dem Namen »Dina Bamberg« aufstellen, damit kein Irrtum entstand. Wenn sie mit ihrem Schubkarren verschwunden wären, würden die Trauergäste dort stehen, betäubt, einige würden ehrfurchtsvoll zu dem Erdhügel treten und einen Blumenstrauß darauf legen, andere kleine Steine, und irgendjemand würde der Familie einen Wink geben, dass sie sich in Bewegung setzen müsste, denn die Trauergäste würden nicht gehen, bevor sie nicht gegangen war, und vielleicht würde er sie auch auffordern, einen anderen Rückweg zu nehmen. Nein, den Bambergs würde man das nicht zu sagen brauchen. Dinas beide Brüder waren schließlich zur Religion zurückgekehrt. Lisi war froh, dass sie die Mutter und die Brüder nicht getroffen hatte. Moschik reichte aus, um ihr das Herz schwer zu machen.

Lisi saß schon seit drei Stunden in der Abteilung »Zeitungen und Zeitschriften« der Bibliothek von Tel Aviv und auf dem Tisch häuften sich die Ausgaben von *Ma'ariv, Jediot Acharanot, Davar* und *Ha'arez* aus dem Jahr 1971. Sie liebte es, in Bibliotheken oder Archiven nach Material zu suchen. Das erinnerte sie an ihre Studentenzeit, als sie nebenbei bei Maurice Dahan als Sekretärin gearbeitet hatte, dem damals neuen Chef der *Zeit im Süden*, der ebenso neuen Lokalausgabe der *Zeit* in Be'er Scheva. Genau genommen war sie Telefonistin, die Reporterin und Redakteurin, die Akquisiteurin von Anzeigen, Verantwortliche für die Fotos und die Schlussredakteurin gewesen. Die einzigen ruhigen Stunden, an die sie sich aus jener Zeit erinnern konnte, waren die, die sie in der Bibliothek verbracht hatte. Seit damals war viel Wasser den Jordan hinuntergeflossen. Die *Zeit im Süden* hatte sich zu einem gefräßigen Ungeheuer von zweihundert Seiten entwickelt, die Zeitung war in ein neues Gebäude gezogen und in der Redaktion arbeiteten eine Vollzeitsekretärin und eine Vollzeitfotografin, Berichterstatter kamen und gingen und manchmal blieben sie ihr fremd, und sie war nicht mehr nur »unsere Korrespondentin im Süden«, sondern auch die verantwortliche Redakteurin. Lange hatte sie sich gegen Arieli und Dahan gewehrt, die, wie sie es sah, gemeinsame Sache machten in ihrem Bestreben, zusätzliche Mitarbeiter einzustellen. Eines Tages hatte sie schließlich nachgegeben, ausgelöst durch die Sportrubrik. Eine Woche davor war in der *Zeit im Süden* ein Bericht über die »Dürre« beim Fußballverein *Poal Be'er Scheva* erschienen, überschrieben mit »So baut man keine Mauer«, eine unsterbliche Formulierung des Sportkönigs Joram Arabel. Das Ergebnis war, dass Elijahu Ofer, der Trainer des *Poal,* seinen Spielern verbot, sich von der *Zeit im Süden* interviewen zu lassen. Lisi, die sich in ihrem Job als Sportberichterstatterin praktisch als Vermittlerin zwischen Sportlern und Lesern sah, wusste, dass sie ohne Interviews nicht über den *Poal Be'er Scheva* berichten konnte. Sie würde alle möglichen Quellen anzapfen müssen, die »nicht zum Zitieren« waren, und so etwas führte sehr leicht zu Problemen. Im Lauf der Jahre hatte sie gelernt, was ein Strafstoß, ein Abseits, eine Ecke und eine gelbe Karte waren, sie verstand sogar manchmal, warum der Schiedsrichter ein Arschloch war. Aber nie hatte sie kapiert, was ein »passives Abseits« sein sollte, obwohl sie ihre Schwäger gebeten hatte, es ihr zu erklären. Sie hatte keine Lust, Dahan oder die Sportler zu fragen, und ihre Unwissenheit zu demonstrieren. Die Boykottierung durch Ofer, den Trainer, überzeugte sie schließlich davon, einen professionellen Sportreporter aufzunehmen, dem andere Berichterstatter folgten, die sich auf Wirtschaft spezialisiert hatten, auf Gerichtsprozesse, auf Stadtverwaltung… und ihr Leben in der Redaktion hatte sich geändert.

Jemand stand schon eine ganze Weile neben ihr. Sie hob den Blick von der Zeitung, die sie vor sich liegen hatte. Roni Melzer. Er setzte sich auf den Stuhl neben sie und flüsterte: »Ich will dich zum Mittagessen abholen.«

»Ich habe keine Zeit, Roni.«

»Und dann kaufen wir Turnschuhe für dich.«

»Hast du nicht gehört, was ich gesagt habe?«

»Du kannst nicht mit solchen Schuhen herumlaufen. Die Verbände werden schmutzig und du kriegst eine Infektion.«

»In Ordnung, wenn ich hier fertig bin.«

Roni wurde etwas lauter. Die Leute, die an den anderen Tischen saßen, warfen ihnen tadelnde Blicke zu. »Ich habe jetzt Mittagspause. Also komm, wir gehen zum Essen ins *Apropos*. Das ist nur zwei Schritte von hier. Die Zeitungen werden auf dich warten.«

Seine Augen funkelten, als würden sie sagen, fang ja nicht an, mit mir zu diskutieren, dann fang ich nämlich an zu schreien und man wirft uns hier raus. »Warte einen Moment«, flüsterte sie ihm zu.

Lisi ging zur Bibliothekarin und bat sie, ihr die Zeitungen von 1972 bereitzulegen.

»Können die da zurück in den Keller?«, fragte die Bibliothekarin.

»Ja, ich habe nicht gefunden, was ich gesucht habe.«

»Wann kommen Sie zurück?«

»In ungefähr einer Stunde«, sagte Lisi.

Die Bibliothekarin, eine große blasse Frau um die fünfunddreißig, in deren braunen Locken schon einige silberne Fäden zu sehen waren, lächelte: »Sie liegen bis dahin bereit.«

Hitze schlug ihnen entgegen, als sie auf die Straße traten. Die Klimaanlage in der Bibliothek hatte sie die sechsunddreißig Grad im Schatten und die Feuchtigkeit vergessen lassen. Wenigstens darin war Be'er Scheva besser als Tel Aviv. Es war dort zwar heißer als hier, aber es war eine trockene Hitze. In Tel Aviv war man schon nach zwei Schritten schweißgebadet. Zu Ronis Gunsten musste man sagen, dass das Lokal wirklich am selben Platz war wie die Bibliothek. Dieses ganze Zentrum mit der Bibliothek, der Oper und dem Museum auf dem gepflasterten Platz vermittelte ihr ein feierliches Gefühl. Dies hier war das kulturelle Herz der Stadt und sie war ein Teil davon. Roni hatte Recht, sie konnte in dieser Stadt nicht in Badelatschen herumlaufen.

Lisi bestellte sich ein Sesambeygele mit bulgarischem Käse und Roni einen amerikanischen Bagel mit Lachs und Cremecheese, der sich als ganz gewöhnliches Beygele entpuppte. Alles wurde auf riesigen Tellern serviert, auf einem Berg von grünem Salat, der mit frischem Gemüse bedeckt war. Lisi fragte sich, wie sie wohl an ihr Essen kommen sollte, ohne die Salatblätter in dem voll besetzten Lokal zu verteilen.

»Nimm das Ding in die Hand«, sagte Roni. »Diese riesigen Portionen nehmen einem ja die Lust zu essen. Willst du Bier oder Wein?«

»Weißwein, trocken und kalt.«

Roni drückte auf die rote Klingel, die auf ihrem Tisch stand, einmal, zweimal, und versuchte nebenbei mit der Bedienung Blickkontakt aufzunehmen. Am Schluss schlug er mit der Gabel so lange gegen sein Glas, bis ein erschrockenes Mädchen ankam, in einem zu kurzen Rock und mit einem Gesicht, das auszudrücken schien: »Und überhaupt bin ich Philosophiestudentin.« Sie fragte hastig, ob es Beschwerden gebe.

Roni lächelte sie an. »Keine Beschwerden. Zwei Gläser trockenen Weißwein.«

»Sie haben eine Klingel auf dem Tisch«, sagte die Philosophiestudentin. »Wenn Sie etwas brauchen, müssen Sie nur draufdrücken.«

»Vielen Dank für die Auskunft«, sagte Roni und lächelte freundlich.

Erstaunlicherweise schafften sie es durchaus, mit der Menge auf ihren Tellern fertig zu werden. Roni sprach und Lisi hörte zu. Er überlegte laut, ob es sich für ihn nicht lohnen würde, ein Moped zu kaufen, zusätzlich zu seinem Motorrad. In der Stadt wäre ein Moped bequemer und es waren neue, ganz erstaunliche Modelle auf den Markt gekommen, aus Italien, die er gerne mal ausprobieren würde, aber er wusste nicht, ob sie hier, in Israel, schon zu haben waren. »Was sagst du?«

»Wenn Chana Regev dich aus dem Büro wirft, könntest du mit deinem Moped bei einem Pizzaservice arbeiten«, sagte Lisi.

Er lachte. »Das ist wahr! Komisch, dass ich nicht selbst drauf gekommen bin.«

Die Kanzlei von Rechtsanwältin Chana Regev, bei der Roni arbeitete, befasste sich vor allem mit Strafverteidigung. In den einschlägigen Kreisen war sie als »Stinksocke« bekannt. Ihr Mundwerk war ungewaschener als das aller Ganoven, die sie verteidigte, und die Leute fragten sich, ob der Umgang mit dem Abschaum der Menschheit zu ihrem Schandmaul geführt hatte oder ob sie durch diese Eigenschaft das ganze Gesindel angezogen hatte. Es gab Kriminelle, die auf ihre Dienste verzichteten, um bei Gericht noch ein bisschen Selbstachtung zu bewahren. Ihre jungen Assistenten, wie zum Beispiel Roni Melzer, beschäftigte sie vor allem mit Ermittlungen und sorgte dafür, dass sie mit ihren zarten Händen ordentlich im finstersten Dreck wühlen mussten. Ästheten hatten bei ihr keine Überlebenschance. Nach einem Jahr solcher Ermittlungen beglückte sie ihre Assistenten dann damit, sie aus den Slums in die klimatisierte Welt der Paragrafen und Gerichtsräume heimzuholen. Roni wusste – und Chana wusste es auch –, dass er immer in die angesehene Anwaltskanzlei seines Vaters zurückkehren könnte, die mit den hochkarätigen Prozessen des Landes betraut wurde. Dort würde er zehnmal mehr verdienen als bei ihr und genau diese Tatsache mobilisierte auch noch die letzten ungenutzten Reserven an Boshaftigkeit bei ihr. Sie genoss es, ihm die übelsten, erniedrigendsten Aufträge zu erteilen, vermutlich glaubte sie, ihn dadurch groß und stark zu machen. Er spionierte hinter betrügerischen Ehefrauen her, hinter enttäuschten Ehemännern und schlagenden Ehemännern, Zuhältern, Erpressern, Dieben und anderem Gesindel, kurz gesagt – hinter der ganzen Galerie von Berühmtheiten, von der Chana Regevs Kanzlei lebte. Sie hatte ihm versprochen, ihn nach einem Jahr Ermittlungen für Arbeiten am Gericht zu übernehmen, wie sie es immer tat. Das Jahr war vergangen, sie hatte ihn noch immer nicht übernommen, und er, zum Leidwesen seiner angesehenen Familie, protestierte nicht. Der schwarze Talar über einem weißen Hemd reizte ihn vorläufig nicht. Vielleicht hat er ja eine Neigung dazu, in der Kloake zu leben, dachte Lisi, und wenn dem so ist, trage ich wohl irgendwie meinen Teil dazu bei. Seine Eltern würden in Ohnmacht fallen, wenn sie sehen würden, wer die Freundin ihres teuren Söhnchens ist.

Das Mittagessen überstieg das vergleichsweise Übliche um hundert Prozent. Lisi war entsetzt, als sie die Rechnung sah, und atmete erleichtert auf, als ihr Vorschlag, die Kosten zu teilen, von Roni abgelehnt wurde.

In dem Laden für Sportschuhe versuchte der höfliche Verkäufer, Lisi dazu zu überreden, die Verbände abzunehmen, damit er ihr Schuhe in der passenden Größe verkaufen könnte. Als sie ihm erklärte, dass sie die Schuhe wegen der Verbände kaufte, nahm sein Gesicht einen säuerlichen Ausdruck an und er sagte, er habe in diesen Größen aber nur Turnschuhe für Männer. Nachdem sie fünf Paar anprobiert hatte und bereits mit jedem einzelnen der schütteren, fettigen Haupthaare des Verkäufers Bekanntschaft geschlossen hatte, fand sie endlich, schweißüberströmt und voller Schuldgefühle, Schuhe, die nicht an den Zehen drückten und ihr nicht an den Wunden auf den Fußsohlen wehtaten. Sie bezahlte für die Schuhe den Gegenwert eines Wochenendflugs nach London einschließlich Hotelübernachtung und der Verkäufer packte ihre Badelatschen ein. Sie bedankte sich ziemlich nett bei dem Verkäufer, worauf sie ein so trübes »Ich wünsche Ihnen noch einen schönen Tag« erntete, dass es keiner zweiten Prüfung standgehalten hätte. Draußen erwartete sie wieder die unerträgliche Hitze.

»Die Flaute hat Tel Aviv noch nicht erreicht«, sagte Lisi.

»Doch, hat sie«, antwortete Roni.

»Man sagt, im Land gäbe es zweihunderttausend Arbeitslose«, sagte Lisi.

»Hundertfünfzigtausend. Es gibt zweihunderttausend Fremdarbeiter.«

»Hundertfünfzigtausend ist die Zahl von Tel Aviv. Im Negev sind es zweihunderttausend.«

»Wo liegt das Problem? Willst du diesen Verkäufer entlassen?«

»Auch die Bedienungen im *Apropos*.«

»Ich werde mich darum kümmern. Soll ich dich jetzt wieder in die Bibliothek bringen?«

»Ja, bitte. Und danke.«

»Ich habe Ihnen zusätzlich zu den Tageszeitungen auch die Ausgaben von *Ha'olam Hase* von 1972 heraufgeholt«, sagte die Bibliothekarin leise zu Lisi. »Suchen Sie sich einen Platz und ich komme mit dem Wagen.«

»Vielen Dank.«

»Wenn Sie in Zukunft etwas brauchen, rufen Sie mich doch einen Tag vorher an. Ich hole die Ausgaben dann aus dem Lager im Keller.«

»Danke. Wie heißen Sie?«

»Pua.«

Pua. Lisi hatte noch nie eine Frau getroffen, die Pua hieß. Welche Eltern gaben ihrer Tochter so einen Namen? Wie fühlte man sich, wenn man zu den Leuten sagen musste, ich heiße Pua? Bestimmt stammte sie aus einem Kibbuz.

Sie saß bereits wieder über zwei Stunden in der Bibliothek, als sie die Nachricht fand, die sie gesucht hatte. Sie stand in *Ha'olam Hase*, in der Ausgabe vom September 1972, unter der Schlagzeile: »Haschisch im Petroleumkocher!«

Der Bericht selbst lautete: »In Be'er Scheva wurden Drogenschmuggler gefasst, als die Polizei eine überraschende Durchsuchung in der Baracke des Nachtwächters im Steinbruch ›Solel Bone‹ vornahm. Der Wächter, ein Beduine namens Chalil Abu Suleiman, hatte die Aufmerksamkeit der Polizei wegen des regen Verkehrs von größtenteils aus gehobeneren Kreisen der Negev-Hauptstadt stammenden Besuchern erregt, deren teure Autos jede Nacht auf dem Weg zur Baracke zu sehen waren. Die Polizeidetektive, allen voran der viel versprechende junge Offizier Uzi Nedava, beobachteten die Baracke und es gelang ihnen zuzuschlagen, als Div A-Sana, der Lieferant des Beduinen, dem Wächter die Ware brachte. Ein halbes Kilo Haschisch wurde am Körper von A-Sana entdeckt. Der Drogenverkäufer leugnete jeden Zusammenhang mit dem beduinischen Händler und den Drogen überhaupt, doch bei einer Durchsuchung der Baracke fand man im Petroleumkocher eine entsprechende Waage, an der Spuren von Haschisch nachgewiesen werden konnten. Der Wächter behauptete, er habe von der Existenz dieser Waage nichts gewusst und außerdem sei der Kocher schon in der Baracke gewesen, als er seine Arbeit als Wächter begonnen hatte. Nach eingehender Untersuchung konnte die Polizei, unterstützt von der Militärpolizei, beweisen, dass Div A-Sana der Lieferant der Drogen und der Nachtwächter von ›Solel Bone‹, Chalil Abu Suleiman, der Dealer war, der direkt an die Kunden verkaufte. Der Leiter des Steinbruchs von Be'er Scheva, um eine Stellungnahme gebeten, sagte unserem Journalisten, die Arbeiter und die Leitung von ›Solel Bone‹ seien tief erschüttert darüber, dass in ihrem Betrieb mit Drogen gehandelt wurde, und er sei froh, dass die Polizei den Fall gelöst und die Dealer verhaftet habe. Er hoffe, diese Verbrecher würde die volle Härte des Gesetzes treffen, sie hätten das Vertrauen, das ›Solel Bone‹ in sie gesetzt hatte, tief enttäuscht. Die Reaktion des Sprechers der Militärpolizei war: ›Die Angelegenheit wird von der Polizei von Be'er Scheva untersucht und hat nichts mit der Armee zu tun.‹ Diese Reaktion ist erstaunlich, da laut Polizeikreisen die Drogenhändler mithilfe der Militärpolizei dingfest gemacht wurden. Eine Frage bleibt daher offen: Wer deckt wen, die Armee die Polizei oder die Polizei die Armee?«

Lisi ging auf den Gang hinaus, machte eine Kopie von dem Artikel und steckte die Papiere in ihre Tasche. Es gab Daten, Namen, ein Verbrechen – genug, um die Zähne hineinzuschlagen.

Uzi Nedava, der »viel versprechende junge Offizier«, war jetzt der Polizeidirektor für den Negev im Rang eines Oberstleutnants. Er kannte sie, so wie alle Polizisten Be'er Schevas sie kannten, und es würde ihr sicher keine Mühe machen, von ihm zu erfahren, wer die anderen Mitwirkenden des Dramas »Haschisch im Petroleumkocher« gewesen waren.

13

Lisi versprach Dahan, über die Feier zu schreiben, die *Kopf-Design*, ein Schönheitssalon, der einen europäischen Wettbewerb für Hairstyling gewonnen hatte, im Hilton abhalten würde. Sie wusste ebenso wie alle anderen in ihrer kleinen Redaktion, dass ein Artikel über dieses Ereignis der *Zeit im Süden* mindestens eine zweispaltige farbige Anzeige einbringen würde, die der Kasse der Zeitung gut tun würde, zugleich aber auch Dahans Geldbeutel. Aus einem prophetischen Gefühl heraus hatte Dorit Studioaufnahmen von allen Mitgliedern des Salons gemacht, bevor sie zu diesem Wettbewerb nach Deutschland gefahren waren. Sie hatte Revital und Mouchon Zarfati fotografiert, die Besitzer des Salons, dazu die Angestellte Rosina, die ein Diplom für Healing und Reiki erworben hatte. Das größte Lob bekam natürlich Mouchon, der Stylist, der den Wettbewerb zusammen mit Vardit Simon, seinem sechzehnjährigen Model, gewonnen hatte, aus deren Haarpracht er die Klagemauer nachgebildet hatte.

Sofort nachdem *Kopf-Design* von dem Preis erfahren hatten, rief Revital Zarfati bei Dahan an. Dahan bat Lisi, sich mit Revital zu treffen, die der »Kopf« von *Kopf-Design* war. Er wünschte sich ein tief schürfendes Interview, etwas, das Beni Adolam von der *Post im Süden* nicht zu Stande brachte, weil er ein Mann war und natürlich nicht nachvollziehen konnte, warum alle – und ich sage alle – in Be'er Scheva sich die Lippen lecken würden, wenn sie den Bericht über diesen Starsalon läsen. In Be'er Scheva gibt es nämlich so etwas wie Lokalstolz, sagte Dahan, und die von der *Post* verstehen das einfach nicht. Die Wüste gegen den Rest der Welt. Die Hauptstadt des Negev stiehlt den Pseudoberühmtheiten von Tel Aviv verdientermaßen professionell die Schau. Und vielleicht lohnt es sich auch, das Mädchen zu treffen, diese Vardit, so als Farbtupfer, du weißt schon, schlug er vor.

»Hab schon kapiert, Süßer«, hatte Lisi, ganz ernsthaft, geantwortet.

Revital Zarfati, Ehefrau des legendären Mouchon und seine Geschäftspartnerin, die in der Branche als Zauberin des Haarschnitts galt, im Gegensatz zu ihrem Mann, der der Frisierkünstler war, erzählte Lisi, dass Vardit, das Model, auf deren Kopf die Klagemauer entstanden war, eine normale Gymnasiastin gewesen sei, bevor sie, Revital, sie eines Nachmittags entdeckt habe – beim Jobben als Aushilfskraft im *Super-Burekas*, im Einkaufszentrum *Avia*. Und das haargenau an dem Tag, als aus Deutschland die frohe Botschaft eintraf, dass ihr Salon zum Wettbewerb angenommen worden sei.

»Ich bin hingegangen, um Burekas für unsere Angestellten zu holen, als ich sie plötzlich sah. Ich wusste auf der Stelle, das war es, diese Haare passten zu unserer Konzeption, mit ein bisschen Glück könnte es klappen. Als ich sie angesprochen habe, hat sie erst gedacht, ich wolle sie auf den Arm nehmen, sie war nicht bereit, ihren Job im Stich zu lassen. Ich bin also zurück zum Salon und habe Mouchon gerufen, damit er mit mir zu *Super-Burekas* ginge, um sie in Augenschein zu nehmen. Wir haben uns hingesetzt, haben Burekas bestellt, einen doppelten Kaffee getrunken und eine Zigarette geraucht, und die ganze Zeit schaute er sie an und ich schaute ihn an. Am Anfang war er gar nicht so überzeugt. Ich habe nicht versucht, ihn zu überreden, diese Verantwortung war mir zu groß, er sollte sich selbst entscheiden, aber auch ihm war natürlich sofort klar, dass sie absolut Spitze war, allein ihre Bewegungen. Sie arbeitete ruhig, nahm Bestellungen auf, räumte das Geschirr ab und ließ zu, dass wir sie beobachteten, ohne im Geringsten nervös zu werden. Bei einem Wettbewerb spielt auch das Temperament eine Rolle. Obwohl natürlich die Frisur das Wichtigste ist. Aber mach die Frisur einer Königin einer wie, nun, ich möchte da nicht deutlicher werden, ist uns ja schon passiert, und das Ganze sieht nur nach einem Müllhaufen aus, und dann mach die gleiche Frisur irgendeiner anderen und sie wird ein Star. Vardit hatte das gewisse Etwas. Einen Kopf voller dichter brauner, glänzender Haare mit leichten, natürlichen Locken, die ihr bis auf die Hüften fielen. Wo lässt du dir die Haare machen?«

»Was?«

»Ich hätte dir geraten, sie wachsen zu lassen. Und dann hochstecken. Das würde deine Größe betonen und dir mehr Präsenz geben.«

»Aha.«

Präsenz.

Lisi ging alle drei Monate zum Friseur, um ihre Präsenz etwas zu stutzen, damit sie sich nicht weiter damit befassen musste. Sie stand morgens auf, wusch sich die Haare im Waschbecken und ließ sie auf dem Weg zur Arbeit trocknen. Das Letzte, was sie wollte, war, ihre Präsenz durch Größe zu betonen, denn sie hatte ja auch noch ihre Breite.

»Wie ist sie denn, diese Vardit?«, fragte Lisi.

»Sie sah ganz normal schlampig aus im Lokal, du weißt schon, Jeans, bauchfreies Top. Einfach ein Mädchen. Aber ihre Haut war perfekt. Und sie hat braune Augen, so einen durchscheinenden Ton, irgendwie kindlich. Und darauf fahren die Leute heute ab, auf Kindliches. Wir wollten von Anfang an keine Blondine. Das Heilige Land, die Bibel, die Stadt unseres Erzvaters Abraham. Wir wollten eine Brünette. Und der Mund? Wie Isabelle Adjani, so einen Mund hat sie. Das Potenzial war da. Auch der Körper, nichts auszusetzen. Nicht zu groß, nicht zu dünn. Unter der Schlampigkeit lag Klasse. Eine Trumpfkarte, direkt vom Himmel gefallen. Und genau an dem Tag, als die Einladung gekommen ist, bin ich über sie gestolpert. Am Schluss sagte Mouchon, der weniger sentimental ist als ich: ›Ja, sie hat den richtigen Look. Ich werde mit ihrem Chef reden. Damit er nicht glaubt, wir wären irgendwelche Gauner.‹

Und dann saßen wir mit ihr und mit ihrem Chef zusammen, Alex, ein anständiger Kerl, und es hat sich herausgestellt, dass er und Mouchon zusammen Reservedienst gemacht haben, und wir erklärten ihr, dass ein Mädchen nicht jeden Tag so eine Chance bekommt, sie solle zum Probefrisieren kommen und dann darüber nachdenken und mit ihren Eltern sprechen, immerhin ist sie noch Schülerin und es handelt sich um einen Flug nach Deutschland. Und dann solle sie uns sagen, wie sie sich entscheidet. Es gab auch ein Geldproblem, sie brauchte das, was sie verdiente, um zu Hause mitzuhelfen, deshalb haben wir beschlossen, dass sie erst nach der Arbeit zum Frisieren kommt. Und wenn alles klappte, würden wir ihr das Geld geben, das sie dort verdient hätte. Schau, es hat sich um eine Woche Proben am Abend und um eine Reise von drei Tagen nach Deutschland gehandelt, um das Ticket und die Übernachtung im Hotel, alles auf unsere Kosten. Alex war großzügig und versprach, ihr den Arbeitsplatz bis nach dem Wettbewerb freizuhalten.

Nach zwei Tagen kam sie und sagte, sie habe mit ihren Eltern gesprochen und mit ihren Lehrern, und weil es schließlich nur um einen Dreitagestrip ging, seien alle einverstanden, dass sie mit Mouchon und unserer Friseuse, Caroline Chamo, mitfuhr. Caroline hatte versprochen, auf sie aufzupassen, als wäre sie ihre eigene Tochter.

Dann haben die Proben angefangen, die manchmal bis in die Nacht hineingingen, das Mädchen musste also morgens in die Schule, nachmittags Burekas verkaufen und abends zu uns. Erst da haben wir gemerkt, was für ein Juwel uns da in die Hände gefallen ist. Sie hat kein einziges Mal gemeckert. Du weißt ja, wie Mouchon arbeitet. Er ist ein Künstler. Er sucht die Inspiration aus der Tradition, aus der Natur. Besonders weil der Wettbewerb in Deutschland war, wollte er etwas Symbolisches für das Heilige Land und das jüdische Volk. Er hat aus ihren Haaren eine Menora geformt, Massada, den Hirsch, der ja auch ein Symbol für das Land Israel ist, bis er am Schluss, eines Morgens, als wir aufstanden und uns der Kopf rauchte vor lauter Proben, ganz ruhig sagte: ›Revital, meine Liebe, ich werde die Klagemauer machen.‹ Mein Herz hat geklopft wie ein Hammer, es war eine geniale Entdeckung, eine so einfache Idee. An diesem Tag ist er nicht in den Salon gekommen, er ist zu Hause geblieben und hat Skizzen gemacht, Mouchon hat die Seele eines Künstlers, das muss man ihm lassen. Nachdem die Zeichnung fertig war, saß er in der Küche und baute ein Modell aus Plastilin. Mir sind die Tränen in die Augen gestiegen, als ich es gesehen habe.

Und als Vardit am Abend in den Salon kam, zeigte er ihr das Modell und sagte: ›Unser Glück ist, dass du dichte und lange Haare hast.‹ Wir brauchten keine Tricks mit Haarteilen zu machen, man konnte die Steine der Mauer aus ihnen formen und sogar die Papierzettel dazwischenschieben. Dann hat sich Mouchon von einem Bauunternehmer Jerusalemer Stein besorgt, um die richtigen Farbtöne zu finden. Vardit ist ein bisschen erschrocken, wie würde sie mit rosa und beige gefärbten Haaren nachher in die Schule gehen, aber wir haben versprochen, ihre natürliche Farbe wiederherzustellen, sobald sie zurück in Israel ist.

Nachdem Mouchon so weit war, haben wir Karin Assia eingeladen, die Verantwortliche für die Gestaltung im Einkaufszentrum, und sie hat für Vardit die Kleidung, die Schuhe und den Schmuck ausgesucht, die am besten zu Mouchons Frisur passten. Sie ging in Richtung gehobene Folklore, ein durchsichtiger Überwurf, den Vardit über einem bestickten Büstenhalter und Hermon-Hosen trug, für die Hand- und Fußgelenke jemenitische Reifen aus Silber, aber nichts um den Hals, um die Aufmerksamkeit nicht von der Frisur abzulenken. Auch keine Ohrringe. Geschminkt von Caroline Chamo, in den Kleidern von Karin Assia und mit der Frisur von Mouchon sah Vardit unglaublich aus! Too beautiful to be true. Wir hatten ein Mädchen von der Straße aufgelesen und vor uns stand eine Königin. Karin Assia sagte sofort: ›Ihr habt's geschafft.‹ Karin rief eine Musikerin an, die sie kennt, und bat sie, im Salon vorbeizukommen und uns eine passende Hintergrundmusik auszusuchen. Diese Bekannte von Karin brachte also ein paar Kassetten, die Mouchik spielen lassen sollte, während er frisierte, sowohl um das Publikum einzustimmen als auch um Vardit zu begleiten, wenn sie aufstehen und zur Rampe gehen würde. *Jeruschalajim schel sahav*, natürlich. Wir machten Proben für das Timing, wann welche Kassette eingelegt werden sollte, und die Musikerin zeigte Vardit, in welchem Rhythmus sie zur Musik gehen musste. Übrigens, Karin Assia hat dafür gesorgt, dass wir Kleidung und Schmuck geliehen bekamen, und sie hat keinen Groschen für die Beratung verlangt. Ich bitte dich sehr darum, dass du zum Dank ihren Namen in deinem Artikel erwähnst.«

»Kein Problem«, sagte Lisi.

»Auch die Musikerin, Sarah, die Freundin von Karin, hat nichts für ihre Beratung genommen. Es gibt so viele gute Menschen im Land und immer schreibt man nur darüber, was schlecht ist. Stell dir vor! Es sind dort Stylisten aus der ganzen Welt gewesen, von den größten Firmen mit dem meisten Geld, und wir haben gewonnen! Ich kann mich gar nicht beruhigen. Als es bekannt wurde, ist der Salon gleich mit Blumen überschüttet worden, von Kunden, vom Büro des Oberbürgermeisters, von der Verwaltung des Einkaufszentrums, sogar Kollegen haben Blumen geschickt. Sie haben sich gefreut, dass ein Stylist aus Be'er Scheva gewonnen hat. Dass Be'er Scheva jetzt auf der Landkarte erscheint, wie man so sagt.«

»Wann kommen sie zurück?«, fragte Lisi.

»Schon morgen. Wir veranstalten eine große Feier im Hilton, bei der Mouchon vor den Augen des Publikums noch einmal die Frisur rekonstruieren wird, mit der er gewonnen hat.

Ich habe unsere ganzen Ersparnisse geplündert und alle Welt eingeladen und genug Champagner bestellt, wie oft im Leben ist einem schon eine solche Freude vergönnt?«

»Hat Mouchon auch Geld gewonnen?«

»Klar, ungefähr zehntausend Dollar, glaube ich. Aber die Ehre ist natürlich viel wichtiger als das Geld. Die Ehre, die Anerkennung. Der Sieg des Staates Israel.«

»Ich bringe ein Foto rein, wie Mouchon Vardit ihren Scheck gibt. Beide zusammen. Das Modell und der Stylist.«

Ein Schatten fiel über Revital Zarfatis glänzende Augen. Sie gähnte. »Wir haben Vardit den Flug und das Hotel bezahlt, auch der Flug und das Hotel von Caroline Chamo, der Friseuse, ist auf Kosten von *Kopf-Design* gegangen. Und die Kleider und der Schmuck, den wir geliehen haben. Wir hatten viele Ausgaben wegen dieses Wettbewerbs. Wir haben Vardit ein Erlebnis beschert, das sie nie im Leben vergessen wird.«

»Bekommen die Models denn kein Geld?«, fragte Lisi und machte ein erstauntes Gesicht.

»Weißt du was, jetzt, wo du es sagst, denke ich, dass wir ihr einen Teil vom Preis geben. Nicht dass es ihr Recht wäre. Wir haben keinen Vertrag oder so unterschrieben. Aber sie war super.«

»Wie viel wird sie kriegen?«

»Ich muss das noch mit Mouchon besprechen. Wir werden es gemeinsam entscheiden. Vielleicht werden wir ihr bei dem Fest im Hilton mit einer feierlichen Geste den Umschlag überreichen. Ja, das gefällt mir, eine gute Idee, echt.«

»Das wird die Gäste ungeheuer beeindrucken«, sagte Lisi.

»Es wird sie rühren, eine großzügige Geste von Mouchon.«

»Der Prinz und das Aschenputtel, nicht wahr?«

»Äh … so ähnlich, klar.«

Bevor sie sich mit Revital Zarfati von *Kopf-Design* getroffen hatte, war Lisi zu Vardit Simon nach Hause gefahren. Die Adresse hatte sie von der Sekretärin der Schule bekommen, die

Vardit besuchte. Die Sekretärin, ganz beglückt darüber, dass Vardit einen Frisurenwettbewerb in Europa gewonnen hatte, eine große Ehre für das Mädchen und auch für die Schule, erzählte, Vardit sei eine mittelmäßige Schülerin mit Ausrichtung Computer und Bürowesen, ein ruhiges und bescheidenes Mädchen aus einem – und das sei jetzt nicht zur Veröffentlichung bestimmt – problematischen Elternhaus.

Das Problematische an der Familie Simon war ihre Armut. Sieben Personen in einer Dreizimmerwohnung, in einer dieser einschlägigen Siedlungen, und die Familie lebte von der Sozialhilfe. Vardit war die Älteste. Der Vater hatte früher am Bau gearbeitet, war dann von einem Gerüst auf eine Schubkarre mit Bauschutt gefallen und arbeitete seither nicht mehr. Die Mutter, Ruchama, hatte ihren Job als Putzfrau aufgegeben, nachdem sie ihr drittes Kind geboren hatte. Vardit gab ihrer Familie das Geld, das sie bei *Super-Burekas* verdiente, »abzüglich ein bisschen Taschengeld, das sie für sich selbst behält, schließlich ist sie schon ein junges Mädchen«, wie ihre Mutter sagte, eine Frau zwischen vierzig und fünfundvierzig mit kurzen geblümten Hosen, Thaihemd und blauen Gummisandalen. Lisi hatte sie im Hof des Hauses getroffen, wo sie auf die beiden kleinen Kinder einer Nachbarin aufpasste, die mit ihrer Mutter zum Arzt gefahren war, hoffentlich war es nichts Ernstes. Ihr Gesicht strahlte vor Glück, als Lisi ihr erzählte, dass Vardit gewonnen hatte. Sie konnte ihre Lehrer und den Schuldirektor gar nicht genug loben, dass sie dem Mädchen für diese Reise schulfrei gegeben hatten, und auch Alex, ihren Chef, der versprochen hatte, ihr die Stelle freizuhalten. »Es gibt gute Menschen auf der Welt. Das habe ich schon immer gesagt. Und wer ein gutes Herz hat, wie Vardit, bekommt Gutes mit Gutem vergolten.« Sie erzählte, dass Vardits Chef ihr abends, wenn sie zumachten, die übrig gebliebenen Burekas für die Kinder mit nach Hause gab. Und am Schabbatabend machte sie aus diesen Burekas Pasteten, süße und salzige, und die ganze Nachbarschaft hatte sich schon das Rezept geben lassen.

Lisi notierte in ihrem Block Ruchama Simons Rezept für die Pastete aus alten Burekas und bat sie, es in der *Zeit im Süden* veröffentlichen zu dürfen. Ruchama unterschrieb ihr das Rezept und lachte.

»Geht ihr zum Fest im Hilton?«, fragte Lisi.

»Was für ein Fest?«

»*Kopf-Design* veranstaltet morgen eine Feier, weil sie den Preis gewonnen haben.«

»Ja? Das habe ich nicht gewusst. Warten wir mal, bis Vardit zurückkommt. Dann können wir darüber reden. Ich möchte sie schon mal gerne sehen. Man hat ihr eine große Ehre erwiesen mit dieser Reise. Wissen Sie, dass man ihr die Haare rosa gefärbt hat?«

»Ja. Aber sie haben ihr versprochen, sie wieder in ihrer Naturfarbe zu färben, bevor sie in die Schule geht.«

»Das hätte noch gefehlt, dass sie es nicht tun.« Wieder lachte Ruchama. Die Kinder der Nachbarin schoben ihre Füße in das Loch, das sie in den Sand gegraben hatten, und Ruchama ging zum Wasserhahn, füllte ein Plastikeimerchen mit Wasser und kippte es in das Loch. Die Kinder kreischten vergnügt und sie füllte den kleinen Eimer noch einmal. Ruchama kam Lisi sehr bekannt vor. In ihrem Haus, in dem sie aufgewachsen war, hatte es auch so eine Ruchama gegeben. Die Nachbarin aus der Wohnung über ihnen hatte auf die Badichi-Töchter aufgepasst, wenn die Mutter Badichi etwas Wichtiges zu erledigen hatte. Die Nachbarin von über ihnen hatte für die Badichi-Töchter Brot mit Schokoladencreme geschmiert, wenn die Mutter zu spät von der Fabrik nach Hause kam, und hatte eine Matratze auf den Fußboden gelegt, wenn Mutter Badichi Nachtschicht arbeiten musste. Lisi wusste genau, dass dieser Tag einer der schönsten in Ruchama Simons Leben war.

14

»Badichi!«, kroch die absolut unsägliche Lieblingsstimme aus dem Hörer in Lisis Ohr. Gedalja Arieli, der Redakteur der *Zeit*, vermittelte ihr stets das entzückende Gefühl eines darniederliegenden Wurmes, der von einem Heer roter Ameisen angenagt wird.

»Wo sind Sie?«

»Im Archiv.«

»In was für einem Archiv?«

»Hier in der Redaktion.«

»In Tel Aviv?«

»Ja.«

»Was machen Sie im Archiv?« Seine Stimme war zu ruhig. Es musste etwas wirklich Schlimmes passiert sein.

»Ich sammle Material für die Oberbürgermeisterwahl in Be'er Scheva.«

Es war vier Uhr. Seit neun Uhr morgens saß sie hier und ihr tat der Hintern weh. Gestern hatte sie vier Stunden hier verbracht und Daten und Namen in ihr Notizbuch geschrieben.

»Haben Sie Radio gehört?«

»Nein.«

»Haben Sie die Zeitungen von heute gesehen?«

»Nein.«

»Sie sind suspendiert.«

»Ich muss die *Zeit im Süden* machen.«

»Ich habe Doron Cement nach Be'er Scheva geschickt.«

»Wann?«

»Heute Morgen. Nachdem ich Sie dauernd gesucht und nicht gefunden habe. Haben Sie den Pieper nicht mitgenommen?«

Lisi betrachtete das Display des Piepers. Arieli sucht Sie. Arieli sucht Sie. Arieli sucht Sie. Arieli sucht Sie. Arieli sucht Sie. Fünfmal Arieli.

»Für wie lange?« Eine piepsige Mäusestimme kam aus ihrer Kehle.

»Für zwei Wochen. Und kommen Sie nicht in mein Büro. Ich habe nichts mit Ihnen zu besprechen.«

Arieli knallte den Hörer auf, wie es seine elegante Art war. Er sagte, was gesagt werden musste, und Lisi Badichi, die Redakteurin der *Zeit im Süden*, gehörte nicht zu den Personen, mit denen Arieli Gespräche führte.

Sie hatte gewusst, dass dieser Moment eintreten musste. Nachdem der Artikel in der *Zeit im Süden* erschienen war, dass Ehud Lion, einer der drei Bewerber für das Amt des Oberbürgermeisters in Be'er Scheva, während seiner Militärdienstzeit wegen Drogenschmuggels angeklagt worden war, hatte es eine schnelle, harte Reaktion gegeben. »Eine infame Lüge«, hatte Lion dem *Radio im Süden* gesagt. »Eine Journalistin der übelsten Sorte, von einem Blatt, das zur niveaulosesten Schundpresse gehört.« Im Fernsehen hatte er gesagt, sie sei das »käufliche Schwert von Gegnern, die kein Mittel scheuen, die Wahlen zu gewinnen«. »Werden Sie sie wegen übler Nachrede anzeigen?«, wurde er gefragt. »Sowohl sie als auch ihre Zeitung«, hatte Ehud Lion energisch geantwortet. »Es darf doch nicht so weitergehen, dass Leute mit Schmutz beworfen werden, nur weil sie etwas für diesen Staat tun wollen, weil sie an die Zukunft unseres Landes glauben und den Ort hier zu einem lebenswerten Platz für unsere Kinder und Enkel machen möchten.« Lisi hätte fast Beifall geklatscht, als sie ihn hörte. Der infam Beschuldigte nutzte die Fernsehbefragung für seinen Wahlkampf. Ohne einen Groschen dafür zu bezahlen! Eigentlich hätte er ihr einen Strauß Blumen schicken müssen.

Ehud erstattete keine Anzeige gegen »sie und ihre Zeitung«, aber er tat etwas, das Gedalja Arieli wehtat, und weher noch Maurice Dahan: Er hörte auf, Annoncen in der *Zeit* und in der *Zeit im Süden* zu veröffentlichen. *Lion Erbauer des Negev* war einer der größten Anzeigenkunden der Zeitung gewesen, die ganzen Jahre über, und gerade in der letzten Zeit, als sich einer der größten Bauunternehmer des Landes nun anschickte, Oberbürgermeister von Be'er Scheva zu werden, der, anders als seine Mitbewerber, über schier unerschöpfliche finanzielle Werbemittel verfügte.

Arieli war, wie immer in solchen Fällen, von umwerfender Freundlichkeit gewesen. Er hatte sie angeschrien, gedemütigt und – natürlich – Beweise für ihre Behauptungen verlangt. Sie kannte ihn gut genug, um zu wissen, dass er sie unterstützen würde, wenn sie ihre Aussagen belegen konnte. Sie hatte ihm den Ausschnitt aus *Ha'olam Hase* geschickt, doch Arieli hatte insistiert – vielleicht zu Recht –, dass Ehuds Namen in dem Artikel nicht erwähnt war. Als Lisi sagte, sie verfüge über andere, verlässliche Quellen, die sie aber nicht nennen dürfe, setzte Arieli sie auf die Liste der Feinde Israels, angefangen bei Amale über Haman bis Saddam Hussein. Doron Cement, diese Qualle, war das Schwert, das Arieli drohend über ihrem Haupt erhob, wann immer er sich über sie ärgerte. Ihr einziger Trost war, dass man Cement beim letzten Mal, als er nach Be'er Scheva beordert worden war, um sie abzulösen, wie irgendeinen Verwandten fünften Grades behandelt hatte, der ins Exil der Provinz verschickt worden war. Und obwohl Lisi Badichi, die Reporterin und Redakteurin der Lokalausgabe der *Zeit im Süden* nicht gerade zur Prominenz von Be'er Scheva zählte, demonstrierten die Einwohner ihr gegenüber lokalpatriotische Solidarität und weigerten sich, mit dem »Nordlicht« zusammenzuarbeiten, das ihren Platz einnehmen sollte. Nur ein einziger Mensch in Be'er Scheva würde Doron Cement mit offenen Armen empfangen, Ehud Lion. Eine dünne Wolke von Misstrauen stieg in ihr auf, dass Arieli sie nämlich als Besänftigungsgeste gegenüber *Lion Erbauer des Negev* suspendiert hatte, damit die Firma wieder bei der *Zeit* annoncierte. Ein mutiger Schulterschluss sozusagen zwischen zwei Blutegeln.

Ihre Probleme waren nicht auf die Redaktion beschränkt. Zu ihrem Pech war Ehud Lion, der Erbauer des Negev, das

»Ein-Mann-Imperium«, wie man ihn in den Wirtschaftsbeilagen bezeichnete, der allerbeste Freund von Uzi Nedava, dem Polizeidirektor des Negev. Und der getreue Uzi Nedava wollte wissen, wie ein solches Gerücht hatte entstehen können. »Das ist kein Verhör«, sagte er freundlich zu Elischa Karnapol, dem Polizeikommandanten von Be'er Scheva, »ich bin nur neugierig und wundere mich.« Elischa Karnapol rief seine Polizisten zusammen und beruhigte sie, der Polizeidirektor sei nur neugierig und wundere sich, wie ein solches Gerücht hätte entstehen können.

Die Formulierung, »er wundert sich«, lag in der Polizeidienststelle wie eine tote Maus, und der Gestank, der von ihr ausging, drang in alle Zimmer und verbreitete Schrecken. Er wunderte sich. Die Polizisten wären glücklicher gewesen, wenn er sauer gewesen wäre, wenn er sie beschuldigt und mit Entlassungen gedroht hätte. Sie wussten nicht, wie sie mit dem verschwommenen »er wundert sich« umgehen sollten. Da fast alle Beamten der Dienststelle alte, erfahrene Polizisten waren, die in ihrem Leben schon alles gesehen und gehört hatten, brauchten sie nur einen Tag, um die Opfer für ihr Misstrauen dingfest zu machen, nämlich Oberinspektor Benzion Koresch und Inspektor Ilan (Sergio) Bachut, die Schwäger von Lisi Badichi, der Reporterin, die diese üble Nachrede in ihrem Revolverblatt veröffentlicht hatte, sowie Malka, die alte Protokollschreiberin der Station, die eine Tante dieser Schmierklaue war. Niemand sprach etwas aus, Gott bewahre, aber alle hüteten sich davor, in ihrer Gesellschaft gesichtet zu werden. Die ansteckende Krankheit sollte auf Lisi Badichis Familie beschränkt bleiben und nicht die ganze Station infizieren.

Beim Schabbatessen in dieser Woche, als sich die ganze Familie bei Lisis Mutter versammelt hatte, versuchten die Schwäger, ihr aus der Nase zu ziehen, wer ihre Informanten seien. Und wie bei der Arbeit hatten sie die Rollen aufgeteilt, Benzi spielte den bösen Polizisten und Ilan den Verständnisvollen.

»Schluss jetzt«, sagte Batscheva Badichi, »es ist Schabbat.

Hört auf, über Arbeitsangelegenheiten zu sprechen. Dürfen wir nicht einmal in der Woche unsere Schabbatruhe genießen? Ich habe ein bisschen Koriander in die Spinattaschen gemacht, merkt man den Unterschied?«

Der Koriander im Spinat war der Tropfen, der das Fass regelrecht sprengte. Benzion Koresch, bekannt für seine Wutausbrüche wegen allem und jedem, sprang von seinem Stuhl auf und schrie so laut, dass die Fensterscheiben klirrten: »Schabbatruhe? Schabbatruhe? Wir sind dabei, unsere Arbeitsplätze zu verlieren, weil deine Tochter so ein großes Maul hat! Deine Tochter fühlt sich ihrer stinkigen Arbeit mehr verpflichtet als ihrer Familie! Alle in der Dienststelle boykottieren uns! Wir haben Kinder, die wir ernähren müssen. Wir können es uns nicht erlauben, so edel zu sein wie Madam Lisi Badichi samt Schabbatruhe!« Als krönendes Finale zog Benzi an der weißen Tischdecke, mit allem was darauf war – Spinattaschen, Beilagen, Püree und Salat und das Huhn mit Rosinen. Zu ihrem Glück hatte die Mutter heute die Flaschen mit den Getränken auf einen Servierwagen gestellt.

Keiner sagte ein Wort. Die vier Mädchen sprangen auf und flohen ins Schlafzimmer ihrer Großmutter Batscheva. Lisis Schwestern Georgette und Chavazelet fingen an, das Essen vom Boden aufzusammeln und von den Wänden zu wischen, die Mutter ging in die Küche und Lisi stand auf, pflückte sich das Püree und die Salatblätter von der Hose und verließ das Haus.

Das folgende Wochenende verbrachte Lisi in Tel Aviv, in Ronis Wohnung. Als er sie zum Schabbatessen bei seiner Familie einlud, weigerte sie sich. Sie hatte lange auf diese Einladung gewartet, aber der Zeitpunkt war so unpassend wie nur möglich.

»Komm, sie werden dich schon nicht fressen«, sagte Roni.

»Ein andermal.«

»Aber warum? Wir sind schon über ein Jahr zusammen. Willst du sie nicht kennen lernen?«

»Doch, will ich schon, natürlich will ich das.«

»Was ist an heute so falsch?«

Lisi erzählte Roni vom letzten Schabbatessen im Kreise ihrer Familie. »Versteh doch, Süßer, wenn ich eine weiße Tischdecke sehe und darauf Huhn und Püree, fange ich auf der Stelle an zu heulen.«

Roni brach in brüllendes Gelächter aus, und als er sich fast schon beruhigt hatte, packte ihn ein erneuter Anfall. Er umarmte sie, drückte sein lachendes Gesicht an alle Stellen, die er so liebte, bis er sich schließlich aufs Sofa warf und sie mit einem breiten Grinsen betrachtete. »Ich bin verrückt nach dir, Lisi Badichi!«

»Damit bin ich einverstanden, Süßer.«

Als er von seinem Familienessen zurückkam, nahmen sie eine Flasche Wein, zwei Gläser und eine Decke und gingen zum Strand und taten dort das, was junge Leute von jeher in Sommernächten und bei Vollmond eben tun.

Nach dem Geschrei, das sie von Arieli wegen *Lion Erbauer des Negev* hatte einstecken müssen, beschloss Lisi, in Tel Aviv zu bleiben, in den Archiven zu suchen und so viel Material wie möglich über Lion, seine Familie und sein Lebenswerk zusammenzutragen. Tief in ihrem Bauch lauerte die Erinnerung an ihr Treffen mit Moschik Bamberg und an die schrecklichen Dinge, die danach passiert waren. Manchmal tauchte Dina Bambergs Gestalt vor ihrem geistigen Auge auf, ein Schatten, der sie begleitete, sich abwechselnd zeigte und verschwand. Im Grunde ihres Herzens wusste sie, dass sie ihre Rückkehr nach Be'er Scheva auch wegen des Entsetzens und Grauens, das Dinas Ermordung in ihr hinterlassen hatte, hinauszögerte. Sie hatte Moschik nicht während der Schiva aufgesucht. Was hätte sie zu ihm oder zu seiner Frau sagen können? Es tut mir Leid? Sie hegte nicht den geringsten Zweifel, dass er ihr zumindest teilweise die Schuld an dem gab, was seiner Tochter passiert war. Lisi war es schließlich gewesen, die sie in ihrem Auto mitgenommen hatte, und sie hatte nicht auf sie aufgepasst. Die Verbrecher von Jukal Barkan hatten Effy gewollt, nicht Dina, aber Effy lebte und Dina war tot. Wieso wurde er gerettet, sie aber nicht? Sie wusste keine Antwort auf diese Fragen, die Moschik Bamberg bestimmt immer wieder durch den Kopf gingen. Die Verbreitung der Information, dass Ehud Lion während seiner Dienstzeit bei der Grenztruppe in illegale Dinge verwickelt gewesen war, war das Mindeste, was sie für Moschik Bamberg tun konnte, natürlich unter Verschweigen ihrer Quelle. Weil sie alle Akten nicht an einem Tag einsehen konnte, war sie eine weitere Nacht bei Roni geblieben, noch eine Nacht mit einer weiteren Flasche Wein und Mondlicht. Und tags darauf war sie wieder ins Archiv gegangen und dort geblieben, bis zu Arielis »Sie sind suspendiert«.

Auf dem Tisch des Archivs lagen alle Tageszeitungen, bereit zum Ausschneiden. Auf der ersten Seite gab es eine dicke Schlagzeile: »Attentäter erschoss Menachem (Nachik) Chazon von der Juval-Barkan-Gang und verletzte seinen Bruder Schmulik Chazon – auf dem Weg zum Haftprüfungstermin!« Untertitel: »Ein weiterer Abschnitt im Kapitel der tragischen Versäumnisse der Polizei von Be'er Scheva«. Im Artikel selbst stand, ein Scharfschütze habe sich in der Altstadt auf dem Dach eines Hauses versteckt, das dem Polizeigebäude gegenüber lag, und auf Nachik und Schmulik geschossen, als sie aus der Tür zum Hof traten und zu dem Wagen gingen, der sie zum Gerichtsgebäude bringen sollte, um ihren Haftbefehl verlängern zu lassen. Nachik Chazon war auf der Stelle tot; der Bauchschuss, den sein Bruder Moschik erhielt, wurde als »mittelschwere Verletzung« bezeichnet. Die unverzüglich eingeleitete Suche sowohl auf dem Dach als in den umliegenden Straßen führte zu keiner Verhaftung. »Die Familie Chazon erwägt, die Polizei wegen fahrlässiger Tötung anzuzeigen, weil es ihr nicht gelungen ist, das Leben der Brüder, die in ihrer Obhut standen, zu schützen. Zur Fortsetzung des Berichts siehe Seite 7, Spalte 2.«

Der Artikel stand in der *Post* und stammte aus der Feder von Beni Adolam, »unserem Reporter im Süden«. In ihrer Zeitung, in der *Zeit*, gab es keinen Scharfschützen und kein Dach. Lisis Welt verfinsterte sich, im wahrsten Sinn des Wortes. Nur dass diese Finsternis eine Folge von Zorn war. Sie hätte Beni Adolam eigenhändig erwürgen können, hätte sie ihn jetzt erwischt. Beide scheuten kaum ein Mittel, um sich gegenseitig zu zerquetschen, aber es herrschte doch eine Art Solidarpakt der Provinz zwischen ihnen und jedes Mal, wenn es einem von beiden gelungen war, den Gegner aufs Kreuz zu legen, sorgten sie dafür, dass das K. O. kurz genug war, damit der andere einen Anschlussbericht bringen konnte. Lisis Gerechtigkeitsgefühl flüsterte ihr die unwillkommene Möglichkeit ins Ohr, dass Adolam ja vielleicht sogar versucht hatte, sie zu erreichen, aber ohne Erfolg, da sie den gestrigen Abend im Mondschein am Strand verbracht hatte, heute Morgen keine Nachrichten gehört, weder auf ihren Pieper geschaut noch das Handy angemacht hatte.

Sie versuchte sich zu erinnern: Nachik, der Erschossene, war der Trunkenbold mit den Froschaugen gewesen, der sie geschlagen hatte. Der Verwundete, Schmulik, war der Große mit dem Unterkiefer, der aussah wie ein Spaten. Der Mistkerl – wie sie Arieli bei sich nannte – hatte Recht. Was für eine Reporterin schlägt morgens keine Zeitung auf, hört keine Nachrichten und ruft drei Tage lang nicht in ihrer Redaktion an? Das Meer und der Mond und der Wein stießen ihr jetzt mit dem bitteren Geschmack des Versagens auf. Sie wunderte sich, dass der Mistkerl sie nur suspendiert und nicht gefeuert hatte. Alles, was sie momentan wollte, war, nach Hause zu fahren, in ihr Bett, sich das Laken über den Kopf zu ziehen und nie wieder aufzustehen.

15

»Sie wollten nicht Effy Levia, sie wollten Dina«, sagte Moschik Bamberg zu Lisi und Roni. Sie saßen seit über drei Stunden in Ronis Wohnung in Tel Aviv.

Er sprach mit einer so eiskalten und beherrschten Stimme, dass Lisi das Blut in den Adern gefror. Sie hätte ihn am liebsten an den Schultern gepackt und geschüttelt, damit er wütend würde, weinte oder was auch immer – Hauptsache, er hörte auf, mit dieser Stimme zu sprechen.

Nach der Suspendierung war Lisi nach Be'er Scheva zurückgekehrt und hatte sich zwei Tage lang im Bett verkrochen. Sie schlief und wachte auf, schlief und wachte auf, die Tür war abgeschlossen, die Klimaanlage in Betrieb, die Rollläden waren heruntergelassen und das Telefon hatte sie ausgesteckt. Die Sonne, die durch die Ritzen der Rollläden hereindrang, sagte ihr, wann es Tag wurde, wenn sie verschwand, kam der Abend. Es war das erste Mal, dass sie morgens nicht aufstehen und zur Arbeit gehen musste. Der Schock der Mordnacht in Givat Benjamin drang langsam zu ihr durch und beherrschte sie. Als habe er nur auf ihre Suspendierung gewartet. Ihre Wunden an den Füßen waren fast verheilt, doch die seelische Verletzung peinigte sie Tag und Nacht. Das Wenn-sie-nicht-wenn-sie-doch tickte in ihr wie ein unermüdliches Metronom im Rhythmus ihrer Selbstvorwürfe. Sie konnte ihren Anteil an dem blutigen Spiel einfach nicht ignorieren.

Als sie endlich das Bett verließ, hatte sie nichts zu tun. Sie zog die Rollläden hoch, duschte, zog sich an und fuhr zum Friedhof. Sie kaufte einem Blumenhändler, der am Friedhofseingang mit einem Plastikeimer voller Blumen stand, eine Rose ab und fragte den Angestellten der Friedhofsverwaltung, wo das Grab von Dina Bamberg sei. Er erklärte ihr den Weg und sagte: »Sie sind noch dort.«

»Wer?«

»Die Familie.«

»Sind sie heute zum Grab gekommen?«

»Ja. Und noch nicht weggegangen.«

Lisi setzte sich auf die Bank neben dem Eingang. Sie wollte die Familie nicht treffen.

Moschik und seine Frau, mit Söhnen und Schwiegertöchtern, bewegten sich schleppend auf den Ausgang des Friedhofs zu, begleitet von Menschen, die wie Freunde und Bekannte aus der Jugendzeit der Eltern wirkten, sowie von Freunden Dinas. Die Frau war eine Schönheit, sogar jetzt, mit gebeugtem Rücken, gesenktem Kopf und die Hände auf den Bauch gedrückt. Lisi erinnerte sich an das verhaltene Lächeln, mit dem Moschik von seiner Frau gesprochen hatte. Ihre schwarzen Haare waren zu einem langen Zopf geflochten, sie hatte die schmalen Hüften eines jungen Mädchens. Ihre Wangenknochen waren kräftig, die Augen und die Nase vom Weinen gerötet, doch der einfache Strohhut sah an ihr aus, als wäre er von einem Maler gemalt. Die Söhne waren »Schwarzfräcke«, trugen die Anzüge und Hüte der Frommen, und im Gegensatz zu Dina, die Moschik nachgeschlagen war, waren sie dunkelhaarig wie ihre Mutter. Ihre Frauen gingen Arm in Arm, mit langen Baumwollröcken und diesen Hüten mit den schmalen, heruntergeklappten Krempen, die sie als »Neoorthodoxe« auswiesen.

Lisi blieb auf der Bank sitzen, auch als die letzten Trauergäste den Friedhof verlassen hatten und draußen das Geräusch abfahrender Autos zu hören war.

»Wo und wann kann ich Sie treffen?«, fragte Moschik Bamberg. Sie hatte nicht bemerkt, dass er zurückgekommen war, und schrak zusammen, als sie ihn plötzlich neben der Bank stehen sah. »Ich möchte wissen, was los war. Ohne meine Familie. Ich allein.«

»Wo Sie wollen. Soll ich Sie anrufen?«

»Nein, rufen Sie nicht an. Ich glaube, dass die Polizei unser Telefon abhört. Wegen des Scharfschützen.«

»In der Redaktion? Bei mir zu Hause?«

»Nein, ich möchte nicht, dass man uns zusammen sieht.«

»Möchten Sie mich in Tel Aviv treffen? In der Wohnung eines Freundes?«

»Wer ist er?«

»Mein Freund? Roni. Roni Melzer. Ein Rechtsanwalt, der im Büro von Chana Regev arbeitet.«

»Wie ist die Adresse?«

Sie nannte ihm Straße und Hausnummer. »Das ist nicht weit vom Rathaus. Auf dem Wohnungsschild steht Melzer. Soll ich Ihnen die Telefonnummer aufschreiben?«

»Können Sie morgen Nachmittag?«

»Ja.«

»Ich komme nach Tel Aviv. Um zwölf Uhr? Ist Ihnen das recht?«

»In Ordnung. Möchten Sie, dass mein Freund nicht zu Hause ist, wenn wir uns treffen?«

»Nein, das ist in Ordnung, es ist ja seine Wohnung«, sagte er. »Weiß er, dass ich Ihnen das Material über Ehud Lion gegeben habe?«

»Nein. Ich habe es niemandem gesagt.«

»Gut. Dann morgen um zwölf.«

Er verließ sie abrupt. Sie war erleichtert, dass sie nicht »herzliches Beileid« oder Ähnliches hatte sagen müssen.

Sie sagte Roni Bescheid wegen des Treffens in seiner Wohnung und er sagte, er würde sich bemühen, auch da zu sein. Als sie nach Tel Aviv fuhr, dachte sie, sie und Moschik hätten eigentlich zusammen fahren und sich unterwegs unterhalten können. Dann fiel ihr ein, dass er nicht mit ihr zusammen gesehen werden wollte. Sie konnte verstehen, dass er nicht wollte, dass seine Frau und seine Söhne etwas von jener letzten Nacht im Leben seiner Tochter erfuhren, aber alle Welt wusste doch, dass sie, Lisi, mit Dina zusammen gewesen war, das war kein Geheimnis. Sie hätten sich irgendwo treffen und reden können, es war doch nur natürlich, dass er von ihr hören wollte, was in jener Nacht passiert war. Wozu also diese Vorsicht?

Er brachte ein Tonbandgerät, ein Heft und einen Bleistift mit und legte alles auf den Tisch und sie musste insgeheim lächeln über die Verkehrung der Verhältnisse. Moschik Bamberg wollte über jede Sekunde Bescheid wissen, von dem Moment an, als Effy Levia und Dina in Lisis Auto gestiegen waren. Als sie fertig war, bat er sie, die Geschichte noch einmal zu erzählen, und machte sich Notizen in sein Heft. Dann las er seine Anmerkungen durch und stellte zusätzliche Fragen.

Moschik Bamberg steckte Lisi und Roni mit seinem Misstrauen an.

»Die Chazons aus Juval Barkan sind kleine Fische«, sagte er mit dieser gemessenen Henkerstimme, die er jetzt hatte. »Sie sind kleine Gauner, die in Diebstähle, Einbrüche und gewalttätige Auseinandersetzungen verwickelt sind, aber sie sind keine Mörder. Das passt nicht in ihr Repertoire, ein Mord.«

»Aber es ist eine Tatsache, dass sie gemordet haben«, sagte Lisi. »Ich war dort. Ich habe sie gesehen, wie sie Cheski Elchanan zusammengeschlagen haben. Dass er es überlebt hat, ist ein reines Wunder.«

»Ja, ein Wunder. Darüber spreche ich. Über die Wunder in dieser Geschichte. Die Chazons haben auf euch gewartet. Sie wussten, dass ihr kommt. Das war eine Falle.«

»Effy ist aber doch erst im letzten Moment auf die Idee gekommen, seinen Pass zu holen.«

»Und Dina war dagegen.«

»Stimmt.«

»Und er blieb stur.«

»Dina wollte nicht nach Juval Barkan, weil sie keine Lust hatte, Effys Frau zu treffen«, sagte Lisi. »Er wäre bestimmt nicht hingefahren, wenn er gewusst hätte, dass die Brüder seiner Frau da sind.«

»Effy ist fast totgeschlagen worden«, sagte Moschik Bamberg. »Cheski Elchanan ist fast totgeschlagen worden. Das meine ich gerade. Nur Dina wurde tatsächlich umgebracht.«

»Ihr Rechtsanwalt hat erklärt, dass sie das leugnen«, warf Roni ein, der sich ansonsten aus dem Gespräch heraushielt.

»Vielleicht hat ihr Rechtsanwalt sogar Recht«, sagte Moschik zu Lisis und Ronis Erstaunen.

»Sie stellen alles als eine Art Konspiration dar, um Dina umzubringen«, sagte Roni.

»Stimmt.«

»Warum?«, fragte Lisi verblüfft.

»Vielleicht hatten sie nicht vor, sie umzubringen. Vielleicht haben sie die Herrschaft über die Ereignisse verloren.«

»Und Sie glauben, dass Effy Levia in das Komplott verwickelt war?«, fragte Roni.

»Ja. Vielleicht ohne es zu wissen. Jemand hat zu ihm gesagt, bring den Pass. Vielleicht sein Manager. Jemand hat dafür gesorgt, dass sein Manager das zu Effy sagt. Ist Cheski Elchanan nicht mit den Chazons verwandt?«

»Nein«, sagte Lisi, »er ist ein Verwandter von Effy. Ein entfernter Verwandter. Der Schwager vom Schwager von jemandem. Ist Elchanan ebenfalls verdächtig?«

»Alle sind verdächtig.«

»Und die Einwohner von Givat Benjamin, die uns nicht in ihr Haus gelassen haben und nicht herausgekommen sind, um uns zu helfen, sind die auch alle verdächtig?«, fragte Lisi.

»Sie haben ja gesagt, die meisten hätten an einer organisierten Reise teilgenommen. Sie beide glauben jetzt bestimmt, ich wäre verrückt geworden, oder? Als Malka, ihre Verwandte, zum Haus in Tel Benjamin gekommen ist, sagte sie, sie verstehe nicht, warum die Polizisten nicht gekommen seien. Habe ich das richtig verstanden?«

»Als ich sie von der Straße aus angerufen habe, ist sie innerhalb von maximal zehn Minuten mit meinen beiden Schwägern in einem Streifenwagen erschienen. Sind sie etwa auch verdächtig?«

»Nein, sie sind nicht verdächtig. Sie sind gekommen, sie haben gesucht, sie haben verhaftet und haben alles getan, was ihnen möglich war. Aber bevor Malka losfuhr, hat sie dem Polizeidirektor Bescheid gegeben und er hat gesagt, er würde für Unterstützung sorgen. Aber er hat es nicht getan. Sie haben doch selbst gesagt: Als Tante Malka in Tel Benjamin ankam, verstand sie nicht, warum kein Streifenwagen aus Be'er Scheva gekommen war, denn sie hatte den Polizeidirektor selbst informiert und er hatte gesagt, er würde sich darum kümmern. Der Tierarzt hat die örtliche Polizei angerufen und sie haben sofort einen Streifenwagen geschickt, Tante Malka hat den Polizeidirektor angerufen und nichts ist passiert. Er saß im *Topas* mit der Elite der Polizei und sagte keinem Menschen, was er gerade am Telefon erfahren hatte. Und er schickte keine Hilfe.«

»Von daher ist auch der Polizeidirektor verdächtig«, sagte Lisi.

»Ja. Auch der Polizeidirektor ist verdächtig. Und ich bin nicht paranoid. Ich halte mich nur an die Tatsachen, die Lisi berichtet hat.«

»Und Effy«, sagte Roni, »hat Effy…« Er stockte, dann fuhr er entschlossen fort: »Hat Effy sie zerstückelt, um Beweise zu vernichten?«

»Ich glaube, er hat sie bis zum Wahnsinn geliebt«, sagte Lisi.

»Ja, das glaube ich auch«, sagte Moschik Bamberg.

»Haben Sie ihn getroffen?«, fragte Lisi.

Bamberg schüttelte den Kopf. »Nein, das habe ich nicht. Und wenn es nach mir geht, möchte ich ihn auch nie mehr treffen. Egal, ob mit oder ohne Absicht, er ist der Mann, mit dem Dina zusammen war, als sie umgebracht wurde. Ich habe nichts mit ihm zu reden.«

Er schwieg, betrachtete seine Hände und versank in Gedanken. Lisi war sehr müde. Es war ihr ziemlich schwer gefallen, alles zu erzählen, sie fühlte sich erledigt. Sie verstand nicht, worauf Moschik Bamberg hinauswollte. Es lag etwas Erschreckendes in der Art, wie er jedes Fitzelchen Information unter die Lupe nahm.

Bamberg wandte sich an Roni. »Wären Sie bereit, ihn zu treffen?«

»Wen? Effy Levia?«

»Ich glaube, er ist wirklich verrückt geworden. Trotzdem würde ich es gerne genau wissen.«

»Man wird mich nicht mit ihm sprechen lassen. Ich bin nicht mit ihm verwandt. Warum sollte ich ihn aufsuchen?«

»Jemand steckt hinter diesem Mord. Dieser Jemand, der den Scharfschützen geschickt hat, hat auch Dinas Mörder geschickt, einen oder mehrere.«

»Sie haben selbst gesagt, dass sie sie nicht ermorden wollten«, sagte Lisi. »Sie haben gesagt, sie hätten die Herrschaft über die Ereignisse verloren.«

»Ich nehme an, dass es so war.«

»Aber… warum? Warum wollten sie Dina verletzen?«

»Um mir zu drohen.«

Lisi Badichi und Roni Melzer starrten Moschik Bamberg an. Lisi überlegte insgeheim, ob der Mann verrückt geworden war. Oder er wusste etwas, was er ihnen einfach verschwieg.

»Was weiß man über den Scharfschützen?«, fragte Roni.

»Keine Ahnung. Man hat mich befragt, wo ich zur fraglichen Zeit war, wo meine Söhne waren. Plötzlich sind sie ganz eifrig geworden, die Polizisten. Ich habe gesagt, ich sei sehr froh, dass jemand Nachik Chazon umgebracht habe und dass es sehr mir Leid tue, dass sein Bruder mit dem Leben davongekommen sei. Und dass ich hoffte, man würde ihn beim nächsten Mal nicht verfehlen.«

»Wann genau wurden diese Schüsse abgegeben?«, fragte Roni.

»Um zehn Uhr vierzig, als meine Frau und ich gerade dabei waren, einen Grabstein auszusuchen. Wir haben also ein Alibi und Zeugen, Herr Detektiv. Sind Sie eigentlich ein zugelassener Rechtsanwalt?«

»Ja«, sagte Roni.

»Aber Sie arbeiten vor allem bei Ermittlungen?«

»Ja.«

»Warum?«, wollte Bamberg wissen.

»Das ist die Methode von Chana Regev, der Rechtsanwältin, bei der ich angestellt bin. Sie setzt ihre Assistenten ein Jahr bei Ermittlungsarbeiten ein, erst dann betraut sie sie mit Anwaltsaufgaben. Sie befasst sich mit Strafverteidigung.«

»Sie sind demnach noch immer Assistent?«

»Nein, das habe ich schon hinter mir. Ich bin in der Ermittlung geblieben, weil Chana Regev das so wollte, und mir macht es nichts aus.«

»Ich kann Ihre Dienste also sowohl als Rechtsanwalt als auch als Ermittler in Anspruch nehmen?«

»Wozu?«

»Um herauszufinden, wer die Anweisungen gegeben hat.« Ein schiefes Lächeln erschien auf Moschik Bambergs Gesicht. Seine Gesichtshaut war körnig und grau geworden, und an den Stellen, an denen die Knochen hervortraten, Nase, Kinn, Stirn, waren gelbliche Flecken zu sehen. Er sah gar nicht gut aus, dachte Lisi beunruhigt.

»Sie möchten also, dass wir die Arbeit der Polizei erledigen«, sagte Roni.

»Ich glaube nicht daran, dass die Polizei etwas herausfindet.«

Roni schaute Bamberg scharf an. »Sie glauben nicht, dass die Polizei das herausfindet, was Sie gerne hätten, dass sie herausfindet.«

»Was ich herausfinden möchte, ist die Wahrheit«, sagte Bamberg.

»Gerechtigkeit oder Rache?«

»Sie wollten mich treffen, nicht Effy. Und auch nicht Dina. Sie war das Opfer.«

»Wer ist ›sie‹? Was wollten ›sie‹ von Ihnen? Was haben Sie ihnen getan, dass sie Ihre Tochter getötet haben? Wie soll ich Ermittlungen anstellen, wenn Sie mir nicht sagen, was Sie wissen oder zu wissen glauben? Auf jeden Fall müssen Sie mit Chana Regev sprechen, sie ist meine Auftraggeberin.«

»Was für eine Frau ist sie?«, fragte Moschik Bamberg.

Roni lachte. »Ein Ungeheuer.« Es war das erste Mal seit drei Stunden, dass jemand im Zimmer lachte, und das Lachen hörte sich fehl am Platz an. »Sie beschäftigt sich mit Räubern, Dieben und Mördern. Mit allen Sachen, die den anderen zu schmuddelig sind. In ihren Augen ist nichts und niemand heilig. Sie hat ein böses Mundwerk, flucht, schreit, ist ausfallend, aber sie hat Erfolg. Sie ist eine großartige Rechtsanwältin. Sehr fleißig, verlangt viel und geht über Leichen. Natürlich passiert es ab und zu auch, dass sie einen Prozess verliert, aber meistens gewinnt sie.«

»Ich werde mit ihr sprechen. Können Sie sie jetzt anrufen?«

»Ja. Aber was soll ich ihr sagen?«

»Sagen Sie ihr, es gebe einen Mandanten, der Ihre Dienste sowohl als Ermittler wie auch als Rechtsanwalt in Anspruch nehmen möchte. Machen Sie mit ihr einen Termin aus, um die Formalitäten zu erledigen. Am besten noch heute.«

Während Roni telefonierte, verstaute Moschik Bamberg das Aufnahmegerät wieder in seiner Tasche, ebenso das Heft und den Stift.

»Möchten Sie Kaffee oder Tee?«, fragte Lisi.

»Kaffee, danke.«

Lisi ging in die Küche und kochte Kaffee. Zweifellos wäre auch Roni froh über eine Tasse Kaffee. Für sich selbst kochte sie eine große Tasse heißen Kakao. Die erste Dose Kakao, die Roni angeschafft hatte, war ein Zeichen für seinen Wunsch gewesen, dass sie blieb. Jedes Mal, wenn sie den Schrank öffnete und die Kakaodose sah, musste sie lächeln.

Chana Regev verabredete sich mit Bamberg für halb fünf, sie hatten also noch eine gute Stunde Zeit. Lisi überlegte, was sie tun könnten, ob sie ihm vorschlagen sollten, bis dahin mit ihnen zusammenzubleiben? Sollten sie mit ihm irgendwo etwas essen gehen?

»Würden Sie mit mir ins Ausland fahren können, falls nötig?«, fragte Bamberg Roni.

»Wohin denn?«

»In die Schweiz. Ich arbeite dort zwei Monate jeden Sommer in einem Hotel in der Nähe von Sankt Moritz. Ich spiele August und September in der Bar. Ein zusätzliches Einkommen.« Wieder erschien dieses schiefe Lächeln auf seinem Gesicht, als er Lisi anschaute und fragte: »Überrascht Sie das?«

»Sehr. Was spielen Sie? Tanzmusik? Klassik?«

»Leichte Musik. Ein bisschen Jazz, ein bisschen Pop, ein bisschen Blues, Lieder, die populär waren, als die Gäste des Hotels jung waren. Ich bin Pianist.«

»Mit einer Kapelle?«, fragte Lisi. »Ist es ein großes Hotel?«

»Es ist ein großes, elegantes Hotel, das sich einen Pianisten für die kleine Bar neben dem Speisesaal hält. Die Leute kommen vor dem Essen in die Bar, um einen Schluck zu trinken, oder sie kommen nach dem Essen, und ich sitze dort und spiele. Ich arbeite von fünf bis elf, jeden Abend. Und in den zwei Monaten verdiene ich mehr, als ich an der Universität das ganze Jahr verdiene.«

Das erklärt das große Haus, dachte Lisi. Sie erinnerte sich, dass sie gefragt hatte, wer spielt, und er hatte geantwortet, wir alle. Und dann hatte er betont, dass seine Frau ihr Geld dadurch verdiente, dass sie in Kindergärten spielte.

»Ich kann nicht für zwei Monate wegfahren«, sagte Roni.

»Nein, ich habe auch nur gemeint, dass Sie für ein paar Tage kommen.«

»Werden Sie spielen können?«

»Das ist Arbeit«, sagte Bamberg. »Ich spiele schon seit sechs Jahren dort.«

»Kann Lisi mitkommen?«, fragte Roni.

»Wozu?«, fragte Lisi.

»Sie ist von der Arbeit suspendiert worden«, sagte Roni zu Bamberg. »Sie hat jetzt also frei.«

»Und wieso sollte ich in die Schweiz fahren?«, fragte Lisi zornig.

»Wieso nicht?«

»Bei dir handelt es sich um Arbeit«, sagte sie.

»Du warst noch nie im Ausland. Jetzt hättest du Zeit. Du solltest die Gelegenheit nützen.«

»Aber du fährst zum Arbeiten hin«, sagte sie lauter, als sie eigentlich wollte.

»Was hat das Schabbatjahr mit dem Berg Sinai zu tun?«, sagte Roni, nun auch zornig.

»Und was soll ich machen, wenn du arbeitest?«, fuhr sie ihn an. »Soll ich dir etwa einen Pullover stricken?«

»Ach, Lisi! Gönn dir doch einmal im Leben was Schönes!« Auch Ronis Stimme war lauter geworden.

»Ich habe keinen Urlaub, ich bin suspendiert«, sagte Lisi. »Und ich habe keinen Pass.«

»Dann lass dir einen ausstellen, so schlimm ist das nicht.«

Es war nicht das erste Mal, dass sie sich stritten, aber es war ihnen noch nie in Anwesenheit eines Dritten passiert. Lisi fühlte sich beschämt. Sie war erschrocken, was sie aber gegenüber den beiden Herren nicht zugeben wollte, da sie ihren Spott fürchtete. Sie hatte noch nie einen Pass besessen, sie war noch nie im Ausland gewesen, noch nie geflogen, und diese Schweiz war ihr jetzt ohne jede Vorbereitung vor die Nase geknallt worden. Das liegt nur daran, dass ich nicht arbeite, dachte sie. Man behandelt mich wie einen Gegenstand, den man einfach hin und her schieben kann, ohne sich um sein Einverständnis zu kümmern. Man kann mich in Anwesenheit eines fremden Menschen anschreien, für mich entscheiden, mich beschämen.

Und auf die Idee, dass ich vielleicht kein Geld für so eine Reise habe, kommt Roni überhaupt nicht.

Moschik Bamberg fing plötzlich an zu weinen. Er schlug die Hände vors Gesicht und hartes Schluchzen drang aus seiner Kehle. Manchmal hörte es sich an wie ein Jammern, das unter einem Kissen erstickt wird. Sein gekrümmter Körper schaukelte vor und zurück, die Hände verbargen das Gesicht und darunter drangen hässliche, erschreckende Töne heraus.

»Es tut mir so Leid … es tut mir so Leid …« Er versuchte, sich zu beruhigen, und wischte sich mit einem zerknitterten Taschentuch, das er hervorzog, übers Gesicht. »Das erinnert mich an die Zankereien mit Dina … sie hat immer mit allen gestritten … Dina …«

»Nein, nein«, sagte Lisi, »uns tut es Leid, uns. Sie haben keinen Grund, sich zu entschuldigen. Ich hole Ihnen ein Glas Wasser.« Sie rannte in die Küche, kam mit einem Glas Wasser zurück und hielt es Moschik Bamberg hin.

»Die Gegend dort ist sehr schön«, sagte Bamberg zu Lisi, nachdem er sich wieder gefasst hatte. »Es würde sich für Sie lohnen hinzufahren.«

»Ich werde darüber nachdenken.«

»Ich bezahle Ihnen den Flug und das Hotel«, sagte Bamberg.

»Sie haben nicht mich angestellt, Professor Bamberg«, sagte Lisi, »sondern Roni Melzer.«

»Denken Sie darüber nach, ich bitte Sie.«

»Ja«, versprach Lisi.

»Es kommen jedes Jahr Gäste in diese Stadt dort, auch Israelis.«

»Und Sie wollen nicht, dass man uns mit Ihnen zusammen sieht?«, fragte Roni.

»Ich will nicht, dass man erfährt, dass ich Sie angestellt habe.«

»Ich werde mir ein Motorrad mieten. Komm, Lisi, sag Ja.«

»Professor Bamberg hat dich nicht dafür angestellt, dass du mit deiner Freundin auf einem Motorrad herumfährst.«

»Das macht mir doch nichts, wirklich«, sagte Bamberg.

Vielen Dank, Herr Professor, dachte Lisi, und auch vielen Dank, Roni Melzer. Sie hatte keine Lust, die Sache weiter zu diskutieren. Sie trank ihren Kakao, der inzwischen nur noch lauwarm war.

»Wollen Sie, dass ich die Israelis sehe, die in diesen Ort fahren?«, erkundigte sich Roni. Er hatte schon mit der Arbeit begonnen.

»Ja«, sagte Bamberg.

»Ich kann sie auch hier sehen.«

»Ja.«

»Was für Leute sind es?«

»Darüber sprechen wir in der Schweiz.«

»Hat es etwas mit dem Mord an Dina zu tun?«

»Ja.«

»Wissen Sie das oder vermuten Sie es nur?«

»Die Mörder haben Effy benutzt, um an Dina heranzukommen. Und über Dina an mich. Ihr Tod war ein ›Arbeitsunfall‹, glaube ich.«

»Und ›sie‹ werden in der Schweiz sein, wenn Sie dort im Hotel spielen?«

»Ich nehme es an.«

»Ich bin kein Bodyguard, Professor Bamberg. Wenn ich Sie richtig verstanden habe, brauchen Sie einen Bewacher.«

»Nein. Ich brauche einen jungen Rechtsanwalt, der sich in Ermittlungen auskennt und mit seiner Freundin eine Motorradtour in der Schweiz macht.«

»Dann werden Sie mir alles erzählen müssen, es muss auf den Tisch, da hilft nichts. Ich bin nicht bereit, meinen Hintern zu riskieren, ohne zu wissen, was ich vor mir habe.«

»Natürlich. Würden Sie um halb sechs in Chana Regevs Büro sein?«

»Ja, Sie sind derjenige, der bezahlt, Sie schaffen an. Ich werde da sein.«

»Dann werde ich jetzt gehen, auf Wiedersehen bis nachher.« Bamberg nahm seine Tasche und stand auf. An der Tür drehte er sich noch einmal um und sagte zu Lisi: »Vielen Dank, Lisi.«

Lisi machte die Augen zu. Wofür dankte er ihr?

»Ich glaube, er hat schon von mir gewusst, noch bevor er

dich auf dem Friedhof traf«, sagte Roni zu Lisi, nachdem Bamberg verschwunden war.

»Das glaube ich auch«, sagte Lisi.

16

»Grundstücke und Verkehr, das war das Spiel der Familie Lion«, sagte Ginzburg, der älteste Reporter der *Zeit*. »Wenn es irgendwo Land zu kaufen gab, haben sie es gekauft. Und sie haben immer mit der Regierung oder mit der Armee zusammengearbeitet. Der Großvater hat im Ersten Weltkrieg in Be'er Scheva den alten Flughafen Sade Tejman für die Türken gebaut, später dann für die Engländer die Straßen nach Hebron und nach Gaza. Jahrelang hat er mit Kamelen, Eseln und Mauleseln gearbeitet, weil es damals nichts anderes gab. Ich glaube, dass er erst Ende des Ersten Weltkriegs mit Lastwagen angefangen hat. Er hat alle übrig gebliebenen Autos von der britischen Armee aufgekauft. Ganz Be'er Scheva bestand damals aus zehn Straßen, mit Schlamm im Winter und Sandstürmen im Sommer, und erst als die Briten beschlossen, die Stadt als militärischen Knotenpunkt auszubauen, fing man an, auch die Straßen innerhalb der Stadt zu asphaltieren. Und auch dabei war der fleißigste Bauunternehmer Lion, der Großvater. Es war ihm egal, woher das Geld kam, von den Türken, den Deutschen, den Briten, den Arabern – Hauptsache, es kam. Aber vielleicht tue ich ihm auch Unrecht. Als ich ihn kennen lernte, hat er nicht weit von der Seraja gewohnt, in einem für damalige Begriffe großen Haus. Gegenüber lag ein kleiner Park mit einem Denkmal für den englischen Marschall Allenby, das der Bildhauer Melnikow entworfen hatte. Steht es noch dort?«

»Was?«, fragte Lisi.

»Das Denkmal von Melnikow.«

»Weiß ich nicht. Es gibt aber eine Allenbystraße in der Altstadt.«

»Kennen Sie das Löwendenkmal in Tel Chai?«

»Nur von Fotos.«

»Es ist vom selben Bildhauer. Melnikow.«

»Aha. Haben Sie ihn damals getroffen?«, fragte Lisi.

»Wen? Melnikow?«

»Nein, den Großvater Lion.«

Ginzburg nickte. »Ja, einmal. Ich war ein junger Reporter und wurde geschickt, um über eine Feier zu berichten, die von einem britischen Offizier veranstaltet wurde. Er war Lord, glaube ich. Ein Verwandter des britischen Regierungspräsidenten. Er war in dieser gottverlassenen Stadt gestrandet, wo der dramatischste Vorfall eine Fliegenplage war. Es handelte sich um eine Gedenkzeremonie für die Gefallenen des Ersten Weltkriegs. Danach fand ein Empfang bei ihm zu Hause statt, mit sämtlichen Ehrengästen. Arabische Scheichs und Kadis waren da, Beamte der britischen Regierung, angesehene Juden und ich, der kleine Reporter. Ich habe damals auch für *Reuters* geschrieben, deshalb war ich überhaupt eingeladen worden. Drei Tage lang dauerte die Fahrt von Jafyo nach Be'er Scheva damals. Ich habe auch einen Bericht an die *Post von heute* geschickt über die sechs jüdischen Familien, die sich damals in Be'er Scheva angesiedelt hatten. Da war eine großartige und gerechte Dame, die Betreiberin der Mühle, eine Bascha … Baschi …« Ginzburg versuchte, sich an ihren Namen zu erinnern und sein breites Gesicht rötete sich vor Zorn, als es ihm nicht sofort einfiel.

»Und was ist mit Großvater Lion passiert?«, fragte Lisi, die das Ziel ihres Gesprächs mit Ginzburg nicht aus den Augen verlieren wollte.

»Josef. Josef Abu Kitri, wie er manchmal genannt wurde. Sein Erstgeborener hieß Katriel. Niemand hat es geschafft, den Namen auszusprechen, deshalb nannten ihn die Araber und später die Briten Josef Abu Kitri.«

»Aber sein eigentlicher Name war Josef Lion?«

»Ja.«

Lisi saß in Ginzburgs Büro, einem kleinen Zimmer am Ende des Flurs, neben den Toiletten. Die Möblierung bestand aus einem alten Holztisch und Stühlen, die aussahen, als habe man sie eigentlich ausrangieren wollen, bis jemand auf die Idee kam, sie wären doch die geeignete Büroausstattung des ältesten Reporters der *Zeit*. Hin und wieder hörte man, wie in der Toilette nebenan die Wasserspülung rauschte, gefolgt von einem langen Gurgeln der alten Rohre. Ginzburg war seit mindestens zwanzig Jahren pensioniert, aber er kam weiter jeden Tag in die Redaktion, immer mit seiner rot-weiß gepunkteten Fliege. Und niemand wagte es, ihm zu sagen, dass es Zeit für ihn war, zu Hause zu bleiben. Die Leute in der Redaktion gingen schnell und mit gereizten Gesichtern an ihm vorbei, damit er sie nicht am Ärmel packen und etwas über einen Artikel sagen konnte, den sie gestern geschrieben hatten. Er wusste alles über alles und jeden und wie viele alte Leute versuchte er, seinen Schatz an Wissen, Lebensweisheit und Berufserfahrung mit den jungen Leuten in der Redaktion zu teilen, die so dumm waren, dass sie noch nicht einmal wussten, was sie alles nicht wussten.

Lisi war zu ihm gegangen, nachdem sie sich mit Juval Malul getroffen hatte, dem Wirtschaftsredakteur der Zeitung. Malul wusste, dass Arieli sie suspendiert und Cement nach Be'er Scheva geschickt hatte, und Lisi bewunderte ihn für seinen Mut, dass er mit ihr in der Kantine saß, vor aller Augen, und ihr nicht vorgeschlagen hatte, sie in irgendeinem Café zu treffen, oder sie überhaupt mit einer Ausrede auf später vertröstet hatte. Sie hatte Juval das Material gezeigt, das sie im Archiv über Ehud Lion und seine Firmen gesammelt hatte, und hatte mit seiner Hilfe versucht zu verstehen, warum das »Ein-Mann-Imperium« bereit war, seine Geschäfte zu vernachlässigen, um Oberbürgermeister zu werden.

»Niemand kann es richtig einordnen«, sagte Lisi. »Man redet in Be'er Scheva die ganze Zeit in Parolen wie ›bis zum Millennium‹, bis ›zweitausendundzehn‹, bis ›zweitausendundzwanzig‹, ›Be'er Scheva – die viertgrößte Metropole des Landes‹ und so weiter. Man spricht von nationalen und internationalen Flughäfen, von einer Straße durch den Negev, über Fernverkehr und darüber, dass in zehn Jahren eine Million Menschen da wohnen würden, und ausgerechnet jetzt sollte Ehud Lion, Erbauer des Negev, beschlossen haben, sein Imperium im Stich zu lassen? Wo ist da die Logik?«

»Die Stadtverwaltung von Be'er Scheva hat ein Defizit und Schulden von mehr als fünf Millionen Schekel«, sagte Juval Malul, während er in den Papieren blätterte, die Lisi ihm vorgelegt hatte. »Sie ist die viertärmste Stadt des Landes.«

»Vielleicht hat Ehud Lion beschlossen, die Stadt zu retten?«, meinte Lisi.

»Ehud Lion führt zwei der Projekte aus, die vom Bauausschuss genehmigt worden sind. Die Erneuerung des alten Busbahnhofs und das Projekt vom *Sade Tejman*, das nach dem Osloer Abkommen genehmigt worden ist. Lion hat einen Kooperationsvertrag mit einer belgischen Firma geschlossen, die *Societé Agricole* heißt, um das Projekt *Sade Tejman* bauen zu können. Auf Grund dieser Partnerschaft bekam er Bankkredite. Inzwischen sind die Pläne in der Schublade verschwunden, die *Societé Agricole* hatte die Nase voll von der Bürokratie und zog sich zurück. Lion steht nun allein da mit den Bankschulden. Vielleicht glaubt er, dass er vom Bürgermeistersessel aus einen gewissen Einfluss auf die staatlichen Stellen ausüben kann, die seine Firma in diese Lage gebracht haben.«

»So etwas nennt man Interessenskonflikt, nicht wahr?«, sagte Lisi.

»Klar. Aber er hat gesagt, wenn er zum Oberbürgermeister gewählt wird, würde er sich aus allen privaten Geschäften zurückziehen. Die Geschäfte würden dann von seiner Familie weitergeführt.«

»Die rechte Hand gibt der linken.«

»Versteh mich nicht falsch«, sagte Juval. »Weder Lion noch seine Familie oder seine Firma sind zu einem Sozialfall geworden. Ihre Geschäfte sind vielfältig und verzweigt und Lion ist als gerissener Kopf bekannt. Vielleicht glaubt man, dass er etwas schaffen könnte, was die anderen nicht geschafft haben.«

»Wer verlässt sich auf ihn?«, fragte Lisi.

»Die Behörden, die ihm die Projekte zur Ausführung übergeben haben.«

»Wenn er so gescheit und erfolgreich ist, wie kommt es dann, dass seine Familie und seine Firma bereit sind, auf ihn zu verzichten? Vielleicht haben sie ihn in die Wüste geschickt, vier Jahre Zwangsarbeit.«

»Oder sie haben ihn auf Fischfang geschickt«, sagte Juval. »Ich muss darüber nachdenken. Kannst du mir das Material dalassen?«

»Arieli wird nicht zulassen, dass du etwas Negatives über Lion veröffentlichst«, sagte Lisi. »Lion hat seine Anzeigenwerbung bei der *Zeit* eingestellt, nachdem ich einen Artikel über diese Affäre während seiner Zeit bei der Grenztruppe gebracht habe. Was glaubst du denn, weshalb Arieli mich suspendiert hat?«

»Wenn ich etwas in der Hand habe, an dem man nicht rütteln kann, lässt er mich.«

»Ja, und dann serviert er Lion deinen Kopf auf einem Tablett.«

»Wen gibt es denn dort noch, in dieser Firma?«, fragte Juval.

»Seine beiden Brüder«, antwortete Lisi. »Aber von denen hört man fast nichts.«

»Sie sind solider. Vielleicht sollte man sich auch für sie interessieren.«

»*Lion Erbauer des Negev* ist eine Firma, die es schon sehr lange gibt«, sagt Lisi nachdenklich. »Sag mal, lebt eigentlich dieser Uraltreporter mit der Fliege noch?«

»Ginzburg?«, fragte Juval Malul erstaunt. »Was heißt da, ob er noch lebt? Er wird uns alle begraben.« Er lachte plötzlich. »›In den Libanon einrücken‹ nennen wir es, wenn jemand zu ihm geht. Man geht hinein, aber wann man wieder rauskommt, weiß keiner.«

Lisi gab Juval Malul alles Material, das sie gesammelt hatte, und er versprach, es zu kopieren und ihr zurückzugeben. Er erklärte ihr, wo Ginzburgs Büro war, und sie bedankte sich bei ihm, dass er seine kostbare Zeit an sie verschwendet hatte.

Ginzburg empfing sie strahlend. »Frau Badichi! Unsere Korrespondentin im Negev. Glauben Sie, dass Lion gewählt wird? Ach, ach, ich habe noch Tovjahu gekannt, den Propheten Elijahu habe ich gekannt, ich habe Ben Gurion in seiner Baracke in Sede Boker besucht und ... Gibt es eigentlich noch das Kasit in Be'er Scheva?«

»Nein«, antwortete Lisi. »Das Gebäude ist vor ungefähr zwei Jahren abgebrannt.«

»Man hat Sie also suspendiert, nicht wahr? Nehmen Sie es sich nicht zu Herzen, meine Liebe, alles, was einen nicht umbringt, macht einen stark. Ich glaube, Gedalja möchte Doron Cement ein bisschen schikanieren. Im letzten Monat hat er ihn in den Norden geschickt, um den Militärberichterstatter zu ersetzen. Im nächsten Monat wird er ihn nach Eilat schicken, haha.«

»Warum schikaniert er ihn?«, fragt Lisi.

»Er schreibt Rhapsodien über innere Seelenkämpfe, statt sich auf die Tatsachen zu konzentrieren, und er läuft in der Redaktion herum wie ein Dostojewski. Der neue Journalismus hat bei Arieli seinen Reiz verloren, denke ich. Arieli versteht die meisten Dinge nicht mehr, die in seiner Zeitung stehen, ich übrigens auch nicht – Bytes und Chips, Internet und Carpaccio – also will er wenigstens bei den politischen und sozialen Themen Tatsachen und Vernunft. Er hat Recht. Was kann ich für Sie tun, meine Dame? Setzen Sie sich doch, bitte. Soll ich Ihnen eine Tasse Kaffee bringen?«

»Im Moment nicht, vielen Dank.« Lisi setzte sich. »Ich habe einen Artikel über Ehud Lion gebracht, der für das Amt des

Oberbürgermeisters in Be'er Scheva kandidiert, und Arieli ist wütend auf mich, nehme ich an, weil Lion einen Anzeigenboykott für die *Zeit* verkündet hat, und ich wollte Sie fragen, ob Sie diese Familie vielleicht kennen.« Lisi holte tief Luft und dachte, wenn ich nicht aufpasse, werde ich demnächst wie Schibolet sprechen, auch ohne Schwimmen.

»Sie haben geschrieben, dass man ihn aus der Grenztruppe geworfen hat, das war 1972, nicht wahr?«

»Ja«, sagte Lisi.

»Dado war damals Generalstabschef und Arik Scharon Befehlshaber für den Süden. Die Zensur hatte uns verboten, über diesen Vorfall zu berichten. Es war kurz vor dem Jom-Kippur-Krieg. Da hieß es noch, es gibt keine Truppenbewegungen in Ägypten, man braucht keine Angst zu haben, niemand wird einberufen, man kann einfach weiter Kuchen in Goldas Küche essen.«

»Einen Moment mal! Sie haben gewusst, dass Lion in diesen Drogendiebstahl verwickelt war?«, fragte Lisi und nahm sich vor, beim nächsten Mal, statt zwei Tage im Archiv herumzusuchen und sich von Arieli rausschmeißen zu lassen, gleich zu Ginzburg zu kommen. Sie fragte sich, warum er nicht zu ihren Gunsten bei Arieli interveniert hatte. Aber vielleicht hatte er es ja versucht und niemand hatte ihm zugehört.

Ginzburg schaute sie an, gab aber keine Antwort.

»In *Ha'olam Hase* stand damals doch ein Bericht über den Drogenfund, und es wurde auch darauf hingewiesen, dass die Armee etwas damit zu tun hatte«, sagte Lisi.

»*Ha'olam Hase* war nicht im Presserat vertreten. Sie haben sich alle möglichen Dinge erlaubt, die sich eine angesehene Zeitung nicht erlauben konnte. Wenn etwas Wichtiges passiert war, haben Golda oder Eschkol den Presserat einberufen, den Redakteuren den Vorfall mitgeteilt und sie aufgefordert, nichts darüber zu schreiben, bis die Nachricht offiziell freigegeben würde. Wir waren über alle Geheimnisse des Staates und der Armee informiert und wir haben das Vertrauen, das in uns gesetzt wurde, nicht enttäuscht. Heute hat der Wettbewerb unter den Medien alle zu Haifischen gemacht.«

»Zumindest hat uns aber auch keiner in die Tasche gesteckt«, sagte Lisi.

»Uns haben die Medienbarone in die Tasche gesteckt, junge Dame. Ist das etwa besser? Oder ehrenvoller? Jeder Leutnant gibt über sein Handy Nachrichten an einen Militärberichterstatter weiter und jede Sekretärin in einem staatlichen Büro hat ihren Schreiber, dem sie alles weitergibt. Es gibt kein Gesetz und keinen Richter. Alles ist erlaubt und alles ist legitim, wenn es nur der Konkurrenz schadet. Die Journalisten waren damals Teil des Staates. Wir fühlten uns wie eine Schicksalsgemeinschaft und verantwortlich für das, was passierte. Ich will Ihnen etwas sagen, junge Frau: Wir bekamen die Informationen zur rechten Zeit und am Schluss haben wir sie auch veröffentlicht.«

»Am Schluss«, sagte Lisi und bemühte sich, ihre Gereiztheit nicht zu zeigen. »Über Lion habe ich kein Wort gefunden, in keiner Zeitung.«

»Das Militär hat uns gebeten, nichts darüber zu veröffentlichen, um diese Einheit bei der Grenztruppe nicht zu gefährden.«

»Alle Achtung! Und dieser Mann wird jetzt vielleicht Oberbürgermeister von Be'er Scheva.«

»Junge Leute machen Dummheiten«, sagte Ginzburg. »Ich glaube, er hat seine Strafe schon bekommen. Ich kannte seinen Großvater, Josef Lion, und ich verspreche Ihnen, dass man in dieser Familie nach so einem Vorfall nicht einfach zur Tagesordnung übergegangen ist. Ich sage nicht, dass sie immer gerecht waren, das nicht, aber auf Bananenschalen sind sie nicht ausgerutscht. Haha.« Wenn er lachte, sah man in seinem breiten Kiefer Löcher, wo ihm Zähne fehlten.

»Er war auch Bauunternehmer, nicht wahr, dieser Großvater Josef Lion.«

»Er handelte mit Grundstücken. So nannte man das. Ende letzten Jahrhunderts hatte die Familie in Gaza gelebt, dort gab es eine kleine jüdische Gemeinde mit einer Synagoge. Glauben Sie ja nicht, dass Be'er Scheva größer war. Gaza war ein Dorf am Meer und Be'er Scheva ein Dorf in der Wüste. Ich erinnere mich, als ich das letzte Mal nach Be'er Scheva kam, zur Mandatszeit...«

»Wann ist die Familie denn nach Be'er Scheva gezogen?« Lisi beschloss, das Gespräch zu steuern. Wenn sie Ginzburg erlaubte, sich in nostalgischen Erinnerungen zu verlieren, würde sie vor übermorgen den Libanon nicht mehr verlassen.

»Einen Moment! Moment! Nicht so schnell, junge Frau! Wir sind noch immer in Gaza. Dort sind Katriel und Schmuel und Chaim Lion geboren worden, der stolze Vater und seine junge Frau beschäftigten in ihrem Haus eine Köchin und einen Pferdeknecht, einen Lehrer und ein Kindermädchen. Oh! Haha.« Wieder zeigte er seine Zahnlücken beim Lachen. »Das Kindermädchen war eine Beduinin, die ihm von den Ibn Atar gebracht worden war. Vierzehn oder fünfzehn war sie, die vierte Frau des Scheichs, die es schaffte, zweimal eine Fehlgeburt zu haben, bevor der alte Scheich in die Ewigkeit einging und ein Heer von Söhnen und Enkeln hinterließ. Die Ibn Atar beschlossen, die Stiefmutter zu ihrer Familie zurückzuschicken, den Abu Arar. Die junge Witwe hatte keine Aussicht, einen Mann zu finden, weil sie ›befleckt‹ war. Alle wussten, dass sie Fehlgeburten gehabt hatte und ihrem Mann keine Kinder auf die Welt bringen würde. Und alle wussten, dass ihre Mitgift bei der Familie ihres verstorbenen Mannes geblieben war. Lion stand in irgendeiner Verbindung zu ihnen und sie nahmen die junge Frau auf, als Kindermädchen für ihre Söhne. Da sie die Kinder auch beaufsichtigte, wenn sie von ihrem Lehrer unterrichtet wurden, und jung genug war, lernte sie mit ihnen zusammen. Sie konnte lesen, schreiben und rechnen, und sogar die Gebete sprechen.

Am Ende des Ersten Weltkriegs zog der Großvater von Gaza nach Be'er Scheva und fing an, mit der britischen Armee zusammenzuarbeiten. Sie bauten Militärstützpunkte und Straßen und er lieferte ihnen Essen, Transportmittel und Arbeitskräfte. Er wurde sehr reich und nahm seine drei Söhne in den Familienbetrieb auf. Ihr Haus war eine große Villa, in der britische und arabische Honoratioren und die Creme der jüdischen Bevölkerung als Gäste geladen waren. Das Kindermädchen, sie hieß Ranja, wurde zur Haushälterin. Sie wohnte in einem eigenen Flügel, der zum Garten hin angebaut war und über einen eigenen Pferdestall und eine Garage verfügte. Inzwischen hatten die Jungen geheiratet und das Haus verlassen und schließlich starb ihre Mutter, und der alte Lion blieb mit Ranja, der Beduinin, allein zurück, dazu ein Bedienstetenpaar, eine Köchin und ein Pferdeknecht, ich glaube, sie waren Deutsche oder sprachen Deutsch. Die Söhne der Familie liebten und achteten Ranja, ihr Kindermädchen, und ihre eigenen Kinder betrachteten Ranja als Großmutter.

Im Unabhängigkeitskrieg sind die Beduinen, so viel ich weiß, aus der Gegend von Be'er Scheva nach Gaza und Chan Junis und Dir el-Balach geflohen. Josef Lion, der ein gerissener Kaufmann war, spürte, dass Be'er Scheva auf dem Weg war, Kreisstadt zu werden. Die Effendis, die Großgrundbesitzer, die in Gaza oder Jericho saßen und von der Verpachtung des Landes an die Beduinen lebten, standen nun ohne Geldquellen da und hatten große Angst vor der Zukunft. Als Lion ihnen ein Angebot für die Ländereien machte, verkauften sie. Als die Beduinen zurückkehrten, stellten sie fest, dass die Ländereien einen neuen Besitzer hatten. Dieser neue Besitzer zeigte sich ihnen gegenüber sehr großzügig. Er überließ ihnen die Weideflächen umsonst, ließ sie nur ein Abkommen unterschreiben, wenn irgendwann einmal, in der Zukunft, dort gebaut würde, würden die Beduinen mit einem bestimmten Prozentsatz vom Wert des Grundes entschädigt werden. Schön, nicht wahr?«

»Ja.«

»Als Lion, der Alte, gestorben war, stellte sich heraus, dass er in seinem Testament Ranja, dem beduinischen Kindermädchen, zweihundert Dunam Boden hinterlassen hatte. Sie, die als vierzehnjähriges Mädchen von den Ibn Atar und den Abu Arar davongejagt worden war wie ein Hund, war zur Besitzerin ihrer Ländereien geworden. Die kleine Beduinin, die inzwischen zu einer klugen Alten geworden war, blieb bis zu ihrem Tod in dem großen Haus wohnen, zusammen mit der Köchin und dem Pferdeknecht, der zu Josef Lions Chauffeur geworden war. Als sie starb, stellte sich heraus, dass sie die Ländereien von Abu Arar ihrem Stamm vererbt hatte; und die Ländereien der Ibn Atar – des Stammes, in den sie hineingeheiratet hatte und der sie nach dem Tod ihres Mannes in Schande zu ihrer Familie zurückgeschickt hatte – hinterließ sie ihren beiden Töchtern, die sie von Lion bekommen hatte und von denen bis zu ihrem Tod niemand etwas wusste.«

»Oh!«

Ginzburg lachte, als er Lisis erstauntes Gesicht sah.

»Wo sind sie aufgewachsen, diese Mädchen?«, fragte Lisi.

»Dort im Haus. Alle haben gedacht, es wären die Töchter der Köchin und des Pferdeknechts.«

»Und woher wissen Sie, dass sie es nicht wirklich sind?«

»Ich weiß es.«

»Was ist aus diesen Mädchen geworden?«

»Ich weiß es nicht. Sie waren schon erwachsen, als ihre Mutter starb. Vermutlich hat sie sie noch zu ihren Lebzeiten verheiratet.«

»Mit Juden oder mit Beduinen?«

»Das weiß ich nicht.«

»Lions Söhne hatten also beduinische Schwestern.«

»Das ist richtig.«

»Die Verwandten von Ehud Lion sind Beduinen! Irre! Glauben Sie, dass er diese Geschichte kennt?«

»Keine Ahnung. Solche Sachen hält man normalerweise geheim. Es kann sein, dass man es ihm und seinen Brüdern nicht erzählt hat. In vielen Familien gibt es Geheimnisse im Kleiderschrank.«

Ginzburg lächelte und seine breiten Wangen gingen auseinander wie zwei frisch gebackene Hefebrötchen.

»Die Abu Arar haben alle möglichen Geschäfte in Be'er Scheva«, sagte Lisi. »Eine Transportfirma, eine Versicherungsagentur. Ein Teil der Söhne des Stammes hat Militärdienst gemacht. Es ist doch möglich, dass unter ihnen Ranjas Enkel sind, nicht wahr?«

»Ja, kann sein.«

»Wie kann ich das herausfinden?«

»Wie immer.«

»Was?«

»Gehen Sie dem Geld nach«, sagte Ginzburg mit plötzlichem Ernst. »Ehud Lion ist nicht schuld daran, dass sein Großvater flatterhaft war. Was Sie tun sollen? Ihm erzählen, dass er ein halber Beduine ist?«

»Nein, nein, ganz bestimmt nicht. Er ist ja auch kein halber Beduine, er ist der Sohn des Sohnes von Josef Lion. Wenn er tatsächlich ein Enkel Ranjas wäre, würde er nicht mit Nachnamen Lion heißen.«

»Nun? Ist das keine Geschichte? Haha.«

»Ich bin mir nicht so sicher.« Sie rollte eine kurze Strähne über einen Finger. Ihr Blick war auf einen Bakalitaschenbecher voller verrosteter Büroklammern gerichtet. »Ich werde tun, was Sie mir gesagt haben. Ich werde dem Geld nachgehen. Bestimmt weiß irgendjemand, was mit diesen Töchtern passiert ist. Und mit ihrem Grundbesitz. Es gibt ein Grundbuch, ein Liegenschaftsamt, eine Stadtverwaltung.«

»Und was soll Ihnen das bringen?«, fragte Ginzburg.

Lisi zuckte mit den Schultern. Die Kette von Fragen hatte Ehud Lion selbst angefangen, als er aus dem Sumpf seiner Vergangenheit die Grenztruppe herausfischte. Moschik Bamberg hatte der Kette ein Glied hinzugefügt, Dina Bamberg war zum Opfer geworden, als Lisi die Bühne betreten hatte. Und in diesem Moment saß Bamberg bei Chana Regev, der Stinksocke, und mietete sich die Dienste des Ermittlers Roni Melzer, um herauszufinden, wer seine Tochter umgebracht hatte. Wo war da das Geld?

Lisi stand auf und drückte Ginzburg die Hand. Er begleitete sie zur Tür, drei Schritte von seinem krummen Tisch entfernt, an dem sie gesessen hatte. Sie fragte sich, ob er ein Zuhause hatte. Eine Frau, Kinder, Enkel. Eigentlich hat er ja ein Zuhause, dachte sie, diese Zeitung. »Nehmen Sie sich die Suspendierung nicht zu Herzen, Frau Badichi«, sagte er. »Auf lange Sicht gesehen ist das nicht mehr als ein Komma.«

17

»Was ist mit Ranja passiert? Und mit Ranjas Töchtern? Leben noch Nachkommen von ihr?«, fragte Lisi.

»Ich verstehe nicht, was das mit dem Mord an Dina Bamberg zu tun hat«, sagte Muhamad Snan.

»Ich glaube, Professor Bamberg sollte erpresst werden. Der Erpresser wollte ihm Angst einjagen, indem er Dina schnappte, und der Mord war nicht vorgesehen. Jemand übt Druck auf ihn aus.«

»Weshalb sollte man ihn erpressen wollen?«

»Ich weiß es nicht«, sagte Lisi. »Ich probiere es nur in allen Richtungen. Vielleicht versucht Ehud Lion, ihn zum Schweigen zu bringen, damit er nichts über die Drogengeschichte von damals erzählt, als sie beide bei der Grenztruppe waren.«

»Das ist dreißig Jahre her!«

»Waren Sie damals bei der Grenztruppe?«

»Ja. Aber bis vor ein paar Tagen habe ich nichts von der Geschichte gewusst.«

Lisi saß in Tel Scheva, im Wohnzimmer des Hauses von Muhamad Abd A-Raouf Snan Abu Arar. Er war der Vater von Snan, dem Freund von Onkel Ja'akov und Tante Klara. Muhamad Snan war Offizier bei der Grenztruppe gewesen, bis er vor fünf Jahren in den Ruhestand ging. Er besaß neun Söhne und Töchter, drei von ihnen lebten samt Anhang in seinem Haus. Lisi war in Begleitung seines Sohnes Snan und ihres Onkels Ja'akov zu ihm gekommen, nach zwei Tagen voller Beteuerungen, er sei bereit, sie zu empfangen und ihr von Ranja zu erzählen, der Tochter seines Stammes, die Josef Lion zwei Töchter geboren hatte.

Sie wusste, dass Beduinen sich nicht gern mit Frauen unterhielten, vor allem nicht mit jungen Frauen, und unter normalen Bedingungen wäre sie mit einem ihrer Schwäger von der Polizei hergekommen oder sogar mit beiden, um ihrem Besuch Bedeutung zu verleihen. Da sie jedoch in letzter Zeit zu einer Art Zecke geworden war, die die physische und psychische Gesundheit ihrer Schwäger gefährdete, bat sie Onkel Ja'akov, sie zu dem Treffen im Hause Muhamad Snans in Tel Scheva zu begleiten. Sie hatte nur gesagt, sie sei »mit irgendwelchen Nachforschungen« beschäftigt und brauchte einen Mann als Begleitung, aber sie hatte nicht gewollt, dass Tante Klara ebenfalls mitkam, damit der Besuch nicht zu einem Karneval ausartete. Onkel Ja'akov war sich der Wichtigkeit wohl bewusst und trug seinen braunen dreiteiligen Anzug und brachte eine Bonbonniere mit. Er warnte Lisi auch, dass sie sich ja nicht mit den Männern auf das Sofa setzten sollte, und sie solle den Tee oder den Kaffee erst trinken, nachdem man sie zwei- oder dreimal dazu aufgefordert hatte. Und dass sie unbedingt zu Ehren eines jeden, der das Zimmer betrat, aufstehen müsse.

»Waren die Abu Arar böse auf Ranja, als ihnen klar wurde, dass sie von Lion ihren Boden geerbt hatte?«, fragte Lisi.

»Das Land der Arar kam noch zu ihren Lebzeiten zur Sippe zurück«, antwortete Muhamad Snan.

»Ranja gab es zurück?«

»Ja.«

»Wann?«

»Das war noch vor der Staatsgründung, im Jahr 1947.«

»Sind Sie sicher?«

»Ja.«

»Leben sie noch, diese Töchter?«

»Eine ist vor vielen Jahren nach Kanada ausgewandert, bestimmt ist sie schon tot, und die zweite ist vor ungefähr fünf Jahren in einem Altersheim in Be'er Scheva gestorben.«

»Haben Sie sie gekannt?«, fragte Lisi Snan.

Er schüttelte den Kopf. »Nein. Ich habe von ihnen gewusst. Bei den Beduinen ist es schwer, ein Familiengeheimnis zu wahren. Als ich ein Kind war, war es fast das einzige Vergnügen, das man hatte, zusammenzusitzen und Geschichten zu erzählen. Und da erwähnt man das eine und dann das andere und am Schluss gibt es keine Geheimnisse mehr.« Er lächelte seinem Vater zu.

»Die Beziehung zu Nadja, der älteren von Ranjas Töchtern, wurde erneuert, als sie Witwe wurde«, sagte Muhamad Snan. »Eine lockere Verbindung. Einmal im Jahr oder in zwei Jahren erzählte jemand aus der Familie, dass er sie gesehen hatte und was sie machte.«

»Hat sie einen Juden oder einen Beduinen geheiratet?«

»Einen Juden. Einen jüdischen Arzt.«

»Wusste der Arzt, dass sie eine Beduinin war?«

»Sie war keine Beduinin.«

»Eine halbe Beduinin.«

»Vermutlich wusste er es nicht. Dafür spricht, dass sie erst nach seinem Tod den Kontakt zu uns wieder aufgenommen hat. Sie hat geschwiegen und wir haben geschwiegen.«

»Hat sie gearbeitet? Hatte sie einen Beruf?«

»Ja. Sie war Sozialarbeiterin.«

»Hier, in Be'er Scheva?«

»Ja.«

»Was für einen Familiennamen hatte sie?«

»Sie hieß Levi. Nadja Levi. Ihr Mann hieß Doktor Victor Levi. Er war Orthopäde, glaube ich.«

»Hast du sie gekannt, Onkel Ja'akov?«

»Nein, Lisi. Vielleicht haben Georgette oder Chavazelet sie gekannt. Du musst sie fragen.«

»Wer sind das, Georgette und Chavazelet?«, fragte Muhamad Snan.

»Meine Schwestern«, erklärte Lisi. »Sie arbeiten im *Soroka.*«

»Schwestern, die Schwestern sind.« Muhamad Snan lächelte. Er hatte weiße, kräftige Zähne und sein schmales Gesicht, das strenge Gesicht eines pensionierten Soldaten, wurde plötzlich weich. Lisi konnte sich ihn plötzlich als Jungen vorstellen, wie er über Hügel rannte und Schlangenzähne oder Rizinusfrüchte suchte, um sie Klara und Ja'akov zu verkaufen. Er hatte einen weiten Weg zurückgelegt, von den schwarzen Zelten der Abu Arar bis zu diesem Haus mit den ziselierten »französischen« Möbeln und den Sofas, die an zwei mit Teppichen behangenen Wänden standen. Aber vielleicht doch nicht weit genug. Als sie das Haus betreten hatten, hatten seine Frau und eine Alte Tee und Erfrischungen gebracht und das Zimmer sofort wieder verlassen. Auf der großen Kommode standen Fotos von Beduinen in der traditionellen Abaja und der weißen Kafia, sie hatten große Schnurrbärte und kleine Bärte, die Väter der Familie vermutlich, und an der Wand über dem Fernseher hing eine Glasvitrine mit einer Sammlung von Schwertern, Revolvern und langen Pfeifen.

»Beduinenschwerter, Lisi«, sagte Onkel Ja'akov mit ehrfürchtiger Stimme. »Früher ist jeder Beduine mit einem Schwert herumgelaufen. Die Armen hatten Schwerter aus Holz und kauten Tabakblätter, die Scheichs hatten Schwerter aus Silber und Porzellanpfeifen. Galium heißen sie. Mein Vater hat so eine geraucht.«

»Sind Sie Ägypter?«, fragte Muhamad Snan Ja'akov.

Ja'akov nickte.

»Bei uns hat man diese Pfeifen Ghalion genannt. Heute dienen sie nur noch als Zierde. Wie eure Chanukka-Leuchter.« Ja'akov und Muhamad Snan lächelten.

»Sie können ruhig mit Lisi sprechen, Chawadscha Muhamad«, sagte Ja'akov. »Wenn sie Ihnen ihr Wort gegeben hat, dass sie in ihrer Zeitung nichts von dem schreiben wird, was Sie ihr sagen, dann wird sie es auch nicht tun. Wir haben ja auch Zeugen für ihr Versprechen. Ich, Ja'akov, und Ihre Söhne. Ein Wort von Lisi Badichi ist ein Ehrenwort, Chawadscha Muhamad.«

Lisi wäre am liebsten aufgesprungen und hätte ihn umarmt und geküsst, aber sie blieb schweigend und mit unbewegten Gesicht sitzen, wie es einem Menschen ansteht, dessen Wort ein »Ehrenwort« ist.

»Tu mir einen Gefallen, Ja'akov«, sagte Muhamad Snan.

»Ja, gern, was?«

»Hör auf, mich Chawadscha Muhamad zu nennen. Jedes Mal, wenn du mich Chawadscha Muhamad nennst, habe ich das Gefühl, du redest mit meinem Vater. Du liebe Zeit, Ja'akov, ich war dreißig Jahre lang Offizier in der Armee!«

»Ja'akov ist ein höflicher Mensch«, sagte Snan mit ruhiger Stimme.

»Auch ich bin ein höflicher Mensch, mein Sohn«, sagte sein Vater.

Lisi versuchte zu verstehen, ob Muhamad damit seinen Sohn gerügt oder gelobt hatte. Sie schaute Muhamad an. »Kennen Sie jemanden, der Ranja gekannt hat?«

»Ich habe sie nicht gekannt. Ich wusste, dass mein Vater drei Frauen hatte und dass meine Mutter die jüngste von ihnen war. Bei einer Sippe wie der unseren, mit dutzenden von Kindern und Enkelkindern, habe ich kaum meine Brüder gekannt. Einige von ihnen waren älter als meine Mutter. Aber ich wusste, dass ein Teil des Bodens der Abu Arar in den Zwanzigerjahren an Josef Lion verkauft worden waren, der bei uns Josef Abu Kitri genannt wurde, und dass der Chawadscha Josef auch einen Teil des Landes der Ibn Atar gekauft hatte. Dass wir unsere Herden auf Boden weiden lassen, der uns gehört und uns nicht gehört. Immer hatte es die Angst vor dem Käufer gegeben. Was wäre, wenn er plötzlich den Boden verkaufen oder verpachten würde?«

»Wie ist es gekommen, dass man ihm den Boden verkauft hat?«, fragte Lisi.

»Der Boden gehörte einem Effendi in Gaza, und Lion hat ihn von ihm gekauft. Er hat dem Effendi einen Vorschlag gemacht, den dieser nicht ausschlagen konnte.» Muhamad lächelte. »Den Boden der Abu Arar hat Lion gekauft, als Ranja das erste Mädchen geboren hat, und den Boden der Ibn Arar hat er gekauft, als Ranjas zweite Tochter zur Welt kam. Niemand hat von seinem Verhältnis mit Ranja gewusst, weder unsere Familie noch seine.«

»Sie haben gesagt, dass Sie erst vor ein paar Tagen Ranjas Geschichte erfahren haben«, sagte Lisi. »Wer hat sie Ihnen erzählt?«

»Meine Mutter. Ich werde sie zu uns bitten. Sie spricht ein bisschen Hebräisch, aber sie hört schlecht, deshalb werde ich laut sprechen, wenn es Ihnen nichts ausmacht.«

Muhamad Snan ging durch die Haustür hinaus.

»Meine Großmutter wohnt in einer Hütte im Garten«, sagte Snan. »Sie will ihre Ruhe haben.«

»Wie viele Leute wohnen hier im Haus?«

»Ich und meine Brüder, Mussa und Idd«, sagte Snan und lächelte den beiden Männern zu, die neben ihm auf dem Sofa saßen. »Alles in allem? Acht Erwachsene und zwanzig Kinder und eine Frau ist schwanger.«

»Wow!«, sagte Lisi.

»Sie mögen sich vermehren und zahlreich werden«, murmelte Onkel Ja'akov.

»Idd und ich bauen gerade unsere eigenen Häuser«, sagte Snan. »Sie werden in einem halben Jahr fertig sein.«

»Was machen Ihre Brüder?«, fragte Lisi.

»Wir sind Lehrer«, sagte der Bruder, der Mussa hieß.

»Wie ernährt man eine so große Familie?«, wollte Lisi wissen.

»Mit Sozialhilfe«, sagte Mussa. »Es gibt Familien, in denen keiner mehr arbeitet. Genau wie bei den Juden. Sie kriegen jedes Jahr ein Kind und die Sozialhilfe bringt mehr Geld als die

Arbeit als Bauer oder als Hirte. Warum soll man dann arbeiten?«

Snan lächelte. »Das einzig typische Beduinenverhalten, das uns blieb, ist, dass wir auf dem Markt kaufen.«

»Was?«, fragte Lisi.

»Nun, wir fahren zum Markt und kaufen einen Sack Reis, einen Sack Zucker, einen Sack Mehl. Dort trifft man seine beduinischen Bekannten. So treffe ich auch Ja'akov, wenn ich zum Markt fahre.«

»Wir gehören zu den wenigen Familien der Sippe, in der es keine Zweitfrauen gibt«, sagte Mussa. »Wegen der Sozialhilfe gibt es fast keine beduinischen Fellachen oder Hirten mehr.«

»Ist das schlimm?«

Mussa hob die Hände. »Wenn sie ihre Söhne und Töchter nicht in die Schule schicken, ist das sehr schlimm.«

Muhamad Snan kam mit einer alten Frau in einem langen schwarzen Kleid mit einem bestickten Brusteinsatz, Kreuzstiche in Blau und Grün, zurück. Ein dünner weißer Schal bedeckte ihren Kopf und ihr Gesicht und hing bis zu den Hüften. Ja'akov beeilte sich aufzustehen und Lisi machte es ebenso. Die alte Frau setzte sich neben Lisi auf das Sofa. Über ihre Stirn und ihre Nase zogen sich blaue und grüne Tätowierungen und sie trug eine Brille mit schwarzem Gestell. Sie saß aufrecht, mit geradem Rücken und leicht geneigtem Hals, und Lisi dachte an die Generationen von Beduinenfrauen, die barfuß durch die Wüste gegangen waren und auf ihren Köpfen Krüge oder Wasserkanister getragen hatten. Sie hatten ihren Töchtern diese hoheitsvolle Haltung vererbt.

»Wenn ich das, was mir meine Mutter erzählte, richtig verstanden habe, wurden Ranjas Töchter, Nadja, die große, und die kleine In'am die man später Anna nannte, in ein Internat nach Jerusalem geschickt. Sie studierten danach am dortigen Lehrerinnenseminar. Es war gegen Ende der Mandatszeit, vor dem Unabhängigkeitskrieg, das heißt im Jahr 1947. Eines Tages kam Ranja zu meinem Vater, der ihr Stiefbruder war. Sie kam mit einem Auto und einem Chauffeur und meine Mutter sagte, sie habe sehr ›englisch‹ ausgesehen. Die Kleidung und die Frisur. Nadja, ihre große Tochter, war damals schon verheiratet, hat aber noch in Jerusalem gewohnt, weil ihr Mann dort an der Universität studiert hat. Und ihre Schwester Anna, die noch das Seminar besuchte, hat bei ihnen gewohnt.

Am Schabbat gingen die beiden Schwestern immer ins King-David-Hotel, um dort Tee zu trinken und die Kapelle zu hören. Anna verliebte sich in einen Geiger, einen jungen Polen, der früher bei der Armee Anders gewesen war und den es nach dem Zweiten Weltkrieg nach Jerusalem verschlagen hatte.«

»Sie waren sehr schön, diese Soldaten der Armee Anders«, sagte Onkel Ja'akov. »Schön und wild. Wie Fremdenlegionäre.«

»Wie ging es mit Anna und ihrem Geiger weiter?«, fragte Lisi schnell, bevor ihr Onkel sich weiter über die Schönheit der polnischen Soldaten auslassen konnte.

»Anna und ihr polnischer Geiger kamen irgendwie in Kontakt und trafen sich ein paar Mal, ohne dass Nadja und ihr Mann das erfuhren. Eines Abends kam Anna nach Hause und sagte, der junge Mann habe sie vergewaltigt. Nadja brachte Anna nach Hause, nach Be'er Scheva. Ihre Mutter, Ranja, kam zu meinem Vater, der so etwas wie ihr Bruder Nummer fünfzig war, und verlangte Rache an dem Mann, der die Ehre ihrer Tochter geschändet hatte. Mein Vater solle dafür sorgen, dass er umgebracht würde. Mein Vater, der bis zu diesem Treffen nichts von Ranja gewusst hatte, hielt sie für verrückt. Ranja sagte, sie sei seine Schwester und ein Hund würde von ihrer Familie besser behandelt als sie. Man hätte sie an einen alten Mann von den Ibn Atar verkauft, obwohl die Familie nicht am Verhungern war. Und dann, als der Alte starb, hätte sein Stamm, weil man sie für unfruchtbar hielt, sie verstoßen und nach Hause zurückgeschickt. Ihre Familie, die Abu Arar, hätten sie schließlich an Josef Lion verkauft. Sie sagte, die Familie schulde ihr diese Rache, denn nicht nur die Ehre ihrer Tochter sei beschmutzt, sondern auch die Ehre der Familie.«

»Warum ist sie ausgerechnet zu Ihrem Vater gekommen?«, fragte Lisi.

»Sie erinnerte sich, dass er früher bei der beduinischen Gendarmerie war, die von den Engländern gegründet worden war, und ihr Josef Lion, ihr Herr, kannte ihn, beide hatten sie Lastwagen, die sie für die Ernten vermieteten.«

Muhamad hatte seiner Mutter schweigend zugehört, jetzt sagte er: »Ich habe diese alte Geschichte nicht gekannt.«

»Das war in den *santi al uda*«, sagte die Alte auf Arabisch.

Onkel Ja'akov übersetzte für Lisi: »Drei Jahre, in denen Regen fiel, nach den Jahren der Dürre.«

»Es waren drei Jahre mit Regen und guter Ernte«, fuhr die Alte fort. »Wir haben damals Gerste nach Schottland verkauft, zum Bierbrauen. Nach den ›drei Jahren‹ kaufte Scheich Ibrahim den ersten Lastwagen und baute das große Haus in Be'er Scheva, das ›Kasser‹.«

»Hat Scheich Ibrahim diesen Polen umgebracht?«, fragte Lisi.

»Ja«, sagte die alte Frau.

Alle im Zimmer schwiegen.

»Ich werde noch Tee zubereiten«, sagte Muhamads Frau und verließ den Raum. Die Alte sagte etwas, was Lisi nicht verstand. Onkel Ja'akov übersetzte es ihr. »Sie sagt, Worte gehören den Frauen, Taten den Männern.«

»Du musst langsam sprechen, Mutter«, sagte Muhamad. »Das Mädchen spricht nicht gut Arabisch.«

»Ranja hat gesprochen, die Männer haben gemordet«, sagte die Alte. »Dann hat sie nichts mehr gesagt, bis ins Grab. Ich habe auch geschwiegen. Ibrahim, Muhamads Vater, ist gestorben. Was kann man jetzt schon tun, nach fünfzig Jahren?«

»Ihre Mutter spricht von ›den Männern‹«, sagte Lisi. »Waren noch andere Männer an dem Mord beteiligt?«

»Josef Abu Kitri, Chawadscha Lion.«

»Ach!«

»Ranja hat Josef Lion, ihren Herrn, mit Ibrahim, ihrem Bruder, zusammengebracht. Sie haben Anna genommen, das vergewaltigte Mädchen, und sind mit ihr nach Jerusalem gefahren. Sie war siebzehn. Anna verabredete sich mit dem polnischen Geiger, sie haben ihm ermordet und sind noch in derselben Nacht nach Be'er Scheva zurückgefahren. Ranja hat Anna ins Ausland geschickt. Die andere Tochter ist dann wieder nach Be'er Scheva zurückgekommen.«

»Die Ochsen pflügen, aber die Erde schweigt«, sagte Onkel Ja'akov. Lisi wusste, dass er es jetzt bedauerte, dass Klara nicht mitgekommen war. Bestimmt würde er ihr haarklein alles von diesem Besuch erzählen. Und am Schluss, so wie jetzt, würde er seufzen und sagen: »Die Ochsen pflügen, aber die Erde schweigt«, und Klara würde ihn mit liebevollen Augen anschauen.

Muhamads Frau kam mit einem Tablett herein, auf dem Gläser und ein Finjan standen. Sie schenkte den süßen Tee ein. Lisi trank und versuchte zu verdauen, was sie alles gehört hatte. Plötzlich sagte sie zu Muhamad Snan: »Ranja hat den Abu Arar den Boden zurückgegeben, als Lohn für den Mord an dem Mann, der die Ehre ihrer Tochter befleckt hat.«

Er nickte. »Das stimmt.«

»Aber …«

»Ja, ja, der Boden hat ihr damals nicht gehört. Es hat auch niemand gewusst, dass sie Töchter hatte und dass sie von Lion waren. Ranja hat den Boden erst nach seinem Tod geerbt, sie hat unserer Sippe hundert Dunam zurückgegeben. Hundert weitere Dunam sind ihr geblieben und sie hat sie für ihre Töchter aufgehoben. Alle dachten, sie habe uns den Boden aus sentimentalen Gründen gegeben, wegen der Blutsverwandtschaft. Aber es war ein Abkommen. Sie wusste von Lions Testament und versprach meinem Vater, dass sie den Boden, sobald sie ihn geerbt hätte, den Abu Arar zurückgeben würde. Und als wir das Land wiederhatten, erzählte mein Vater meiner Mutter, was geschehen war. Er wollte, dass sie über Ranja und ihre Töchter Bescheid wusste. Falls später einmal, wenn er tot wäre jemand von ihrer Familie auftauchen würde, sollten ihn alle mit Achtung behandeln. Er war ein kluger Mann, mein Vater.«

»Der Mord an dem polnischen Geiger wurde nicht aufgeklärt?«

»Nein. Niemandem wäre eingefallen, seinen Mörder bei einem beduinischen Stamm im Negev zu suchen.«

»Und das Land?«

»Unser Land?«

»Ja.«

»Es ist im Lauf der Jahre verkauft worden. Man hat Land verkauft und Traktoren dafür eingekauft. Man hat Land verkauft und ein Haus gebaut. Die Käufer waren immer aus der Familie Lion. Sie haben sich das Erbe ihres Vaters wieder zurückgeholt.«

Nun mischte sich Idd in das Gespräch. »Wenn uns das Land heute noch gehören würde, würde die Regierung es beschlagnahmen.«

»Du willst damit sagen, dass wir gut dabei weggekommen sind«, sagte Muhamad und Idd nickte.

»Was war später mit Ranjas Töchtern?«, fragte Lisi. »Weiß die Mutter etwas über sie?«

»Ich habe es schon gesagt. Anna, die jüngste, wurde ins Ausland geschickt. Bestimmt ist sie schon gestorben. Nadja hat einen Arzt geheiratet, sie haben in Be'er Scheva gewohnt. Beide sind nicht mehr am Leben.«

»Ranjas Enkelin lebt«, sagte Snan, der bisher geschwiegen hatte. »Nadjas Tochter.«

»In Be'er Scheva?«

»Ja.«

»Kennen Sie sie?«

»Ja«, sagte Snan. »Sie ist die Frau von Moschik Bamberg.«

18

Lisi traf Schoschi am Stand mit den Aprikosen und Pflaumen. Sie war in Zivil, um die Hüfte trug sie einen Gürtel mit einem grünen Geldbeutel und sie schob einen alten, schmutzigen Einkaufswagen. Der Verkäufer kannte sie vermutlich, er erlaubte ihr, das Obst selbst auszuwählen. Als Lisi am Abend zuvor bei Schoschi zu Hause angerufen hatte, war sie sehr abweisend gewesen. Ja, sie sei wieder bei der Arbeit, ja, die interne Untersuchung sei abgeschlossen und sie sei sauber. Sie habe Lisi nichts zu sagen, mit Fragen könne sie sich an den Polizeisprecher wenden. Nein, sie habe auch keine Zeit, sie zu treffen, nein, morgen würde sie, wie immer, zum Einkaufen auf den Markt fahren und auch übermorgen habe sie nicht frei, und überübermorgen auch nicht, es tue ihr wirklich Leid.

Am nächsten Tag saß Lisi gegen sechs Uhr abends in ihrem Auto auf dem Marktplatz und wartete. Schoschis Subaru tauchte um halb sieben auf. Der Boden des Marktplatzes war schwarz und klebrig von alldem, was sich im Lauf des Tages angesammelt hatte. Es war die Stunde der Russen – kurz bevor der Markt schloss, wenn die Verkäufer mit den Preisen der Ware, die nicht bis morgen halten würde, heruntergingen. Lisi wusste nicht, ob Schoschi sie bemerkt hatte. Schoschi teilte ihre Einkäufe auf. Erst kaufte sie Obst und Wassermelonen und brachte sie zum Subaru, dann Kartoffeln und Zwiebeln, zwei Hühner, Fladenbrot, saure Gurken und Salat und lud auch das im Auto ab. Als Schoschi zum dritten Mal vom Markt kam, stieg Lisi aus dem Auto und ging ihr nach.

»Weiß man was über den Scharfschützen, der Nachik Chazon erschossen hat?«, fragte sie den müden Rücken, der vor ihr ging und den Einkaufswagen schob.

»Nein«, antwortete Schoschi, ohne den Kopf zu wenden.

»Was habt ihr im Labor herausgefunden?«

»Nichts. Wir haben zwei Neunmillimeterprojektile. Mit dem

einen wurde Nachik Chazon erschossen, mit dem anderen sein Bruder verwundet. Beide Kugeln stammen aus derselben Waffe. Aber wir haben keine Waffe.«

»Ihr habt den genauen Ort, von dem die Schüsse abgefeuert wurden, nicht gefunden?«

»Nicht wirklich.«

»Was heißt das?«

»Es sind an dem Tag sehr viele Leute dort rumgelaufen. Ein Teil davon übrigens Polizisten von der Dienststelle, die in der Mittagspause ins *Apropos* gehen, um was zu essen, oder die einfach mal frische Luft schnappen. Alle sind nach den Schüssen auf das Dach gerannt. Man hat die Polizisten befragt, die Gäste vom *Apropos.* Die Angestellten. Tausend Fingerabdrücke und Sohlenabdrücke. Nada.«

»Wer leitet die Untersuchungskommission?«

»Micha Zadik.«

»Die Polizei untersucht eine Schlappe der Polizei?«

»Was heißt da ›Schlappe der Polizei?‹ Wer hat denn wissen können, dass so etwas passiert? Dass jemand auf Gefangene schießt, die sich auf dem Hof der Polizei befinden!«

»Hat Schmulik Chazon eine Ahnung, wer ein Interesse gehabt haben könnte, auf sie zu schießen?«

»Wer nicht? Sie sind Abschaum. Schade, dass der Schütze ihn nicht auch fertig gemacht hat. Genug, Lisi, es reicht.«

Lisi ließ nicht locker. »Ist Dinas Vater, Moschik Bamberg, verdächtig?«

»Er ist verhört worden. Seine Frau ist verhört worden. Ihre Söhne sind verhört worden. Alle sind sauber.«

»Wird dein Telefon abgehört?«, fragte Lisi.

Schoschi schob den Wagen zu den anderen Ständen hinüber. »Ich weiß es nicht«, sagte sie etwas milder, »aber ich will nichts riskieren. Sind Benzi und Ilan noch immer böse auf dich?«

»Ich habe seit über zwei Wochen nicht mit ihnen gesprochen«, sagte Lisi. »Auch nicht mit Malka. Wie geht es ihnen? Sind sie noch immer im Visier des Kommissars?«

»Ich weiß es nicht, ich spreche mit niemandem. Ich gehe zur Arbeit, ich gehe nach Hause, das ist alles. Hast du die Pressemeldung darüber gelesen, dass ich von jedem Verdacht freigesprochen worden bin?«

»Nein.«

»Natürlich nicht. Sie ist nicht erschienen. Dieses Miststück Karnapol! Die ganze Welt wusste, dass er mich suspendiert hat, aber keiner erfährt, dass man nichts gegen mich in der Hand hat und ich wieder arbeite.«

»Möchtest du, dass ich das veröffentliche?«, fragte Lisi.

Schoschi drehte sich zum ersten Mal um, seit Lisi das Gespräch mit ihrem Rücken begonnen hatte. »Um Himmels willen, nein!« Mit rollenden Augen flüsterte sie: »Du schreibst kein Wort über mich. Das würde mich endgültig erledigen. Versprich es mir!«

»Versprochen.«

»Und ruf mich nicht mehr an. Relax! Wenn du etwas wissen willst, wende ich an den Einsatzleiter.«

»Micha Zadik? Er schmeißt mich hochkant raus.«

»Er sieht schrecklich aus, aber wie alle großen Bären hat er ein goldenes Herz.« Plötzlich schrie sie den Verkäufer an: »Hör auf, mir Gurken in die Tüte zu stecken!«

»Ich wollte nur auf anderthalb Kilo aufrunden«, entschuldigte er sich.

»Ich kenne diese Tricks, Mojsche.«

»Tricks?« Der Verkäufer machte ein so gekränktes Gesicht, als hätte Schoschi gesagt, er würde seine Tochter verkaufen. »Ich mache Tricks mit dir? So kennst du mich? Jetzt hast du mich aber beleidigt, Schoschi, ehrlich, ich wollte nur anderthalb Kilo voll machen.«

»Hör auf, mir was voll zu machen. Los, gib die Tüte her.«

Lisi dachte, wenn der Verkäufer und Schoschi sich sogar mit Vornamen kannten, hatten sie sich vielleicht dadurch in Gefahr gebracht, dass sie in seinem Beisein offen geredet hatten. Ein guter Teil der Marktverkäufer kannte sich in der Welt des

Verbrechens aus. Standplätze waren manchmal eine halbe Million Schekel wert. Es gab eine Kette von Geben und Nehmen zwischen den Händlern und der Stadt, die ihre Genehmigungen verlängerte oder auch nicht. Aber wenn Schoschi keine Angst vor ihm hatte, brauchte sie sich wohl keine Sorgen zu machen.

»Wo wohnt Micha Zadik?«, fragte Lisi, während sie sich vier Gurken aussuchte.

»Was weiß ich? Bin ich das Einwohnermeldeamt? Wirklich, Lisi, verzieh dich. Schau im Telefonbuch nach. Bye.«

Schoschi hielt dem Verkäufer eine Tüte mit Tomaten hin und er legte sie auf die Waage, ohne noch einmal aufzurunden.

Lisi seufzte. »Er wird nicht mit mir sprechen.«

»Na und?«, sagte Schoschi. »Spreche ich etwa mit dir?« Sie drehte sich für einen Moment um und grinste Lisi an.

Schoschi legte die Tüten in den Einkaufswagen und schob ihn zum Stand mit den Biskuits und Waffeln. Lisi ging zum Parkplatz, mit Trauben, Oliven und in den Tüten Obst. Etwas Gutes hatte die Sache gebracht, auch ihr Kühlschrank wäre nicht mehr ganz leer.

Dann ging sie zur Telefonzelle neben der Bushaltestelle. Das Telefonbuch war mit einer Eisenkette am Ablagebrett befestigt. Jemand hatte auf den Einband das Zeichen der Satansanbeter gemalt und darüber etwas auf Russisch geschrieben. Und über der russischen Schrift stand mit schwarzer Tinte »Idioten«. Sie blätterte im Telefonbuch nach der Adresse von Micha Zadik. Hazwi-Straße 172. Sie waren beinahe Nachbarn, nur dass Zadik im »guten« Teil des Viertels wohnte. Lisi überlegte, ob es besser wäre, ihn bei der Arbeit oder zu Hause anzurufen. Wenn sie ihn bei der Arbeit anrief, würde er sie zum Polizeisprecher durchstellen. Auf dem Weg nach Hause bog sie an der Kreuzung zur Hazwi-Straße ab. Die Nummer 172 war das vorletzte Gebäude. Autos, die auf der Straße geparkt waren, versperrten den Zugang zu dem Haus. Lisi machte die Scheinwerfer an, öffnete das Fenster, ließ den Schlüssel im

Schloss stecken und ging hinaus, um die Briefkästen zu kontrollieren. Die Zadiks hatten die Wohnung Nummer vier. Als sie sich umdrehte, um zum Auto zurückzugehen, bemerkte sie ein Keramikschild an der Wand, auf dem stand: »Dieses Haus wurde von *Lion Erbauer des Negev* errichtet, 1974.«

Lisi fuhr nach Hause. Sie rief Maurice Dahan an und bat ihn, sich mit ihr am nächsten Tag im *Apropos* zu treffen, um ihr zu erzählen, was in der Redaktion los war. Er schlug vor, zum Mittagessen, Süße, weil er schon bald umkam vor Sehnsucht. Die Süße stimmte zu.

19

Lisi saß mit dem Rücken zum Lokal und mit dem Gesicht zum Schaufenster und stellte fest, dass man aus diesem Winkel weder das Polizeigebäude noch den dazugehörigen Hof sehen konnte. Alles, was sie sah, war die mit Lumpen umwickelte Krücke von Reue-Reue, dem Verrückten, der auf dem Gehweg vor dem Restaurant saß, und seine Hand, die von Zeit zu Zeit auf die leere Nescafédose schlug. Bestimmt ärgerten sich die Betreiber des Restaurants über Reue-Reue grün und blau. Sie hatten ein Vermögen in italienische Fliesen plus diskretem Dekor investiert und da hatte sich nun der älteste Verrückte der ganzen Stadt vor ihrem Eingang niedergelassen.

Reue-Reue war ein Wahrzeichen Be'er Schevas, wie das Haus des Soldaten oder das Wadi. Sogar die Polizisten ließen ihn in Ruhe. Durch Reue-Reue hatte Lisi als kleines Mädchen gelernt, was ein gottgefälliges Werk ist. Als sie einmal mit ihrer Mutter Batscheva die Straße entlangging, blieben sie neben Reue-Reue stehen, ihre Mutter legte ihm eine Münze in seine Dose und fragte ihn, wie es ihm gehe. Er sagte »Oj, Chajale« und schrie: »Bereut, bereut!« Lisi fragte ihre Mutter, warum er sie Chajale nannte, worauf sie erwiderte: »Das ist der Name, den er mir gegeben hat.« Lisi fragte weiter: »Und hast du ihm gesagt, dass du Batscheva heißt?« Ja, sagte die Mutter, sie habe es ihm gesagt, aber für ihn sei sie eben Chajale, sie habe keine Ahnung, wer diese Chajale sei, und im Übrigen mache es ihr nichts aus, Chajale genannt zu werden.

Reue-Reue war nach dem Holocaust ins Land gekommen und die Leute sagten, er sei eine Ironie des Schicksals, dass ausgerechnet er, der Verrückte, als Einziger einer ganzen Familie von berühmten Rabbinern überlebt hatte. Als Kind war er ein Genie, und mit dreizehn verkündete er bei seiner Bar-Mizwa-Zeremonie den Festgästen, er sei der hoch gelobte Rabbiner, das Genie, der Heilige der *Rebbe fun Biksad*. Er überlebte die Konzentrationslager, und als er nach dem Krieg ins Land kam, verrückt wie schon vorher, meldete er sich freiwillig zu den Soldaten, kämpfte in Latrun und verlor dort einen Monat später ein Bein. Nach einem Jahr Krankenhaus und ein paar Jahren in Bnei Brak gelangte er nach Be'er Scheva und ließ sich dort mit seiner Prothese und der Krücke auf dem Gehweg vor der großen Synagoge nieder. Ihr Oberhaupt war damals Rabbiner Elijahu Katz, der Pressburger Rebbe, der jedem, der vorbeiging, sein: »Bereut! Bereut! Bereut!«, zuschrie. Es stellte sich heraus, dass der Pressburger Rebbe Reue-Reues Lehrer gewesen war, als der noch ein Junge war, noch einen Namen und eine Familie gehabt hatte und als Genie galt. Rabbiner Katz war es auch, der seiner Gemeinde die Geschichte Reue-Reues erzählte und sie bat, dafür zu sorgen, dass er immer etwas zum Essen und zum Anziehen habe. Batscheva, Lisis Mutter, die damals noch immer am Schabbat und an Feiertagen in die Synagoge ging, tat etwas darüber hinaus, um das der Rabbiner nicht gebeten hatte. Sie füllte eine Flasche mit Petroleum, packte Unterhosen, ein Hemd und einen Anzug in einen Sack, und an einem Freitag brachte sie Reue-Reue zur Mikwe und bezahlte den Badehelfer dafür, dass er ihn in einer Badewanne abschrubbte und ihm Bart und Haare mit Petroleum wusch, um die Heerscharen von Läusen auszurotten, und brachte ihn anschließend in das rituelle Tauchbad. Die alten

Kleider, die ihr der Badehelfer gab, die vor Ungeziefer wimmelten, verbrannte sie auf einem unbebauten Grundstück in ihrer Straße. Seit damals brachte sie Reue-Reue jeden Freitag, wenn sie mit der Arbeit fertig war, bevor sie nach Hause ging, um das Schabbatessen zu kochen, zur Mikwe, ausgerüstet mit einem sauberen Handtuch, sauberen Kleidern zum Wechseln und ein bisschen Geld für den Badehelfer.

Nach Lisis Geburt hörte Batscheva auf, ihn zu versorgen, und bat den Synagogenvorstand, jemand anderen zu suchen, der diese Aufgabe übernehmen könnte. Lisis große Schwestern Georgette und Chavazelet hatten ihr später die Geschichte erzählt. Lisi schaute aus dem Fenster auf die Hand, die auf die Blechdose schlug, und fragte sich, ob er sich wohl noch immer an »Chajale« erinnerte.

Sie drehte den Kopf in die Richtung, in der die Polizeidienststelle war, aber alles, was sie sah, war ein Stück vom Gehweg und ein halb verdorrter Baum. Es war ganz klar: Wenn jemand darauf gewartet hatte, dass die Brüder Chazon aus der Tür des Polizeigebäudes gebracht wurden, hatte er es nicht von hier aus getan.

Das Restaurant war fast voll, ein Teil der Gäste waren Polizisten in Uniform oder in Zivil. Ihre Schwäger Benzi und Ilan saßen nicht hier, sie würden auch nie hier sitzen, dachte Lisi. Jeder Groschen zählte. Strom. Hypothek, Essen, Kleidung und Bücher für die Kinder. Wenn sie keine Zeit hatten, zum Essen nach Hause zu gehen, aßen sie in einem kleinen Kiosk hinter dem Polizeigebäude. Die Truthahnschnitzel wurden auf einem Primuskocher gebacken, der auf dem Fußboden stand, der schwarze Kaffee kam aus einem Blechfinjan und wurde in dicken Gläsern serviert. Ihr Herz zog sich zusammen, als sie die Polizisten betrachtete, die hier, in dem klimatisierten Raum mit der leisen Hintergrundmusik saßen. Sie bekamen kein höheres Gehalt als ihre Schwäger, doch sie hatten gerade das zusätzliche bisschen, das es ihnen ermöglichte, das Tempo ein wenig zu drosseln, in diesem eleganten Café zu sitzen und kurze Zeit eine Welt zu erleben, in der es noch etwas anderes gab als Verbrecher. Früher oder später würden sie sich wieder versöhnen müssen, und wenn es nur ihrer Mutter zuliebe wäre. Die Frage war nur, wer den ersten Schritt tun würde.

Dahan verspätete sich um zehn Minuten. Er beklagte sich über Parkprobleme und küsste Lisi auf beide Wangen, etwas, was er noch nie getan hatte. Sein Gesicht war kühl und verströmte einen Duft von Aftershave. Eine blonde Kellnerin in engen Jeans und nabelfreiem Hemd brachte ihnen die Speisekarte. Dahan hielt sie zurück. »Einen Moment, Tanja, warte, Tanitschka, was empfiehlst du heute? Etwas Leichtes, ich muss nach dem Essen wieder zurück zur Arbeit. Habt ihr heute den Salat Argola auf der Karte?«

»Ja, der ist drauf.«

»Schön. Und ein Cola light. Und was möchtest du, Lisi?«

»Was ist das, ein Argola?«, fragte Lisi.

»Eine Salatart. Grüner Salat mit Argola-Blättern. Nimm ihn ruhig, du wirst es nicht bedauern.«

»In Ordnung«, sagte Lisi. »Und einen trockenen Weißwein.« Nachdem die Kellnerin gegangen war, fragte sie: »Kommst du oft hierher?«

»Nicht oft. Manchmal verabrede ich mich hier. Was ist mit dir, Lisi? Was ist passiert?«

»Schön, dass du das fragst. Du hast mich kein einziges Mal angerufen, seit man mich rausgeschmissen hat.«

»Wer hat dich rausgeschmissen?«, fragte Dahan erstaunt. »Was redest du da? Wir müssen diesen Doron Cement aushalten, uns bricht bald das Herz, so sehr warten wir auf dich. Er hat einen neuen Mann angestellt. Kommt für zwei Wochen und diktiert unser Leben. Hast du die letzte Ausgabe gesehen?«

»Nein, auch die vorletzte nicht.«

Dahan schaute sie verblüfft an. »Im Ernst, Lisi, du hast nicht mal reingeschaut?«

»Nein. Ich habe frei, Schätzchen.«

»Es ist ein Wahlforscher aus Tel Aviv bestellt worden, der uns einen Haufen Geld kostet. Er hat die Bevölkerung von Be'er Scheva in Scheiben geteilt. Wie eine Mandarine, Reiche, Arme, Orientalen, Aschkenasen, Fromme, Nichtfromme, Neueinwanderer, Alteingesessene ... frage nicht!«

»Ich frage nicht«, sagte Lisi.

»Ich habe ihm das Ergebnis auf einen Zettel geschrieben, noch vor der Erhebung. Es ist genau das herausgekommen, was ich geschätzt habe. Aber bei ihm musste alles wissenschaftlich sein. Und auf der ersten Seite hat er eine Grafik gesetzt. Kannst du dir das vorstellen? Der Aufmacher der *Zeit im Süden* eine Grafik! Eine Woche später sind die Anzeigen um ein Drittel zurückgegangen!« Während er sprach, winkte er von Zeit zu Zeit einem Bekannten zu, schickte Kusshändchen zu weiter entfernten Tischen, reckte den Daumen in die Höhe in Richtung eines Mannes, der den Hinweis offensichtlich verstand und lachte.

»Wer ist der neue Angestellte?«, fragte Lisi.

»Ein Junge, der gerade seinen Militärdienst beim Armeerundfunk hinter sich gebracht hat. Ein gewisser Sivan Schamai. Sagt dir der Name etwas?«

»Nein. Was hat er beim Rundfunk gemacht? Wie ist er zu uns gekommen? Wohnt er in Be'er Scheva?«

»Er studiert hier in Be'er Scheva Informatik. Seine Eltern sind Freunde von Arieli, glaube ich. Beim Rundfunk war er so eine Art Mann für alles, so einer, den man mit einem Mikrofon in der Hand durch die Gegend schickt.«

»Und wie ist es gekommen, dass er angestellt wurde?«

»Cement war nur drei Tage in Be'er Scheva, da hat er Arieli angerufen und gesagt, die Redaktion wäre nicht dafür ausgerüstet, eine Zeitung von zweihundert Seiten zu machen, er brauche unbedingt einen stellvertretenden Redakteur. Wir haben uns gebogen vor Lachen.«

»Ich bin froh, dass wir diesen Sivan bekommen haben«, sagte Lisi. »Wie ist er?«

»Das kann man eigentlich nicht wissen«, sagte Dahan. »Er kommt gar nicht zum Zug, weil Cement so nervös ist. Er wartet sehnsüchtig auf den Moment, dass du zurückkommst.«

»Ich fahre zwei Wochen in Urlaub«, sagte Lisi.

»Was?«, rief Dahan.

Lisi zuckte mit den Schultern. »Ich habe seit mindestens fünf Jahren keinen Urlaub mehr genommen.«

»Aber du kannst nicht ausgerechnet jetzt in Urlaub fahren«, protestierte Dahan.

»Warum nicht?«

»Doron Cement wird platzen!«

Wieder zuckte Lisi mit den Schultern. »Soll er doch, von mir aus.«

»Lisi, wirklich, wir gehen schon die Wände hoch. Dieser Mann ist ein Dorn im Arsch! Prosper Parpar ist einem Herzschlag nahe. Und es vergeht kein Tag, an dem Schibolet nicht wegen ihm weint. Ich war gezwungen, ganze Seiten mit Bildmaterial einzufügen, nur damit die Zeitung ein bisschen Farbe bekommt.«

»Damit meinst du doch schöne Frauen.«

Er grinste. »Was ist schlecht an schönen Frauen?«

Tanitschka brachte ihnen den bestellten Salat Argola. Die Blätter mit dem hübschen Namen sahen aus wie Ziegenfutter. Sie schmeckten auch genauso. Durch das Fenster sah Lisi den Polizeioffizier in höheren Dienst Micha Zadik in Begleitung eines Offiziers, den sie nicht kannte, auf das Restaurant zustreben. An Zadiks Hüfte baumelten die zwei Revolver, die er meistens trug. Groß und breit, wie er war, dazu die beiden Waffen, sah er aus wie ein orientalischer Sheriff.

»Wenn Zadik hereinkommt, halte ihn ein bisschen am Tisch auf«, sagte Lisi zu Dahan.

»Herr Kommandant!«, rief Dahan Micha Zadik mit einer Stimme zu, die jedem Schauspieler der *Habima* alle Ehre gemacht hätte. »Wie geht's dem hohen Herrn? Hat er beschlossen, sich zum einfachen Volk herabzulassen?«

»Das Volk lässt sich zu mir herab«, gab Zadik zurück. Er lächelte misstrauisch, als er sah, mit wem Dahan am Tisch saß. Er hatte die heisere Stimme eines Menschen, der es gewohnt ist zu schreien. »Ich sehe, dass die ganze Redaktion hier sitzt.«

»Nein, ich bin suspendiert«, sagte Lisi.

»Was ist passiert?«, fragte er.

»Die Verbrecher, die auf die Brüder Chazon geschossen haben. Ich habe nichts davon gewusst und die Nachricht ist in der *Post* erschienen und nicht in der *Zeit*.«

»Mir bricht das Herz«, sagte Micha Zadik.

Dahan beeilte sich zu versichern: »Sie kommt diese Woche wieder zur Arbeit.«

»Nein«, sagte Lisi, »ich fahre in Urlaub, darüber haben wir gerade diskutiert.«

»Dann diskutiert mal schön«, meinte Zadik. »Dahan, wie sind diese Grasstängel?«

»Schlechter als die Kühe, die's fressen«, sagte Dahan.

Die Männer lachten. Zadik gab Dahan einen Klaps auf die Schulter und drehte sich zu dem Offizier um, mit dem er gekommen war. Beide gingen zu einem Tisch in der Ecke, auf dem sich ein Schild mit der Aufschrift »Reserviert« befand. Tanitschka stand schon parat und lächelte, bevor sie sich gesetzt hatten.

»Sie ist schnell, diese Tanja«, sagte Lisi.

Dahan nickte. »Ja, sehr.«

»Erzähl's mir besser nicht«, sagte Lisi.

»Was soll ich dir nicht erzählen?«

»Haben sie etwas miteinander?«

»Micha Zadik?«, fragte Dahan. »Nie im Leben.«

Lisi stand auf. »Ich muss mal kurz raus, entschuldige bitte«, sagte sie und steuerte auf den Vorhang zu, hinter dem sich eine Tür befand. Wie in den meisten neuen Restaurants waren die Toiletten modern und sauber. Gefliester Boden, flüssige Seife, Händetrockner. Eine Tür zu »Herren«, die andere zu »Damen« und noch eine Schranktür, hinter der sich Besen, Putzeimer und Reinigungsmittel befanden. Lisi schob die Handtücher und die Kittel an den Haken zur Seite und fand, was sie suchte. Die Rückwand des Schranks war eine Tür. Auf dem obersten Brett entdeckte sie den Schlüssel dazu.

Aus einer dunklen Nische führten ein paar Stufen in den ersten Stock. Ein Geruch nach feuchtem Ruß erinnerte noch immer daran, dass es hier vor ein paar Jahren gebrannt hatte. Schwaches Licht drang von draußen in einen schmutzigen und verstaubten Saal, dessen Decke mit Spinnweben verhangen war. In einer Ecke lag eine alte Matratze, darauf eine gefütterte Wolldecke und daneben entdeckte Lisi zwei leere Biergläser und eine Tüte mit schimmligen Brotresten. Jemand hatte hier geschlafen. Vielleicht Reue-Reue. Was von unten, von der Straße aus, wie eine gekalkte Mauer aussah, war nichts anderes als eine Bretterwand. Auf dem Boden lag ein orangefarbenes Band, ein Zeichen, dass die Polizei hier nach Spuren des Scharfschützen gesucht hatte. In der Wand war nicht der kleinste Spalt, durch den man etwas hätte sehen können. Lisi ging zurück ins Treppenhaus und stieg zum Dach hinauf. Die Mauer, die als Geländer diente, war niedrig. Der Scharfschütze hatte auf dem Boden liegen müssen, um von den Leuten nicht gesehen zu werden. An einer Stelle vor der Mauer erkannte man Kreidezeichen auf dem Boden und Lisi blieb stehen. Der Polizeihof lag offen vor ihr, auch der Eingang des Gebäudes.

»Ein hervorragender Platz«, sagte jemand hinter ihr.

Lisi drehte sich erschrocken um. Zadik!

»Ja«, sagte sie verwirrt.

»Die Neugier hat schon manche Katze umgebracht«, meinte er.

»Nein, sie hat Nachik Chazon umgebracht«, sagte Lisi. »Weiß man etwas? Haben Sie schon was rausgefunden?«

»Sie haben doch gesagt, Sie wären im Urlaub«, sagte Zadik.

»Ich war mit Dina Bamberg in der Nacht zusammen, als sie umgebracht wurde.«

»Aber Sie haben ihre Ermordung nicht verhindern können«, sagte er.

»Nein. Das habe ich nicht. Auch die Polizei hat ihre Ermordung nicht verhindert. Wir haben angerufen und die Polizei ist nicht gekommen.«

»Was heißt das, ›wir‹ haben angerufen?«

»Ich! Ich habe angerufen. Ich habe mit Malka gesprochen, die an jenem Abend Dienst hatte, und sie hat mit dem Polizeidirektor gesprochen, der zum Essen im *Topas* war, und er hat keine Hilfe geschickt.«

»Das Wort von Malka gegen das Wort des Polizeidirektors.«

»Leugnet er etwa, dass sie ihn angerufen hat?«, fragte Lisi.

»Kommen Sie, gehen Sie hinunter. Sie haben hier nichts zu suchen.«

Beide stiegen die dunkle Treppe hinunter. Als sie den Eingang zum Lokal erreicht hatten, blieb Lisi stehen und sagte: »Sie waren schon bei der Polizei, als man im Jahr 1972 Lion verhaftet hat, nachdem man Haschisch in der Baracke von ›Solel Bone‹ gefunden hat, nicht wahr?«

»Was?« Zadiks bulliger Nacken rötete sich und Lisi war froh, dass sie mit dieser Frage gewartet hatte, bis sie wieder das Lokal betraten.

»In *Ha'olam Hase* von 1972 steht ein Artikel darüber, dass man Haschisch gefunden hat«, sagte Lisi. »Und der Name des Polizeidirektors wird genannt, als junger, viel versprechender Offizier, Uzi Nedava. Haben Sie damals gemeinsam Dienst gemacht?«

Er schüttelte den Kopf. »Nein. Im Jahr 1972 war ich Soldat in Sadir!«

»Ehud Lion wurde nach diesem Vorfall festgenommen. Er hatte das Haschisch an die Beduinen verkauft.«

»Sagen Sie, sind Sie verrückt geworden? Wie kommen Sie bei dieser Geschichte auf Ehud Lion? Außerdem war er damals Soldat bei der Grenztruppe!« Damit drehte er sich auf dem Absatz um und ging hinüber zu seinem Tisch. Er wusste, er hatte einen Fehler gemacht, und er wusste, dass sie ihn dabei ertappt hatte. Wenn Lion Ehud nichts mit der ganzen Geschichte zu tun hatte, wie hätte er, Micha Zadik, der Soldat in Sadir gewesen war, davon wissen sollen? Auch eine beschränkte Person wie Lisi Badichi konnte verstehen, dass er Ehud »damals« gekannt hatte.

»Du siehst aus wie eine Katze, die Rahm geschleckt hat«, sagte Dahan, als sie sich setzte.

»Micha Zadik hat mir vor einer Minute gesagt, dass die Neugier die Katze umgebracht hat.«

»Habt ihr euch auf der Toilette miteinander unterhalten?«

Lisi lächelte. »Ich bin aufs Dach gestiegen, ich wollte sehen, von wo aus man auf diesen Mann von der Gang aus Juval Barkan geschossen hat. Und er ist hinter mir hinaufgekommen.«

»Deshalb hast du mich hierher eingeladen«, sagte Dahan. »Ich hätte es mir denken können. Und ich habe gedacht, du hättest Sehnsucht nach mir. Oder wenigstens nach der Redaktion. Du bist unverbesserlich!«

»Regle das mit meinem Urlaub, Süßer«, bat Lisi.

»Cement wird uns die Zeitung ruinieren, wenn er weitere zwei Wochen dableibt«, sagte Dahan düster.

»Ich habe die ganzen Jahre meinen Urlaub aufgespart. Du musst ihn mir geben, Süßer!«

»Du hast schon seit zwei Wochen Urlaub«, wandte er ein.

Lisi schüttelte den Kopf. »Das stimmt nicht. Ich habe keinen Urlaub, ich bin suspendiert.«

»Ich sorge dafür, dass du einen Bonus bekommst, damit dein Verlust wegen der Suspendierung ausgeglichen wird«, sagte Dahan.

»Nein, du brauchst mir keinen Gefallen zu tun. Ich bitte dich nur darum, dass du für mich bei der Verwaltung in Tel Aviv anrufst, damit sie mir den Urlaub geben, der mir gesetzlich zusteht.«

»Bist du in irgendetwas verwickelt, Lisi?«, fragte Dahan.

»Was?«

»Untersuchst du etwas?«

»Was zum Beispiel?«

Dahan schaute sie an. »Ich habe keine Ahnung, was es sein könnte. Etwas, das Micha Zadik dazu gebracht hat, dir aufs Dach zu folgen. Nimm dich vor ihm in Acht, Lisi. Du spielst mit dem Feuer.«

»Was kann er mir schon tun?«, fragte Lisi betont unschuldig. »Ist es ein Verbrechen, aufs Dach zu gehen?«

»Er ist ein Ungeheuer, Lisi. Hast du dir überlegt, warum er nach all seinen Erfolgen nicht befördert worden ist?«

Lisi lächelte. »Er prügelt Verdächtige, das ist bekannt.«

»Hüte dich davor, ihm in die Quere zu kommen«, warnte Dahan.

»Dann hilf mir, dass ich in Urlaub fahren kann.«

»Doron Cement wird verrückt, wenn er hört, dass er noch zwei Wochen dableiben muss. Er hasst Be'er Scheva und Be'er Scheva hasst ihn.«

Lisi schaute Dahan an. »Also, abgemacht?«

Er gab sich geschlagen. »Ich werde mit Arieli sprechen.«

»Danke, Süßer«, sagte Lisi. »Ruf deine Freundin, damit wir Kaffee bestellen können.«

»Sie ist nicht meine Freundin. Ich gebe ihr großzügige Trinkgelder, deshalb ist sie freundlich zu mir.«

»Gibt Micha Zadik ihr auch großzügige Trinkgelder?«, fragte Lisi.

»Auf was für Ideen du kommst!«

»Ach, nur so ein Gefühl«, sagte Lisi.

»Hör zu, Lisi. Egal, wie ungehobelt er ist, ich weiß, dass er ein vorbildlicher Familienvater ist. Er war einmal Boxer. Solche Leute achten darauf, dass ihre Hände sauber bleiben.«

»Du bringst mich wirklich zum Lachen. Es gibt mindestens zwanzig aktenkundige Einträge wegen Gewaltanwendung dieser sauberen Hände. Als er das letzte Mal den ›Flieger‹ festgenommen hat, hat er ihm zwei Rippen gebrochen. Die Richterin hat beim Prozess gesagt, die Behandlung, die er dem

›Flieger‹ angedeihen ließ, sei ›brutal‹ gewesen. Und sein Verteidiger hat Schmerzensgeld für den Schaden verlangt, den diese sauberen Hände seinem Mandanten zugefügt haben.«

»Ja, und man hat ihn im Rang heruntergestuft, ich weiß. Aber er hat keine Weibergeschichten. Ich kenne seine Frau. Sie ist Literaturlehrerin, Dorit war ihre Schülerin. Sie heißt Ajala. Ich habe sie bei Elternabenden kennen gelernt. Sie sieht wie eine Österreicherin aus, ein bisschen dick und rosig, mit blonden Locken. Sie hat eine so sanfte Stimme und süßliche Art zu reden, dass es einem Schauer über den Rücken jagt. Ihr ältester Sohn hat sich während seiner Rekrutenzeit umgebracht, er hat sich in der Toilette eine Kugel in den Kopf geschossen. Seine Mutter hat dafür gekämpft, dass der zweite Sohn, der nun der Einzige war, nicht zum Militär ginge. Am Schluss hat der Junge selbst entschieden, was er wollte, und meldete sich zum Militär. Zum Glück ist ihm nichts passiert. Zadik behandelt seine Frau, als wäre sie eine halbe Göttin. Und auch sie glaubt das. Von sich selbst, meine ich.«

»Mit einer halben Göttin kann man nicht ficken.«

»Lisi!« Dahan war erschüttert. Noch nie hatte er Lisi so ordinär sprechen gehört. Sie verzog sonst immer das Gesicht, wenn jemand in ihrer Anwesenheit solche Worte benutzte, und meist verließ sie einfach den Raum.

Lisi dachte daran, dass Dahan seine Frau liebte und respektierte – und sie von vorn bis hinten betrog. Sein erschüttertes Gesicht erheiterte sie. »Also, kannst du es für mich herausbringen?«, fragte sie.

»Was? Das mit Zadik? Wie soll ich das tun? Wie stellst du dir das vor?«

»Keine Ahnung«, sagte sie freundlich. »Du bist doch der Fachmann in solchen Angelegenheiten.«

»Was für Angelegenheiten meinst du?« Seine Stimme wurde lauter. Die Gäste von den Nachbartischen schauten zu ihnen herüber. »Ach, du hast mir den Appetit auf den Kaffee verdorben. Komm, gehen wir. Ich muss zurück zur Redaktion.«

Lisi wunderte sich, dass sie nicht den geringsten Neid empfand, als sie die Worte hörte »ich muss zurück zur Redaktion«. Vor zwei Wochen war sie ins Bett gegangen und hatte wegen der Suspendierung geweint und jetzt kämpfte sie um weitere zwei Wochen. Wer hätte das gedacht?

Als sie das Restaurant verließ, schlug ihr die kochend heiße Luft entgegen. Über Reue-Reues Prothese lag ein altes Jackett aus Wollstoff, darüber die Krücke. Seine Hand auf der Blechdose bewegte sich jedes Mal, wenn die Tür des *Apropos* geöffnet wurde.

»Guten Tag, Reue-Reue«, sagte Lisi. »Ich bin die Tochter von Batscheva, die du immer Chajale genannt hast.«

»Oj, Chajale!« Er betrachtete sie und fing plötzlich an zu schreien: »Bereut! Bereut! Bereut!«

»Sag mal, Reue-Reue«, sagte Lisi. »Hast du hier gesessen, als vom Dach in den Hof der Polizei geschossen wurde? Bumm! Bumm! Von hier oben?«

»Hier! Genau hier! So! Wie jetzt.« Sie war verblüfft darüber, dass der Mann sie nicht nur verstanden hatte, sondern auch sprechen konnte.

»Was hast du gemacht?«, fragte sie. »Es waren viele Leute im Lokal. Alle sind hinausgerannt.«

»Viele, ja. Hinaus. Und nach dem bösen Bumm-Bumm *arajn, arojß, arajn, arojß*. Panik. Alles umgeschmissen. Alle verrückt. Haben gedacht, es sind Terroristen.«

»Bist du hier sitzen geblieben?«

»Oh, nein! Israel eine Gemeinde von Heiligen. Oh, teure Kinder. Oh, habt Erbarmen. O Gott, Erbarmen!« Er begann, sich hektisch vor und zurück zu schaukeln.

»Hat dich jemand von hier weggebracht?«

»Ja, ja, ein Polizist hat mich weggeschleppt. Und dann hat mir eine alte Frau geholfen, mit dem Holzbein und den Krücken. Der große Polizist hat zu dem kleinen Polizist gesagt, er soll mich in den Garten hinter der Post bringen. Und die Babe hat mich von dem kleinen Polizist weggenommen.«

»Micha Zadik? War Micha Zadik der große Polizist?«, fragte Lisi.

»Ja. Aber der andere hat mich genommen. Er hat geschwitzt wie ein Schwein. Und die Babe hat Keks und Saft für sich gekauft und für mich. Oh, Juden, Juden, teuere Juden, teuere Kinder, oh, oh, habt Erbarmen, o Gott, habt Erbarmen.«

»Wie heißt der Polizist, der dir geholfen hat? Kennst du ihn?«

»Nein, ich kenne ihn nicht. Ein guter Mensch, ja.«

»Und die Babe?«, fragte Lisi.

»Nein, ich kenne sie nicht. Eine Gerechte, ja, ja, ja.«

»Haben dich die Polizisten was gefragt?«

»Nein. Was? Was sollen sie fragen?«

»Wer in das Lokal gegangen ist, wer herausgekommen ist.«

Er schüttelte den Kopf. »Haben sie nicht gefragt.«

»Ich bin die Tochter von Batscheva«, wiederholte Lisi. »Ich heiße Lisi Badichi. Wie heißt du?«

»Halel-Meir. Halel-Meir Schwarz. Name vor den Lagern. Ich war der Rebbe von Biksad.«

Lisi legte fünf Schekel in die Blechdose. Wenn sie wieder arbeitete, so nahm sie sich vor, würde sie einen Artikel über Halel-Meir Schwarz schreiben, den ältesten Bettler von Be'er Scheva. Der Mann, den alle Leute Reue-Reue nannten.

Als sie weiterging, überlegte sie, ob es ihr selbst je eingefallen wäre, dafür zu sorgen, dass ein solcher Mann gewaschen und sauber angezogen würde, um ein gutes Werk zu tun. Es war an der Zeit, beschloss sie, ihre Mutter anzurufen, ihre Schwestern wieder zu treffen und sich mit ihren Schwägern zu versöhnen.

20

Chana Regev, die »Stinksocke«, war eine klein gewachsene, ungeduldige Frau, die leicht und schnell in Rage geriet. Sie hatte blonde Locken, durch die sie manchmal ungestüm mit ihren rot lackierten Nägeln fuhr. Und sie trug ein schwarzes Seidenkostüm mit langen Ärmeln, obwohl die Temperatur draußen bei sechsunddreißig Grad im Schatten und die Luftfeuchtigkeit bei siebzig Prozent lag. Ihre großen goldenen Ohrringe schaukelten und die Goldringe an ihren Fingern sahen aus wie Haifischzähne. In zwei Stunden würde sie vor Gericht auftreten müssen, und wenn man nach ihrem Aussehen ging, hatte ihr Gegner keine Chance. Roni hatte ihr gesagt, dass er Lisi Badichi zur Besprechung über den neuen Mandanten Professor Moschik Bamberg mitbringen würde, und sie hatte ihren Unmut über dieses Eindringen in ihr Territorium nicht verborgen. Zusammen mit ihnen saßen noch zwei Rechtsanwälte im Raum, Joav und Jariv, die aber nur sprachen, wenn Chana Regev sie direkt anredete. Beide waren groß und gut aussehend, ebenso wie Roni Melzer, und Lisi fragte sich, nach welchen Kriterien Chana Regev die neuen Hengste in ihrem Stall wohl aussuchte. Chana Regev saß hinter einem großen Tisch, ihre Hände klopften auf das Holz, diktierten allen Anwesenden den Sprechrhythmus. Die Assistenten und Lisi saßen ihr auf Stühlen gegenüber und hielten ihre Unterlagen auf dem Schoß.

»Was hat Professor Bamberg, das Ehud Lion von ihm wollen könnte?«, fragte Chana Regev. »Bamberg behauptet, seine Tochter sei entführt worden, um ihn dazu zu zwingen, Lion hundert Dunam Land in Sade Tejman zu verkaufen, und dass der Mord nicht geplant gewesen sei. Angenommen, das ist richtig. Was hast du auf diesen hundert Dunam Boden gefunden, Jariv?«

Jariv Schomron, ein etwa vierzigjähriger Mann mit einem jungenhaften, fröhlichen Gesicht und schwarzen Augen, hatte den Hintergrund der Geschäfte von *Lion Erbauer des Negev* geprüft und erzählte, während er in den Papieren auf seinen Knien blätterte, was sie eigentlich schon wussten: Ehud Lion hatte die Genehmigung bekommen, einen neuen Flughafen in Sade Tejman zu bauen, einschließlich touristischer Einrichtungen, Hotel und Einfkaufszentrum. Zurzeit gab es Zwistigkeiten zwischen dem staatlichen Bauausschuss und dem Büro zur Regionsförderung, das verlangte, auf den Bau des Hotels und des Einkaufszentrums zu verzichten und sich mit dem Flughafen zu begnügen.

Chana Regev unterbrach ihn. »Hat man das Projekt fallen gelassen?«

Jariv blätterte in einem gelben Block, den er aus den Papieren gezogen hatte, auf seiner Stirn erschienen Schweißtröpfchen. Die Firma von Ehud Lion und eine belgische Firma namens *Societé Agricole* hatten die Genehmigung zum Ausbau von Sade Tejman vom Bauausschuss erhalten, auf Grund dessen hatte Lions Firma Bankdarlehen im In- und Ausland aufgenommen. Doch das Projekt war nun ins Stocken geraten, die belgische Firma hatte sich zurückgezogen und Lion war auf den Schulden sitzen geblieben.

»Wozu brauchen sie dann die hundert Dunam von Bamberg?«, fragte Chana.

»Weil sich diese mitten in dem Gebiet befinden, auf dem das Hotel und das Einkaufszentrum geplant sind«, antwortete Jariv.

»Aber der neue Flughafen wird nicht gebaut«, beharrte Chana.

»Man wird ihn bauen«, antwortete Jariv. »Es ist nur die Rede von einem Aufschub, nicht von Fallenlassen. Die Firma *Lion* möchte ihre Rechte an Sade Tejman verkaufen, aber niemand ist bereit, den Boden zu kaufen, wenn mittendrin ein Loch von hundert Dunam in Privatbesitz ist.«

»Wer ist am Kauf interessiert?«

»Die Bank *Hapoalim*, die *Besiedlungs- und Entwicklungsgesellschaft* und andere.«

»Warum will Lion plötzlich verkaufen?«

»Weil sein Familienbetrieb *Lion Erbauer des Negev* in ein anderes Projekt verwickelt ist. Es geht um die Erneuerung des alten Busbahnhofs von Be'er Scheva, dort soll ein Parkhaus gebaut werden, Büros, ein Einkaufszentrum und ein Hotel. Sie haben die Ausschreibung der Stadtverwaltung von Be'er Scheva gewonnen. *Lion* hat schon einen großen Teil der dortigen Händler aus den Läden geräumt, was die Firma viel Geld gekostet hat, und wenn sie das Projekt nicht fortführen, steckt die Firma im Dreck.«

»Und warum will er dann Oberbürgermeister werden?«, fragte Chana.

»Als Oberbürgermeister steht er an der Spitze der öffentlichen Verkehrsgesellschaften, des Finanzausschusses, des Planungs- und Bauausschusses, der Vergabestelle und was nicht noch alles. Als Oberbürgermeister kann er Genehmigungen besorgen und seine Brüder können mit *Lion Erbauer des Negev* das große Geschäft machen.«

»Super«, sagte Chana Regev. »Also Bamberg stört ihn ausgerechnet dann, wenn sich so viele Möglichkeiten vor ihm auftun.«

»Lion möchte seine Bankschulden zurückzahlen, bevor er das Amt des Oberbürgermeisters übernimmt. Das Projekt Busbahnhof befindet sich schon im Baustadium, da können die Brüder Lion nicht mehr aussteigen, aber die Rechte an Sade Tejman kann Lion verkaufen.«

»Als Oberbürgermeister kann er erreichen, dass Bambergs Grundbesitz für das Projekt Sade Tejman beschlagnahmt wird«, sagte Chana Regev. »Ein solches Projekt kann man nicht wegen hundert Dunam Boden kaputtmachen, die irgendein Verrückter nicht verkaufen will.«

Jarivs Hemd zeigte Schweißflecken. Er zog ein Taschentuch aus der Hosentasche und wischte sich übers Gesicht. Seine Stimme klang leicht verzweifelt, als er fortfuhr: »Die Beduinen haben bei der Knesset inzwischen Einspruch gegen eine Beschlagnahmung von Bambergs hundert Dunam erhoben.«

»Die Abu Arar?«, fragte Lisi.

Jariv blätterte in seinen Papieren, dann hob er den Kopf und bejahte.

»Sie sind keine Hirten und sie treiben keine Landwirtschaft«, sagte Lisi erstaunt.

»Der Einspruch wurde von den Abu Arar eingelegt, um die Hirten und Fellachen zu unterstützen, die noch immer auf dem Boden von Sade Tejman sitzen.«

Chana wandte sich an Lisi: »Was ist das?«

»Was?«, fragte Lisi.

»Was haben Sie gesagt?«

»Wann?», sagte Lisi. Aus dem Augenwinkel sah sie, dass Roni den Kopf senkte und seine Hände betrachtete.

»Sie hat gefragt«, sagte Jariv, »ob die Beduinen, die Einspruch eingelegt haben, vom Stamm der Abu Arar seien und ich habe ›Ja‹ gesagt.«

Chana wandte sich an Lisi. »Warum die Abu Arar?«, fragte sie. »Sie haben gesagt, dass sie auf Bambergs Boden kein Vieh weiden lassen.«

»Ja, und?«

»Ihnen ist einfach so, aus heiterem Himmel, der Name Abu Arar eingefallen?«

»Sie sind Freunde«, sagte Joav Schachar, der bisher den Mund nicht aufgemacht hatte. »Die Abu Arar und Moschik Bamberg sind Freunde. Er erlaubt ihnen, seinen Boden als Weidefläche zu benutzen.«

Chana Regev schaute Jariv an und fragte. »Der Boden von Sade Tejman ist in Staatsbesitz.«

»Nur ein Teil. Ein anderer Teil gehört den Abu Arar.«

»Ein historisches Recht oder eine Gnade der Regierung?«

»Weder historisches Recht noch Gnade«, sagte Lisi.

Chana schaute Lisi misstrauisch an. »Haben sie das Land gekauft?«

»Sie haben es geschenkt bekommen«, antwortete Lisi.

»Geschenkt bekommen!« Die rot lackierten Finger trommelten einen schnellen Rhythmus auf dem Tisch. »Geschenkt bekommen. Von wem?«

»Von der Großmutter von Sarah Bamberg.«

»Wann?«

»1947.«

Das Trommeln brach unvermittelt ab. Chana starrte Lisi mit den Augen eines Dobermanns an, der plötzlich eine Katze vor sich sieht. »Sind Sie bereit, das zu erklären?«

»Sie haben nicht genug Zeit für diese Geschichte«, sagte Lisi.

»Entscheiden Sie nicht, ob ich Zeit habe oder nicht«, fuhr Chana auf.

Lisi lächelte. »Sie haben gesagt, Sie müssten um zwölf bei Gericht sein.«

»Dann fassen Sie die Geschichte zusammen, wenn Sie es können.«

»Ich kann es nicht.«

Chana warf den Kopf zurück und schüttelte ihre Haare, dann fuhr sie sich mit den Händen durch die Locken. Jariv und Joav suchten angestrengt etwas in ihren Notizbüchern, während Roni verträumt aus dem Fenster schaute. »Du findest wohl etwas sehr komisch, was?«, fauchte Chana ihn an.

»Ich?«, fragte Roni verdutzt.

»Na gut, fangen Sie schon an«, sagte Chana zu Lisi.

»Die Geschichte ist geheim. Ich brauche ein Versprechen, dass nichts aus diesem Zimmer dringt und dass das Gericht nichts erfährt.«

»Es gibt keine Geheimnisse.«

Lisi zuckte mit den Schultern. »Es gibt keine Geschichte.«

»Hören Sie, wie heißen Sie?«

»Lisi Badichi.«

»Lisi Badichi, Sie erzählen die Geschichte. Wenn es einen vernünftigen und logischen Grund gibt, die Sache geheim zu halten, wird die Geschichte diesen Raum nicht verlassen. Bamberg hat uns engagiert, um herauszufinden, wer seine Tochter ermordet hat. Und dass wir, falls uns das gelingt, in seinem Namen eine Anzeige bei der Polizei einreichen. Bamberg hat den Verdacht, dass Lion etwas mit dem Mord zu tun hat. Hundert Dunam Boden, die Bamberg gehören, liegen mitten in Sade Tejman, das Lion entwickeln möchte. Sie haben gesagt, dass Sarah Bambergs Großmutter den Beduinen vom Stamm der Abu Arar hundert Dunam von dem Grund geschenkt hat, der ihnen früher gehört hatte. Daraus folgt, dass ein Teil des Bodens der Abu Arar schon in Lions Besitz gelangt ist und dass die hundert Dunam von Bamberg ihm wie ein Dorn im Hintern stecken. Also nachdem diese Abu- Dingsda ihren eigenen Boden verkauft haben, erheben sie Einspruch, um die hundert Dunam von Bamberg vor einer Enteignung durch den Staat zu schützen. Finden Sie das logisch?«

»Weiß ich nicht«, sagte Lisi.

»Rücken Sie schon heraus, was Sie wissen. Es ist schade um die Zeit.«

»Kann ich mich darauf verlassen, dass die Geschichte das Zimmer nicht verlässt?«, fragte Lisi Roni.

Chana bekam rote Flecken auf den Wangen. »Kann ich mich etwa darauf verlassen, dass nichts von dem, was bisher gesagt wurde, das Zimmer verlässt? Sie sind die Journalistin, nicht ich. Was ist das für ein großes Geheimnis? War die Großmutter von Bambergs Frau eine Abu-Dingsda?«

Lisis Gesicht zeigte einen gelangweilten Ausdruck. Roni beobachtete sie gespannt. Wenn Chana sie kennen würde, würde sie jetzt wissen, dass sie das Ziel getroffen hatte.

»Sie heißen Abu Arar, nicht Abu-Dingsda, sie haben einen Namen«, sagte Lisi.

»Gut, Abu Arar, Frau Babylonierin.«

»Und Sie haben noch immer nicht versprochen, dass das, was ich zu erzählen habe, diesen Raum nicht verlässt.«

Chana schrie Roni an: »Was ist das hier? Spielen wir Kindergarten?«

»Nein«, sagte Lisi. »Wir spielen Strafrecht.«

Chana holte tief Luft, dann warf sie ihre Locken zurück. Die Dobermännin meint, sie sei eine Monarchin, dachte Lisi.

»Hören Sie«, sagte Chana. »Wie heißen Sie? Ich schreie hier alle an, das braucht Sie nicht zu erschrecken. Ich schreie alle an, meinen Mann, meine Tochter, meine Assistenten. Also los, erzählen Sie.«

Lisi machte ein gleichgültiges Gesicht. »Erstens bin ich nicht erschrocken und zweitens haben Sie es immer noch nicht versprochen.«

»In Ordnung.« Chana Regev beugte sich über das Aufnahmegerät, das auf dem Tisch stand, und sagte: »Ich, Chana Regev, verspreche, dass das, was Lisi Badichi erzählen wird, nicht ohne ihre Einwilligung weitergegeben oder veröffentlicht wird. Zeugen dieses Versprechens sind die Rechtsanwälte Joav Schachar, Jariv Schomron und Roni Melzer. Sind Sie zufrieden?«

Auf einmal weiß sie, wie ich heiße, dieses Miststück, dachte Lisi. Nun war sie an der Reihe, Luft zu holen.

Sie erzählte von den Banden zwischen Josef Lion und Ranja, von ihren beiden Töchtern Nadja und Anna, von dem Grundbesitz, den Josef Lion Ranja testamentarisch vererbt hatte und davon, dass Ranja den Boden den Abu Arar für den Mord an dem polnischen Geiger geschenkt hatte, der ihre Tochter Anna vergewaltigt hatte.

»Nadja, die Mutter von Sarah Bamberg, hat in Be'er Scheva gewohnt, sie war verheiratet mit einem jüdischen Arzt namens Victor Levi«, schloss Lisi ihre Geschichte. »Sie war Sozialarbeiterin und ist vor ein paar Jahren gestorben. Ich weiß nicht, ob Sarah weiß, dass sie beduinischer Abstammung ist, ich weiß auch nicht, ob Moschik Bamberg es weiß. Nach Dinas Ermordung sind ihnen ihre beiden Söhne geblieben, die beide zur Religion zurückgekehrt sind. So, und deshalb habe ich ›Strafrecht‹ gesagt.«

»Sie haben Verwandte bei der Polizei von Be'er Scheva, nicht wahr?«, fragte Chana Lisi, nachdem sie eine Weile geschwiegen hatte.

»Ja«, antwortete Lisi. »Zwei Schwäger und eine Tante.«

»Wissen sie von dieser Geschichte?«

»Nein. Vielleicht. Ich habe keine Ahnung.«

»Sie waren es also nicht, die Ihnen das erzählt haben?«, fragte Chana.

»Nein. Ich… wir…« Eine eiserne Regel bei den Badichis war, dass sie ihre schmutzige Wäsche nie vor anderen wuschen. Sie zögerte, weil sie nicht wusste, was sie sagen sollte.

»Nun?«

»Wir reden momentan nicht miteinander«, sagte Lisi. »Sie sind in der Nacht, als Dina Bamberg ermordet wurde, gekommen, um uns zu retten. Ich habe in meiner Zeitung etwas veröffentlicht und bei der Polizei hat man sie verdächtigt, sie hätten mir das Material geliefert. Sie waren sauer auf mich und ich habe die Verbindung mit ihnen abgebrochen. Vorübergehend. Aus Rücksicht auf sie und aus Rücksicht auf mich.«

»Gut«, sagte Chana Regev. »Erzählen Sie es ihnen nicht.«

»Und wenn ich verhört werde?«

Chana hob die Augenbrauen. »Hat man sie verhört?«

»Natürlich, nach einem Mord? Sogar zweimal.«

»Darüber wird man Sie nicht verhören. Sagen Sie, wie heißen Sie, und was ist mit dem Boden von den Ibn Dingsbums?«

Vor ein paar Minuten hat sie meinen Namen noch gewusst, dachte Lisi. Sie machte ein dummes Gesicht. »Was?«

»Josef Lion hat jeder der beiden Töchter, die Ranja ihm geboren hat, hundert Dunam Boden hinterlassen. Ranja hat den Boden den Abu Arar zurückgegeben. Aber Sie haben gesagt, dass er ihr auch Boden von diesen Ibn's vererbt hat.«

»Ibn Atar. Ja. Vielleicht ist das ja der Boden in Sade Tejman.«

»Kontrolliere das nach, Jariv.«

»In Ordnung.«

»Könnte es sein, dass die Ibn Atar diesen Kerl aus Juval Barkan erschossen haben und dafür Boden von Sarah Bamberg bekamen?«, überlegte Roni laut.

»Nein«, sagte Chana. »Bamberg wusste nichts über diese Schüsse, ich habe ihn gefragt.« Sie wandte sich an Lisi. »Wie wohnen sie? Wohlhabend?«

»Sie haben ein Haus, das ganz allein steht, auf der Straße von Be'er Scheva nach Arad, ohne etwas drum herum. Im Sommer spielt er zwei Monate in der Schweiz, um das Einkommen aufzubessern. Seine Frau ist Musiklehrerin in Kindergärten.«

»Ja, ja, er spielt im Sommer in der Bar eines Hotels in der Nähe von St. Moritz«, sagte Chana. »Was wissen wir über ihn, Joav?«

»Er ist 1970 in Israel eingewandert, aus Amerika«, las Joav aus seinem gelben Notizbuch vor. »Eine Weile hat er sich mit den Hippies in Eilat und so herumgetrieben, dann hat er bei den Beduinen um Be'er Scheva gelebt. Mit einem hat er sich angefreundet, mit Snan Abu Arar, und als Snan beschloss, zur Armee zu gehen, tat Bamberg es ihm nach. Er war in einer Aufklärungseinheit bei der Grenztruppe und hat am Jom-Kippur-Krieg teilgenommen. Als er bei der Armee war, traf er Sarah Levi und heiratete sie. Nach der Militärzeit fing er an, Orientalistik an der Universität Be'er Scheva zu studieren. Er lehrt heute an den Universitäten Bar Ilan und Beit Berel. Drei Kinder: Ilan, der Älteste, ist sechsundzwanzig und wohnt in Jerusalem, studiert an einer Jeschiva und hat vier Kinder. Der zweite, Aron, ist dreiundzwanzig, studiert an einer Jeschiva in Jerusalem und hat zwei Kinder. Und die jüngste, Dina, war siebzehn.«

»Noch etwas?«, fragte Chana Regev.

»Moschik Bamberg und Ehud Lion haben ein Jahr lang zusammen bei der Grenztruppe gedient«, sagte Lisi. »Ehud Lion gab oder verkaufte beduinischen Informanten Haschisch, das von ihrer Einheit Schmugglern abgenommen worden war. Die Beduinen, die geschnappt wurden, haben jeder zwei Jahre Haft bekommen, Lion wurde zur militärischen Verwaltung von Be'er Scheva versetzt. Es gibt keinen Hinweis auf seine Beteiligung an diesem Fall, weder in den Gerichtsakten noch in den Militärakten, auch nicht bei der Verwaltung.«

»Darüber haben Sie in Ihrer Zeitung geschrieben«, sagte Chana. »Von wem wissen Sie das alles? Von Bamberg?«

»Ich kann die Quelle nicht nennen, ich habe mein Wort gegeben«, sagte Lisi.

»Bamberg«, verkündete Chana energisch und Lisi schwieg. »Die beiden haben eine alte und komplizierte Rechnung offen. Keine Ahnung, was das mit dem Mord an Dina zu tun hat. Weiß eigentlich jemand was über die Beduinen, die mit dem Haschisch geschnappt worden sind?«

»Da habe ich nicht nachgeforscht.«

»Haben Sie ihre Namen?«

Lisi schüttelte den Kopf. »Nicht hier. Ihre Namen standen in der Zeitung, als sie geschnappt wurden. Der Polizeioffizier, der sie verhaftet hat, war Uzi Nedava. Heute ist er Polizeidirektor für den Bezirk Negev. Damals war er ein viel versprechender junger Offizier.«

»Und …?«

»Was?«

»Ich habe Ihr Zögern bemerkt, Schätzchen. Was noch?«

Roni lachte und Lisi fühlte sich unbehaglich.

»Ich bin am Haus von Micha Zadik vorbeigefahren, dem Leiter der Untersuchungskommission, die den Mord an Dina Bamberg bearbeitet. An dem Haus ist ein Schild: Erbaut von *Lion Erbauer des Negev*, 1974. Das mit dem Haschisch war 1972. Es ist gut möglich, dass es keine Verbindung gibt, dass ich einfach zu schnell misstrauisch werde. Die ganze Gegend dort wurde von *Lion Erbauer des Negev* gebaut.«

»Gut. Sie brauchen sich darum nicht zu kümmern, Sie verderben uns damit nur unsere eigenen Nachforschungen«, sagte Chana. »Joav, ist dieser Freund von Dina noch in der Irrenanstalt?«

»Ja«, sagte Joav. »In der geschlossenen Abteilung.«

»Hast du seinen Agenten überprüft?«

»Jehoschua Sinai, bekannt als Josch Sinai. Ein zwanghafter Spieler mit Schulden. Ein leichtes Opfer für Erpressungen.«

»Weißt du etwas oder beschäftigst du dich mit Spekulationen?«

»Josch Sinai hat Effy Levia losgeschickt, er solle seinen Pass in seinem Haus in Juval Barkan holen. Als Effy Levias Auto eine Panne hatte, mietete er für ihn ein Motorrad, bis Effys Landrover repariert wäre.«

»Hat er für seinen Schützling die Party in Juval Barkan vorbereitet?«

»Du hast gesagt, ich soll mich nicht auf Vermutungen einlassen.«

»Untersuch das!« Chanas Stimme kehrte zu den Dezibel zurück, die sie zu Beginn des Gesprächs gehabt hatte. Es wäre wirklich spannend, wenn sie auf Benzi treffen würde, dachte Lisi.

Chana fuhr Lisi an. »Was finden Sie denn so komisch?« Sie hatte die wachsamen Sinne einer Kobra.

»Nichts«, sagte Lisi.

»Nun, Joav, rück schon damit raus.«

Joav zögerte. Er ließ den Blick über die Papiere gleiten, die auf seinem Schoß lagen. Sein schmales, scharf geschnittenes Gesicht verdüsterte sich, er warf Roni einen fragenden Blick zu.

»Nun, mach schon«, schimpfte Chana.

»Es gibt keinen Moschik Bamberg«, sagte Joav.

»Was?«

»Ein Moschik Bamberg, geboren in New Jersey, am 9. November 1950, Sohn von Elisabeth und Nathan, kam bei einem Autounfall um, als er 1964 mit dem Fahrrad zu seiner Schule fuhr. Der Mann, den wir als Moschik Bamberg kennen, Professor Moschik Bamberg, wanderte 1969 mit dem Pass des Toten nach Israel ein.«

21

Cheski Elchanan lag auf Station I. der Inneren Medizin. Nachdem er sie erkannt hatte, füllten sich seine Augen mit Tränen und er wischte sie hastig mit dem Laken ab. Um acht Uhr morgens gab es noch keine anderen Besucher. Die drei weiteren Kranken, die mit Cheski im Zimmer lagen, beobachteten sie neugierig. Lisi zog den Vorhang zu, um wenigstens etwas Privatsphäre vorzutäuschen. Er sah älter und kleiner aus, als sie ihn in Erinnerung hatte. Vielleicht hatte sie ihn in jener fürchterlichen Nacht nicht wirklich angeschaut. Nur seine krummen Beine unter dem Laken erinnerten an den Mann auf dem Esel, der abends von seinem Maisfeld zurückgekommen war.

Lisi entschuldigte sich, dass sie ihn nicht eher besucht hatte, und er wischte sich wieder über die Augen und sagte: »Das ist nicht wichtig, nicht so wichtig, meine Familie ist die ganze Zeit da, wirklich, nicht so wichtig.«

»Was ist mit Ihnen? Was sagen die Ärzte?«

»Ich habe innere Blutungen und angeknackste Rippen und Beine, aber keine richtigen Brüche. Gott sei Dank. Die Kopfschmerzen sind schrecklich. Sie sagen, es wird noch eine Weile dauern, bis das vergeht. Übermorgen kann ich nach Hause. Die ganze Hofarbeit liegt einstweilen auf den Schultern meiner Söhne und ich weiß gar nicht, wann ich wieder arbeiten kann. Alle sagen, Geduld, Geduld, aber ich kann mir keine Arbeiter leisten. Von was soll ich sie bezahlen? Und Mirjam ist die ganze Zeit hier, und wenn ich nach Hause zurückkomme, wird sie es wohl noch schwerer haben. Mirjam ist eine Überlebende des Holocaust, haben Sie das gewusst?«

»Nein, das habe ich nicht gewusst«, sagte Lisi.

»Die ganzen Jahre über war ich der Felsen, von dem sie Kraft bekommen hat. Und jetzt ist sie der Felsen, von dem ich meine Kraft bekomme.«

»Wie geht es Chana?«, fragte Lisi. »Hat sie sich erholt?«

»Ja. In der Schule haben sie eine Psychologin, zu der geht sie jetzt zweimal die Woche. Diese Tiere, sie sollen in der Hölle braten!«

»Wir hatten großes Glück, dass wir Sie an diesem Abend getroffen haben, Cheski.«

»So ein Glück wünsche ich meinen Feinden«, sagte Cheski und grinste.

»Sie hätten auch Effy umgebracht. Und wer weiß, wen noch. Sie haben die Schläge abgekriegt, die für uns alle bestimmt waren.«

»Aber ich habe das arme Mädchen nicht gerettet«, sagte er.

»Nein.« Lisi schüttelte den Kopf. »Ich habe sie auch nicht gerettet. Arbeiten Sie eigentlich immer so lange auf dem Acker wie an jenem Tag?«

»Nein. Sehen Sie, was das heißt, Schicksal? Sonst gehe ich nie so spät nach Hause. Ich wollte den ganzen Mais ernten. Warum wollte ich das, was war daran so wichtig? Am Schluss habe ich es auch gar nicht geschafft. Komisch, nicht wahr?« Er fing an zu weinen.

»Soll ich Ihnen einen Tee oder sonst etwas bringen?«

»Nein, nein danke. Der Krankenhaustee kommt mir schon zu den Ohren raus.«

»Sagen Sie, Cheski, als wir bei Ihnen zu Hause angekommen sind, haben Sie plötzlich was gehört und zu uns gesagt, wir sollten uns verstecken. Ich habe gar nichts gehört. Was ist das gewesen? Ein Auto?«

»Nein, kein Auto. Meine Ohren sind an die Geräusche vom Dorf gewöhnt, ich hatte Schritte draußen gehört. Das war einfach Instinkt.«

»Sind sie zu Fuß gekommen? Von wo denn?«

»Sie haben einen Cousin in Tel Benjamin. Sie sind mit dem Auto bis zu seinem Haus gefahren und von dort zu Fuß gekommen.«

»Aber warum zu Ihrem Haus?«

»Vermutlich sind sie Ihnen hinterhergefahren. Sie haben gesehen, wie Sie in unseren Moschav gekommen sind. Und da haben sie ihr Auto einfach bei ihrem Cousin geparkt und sind zu Fuß zu meinem Haus gekommen. Nachdem sie gemerkt haben, dass das Mädchen tot ist, sind sie mit ihrem Auto, das vor dem Haus ihres Cousins wartete, zurück nach Juval Barkan.«

»Ist es sicher, dass sie das Mädchen ermordet haben?«

»Ja. Jetzt sagen sie, sie hätten es nicht mit Absicht getan. Sie hätten sie nur ein bisschen schütteln wollen. Sie haben ihre Wut an ihr ausgelassen, weil sie Effy nicht gefunden haben. Im Hof von ihrem Cousin haben sie sie vergewaltigt und umgebracht.«

»Woher wissen Sie das?«

»Von der Polizei«, sagte Cheski. »Sie haben jeden Zentimeter vom Moschav abgesucht. Und sie haben Spuren von dem Mädchen im Hof des Cousins gefunden.«

»Wie heißt dieser Cousin?«

»Wir nennen ihn hinter seinem Rücken ›der Schlächter‹. Sein richtiger Name ist Herzl Chazon. Ein wildes Tier, wie alle aus dieser Familie. Er ist ebenfalls verhaftet worden. Wegen Beihilfe zu einem Verbrechen, Behinderung der Ermittlungen und so weiter. Der ganze Moschav hat aufgeatmet, als er festgenommen wurde. Er wollte seinem Sohn ein Haus bauen. Wir haben eine Versammlung abgehalten und ihm keine Genehmigung gegeben, weil er schon einem anderen Sohn ein Haus gebaut hat. Da hat er es ohne Genehmigung gebaut und uns ausgelacht. Die Leute hatten Angst, sich mit ihm anzulegen. Was hätten wir tun sollen? Zur Polizei gehen? Ein fauler Apfel kann einen ganzen Moschav kaputtmachen. Gut, sie haben dafür bezahlt. Ich glaube, sie werden in Zukunft die Nase nicht mehr so hoch halten.«

»Wer?«, fragte Lisi.

»Der Cousin und seine Familie.«

Lisi schaute ihn an. »Wilde Tiere ändern sich nicht so schnell.«

Cheski hob die Hand. »Dieser Nachik, der erschossen worden ist, und der andere Bruder, der heute Morgen umgebracht wurde – so was macht ihnen Angst, das können Sie mir glauben.«

»Was für ein Bruder wurde heute Morgen umgebracht?«, fragte Lisi.

»Was, das haben Sie nicht gewusst? Ich habe gedacht, Sie wären deswegen gekommen.«

»Nein!«, rief Lisi. »Hat man ihn umgebracht?«

»Oh, ich hätte mein großes Mundwerk halten sollen«, sagte Cheski.

»Wen hat man umgebracht?«, beharrte Lisi.

»Schmulik. Der große Dünne, der nach uns getreten hat. Er ist doch auch verletzt worden, als jemand im Hof von der Polizei auf sie geschossen hat. Er hat eine Kugel in den Bauch bekommen und lag hier im *Soroka*, mit einem Polizisten, der ihn bewacht hat. Im Stockwerk über mir hat er gelegen. Heute Morgen hat man ihn aus dem Krankenhaus entlassen, um ihn ins Gefängnis zurückzubringen. Und im Hof, als man ihn zum Auto brachte, ist er erschossen worden. Genau wie sein Bruder.«

»Ich habe heute Morgen noch nicht Radio gehört«, sagte Lisi.

»Es war ungefähr sechs, als es passierte.«

»Und hat man den Schützen gefasst?«, fragte Lisi.

»Nein«, antwortete Cheski. »Sie haben das ganze Krankenhaus auf den Kopf gestellt. Dieser Schütze möge gesegnet sein.«

»Wer hat es Ihnen erzählt?«

»Es gab Lärm und Gerenne. Polizisten kamen in alle Zimmer. Da haben wir die Schwestern gefragt, was passiert ist. Und sie haben es uns erzählt. Die Schwestern hier sind die reinsten Engel, das kann ich Ihnen sagen. Es soll uns nichts passieren, aber wenn, dann hier. Engel!«

Lisi dachte an Georgette und Chavazelet, ihre Schwestern,

die zu diesen »Engeln« des *Soroka* zählten. Im Moment wollte sie sie keinesfalls treffen, das wäre das Allerletzte gewesen, was sie gewollt hätte. Ihre Journalistenfinger juckten und es tat ihr Leid, dass sie Urlaub hatte. Sie verabschiedete sich rasch von Cheski Elchanan, bat ihn, Mirjam und Chana Grüße auszurichten, und versprach, die Familie zu besuchen, wenn er wieder zu Hause sei. Beim Abschied wischte er sich wieder Tränen aus den Augen.

Lisi ging zum Parkplatz und setzte sich in ihr Auto. Sie rief bei der *Zeit im Süden* an und verlangte mit verstellter Stimme, Sivan Schamai zu sprechen.

»Wer möchte ihn sprechen?«, fragte Schibolet.

»Seine Schwester«, antwortete Lisi.

Dann hörte sie eine junge Stimme. »Miri?«

»Hör zu, Sivan, und gib keine Antwort«, sagte Lisi. »Hier spricht Lisi Badichi. Ich möchte, dass du mich im *Blauen Pelikan* triffst. So schnell wie möglich. Und sag nicht, dass du mit mir gesprochen hast, und sag keinem Menschen, wohin du gehst.«

»Wo ist das?«

»Der *Blaue Pelikan* ist eine Kneipe in der Altstadt. Nimm dir ein Taxi, jeder kennt ihn. Notfalls musst du eben fragen. Ich werde in ungefähr zehn Minuten dort sein. Wenn dich jemand fragt, wohin du gehst, musst du eine Ausrede erfinden.«

»In Ordnung.«

Katinko, der Besitzer des *Blauen Pelikans*, empfing sie, als wäre sie seine verloren geglaubte Schwester. Im Hof, an zwei Tischen unter einem riesigen Baum, wurde Backgammon gespielt. Sie betrat das Lokal und sah, dass es leer war.

»Was ist los?«, fragte sie erstaunt. »Gibt es keine Kunden?«

»Es ist noch zu früh, ich habe gerade erst aufgemacht. Außerdem ist im August nie so viel los. Die Reichen sind ins Ausland gefahren und die Armen sind noch ärmer geworden.

Abends ist es in Ordnung. Die jungen Leute kommen. Wie geht es Dahan? Wann wirst du wieder arbeiten?«

»In zwei Wochen«, sagte Lisi. »Ich habe mir freigenommen.«

»Die Hauptstadt des Negev hat den Zemtenwurm nicht verdient, der dich ersetzt«, sagte Katinko.

Sie lachten beide.

Der Mann, der den Raum betrat, sah aus wie ein Junge. Eine rosige Haut und eine Glatze, auf der wieder ein Flaum gewachsen war. Er hatte schwarze, neugierige Augen unter viel zu langen Wimpern und trug ausgebleichte Jeans, die haargenau saßen, und ein schwarzes T-Shirt. Lisi winkte ihn zu sich.

»Was willst du trinken?«, fragte sie.

»Einen doppelten Espresso.«

»Und für mich Kakao«, sagte Lisi.

Katinko ging in die Küche. Lisi streckte Sivan die Hand hin.

»Ich habe gar keine Schwester«, sagte Sivan.

»Und wer ist Miri?«

»Meine Freundin. Ich habe gedacht, sie will mich reinlegen. Ich freue mich, dich kennen zu lernen.«

»Ich freue mich auch. Du wirst unseren Sportreporter ersetzen. Du wirst die *Poal* und die *Beitar* auch begleiten, wenn sie auswärts spielen.«

»Ich verstehe nichts vom Fußball.«

Lisi lachte. »Dann musst du es lernen.«

»Ich verstehe von nichts etwas, was man am Schabbat macht«, sagte er.

Lisi sah ihn erstaunt an. »Bist du fromm?«

»Der Schabbat ist mir heilig, ich spreche den Kiddusch im Pub und morgens bete ich immer am Meer.«

»Ein Tel Aviver also«, meinte Lisi. »Ich habe gehört, dass du hier an der Universität studierst.«

»Informatik und Wirtschaft. Und ein Schabbat in Be'er Scheva, auf dem Fußballplatz, hört sich schrecklich an.«

Lisi grinste. »Das brauchst du mir nicht zu sagen.«

»Was ist mit dem Sportreporter passiert?«, wollte er wissen.

»Hat zum Fernsehen gewechselt.«

Katinko brachte den Kaffee und den Kakao.

»Hör zu«, sagte Lisi. »Ich habe eine Information für dich. Aber du hast es nicht von mir. Wenn du gefragt wirst, wo du das gehört hast, sagst du, irgendwo in der Stadt, im Supermarkt, was weiß ich. Denk dir was aus.« Und dann erzählte sie Sivan Schamai von dem Mord an Schmulik Chazon von der Gang aus Juval Barkan.

»Hast du etwas in den Nachrichten gehört?«

»Nein«, sagte er, »ich habe heute Morgen keine Nachrichten gehört.«

»Das solltest du dir angewöhnen«, sagte Lisi. »Du musst jeden Morgen Radio hören.«

»Sehr wohl, Herr Kommandant.«

»Ruf den Polizeisprecher an und bitte um eine Stellungnahme. Wenn er dich fragt, aus welcher Quelle diese Information stammt, musst du nicht antworten. Sei höflich. Wenn er sagt: ›Kein Kommentar‹, dann schreibst du in deinem Artikel, der Polizeisprecher habe mit ›Kein Kommentar‹ reagiert. Dann rufst du beim *Soroka* an. Die haben auch einen Sprecher. Du musst herausbekommen, von wo aus Schmulik erschossen wurde. Von einem Dach, aus einem Auto, von der Straße aus. Wie viele Polizisten gekommen sind, um Schmulik vom Krankenhaus zurück in die Zelle zu bringen.« Lisi erzählte alles, was sie von Cheski Elchanan gehört hatte, ohne ihm zu verraten, woher sie es wusste. Sie sagte, nach allem, was die Polizei herausgefunden habe, sei Dina Bamberg im Hof vom Cousin der Chazons in Tel Benjamin ermordet worden. Der Mann heiße Herzl Chazon und werde »der Schlächter« genannt. Er sei von der Polizei wegen Beihilfe und Behinderung der Ermittlungen festgenommen worden. Sie sagte, er müsse den Sprecher fragen, ob die Polizei schon wisse, wer Dinas Leiche vom Hof des »Schlächters« zu Effys Haus in Givat Benjamin gebracht habe.

»Ich glaube nicht, dass er mir das so einfach sagen wird«, meinte Sivan.

Lisi lachte. »Es gibt einfach eine Grenze für das, was der Sprecher mit ›ich weiß nicht‹ beantworten kann. An irgendeinem Punkt wird er dir einen Knochen hinwerfen. Wenn er es nicht tut, dann klimpere mit deinen schönen Augen und frage ihn, ob es richtig wäre, wenn du in der Zeitung schreibst: ›Die Polizei tappt noch völlig im Dunkeln, was die Lösung dieses Falls betrifft.‹ Aller Wahrscheinlichkeit nach wird er dir dann etwas sagen. Dieses Etwas sagt er natürlich auch der *Post* und dem Radio. Das bedeutet, dass du viel herumlaufen musst, damit du mehr Details als die *Post* und das Radio hast. Die Zeit arbeitet für dich.«

Sie schlug Sivan auch noch vor, Josch Sinai anzurufen, den Manager von Effy Levia, und zu fragen, ob Effy noch immer in der geschlossenen Abteilung sei.

»Sein Lied ist immer noch ganz oben in der Hitparade«, sagte Sivan.

»Was für ein Lied?«

»Ich liebe dich.«

»Was? Wie kann das sein? Er hat es doch überhaupt noch nicht aufgenommen.«

»Josch hatte Teile davon aufgenommen und hat sie ergänzt.«

»Darf er das machen?«, fragte Lisi.

»Hörst du nicht Radio? Er hat einem großen Sänger, den er liebt und verehrt, ein Kompliment gemacht. Seine Tränen haben alle Talkshows überschwemmt.«

»Ich glaube nicht, dass ich in der Lage bin, mir dieses Lied anzuhören«, sagte Lisi. »Hast du die Telefonnummer von Josch Sinai?«

Der Junge musste genial sein, weil er innerhalb von vier Minuten die Telefonnummer von Josch herausfand.

»Achte auf jedes Wort«, sagte Lisi. »Und wenn möglich, lass ein Band mitlaufen. Wenn das nicht möglich ist, mach dir Notizen. Hast du einen Tisch in der Redaktion?«

»Ja, Dahan hat mir einen gekauft.«

»Der Wurm sitzt in meinem Zimmer?«

»Cement? Ja.«

»Hat dein Tisch eine Schublade, die man abschließen kann?«, fragte Lisi.

»Ja«, antwortete Sivan.

»Dann halte deine Bänder und Notizbücher immer unter Verschluss«, riet ihm Lisi. »Und den Schlüssel mach an deinem Schlüsselbund fest.«

Sivan nickte. »Jawohl. Du hörst dich an, als würdest du mich beim Geheimdienst anstellen.«

»Hör zu«, sagte Lisi. »Wenn bis jetzt noch nichts über die Ermordung von Schmulik Chazon im Radio gekommen ist, dann heißt das, dass die Polizei es noch geheim hält. Sie werden versuchen, dich unter Druck zu setzen, damit du ihnen deine Quellen verrätst, ›zum Nutzen der Allgemeinheit‹. Wehre sie ab. Sei höflich, aber entschlossen. Sie machen ihre Arbeit, so wie wir unsere machen. Und denk dran, dass wir sie in Zukunft noch brauchen werden.«

»Ich habe drei Jahre lang beim Militärsender gearbeitet«, sagte Sivan. »Ich bin kein blutiger Anfänger.«

»Hast du auch über die besetzten Gebiete berichtet?«

»Ja. Gaza und Hebron. Und über den Libanon.«

»Gut, dann fahre nach Juval Barkan und besorge dir Reaktionen der Familie. Die besetzten Gebiete sind ein Picknick gegen die Gang von Juval Barkan.«

»Ich könnte mit den Nachbarn sprechen«, schlug er vor.

»Ja. Und bitte die Familie um ein Foto von Schmulik. Ich glaube ja nicht, dass sie mit dir reden, er ist heute umgebracht worden, aber ein Foto geben sie dir vielleicht. Fahr auch nach Tel Benjamin und sprich mit der Familie des ›Schlächters‹. Ich habe nichts davon gelesen, dass er verhaftet wurde oder auch darüber, dass Dina bei ihm im Hof ermordet wurde. Außerdem hätte ich gern eine Reaktion der Familie Bamberg auf die Ermordung von Schmulik Chazon.«

»Meinst du, sie haben was mit der Schießerei zu tun?«, fragte Sivan.

Lisi zuckte mit den Schultern. »Ich meine gar nichts.«

»Hast du ihre Telefonnummer?«, fragte er.

Sie wühlte in ihrer großen Tasche, fand ihr Telefonverzeichnis und gab Sivan Schamai die Nummer. »Sei vorsichtig«, sagte sie. »Sie haben eine Tochter unter schrecklichen Umständen verloren.«

»Sehe ich aus wie ein Gorilla?«, fragte er empört. »Du willst mich die ganze Zeit dressieren.«

»Oh.« Die Vorstellung, dass sie autoritär wirken könnte, verblüffte sie.

»Gib mir auch deine Telefonnummer«, sagte er. »Ich berichte dir dann, was ich herausbekomme.«

Lisi gab ihm die Nummer ihres Handys.

»Vermutlich fahre ich heute noch nach Tel Aviv«, sagte sie. »Ich werde in der *Zeit* lesen, was du herausgefunden hast. Das ist ein Bericht für die überregionale *Zeit*. Lass dich ja nicht von Doron Cement davon abhalten, deinen Bericht nach Tel Aviv zu schicken. Was hältst du von der Überschrift ›Der Scharfschütze von Be'er Scheva hat zum zweiten Mal zugeschlagen‹?«

»Banal.«

»Aber präzise. Du musst dich um Überschriften nicht kümmern. Wenn die in Tel Aviv sie für banal halten, werden sie sie ändern. Die Farbe heb für die *Zeit im Süden* auf.«

Sivan machte ein verblüfftes Gesicht. »Was für eine Farbe?«, fragte er.

»Die weinende Frau, die erschrockenen Nachbarn, das Entsetzen auf dem Gesicht des Parkwächters, solche Sachen eben. Und es ist besser, wenn immer die Namen genannt werden. Es schadet auch nichts, wenn du schreibst: ›ein grünes Hemd‹ oder ›blonde Haare‹.«

Sivan lächelte plötzlich.

»Was ist?«, fragte Lisi.

»Man hat mir gesagt, dass du ein Wort pro Stunde sprichst.«

»Ja, ja. Und ich weiß, was man dir noch gesagt hat. Du brauchst es mir nicht zu erzählen.«

»Nein, nein«, protestierte er verlegen. »Dahan und Schibolet und Dorit schätzen dich sehr! Wann kommst du wieder in die Redaktion?«

»Ich weiß es nicht. Ich glaube, in zwei Wochen. Wo wohnst du? Hast du ein privates Telefon?«

Sivan schrieb ihr seine Telefonnummer in Be'er Scheva, die von Tel Aviv und die Nummer seines Piepers auf einen Zettel.

Lisi lächelte ihn an. »Und jetzt los, beeil dich, du hast viel zu tun.«

Sivan zog seinen Geldbeutel aus der Hosentasche.

»Nein«, sagte Lisi. »Heute bist du mein Gast.« Sie fühlte sich, als wäre sie zweihundert Jahre alt.

»Ein neuer Freund?«, fragte Katinko, als sie zu ihm ging, um zu bezahlen.

»Ja. Du kennst mich doch. Ich bin eine Nymphomanin. Ich stehle sogar kleine Jungs aus dem Kinderwagen.«

Beide lachten.

»Sag mal«, sagte sie, »spielt Moschik Bamberg noch manchmal hier?«

»Jam Sessions?«, rief Katinko. »Ach, es ist hundert Jahre her, dass wir damit aufgehört haben.«

»Ist kein Publikum mehr gekommen?«, fragte Lisi.

»Doch, doch, und ob! Woodstock im Negev? Allein die Idee hat alle verrückt gemacht. Es sind amerikanische Hippies gekommen, die sich im Negev herumgetrieben haben, und Schüler in Jeans und mit langen Haaren und Soldaten auf Urlaub, die in der Stadt hängen geblieben sind. Die Amerikaner waren barfuß, mit Zöpfchen und Perlenketten, und haben Marihuana geraucht, unsere Jugendlichen haben Haschisch geraucht und die Polizei war jeden Dienstag und Donnerstag hier.«

»Hat Bamberg auch gekifft?«

»Nein. Er hat noch nicht mal Zigaretten geraucht. Er hat

sich aufgeregt, wenn einer von der Band stoned ausgesehen hat.«

»Mit wem hat er gespielt?«, fragte Lisi.

»Oh, das ist so lange her. Mit wem er gespielt hat? Da gab es irgendeinen Arzt von der Krankenkasse, der Bass gespielt hat, und dann war da ein Maler, der Elektrogitarre gespielt hat und verrückt nach Elvis Presley war. Und der Schlagzeuger war ein Kommilitone von Bamberg, glaube ich. Es ist gar nicht so lange her, da habe ich ihn gesehen. Er arbeitet in dem Plattengeschäft in dem neuen Einkaufszentrum. Manchmal hat auch Bambergs Frau mitgespielt. Auf einer Darbuka, einer arabischen Trommel. Oh, wie lange ist das schon her. Make love not war. Ach ja, wie waren wir damals jung und schön.«

»Wie heißt der Verkäufer aus dem Plattenladen?«

»Das ist ewig her! Ich weiß mit Mühe noch meinen eigenen Namen… Sami! Er heißt Sami! Seinen Familiennamen habe ich vergessen.«

»Was haben sie gespielt?«, fragte Lisi.

Katinko zuckte mit den Schultern. »Was weiß ich. Ich verstehe so viel davon wie ein Esel von Obstsalat. Hits, die damals in Amerika und England gespielt wurden. Sie haben auch Improvisationen von Liedern aus den Sechzigern gebracht. Folk, Rock, Country, Jazz, ich weiß überhaupt nicht, was der Unterschied ist. Sie haben Bob Dylan gespielt, Jimmy Hendrix, Joan Baez, Woodstock-Leute eben. Ich habe kein gutes Gehör. Und jedes Mal am Schluss des Abends haben die Amerikaner der Band zugeschrien: ›Never going back!‹ und geklatscht, und die Band hat nachgegeben und zum Abschluss das Lied *Never going back* gesungen. Es ist zu einer Art Hymne der Band geworden. Ihr Wahrzeichen.«

»Wer war der Boss der Band?«

»Sie hatten keinen Boss«, sagte Katinko. »Sie haben improvisiert. Aber derjenige, der alle motiviert hat, war Bamberg. Er war einfach klasse. Er hat sowohl Klavier gespielt als auch Elektrogitarre.«

»Und warum sind sie auseinander gegangen?«, erkundigte sich Lisi.

»Es war dieser Arzt, der Bass gespielt hat. Irgendeine Hippiefrau aus Amerika hat ihn sich geangelt und ihm Marihuana gegeben und er ist auf ihr krepiert, mitten im Liebemachen. Ein solider, ruhiger Mann mit einer netten Familie. Wir mussten vor seiner Frau verbergen, auf welche Art er gestorben ist. Das kam zu den ganzen Komplikationen mit der Polizei und den Beschwerden von Nachbarn dazu. Ich hatte die Schnauze voll. Es ist schrecklich, was mit Bambergs Tochter passiert ist.«

»Ja«, sagte Lisi.

»Ich habe in der Zeitung gelesen, dass du es warst, die ihre Leiche gefunden hat.«

»Ja.«

»Der Ärmste. Auch dich beneide ich nicht. Ich wäre auf der Stelle tot umgefallen. Wann wirst du wieder arbeiten dürfen?«

»Vermutlich in zwei Wochen.«

»Ein Scheißkerl, dieser Lion.«

»Was?«

»Er ist doch schuld, dass man dich rausgeworfen hat, oder?«

»Nein, wieso?«, sagte Lisi. »Ich habe der Zeitung keinen Bericht über den Scharfschützen geschickt, der diesen Nachik von der Gang aus Juval Barkan erschossen hat. Deshalb.«

»Ach so?«

»Warum hast du gesagt, dass Lion ein Scheißkerl ist?«, fragte Lisi.

»Was weiß ich«, meinte Katinko. »Die Leute reden eben.«

»Was?«, fragte Lisi. »Dass man mich wegen Lion aus der Zeitung geworfen hat?«

»Nein, nein«, wehrte Katinko ab. »Vergiss es.«

»Also los, Katinko, sag schon!«

»Sie kaufen die ganze Stadt, er und seine Familie. Mit Drohungen und Erpressungen. Das Projekt Sade Tejman, den alten Busbahnhof. In allen Projekten fürs Millennium oder wie das heißt haben die Lions ihre Finger mit drin. Sie schmieren die Politiker mit Geld und die fressen ihnen dann aus der Hand.«

»Wer?«, fragte Lisi. »Um welche Politiker geht es da?«

»Was weiß ich«, sagte Katinko. »Ich weiß gar nichts. Los, Lisi, lass mich in Ruhe. Ich habe auch so schon genug Schwierigkeiten mit der Stadtverwaltung.«

»Was für Schwierigkeiten?«

»Es reicht, Lisi. Willst du noch einen Kakao?«

»Nein danke.«

Die ständigen Bemerkungen über Dinas Ermordung und die Fragen wegen ihrer Suspendierung machten Lisi langsam nervös. Sie hatte eigentlich bis Freitag in Be'er Scheva bleiben wollen, um zum familiären Schabbatessen zu ihrer Familie zu gehen und sich mit ihren Schwägern zu versöhnen, aber plötzlich hatte sie die Nase voll von allem. Sie beschloss, in ihre Wohnung zu fahren, die Taschen zu packen und nach Tel Aviv aufzubrechen, zu Roni. Sie würde mit ihm in die Schweiz reisen, sie würden mit Booten auf Seen fahren, auf hohe Berge klettern und mit dem Motorrad über Autobahnen brausen. Und die ganze Welt konnte ihr den Buckel runterrutschen. Als sie den *Blauen Pelikan* verlassen hatte, rief sie ihre Mutter an und fragte, ob sie bei ihr vorbeikommen könne.

»Ein bisschen später, Lisi. Am Nachmittag.«

»Ist etwas passiert?«, fragte Lisi.

»Ich bin müde.«

»In Ordnung, ich komme am Nachmittag.«

Der Radiosprecher hatte eine teilweise Bewölkung mit Möglichkeit zu Regenschauern vorausgesagt und genauso fühlte sich Lisi auch. Sie hatte ihre Mutter seit jenem Abendessen nicht mehr getroffen, und jetzt, da sie tapfer beschlossen hatte, den ersten Schritt auf dem Weg zur Versöhnung zu tun, antwortete sie ihr, sie sei müde. Dreißig Jahre hatte Batscheva in der Strickfabrik an der Nähmaschine gesessen und Ärmel eingenäht, acht Stunden am Tag, und noch nie war der Satz »Ich bin müde« aus ihrem Mund gekommen. Und jetzt war sie auf einmal müde. Und dieser verhaltene Ton! Lisi spürte, wie ihr Bauch sich zusammenzog. Wut stieg in ihr auf. Wie schafft sie das bloß?, dachte Lisi. Immer gelingt es ihr, mir das Gefühl zu geben, ich wäre schuld an allem, etwas ist nicht in Ordnung mit mir und deshalb bin ich die Enttäuschung ihres Lebens.

Nie hatte ihre Mutter ihre Arbeit wirklich anerkannt. Sie betrachtete das, was Lisi tat, als eine Art unbedeutenden Zeitvertreib. Was ihre Schwestern machten, das war Arbeit. Was ihre Schwäger machten, war Arbeit. Aber was für eine Arbeit war das, wenn man herumtelefonierte oder in der Stadt spazieren ging, mit Hinz und Kunz sprach und ihren Blödsinn aufschrieb? Noch dazu ohne feste Arbeitszeiten, ohne einen geordneten Tagesablauf. Das sollte Arbeit sein? Und wann würde sie endlich heiraten? Als sie das erste Staatsexamen in Orientalistik bestanden hatte, wollte ihre Mutter, dass sie die Lehramtsprüfung machte. »Damit du was in der Hand hast. Mit einem Gehalt am Monatsende und sozialer Absicherung.« Eine Frau ohne Beruf ist wie ein Fußabstreifer, sagte sie. Und bis zum heutigen Tag hatte Batscheva die Hoffnung nicht aufgegeben, dass ihre spät geborene Tochter doch noch einen ordentlichen Beruf lernte und vielleicht sogar heiratete und Kinder bekam. Batscheva war stolz auf Lisi, weil sie an der Universität studiert hatte, aber die Früchte, die dieses Studium gezeitigt hatte, hinterließen einen schlechten Nachgeschmack, den Batscheva noch nicht einmal zu verbergen suchte.

Beim Gedanken daran wurde Lisi noch wütender. Seit dem Tag ihrer Einberufung hatte sie keinen Groschen mehr von ihrer Mutter genommen. Alles, was sie erreicht hatte, hatte sie sich erarbeitet, die Universität, die Wohnung, das Auto.

Einen Moment lang kämpfte sie mit sich, ob sie ihre Mutter wieder anrufen und absagen sollte, doch dann besann sie sich. Sie beschloss, ab sofort nicht mehr zu versuchen, die Haltung ihrer Mutter zu ändern, sondern ihre eigene. Sie würde nicht mehr mit ihr streiten, sie würde sich nicht mit ihr messen, sie würde Ohren und Herz verschließen und ihr Leben leben.

Als sie in ihrer Wohnung war, rief sie Roni an und teilte ihm mit, dass sie mit ihm in die Schweiz fahren würde und morgen nach Tel Aviv komme, mit ihrem Koffer. Seine erste Reaktion war ein begeisterter Aufschrei, dann sagte er, sie solle sich eine internationale Kreditkarte und Schweizer Franken besorgen, einen warmen Pullover, Regenmantel und Schirm einpacken, dazu ein Set »besserer« Sachen fürs Abendessen, einschließlich einer Handtasche, die kleiner sei als ihre üblichen, und ein Paar Schuhe, die nicht Marke Latschen seien. Kurz gesagt, er nahm ihr alle Lust zu reisen.

Den Mann, der früher mit Bamberg im *Blauen Pelikan* gespielt hatte, hieß Sami Kirsch, und wie Bamberg war er gebürtiger Amerikaner. Er hatte wilde, graue Locken, die wie leicht angerostete Putzwolle aussahen, und blaue Augen in seinem gelblichen, von Falten durchzogenen Gesicht mit dem bitteren Lächeln eines Verkäufers. Lisi lief zwischen den Platten herum und wartete darauf, dass er die Lehrerin von der Musikakademie fertig bediente, offenbar eine alte Kundin. Sie war mit einer Liste gekommen und Sami Kirsch ging mit ihr die Regale ab, um das Gewünschte herauszuziehen. Sami sprach ein Gemisch aus Englisch, Hebräisch und Jiddisch, und die Lehrerin nannte er »Bubale«. Einem jungen Mann, der ihn fragte, ob er die neueste Platte von der und der Gruppe habe, antwortete er ebenfalls: »Ja, Bubale, wart einen Moment, ja?« Und als er zum zweiten Stock hinaufrief, um etwas für die Lehrerin zu klären, nannte er den Mann oder die Frau dort ebenfalls »Bubale«. Offenbar hatte er für sich das Problem mit den Namen, egal ob männlich oder weiblich, ob jung oder alt, so gelöst, dass er alle Leute »Bubale« nannte. Lisi gefiel der Gedanke, dass es auch ihr einmal im Leben vergönnt sein würde, von jemandem »Bubale« genannt zu werden.

Sami Kirsch wirkte enttäuscht, dass die große junge Frau,

die so geduldig gewartet hatte, sich nicht für Schallplatten oder CDs interessierte, sondern für seine Erinnerungen an die »Musiktage« im *Blauen Pelikan*. Aber der Laden war jetzt leer, er hatte Zeit. »Kennen Sie den Witz von der Rebbezen, die eine Ziege gestillt hat?«, fragte er Lisi.

»Ja«, sagte Lisi. Sie hasste Witze.

»Zeit hab ich, Milch hab ich …«

»Warum haben Sie aufgehört zu spielen?«

»Unter uns gesagt, ich war kein begnadeter Trommler. Ich hatte ein Gefühl für Rhythmus. Wenn ich einen großen Schlagzeuger höre, fange ich an zu weinen, denn der spielt auf seinem Instrument, und ich hab draufgehauen. Das ist der Unterschied.«

»Sie haben studiert?«

»Ja, englische Literatur. Ich habe geglaubt, ich würde Lehrer für englische Literatur werden. Und jetzt bin ich hier. Beknackt!« Er lächelte bitter. »Keiner von unserer Band war professioneller Musiker. Einer war Kassenarzt, Moschik Bamberg war Orientalist, ein anderer ein Maler. Ich habe seinen Namen vergessen. Aber wir waren eine gute Band. Aus dem ganzen Negev sind die Leute gekommen, um uns zu hören. Wir haben gute Musik gemacht. Heute ist das doch alles nur Show. Jeder blöde Kerl, der seinen Arsch bewegen kann, kommt mit irgendwelchen albernen Clips auf den Markt. Damals hat man nichts aufgenommen. Das ist schade, wirklich schade. Wir waren gut. In jeder Hinsicht. Einmal war der Manager von den *Who* in Israel und hat uns gehört. Nach der Aufführung hat er sich auf Bamberg gestürzt: ›Hi, Simon! Hi, Simon!‹ Er meinte, er hätte ihn in Woodstock getroffen, wo er mit *The Who* war und Bamberg angeblich mit den *Jefferson Airplane*, die damals, in den Sechzigern, eine Topgruppe waren. Er wollte ihn mit zurücknehmen nach Amerika. Das war sehr komisch. Bamberg war toll. Er spielte Bob Dylan und Janis Joplin, Joan Baez und Jimmy Hendrix, alle, die zählten, und bei den Jam Sessions gab's keinen, der besser gewesen wäre als er. Seit damals, als er im *Pelikan* gespielt hat, habe ich nie mehr so einen gehört. Und wo sind wir jetzt? Ich verkaufe Platten und er unterrichtet ägyptische Geschichte. Haben Sie gehört, was mit seiner Tochter passiert ist?«

»Ja. Warum sind Sie kein Englischlehrer geworden?«

»Ich hab's versucht und gemerkt, dass das nichts für mich ist. Jeden Tag vor vierzig wilden Tieren stehen und ›Ruhe‹ brüllen.«

»Trommeln Sie noch?«

»Nein. Man wird älter, Bubale. Als meine Kinder klein waren, habe ich manchmal noch für sie getrommelt. Aber seit Jahren habe ich mein Schlagzeug nicht mehr angerührt. Wie geht's Katinko?«

»Ganz gut. Er macht weiter. Die schlechte Wirtschaftslage macht auch ihm zu schaffen.«

»Wem nicht?«

»Der Musikindustrie.«

»Es gibt einen ganzen Haufen Raubkopien auf dem Markt. Kaum hat man einen geschnappt, sind zwei andere da. Ohne Ende. Darüber sollten Sie mal schreiben.«

»Das werde ich bestimmt tun. Danke, dass Sie sich die Zeit für mich genommen haben.«

»Es hat mir Spaß gemacht, über früher zu sprechen. Werden Sie auch Moschik Bamberg treffen?«

»Ja.«

»Richten Sie ihm einen besonders herzlichen Gruß von Sami Kirsch aus.«

Lisi ging zu McDonald's und bestellte einen Hamburger mit Chips und Cola. Nach dem Essen würde sie zu ihrer Mutter fahren. Sie bediente sich großzügig mit Ketchup und erinnerte sich an den Entschluss, den sie nach dem Telefongespräch mit ihrer Mutter gefasst hatte: Ab sofort ist die Enttäuschung über Lisi einzig und allein Batschevas Problem. Sobald sie in Batschevas Stimme nur einen Hauch von Vorwurf hören sollte, wird Lisi ihre Ohren verstopfen und ihr Herz zu Stein werden lassen. Jawohl. Sie schlägt heute ein neues Blatt in der Geschichte ihrer Beziehung zu ihrer Mutter auf. Das Komische war nur, dass der Gedanke an dieses neue Blatt deprimierend war.

Batscheva empfing Lisi mit einer Umarmung, drückte sie fest an sich. Lisi war überrascht. Ihre Mutter gehörte eigentlich nicht zu den Frauen, die umarmen. Ihr Gesicht wirkte grau und sie sah auf einmal kleiner aus. Lisi hatte sich noch nicht einmal in den Sessel gesetzt, da war ihre Mutter schon in der Küche, kochte Kakao und brachte ihn auf einem Tablett mit einem Teller Kekse und einer Schale Trauben ins Wohnzimmer.

»Wie geht es dir, Lisette?«, fragte sie, während sie eine Decke über den Tisch breitete. Ihre Augen strahlten beim Anblick ihrer Tochter. »Ich bin so froh, dass du gekommen bist. Ich hatte solche Sehnsucht nach dir.«

Misstrauen keimte in Lisi auf. Ihre Mutter verhielt sich vollkommen anders als sonst. »Ist alles in Ordnung mit dir, Mama?«, fragte sie.

»Ich? Ja, natürlich bin ich in Ordnung.«

»Bist du gesund?«

»Wie ein Ochse! Warum fragst du das?«

»Keine Ahnung. Was ist passiert?«

»Wenn ich mich freue, dich zu sehen, muss dann vielleicht was passiert sein?«, fragte Batscheva.

Lisi hob die Hände. »Nein, natürlich nicht, Mama, ich freue mich auch, dich zu sehen. Ich wollte nicht kommen, wenn die ganze Familie hier ist, ich hatte Angst, sie würden wieder über mich herfallen wie beim letzten Mal.«

»Was für ein Blödsinn. Die Mädchen fragen die ganze Zeit nach dir und ihre Eltern sagen ihnen jedes Mal, dass Lisi am nächsten Schabbat kommt. Und der Streit! Ach, in welcher Familie gibt es nicht manchmal Streit? Man flieht nicht vor seiner Familie wegen irgendwelchen dummen Kleinigkeiten. Das ist auch kein gutes Beispiel für die Mädchen. Sie müssen sehen, dass man in einer Familie streitet und sich wieder versöhnt und dass das Wichtigste das Zusammenhalten ist.«

»Du hast Recht«, sagte Lisi.

»Und?«

»Ich fahre diese Woche in die Schweiz. Wenn ich wieder zurück bin, komme ich am Schabbatabend.«

»Wieso fährst du in die Schweiz? Was hast du in der Schweiz zu suchen?«

»Ich bin noch immer von der Arbeit suspendiert und mein Freund hat mich eingeladen.«

»Auf seine Kosten?«

»Nein, auf meine Kosten.«

Das Gesicht ihrer Mutter verdüsterte sich. Das nahezu einzige Mal, dass einer von der Familie ins Ausland gefahren war, lag etliche Jahre zurück, als Benzi von der Polizei nach Zypern geschickt worden war, um einen Verbrecher aus Be'er Scheva zurückzuholen. Er hatte aus Zypern ein Dampfbügeleisen mitgebracht, das Batscheva heute noch benutzte.

»Wenn du suspendiert bist, woher hast du dann das Geld für so eine Reise?«

»Ich komme zurecht.«

»Brauchst du ein Darlehen, Lisi?«

»Nein, Mama.«

»Nimmst du ein Darlehen von der Bank auf?«

Lisi schüttelte den Kopf. »Nein, Mama.« Sie wusste, dass für Batscheva ein Bankdarlehen einem Sprung in ein Loch voller Blutegel gleichkam. »Ich nehme kein Geld von der Bank, ich komme klar«, sagte sie deshalb.

»Wenn ein Mensch suspendiert ist, sollte er kein Geld verschwenden, sondern es sparen. Ich kann dir etwas leihen und du gibst es mir zurück, wenn du wieder was hast.«

»Mama!«

Noch nie hatte ihre Mutter ihr finanzielle Hilfe angeboten.

Weder ihr noch ihren Schwestern. Seit sie mit der Schule fertig waren, war allen in der Familie klar, dass jetzt jeder selbst für seinen Lebensunterhalt sorgen musste. Lisi dachte auf einmal daran, dass sie selbst ihre Mutter nie gefragt hatte, wie sie mit ihrem Gehalt zurechtkam. Wie viel Rente bekam sie eigentlich? Lisi wusste, dass ihre Mutter nach ihrer Entlassung aus der Fabrik alle möglichen Gelegenheitsarbeiten übernommen hatte, die mit Kindern zu tun hatten: Sie versorgte Babys, zwei Monate lang hatte sie als Stellvertreterin in einem Hort der Wizo gearbeitet, als die Pflegerin im Mutterschaftsurlaub war, eine Woche lang hatte sie nachts im *Soroka* am Bett eines kranken Kindes gewacht und einmal war sie sogar fürs Wochenende zu einer Familie im Galil gefahren, um Eltern, die dort Urlaub machten, bei der Beaufsichtigung ihrer drei kleinen Kinder zu helfen. Als sie von diesem »Urlaub« zurückgekommen war, hatte sie drei Tage mit Rückenschmerzen im Bett gelegen.

»Ist das was Ernstes, das mit diesem Roni?«, fragte Batscheva.

Lisi zuckte mit den Schultern. »Was weiß ich?« Sie wusste es wirklich nicht. »Er ist nett und gescheit und wir sind gerne zusammen. Hast du vielleicht eine Abendtasche? Meine Taschen sind so riesig.«

Batscheva holte aus ihrem Schlafzimmer vier Handtaschen. Weiß, schwarz, rot und eine mit Gobelinstickerei, die an einer vergoldeten Kette hing. »Was ziehst du abends an, Lisi?«

»Ich habe eine schwarze Hose mit einem schwarzen Jackett. Und ich werde ein paar Blusen mitnehmen.«

»Dann nimm die schwarze Tasche«, sagte ihre Mutter. »Willst du auch einen Schal?«

»Wozu?«

»Für den Hals. Dann wird niemandem auffallen, dass du immer dieselbe Bluse trägst.«

»Ich werde wie ein Zirkusgaul aussehen.«

»Blödsinn! Du wirst sehr hübsch aussehen. Und ich gebe dir noch eine schöne Brosche für das Jackett.«

Batscheva ging ins Schlafzimmer und kam mit zwei Seidenschals und einer großen goldenen Brosche in Form einer Muschel zurück, die sie bei festlichen Anlässen zu tragen pflegte.

»Hier. Das gehört dir. Ein Geschenk von deiner Mutter.«

»Danke.« Lisi hatte Angst, gleich in Tränen auszubrechen. Sie hegte keinen Zweifel mehr, dass irgendetwas mit ihrer Mutter alles andere als in Ordnung war.

»Was ist passiert, Mama?«, fragte sie.

»Was?«

»Was ist passiert«, wiederholte Lisi. »Bist du krank?«

Batschevas Augen füllten sich mit Tränen. In diesem Moment hatten sie die Pfauenfarbe, wie bei Tante Klara, die einmal, vor vielen Jahren, Batschevas Bruder Menasche gewesen war.

»Ich war heute bei einer Beerdigung, Lisi. Deshalb habe ich dir gesagt, dass du nicht kommen sollst. Ich bin gerade erst nach Hause gekommen.«

»Wer ist gestorben?«, fragte Lisi.

»Ein armer alter Mann, den ich vor vielen Jahren gekannt habe. Man musste den Minjan aus den Reihen der Beerdigungsbruderschaft zusammenbringen. Jemand, der ihn überhaupt nicht gekannt hat, hat den Kaddisch gesprochen.«

»Wer war es?«, flüsterte Lisi.

»Ein verrückter Bettler. Reue-Reue. Vor vielen Jahren habe ich ihm einmal ein bisschen geholfen.«

Lisi schwieg. Sie hatte das Gefühl, dass alles Blut aus ihren Adern wich.

»Lisette! Lisette!«, rief ihre Mutter und hielt ihr die Tasse Kakao an den Mund. »Trink! Was ist denn?«

Lisi fasste sich. »Wann ist er gestorben?«, fragte sie. »Wie?«

Ihre Mutter stellte die Tasse wieder ab. »Er hat nachts im Hof von der großen Synagoge geschlafen. Der Synagogendiener hat ihn gestern Morgen tot gefunden.«

»Wie hast du das erfahren?«

»Georgette hat mich angerufen«, sagte die Mutter. »Sie hat sich daran erinnert, dass ich mich vor vielen Jahren um ihn gekümmert habe. ›Gekümmert‹, was für ein Wort. Ich habe ihm bloß ein bisschen geholfen. Und dann habe ich ihn vergessen. Manchmal habe ich ihn auf der Straße gesehen, wenn er mit einer Büchse auf dem Gehweg gesessen und gebettelt hat. Dann habe ich ein bisschen mit ihm gesprochen und ihm ein paar Groschen gegeben.«

»Chajale«, sagte Lisi.

Ihre Mutter schaute sie erstaunt an. »Stimmt, so hat er mich genannt. Chajale. Dass du dich daran erinnerst!«

»Ich habe mit ihm gesprochen«, sagte Lisi.

»Wann?«

»Vorgestern.« Lisi sprang abrupt auf. »Ich muss weg.«

»Lisette!«

»Jeder, mit dem ich spreche, stirbt! Ich muss weg!«

»Niemand stirbt, nur weil du mit ihm sprichst, Lisette«, protestierte ihre Mutter.

»Ich habe mit ihm gesprochen und er ist gestorben.«

»Er war alt, Lisette. Ein alter Mann ohne Zuhause, der sich nicht regelmäßig ernährt hat. Der sein ganzes Leben auf der Straße verbracht hat. Du hast ihn nicht mit deinen Worten umgebracht, Lisette.«

»Mama, ich habe ihn umgebracht! Jemand hat gesehen, dass ich mit ihm sprach, und ihn ermordet.«

»Nein«, sagte ihre Mutter. »Er ist an Altersschwäche gestorben, an Verwahrlosung.«

Lisi schüttelte den Kopf. »Ich muss weg aus Be'er Scheva, ich muss weg.«

»Lisette! Du hast mit dem Tod dieses armen Mannes nichts zu tun!«

»Doch! Doch! Er war völlig in Ordnung, als ich mit ihm gesprochen habe. Er war nicht krank. Er war verrückt wie immer. Aber nicht krank. Er ist umgebracht worden!«

»Wenn jemand stirbt, sagen die Leute immer: ›Aber ich habe

gerade gestern noch mit ihm gesprochen.‹ So ist das Leben. Die Menschen sprechen noch, bevor sie sterben.«

»Mama, tu mir einen Gefallen. Sag Benzi, dass Reue-Reue vorgestern Mittag auf dem Gehweg vor dem *Apropos* gesessen hat. Ich bin bei ihm stehen geblieben, als ich das Lokal verlassen hatte. Ich habe ihn gefragt, ob er auch da gesessen hat, als Nachik Chazon erschossen wurde, dieser Mistkerl, der am Mord an Dina Bamberg beteiligt war. Reue-Reue hat gesagt, er habe da vor dem Lokal gesessen, als jemand vom Dach heruntergeschossen hat. Er hat gesagt, nach dem Schuss seien die Leute wie verrückt raus- und reingerannt. Micha Zadik, der Chef der Untersuchungskommission, hat zu einem Polizisten gesagt, er solle Reue-Reue wegbringen. Übrigens, sein richtiger Name ist Halel-Meir Schwarz.«

»Ja, bei der Beerdigung habe ich seinen Namen gehört. Ich habe gar nicht gewusst, dass er einen Namen hat. Ach, was für ein bedauernswerter Mensch.«

»Nach den Schüssen hat ein Polizist ihn einer alten Frau übergeben und sie hat ihn in den kleinen Park hinter der Post gebracht. Reue-Reue hat gesagt, die Alte hätte ihm geholfen, mit dem Holzbein und den…« Lisi stockte.

»Was ist?«, fragte Batscheva.

»…und den Krücken!«

»Na und?«

»Mama! Reue-Reue hatte keine Krücken. Wieso ist mir das nicht aufgefallen? Er hat gesagt, mit ›den Krücken‹, aber er hatte nur eine. Reue-Reue hat ausdrücklich im Plural gesprochen. Er war verrückt, aber sogar ein Verrückter weiß, dass er ein Holzbein und eine Krücke hat. Und noch etwas.« Lisi verstummte, sie hatte Angst auszusprechen, was ihr schon beim bloßen Gedanken einen Schauer über den Rücken jagte. Sie wusste, dass sie Benzi in etwas hineinziehen könnte, aus dem er nie wieder herauskommen würde.

»Was ist, Lisette?«, fragte Batscheva.

»Als ich auf der Straße mit Reue-Reue redete, saß Micha Zadik im *Apropos*. Er muss gesehen haben, wie ich mit Reue-Reue sprach.« Lisi schwieg und starrte ihre Mutter entsetzt an.

»Soll ich Benzi das sagen?«

Lisi schüttelte den Kopf. »Nein, sag ihm nichts von Micha Zadik. Das würde ihn noch tiefer hineinreiten. Weiß man etwas über den Scharfschützen? Haben Benzi und Ilan was darüber gesagt?«

»Bei mir, beim Schabbatessen?«, rief Batscheva entrüstet. »Nein, da spricht keiner über die Arbeit.«

»Sind die Leute in der Dienststelle noch sauer auf sie?«, fragte Lisi.

»Ihre Laune hat sich etwas gebessert«, antwortete ihre Mutter. »Bei der internen Untersuchung, wer darüber Bescheid wusste, wann man die Verbrecher wegbringen wollte, haben sie herausgefunden, dass Wanzen im Polizeigebäude installiert worden waren.«

»Was?«

Batscheva lachte. »Im Telefon am Eingang und eine unter dem Bild vom Staatspräsidenten. Was für eine Schande. Das wird natürlich geheim gehalten. Ich weiß es von Malka. Sie ist verhört worden, die Ärmste, man hat sie bis aufs Mark ausgequetscht, wer das Haus betreten und wer es verlassen hat. Nach all den Befragungen und Verhören ist nur noch eine alte Touristin übrig geblieben, die Anzeige erstatten wollte, dass ein Räuber auf einem Motorrad ihr die Tasche weggerissen habe, am Eingang zum alten Markt. Ihre Schlüssel und Ausweise, Kreditkarten und ihr Geld, alles war in dieser Tasche. Und noch während sie bei der Polizei war, hat jemand die Tasche gefunden und der Polizist am Funkgerät hat gesagt, sie solle in der Dienststelle warten, sie würden ihr die Tasche bringen. Sie saß dort, halb tot vor Schreck, schwitzend wie ein Pferd und wartete auf ihre Handtasche. Als der Polizist ihr die Tasche brachte, stellte sich heraus, dass der Dieb nur das Geld herausgenommen und den Rest unberührt weggeworfen hatte. Was für ein Glück, denn trotz allem hatte sie jetzt noch ihre

Papiere und die Kreditkarten. Sie sagte, sie verzichte auf eine Anzeige, das Geld hätte sie schon abgeschrieben. Und auch Malka sagte, es sei nicht sehr wahrscheinlich, dass man den Dieb oder das Geld finden würde, bestimmt sei es ein Drogenabhängiger, der einen Schuss brauchte. Aber der Ordnung halber notierte sie trotzdem die Personalien der alten Frau.«

»Wer hat die Tasche gefunden?«, fragte Lisi.

Batscheva zuckte mit den Schultern. »Irgendein Mensch auf der Straße. Er hat sie einer Mutter mit Kinderwagen gegeben, die Richtung Markt ging, und gesagt, sie solle sie zur Polizei bringen.«

»Wieso verdächtigen sie dann plötzlich diese alte Frau?«, fragte Lisi.

»Weil später, als sie herausbekommen wollten, wer die Wanzen angebracht haben könnte, diese Touristin die einzige Person war, die sie nicht finden konnten. Malka wurde wieder und wieder befragt und sie versuchte, sich zu erinnern. Aber alles, was ihr einfiel, war, dass die Alte einen Plastikkorb mit Pflaumen und Melonen und so etwas dabeihatte. Und dass sie halb ohnmächtig war vor Hysterie, sie hat sich fast in die Hosen gemacht. Malka hat ihr ein Glas Wasser gebracht und sie dann zum Klo geführt, wo sie sich das Gesicht mit kaltem Wasser abwusch, um wieder zu sich zu kommen. Die Alte bat Malka um Erlaubnis, ihren Sohn anrufen zu dürfen, und Malka stellte das Telefon vor sie auf die Theke. Sie hat sogar für sie gewählt. Doch niemand hat abgenommen, der Sohn war nicht zu Hause, das war's. Aber die Einsteins von der Polizei haben festgestellt, diese Alte hätte sowohl die Zeit als auch die Möglichkeit gehabt, die Wanzen am Telefon und unter dem Bild des Staatspräsidenten anzubringen. Jedenfalls will niemand, dass diese Schmach rauskommt, sie können sich lebhaft vorstellen, wie man über sie lachen würde. Deshalb haben sie auch aufgehört, Malka in die Mangel zu nehmen.«

»Hat man die Alte nach dem zweiten Attentat verhört?«, wollte Lisi wissen.

»Ich habe doch gesagt, dass man sie nicht gefunden hat. Deshalb haben sie ja Verdacht gegen sie geschöpft. An der Adresse, die sie angab, wohnen Neueinwanderer aus Georgien, die überhaupt nicht verstanden haben, was man von ihnen wollte. Sie behaupten, die Polizei würde nur deshalb über sie herfallen, weil sie Georgier sind.«

»Glaubt Malka, dass es die Alte war, die die Wanzen angebracht hat?«

»Ja. Und sie fühlt sich schuldig. Zu ihrem Glück war sie nicht die Einzige, die Dienst hatte, deshalb war der Eingang keine Sekunde ohne Aufsicht. Wer die Wanzen angebracht hat, muss ein Profi gewesen sein, sagt Malka.«

»Was ist mit ihren Ausweisen, mit Fingerabdrücken?«

»Sie haben nichts gefunden. Der Diebstahl war nur vorgetäuscht, um zur Polizei zu kommen und die Wanzen anzubringen.«

»Eine seltsame Geschichte«, sagte Lisi. »Ich frage mich, warum Malka sie dir erzählt hat.«

»Wir haben uns getroffen und da hat sie es mir eben erzählt. Sie wollte über dich sprechen, darüber, was dir in der Nacht passiert ist, als dieses Mädchen ermordet wurde. Wie heldenhaft du dich benommen hast. Sie hat gemerkt, dass du aus Be'er Scheva verschwunden bist, und gefürchtet, dass Benzi und Ilan Streit in der Familie angefangen haben.«

»Wie nett von ihr.«

»Ich brauche niemanden, der meine Tochter verteidigt«, erklärte Batscheva. »Das habe ich ihr auch gesagt.«

»Warum hat Tante Malka eigentlich nie geheiratet?«, fragte Lisi.

»Vermutlich hat das in ihren Karten gestanden.«

»Trotzdem …«

»Vor vielen Jahren hat sie jemanden gehabt, einen Gewürzhändler aus Luv, in den sie sehr verliebt war und der ihr die Ehe versprochen hat. Erinnerst du dich an das Flugzeug, das man auf dem Weg nach Entebbe entführt hat?«

»Ja.«

»Er war in diesem Flugzeug, mit seiner Frau und seinen beiden Kindern.«

»Und sie hat nichts von ihnen gewusst?«, fragte Lisi.

Batscheva schüttelte den Kopf. »Nein.«

»Oh, die Ärmste.«

»Unsere Familie hat kein Glück in Herzensangelegenheiten. Ich liebe Klara und ich liebe Malka, sie sind mein Fleisch und Blut, aber irgendetwas läuft bei uns schief. Gut, ich habe jedenfalls wunderbare Töchter.«

»Hättest du gerne wieder geheiratet, Mama?«, fragte Lisi.

»Ob ich es gern getan hätte? Keine Ahnung. Wer hätte mich denn genommen, eine Arbeiterin in der Strickwarenfabrik mit drei kleinen Kindern.«

»Es ist noch nicht zu spät«, sagte Lisi. »Du bist schön und jung und ein guter Mensch.«

»Danke, danke. Du solltest dich lieber um dich selbst kümmern. Wir könnten gemeinsam zu einem Singletreffen gehen.«

Beide lachten.

»Erzähl niemandem von der Sache mit den Wanzen, Lisette. Das hätte uns noch gefehlt, dass auch Malka deinetwegen in Schwierigkeiten kommt.«

»Wieso, sind Benzi und Ilan meinetwegen in Schwierigkeiten gekommen?«

»Nein, nein, um Gottes willen. Es reicht, Lisette. Genug mit dem ewigen Beleidigtsein. Ich habe keine Kraft mehr für so etwas. Was habe ich denn außer meiner Familie? Schluss damit. Niemand ist wegen niemandem in Schwierigkeiten gekommen. Fahr in die Schweiz, Lisette und lass es dir gut gehen.«

»Wenn ich zurück bin, komme ich zum Schabbatessen, Mama. Und sag Benzi nichts von Micha Zadik. Versprich mir das.«

»Von wem?«

»Von…« Plötzlich begriff Lisi, dass ihre Mutter sie neckte, und beide lachten.

»Aber von Reue-Reue kannst du ihnen erzählen. Sie wissen ja, dass du dich früher mal um ihn gekümmert hast und dass du zu seiner Beerdigung gegangen bist. Und versuche herauszubekommen, ohne mich oder Benzi und Ilan hineinzuziehen, ob er, als man ihn fand, eine oder zwei Krücken hatte, das ist sehr wichtig.«

»In Ordnung, Sherlock. Ich freue mich, dass du in die Schweiz fährst. Es wird dir dort gefallen. Und vergiss nicht, einen Pullover mitzunehmen.«

»In Ordnung.«

»Hast du Schuhe für abends?«

»Ich habe schwarze Slipper.«

»Sind die Absätze in Ordnung?«

»Ja.«

»Sag mal, dieser Roni, ist er groß?«

»So groß wie ich.«

»Du musst die Schuhe ordentlich putzen, damit sie glänzen.«

»In Ordnung, Mama. Ich werde mir auch die Zähne ordentlich putzen.«

Wieder lachten sie zusammen, doch in ihrer beider Augen standen Tränen. Zum ersten Mal in ihrem Leben hatten sie ein intimes Gespräch geführt. So eines, wie Mutter und Tochter es führen.

22

Sie wohnten in einer kleinen Stadt, die Silvaplana hieß, am Ufer eines Sees, hinter dem noch ein See lag und noch einer. Die Gipfel der Berge ringsherum waren schneebedeckt. Große und kleine Wasserfälle stürzten aus den Felsen in Bäche hinab, deren Wasser so kalt war, dass die Spritzer auf der Haut wie Feuer brannten. »Wenn es einen Garten Eden gibt«, sagte Lisi zu Roni, »dann ist es die Schweiz.« Sie war sich sicher, dass es auf der ganzen Welt keinen schöneren Platz gab als die Schweiz und dass es kein klügeres Volk gab als die Schweizer, die sich ein so schönes Land ausgesucht hatten. Jeden Morgen zogen sie die Wanderschuhe an und machten sich auf den Weg, um neue Pfade in den Bergen zu erkunden. Wenn sie vom Herumklettern müde waren, setzten sie sich auf eine Bank oder auf einen Stein, um sich auszuruhen, und Lisi schaute sich mit großen Augen um und sagte immer wieder den gleichen Satz: »Das ist so ungerecht!«

In ihrer Heimatstadt grub man für jeden Strauch und Baum, den man in die Erde pflanzte, eine Bewässerungsmulde, karrte gute Erde von weit her, legte eine Verbindung zur Bewässerungsanlage, kümmerte sich um jede Pflanze, als wäre sie ein Neugeborenes im Inkubator, damit sie trotz Hitze, Sandstürmen und der fast das ganze Jahr über anhaltenden Dürre am Leben blieb. Und hier! Diese Überfülle an Grün, das sich selbst vermehrte, diese saftigen Blätter von Bäumen, Sträuchern und Blumen, die überhaupt keine Pflege brauchten, und dann das Wasser, das viele Wasser! Lisi, die in der Stadt am Rand der Wüste geboren war und ihr ganzes Leben dort verbracht hatte, war völlig erschlagen von dem Grün und dem Überfluss an Wasser um sie herum. Sie empfand ein nie gekanntes Glücksgefühl. Ein Glück, das aus der Natur und aus dem Grün, aus den Wohlgerüchen, der reinen Luft und der Stille zwischen den Bergen in den Körper strömte und ihn erfüllte, ein Glück, das dem Schatten entstieg, den eine Wolke auf die Wiese warf, dem alten See, der im Schoß der Berge ruhte wie ein sattes Baby, dem Plätschern des Baches und dem Geschmack der kühlen Quellen.

Obwohl dieser Streifen Land, das Engadin, voller Touristen war, trafen sie auf ihren Ausflügen nur selten Menschen. Die meisten waren Schweizer Wanderer mit großen Bergschuhen und schweren Rucksäcken, die, wenn sie vorbeigingen, ein Geräusch von sich gaben, das sich wie ein Rülpser anhörte. Roni sagte, sie würden »Gruezi« sagen, eine schweizerische Version von »Schalom«, genauer gesagt eine Abkürzung von »Grüß Gott«. Lisi antwortete ihnen mit »Zuzik«, was sie zu Ronis Erheiterung vollkommen zufrieden akzeptierten. Sie war Roni so dankbar, dass er sie überredet hatte mitzukommen, dass sie sich freute, wenn sie ihn zum Lachen brachte. Und sie verkündete, falls sie je einen Sohn bekäme, würde sie ihn »Engadin« nennen, zu Ehren dieses Landstrichs, der, wie gesagt, zweifellos der schönste Platz der Welt war.

Moschik Bamberg wohnte in Sils Maria, das am benachbarten See lag, ungefähr eine halbe Stunde zu Fuß von ihrem Ort entfernt. Er war in einem großen Hotel untergebracht, das *Engadiner Post* hieß und dem gegenüber sich der Platz mit den Pferdekutschen befand. Sogar die Pferde waren hier anders als zu Hause, größer, breiter und stärker.

In der *Engadiner Post* befand sich eines der besten Restaurants der Region. Die Gäste reservierten Wochen und Monate vorher einen Platz, wenn sie in diesem Restaurant essen wollten. Auf Bambergs Empfehlung hin hatte Roni noch von Israel aus einen Tisch für die ganze Woche bestellt. Die Seidenschals, die ihre Mutter ihr mitgegeben hatte, waren Lisis Rettung. Nicht dass es hier besonders modisch zugegangen wäre, im Gegenteil, die Betonung lag auf Solidität. Ihre Mutter hätte sich hier sehr wohl gefühlt, auch Onkel Ja'akov und Tante Klara. Im Lauf der Zeit verstand Lisi, dass die Gäste seit zehn, zwanzig, dreißig Jahren hierher kamen, immer in dieselben Hotels, dass sie mit ihrem Hotel und dessen Besitzern alt wurden, auch mit den Kellnern, fast ausschließlich ältere Herren, die schwarze Anzüge und weiße Hemden mit schwarzen Fliegen trugen, dazu weiße Handschuhe, und die perfekt Italienisch, Französisch und Deutsch sprachen, nur das Englische knirschte etwas zwischen ihren Zähnen. Weil sie fließend Französisch sprach, wurde Lisi zu einem Bindeglied zwischen dem Oberkellner und Roni. Schon am zweiten Abend begrüßte sie der Oberkellner mit einem herzlichen »Good evening, Monsieur Melzer, bon soir, Mademoiselle Badigi.« Das hörte sich wirklich nicht schlecht an, Badigi. Nobel italienisch. Im Speisesaal erschienen immer drei ältere Italienerinnen in plissierten Seidenkleidern, die aussahen, als wären sie fünfzigjährige Mädchen, mit Perlenketten und orthopädischen Schuhen. Lisi lernte etwas: Wenn man »dazugehörte«, musste man das nicht demonstrieren. Sie fühlte sich wohl in ihrer Kleidung, die einfach und zweckmäßig war, denn sie sagte damit in der Sprache des Ortes, ich kann mir erlauben, jeden Abend denselben Anzug anzuziehen, ich muss nichts beweisen. Wir sind hier wie die Berge, wie die Seen, die schon immer da waren und immer da sein werden, während die Moden kommen und gehen.

Am frühen Abend, gegen fünf, begann Mosche Bamberg in der kleinen Bar neben dem Speisesaal zu spielen. Er spielte während des Abendessens und danach, während einige der Gäste den Speisesaal verließen, um einen Kaffee oder einen Armagnac zu trinken oder eine Zigarette zu rauchen, ein Genuss zwischen anderen Genüssen, zwischen Dinner und Zubettgehen. Sie saßen stets an denselben Tischen, bestellten die gleichen Dinge, blieben Gewohnheiten treu, die sie sich vor einer Woche oder vor dreißig Jahren zugelegt hatten. Alle verbrachten die Tage in schweren Wanderschuhen und mit Rucksäcken, Wanderstöcken und Wasserflaschen, und abends entschädigten sie sich für die Anstrengungen des Tages mit einem Wildbraten oder mit einer Forelle nebst Bergwaldpilzen. Den Abschluss des Essens bildete eines der vorzüglichen Parfaits oder Sorbets, die den Namen von Frauen trugen, die bestimmt sehr berühmt gewesen oder sehr geliebt worden waren, dass sie eine solche Verewigung verdienten.

Bei ihrem ersten Besuch im Restaurant bestellten sie den Wein, der an diesem Abend empfohlen wurde, für gewöhnlich aus Umbrien, der Toskana oder aus den Weinkellereien des Engadin. Auf der Speisekarte standen das Alter und die Herkunft des Weins und sie taten vor dem Kellner so, als falle es ihnen schwer, die Wahl zwischen einem herben Roten oder einem weichen Weißen zu treffen. Schließlich folgten sie der Empfehlung des Kellners und tranken ihren Wein ruhig und genüsslich, eingehüllt in Glück, das in seiner Vollkommenheit fast eine leichte Traurigkeit enthielt. Lisi erinnerte sich an Archimedes Levi, diesen wunderbaren Hochstapler, der ihr erster Liebhaber gewesen war. Sie war schon dreißig gewesen, als sie mit seiner Hilfe gelernt hatte, eine Mahlzeit zu genießen und die Fähigkeit ihres großen Körpers, zu geben und zu nehmen, sowohl am Esstisch als auch zwischen den Laken.

»Was lächelst du?«, fragte Roni und Lisi antwortete: »Ich habe an jemanden gedacht.«

»An wen?«

»An einen Freund. Einen Briefmarkenhändler. Er besaß eine Yacht. Wir haben in einem Restaurant in Aschkelon gegessen, das einen sehr guten Namen hatte. Von diesem Freund habe ich gelernt, was der Unterschied zwischen einem Aperitif und einem Digestif ist.«

»Was hast du noch von ihm gelernt?«

»Was?«

Ronis Gesicht verdüsterte sich. »Ich habe gedacht, ich wäre dein erster Freund.«

»Und?«

»Du hast mir nichts von der Yacht und dem Digestif erzählt«, sagte er vorwurfsvoll.

»Da gibt es nichts zu erzählen. Wir waren da und dort zusammen, vielleicht einen Monat lang. Er war ungefähr fünfzehn Jahre älter als ich. Auch aus Be'er Scheva. Und aus Ägypten, genau wie meine Familie. Es war gut, es war kurz. Aus und vorbei. Als wir uns trafen, du und ich, da war ich … na ja, nicht mehr völlig unbedarft.«

Kann es sein, dass er eifersüchtig ist?, dachte sie. Auf einen Mann, den ich gekannt habe, als wir uns noch nicht begegnet waren? Sie empfand verwirrten Zorn, weil sie das Bedürfnis hatte, sich entschuldigen zu müssen. Wofür sollte sie sich entschuldigen? Dafür, dass sie mit dreißig noch Jungfrau gewesen war? Dafür, dass der erste Mann, der mit ihr schlief, sie vergewaltigt hatte? Dafür, dass sie danach zum Glück Archimedes Levi getroffen hatte, der eigentlich nur ein Dieb mit den Manieren eines Prinzen war, dem es gelang, in ihrem großen, plumpen Körper und den Füßen, die eher den Schwimmflossen von Tauchern glichen, die Frau zu entdecken, die sich hinter der schlampigen Kleidung versteckte?

Jetzt war es das erste Mal, dass Lisi jeden Tag vierundzwanzig Stunden lang mit jemandem zusammen war, einschließlich Schnarchen, Rülpsen und Nase bohren, der Tüte mit schmutziger Wäsche, dem Warten vor Toilette und Bad und dem Geruch der verschwitzten Socken nach ihren Ausflügen. Sie war ein so intensives Zusammensein, so eine Intimität nicht gewohnt. Manchmal, wenn sie auf dem Gipfel eines Berges vor der schweigenden Landschaft standen, hatte sie keine Lust zu sagen: »Wie wunderschön!« Sie hatte keine Lust, in Begeisterung auszubrechen. Sie wollte schweigen und die tiefen Seen und hohen Schneefelder einatmen, sich auf dem Felsen, auf dem sie saßen, ausstrecken, ohne an irgendetwas zu denken. Roni hatte schon mehrmals um ihre Hand angehalten, letztlich würde sie sich entscheiden müssen. Er war hübsch, er war nett, er war klug, er war witzig, und er war ein guter Junge aus gutem Haus, nie würde sie einen besseren Ehepartner finden. Die Tatsache, dass er sie haben wollte, war an sich erstaunlich. Doch ausgerechnet jetzt, wo sie von morgens bis abends zusammen waren, wuchsen die Zweifel und Ängste in ihrem Herzen. Sie war sich nicht sicher, ob sie dazu in der Lage wäre, mit einem Menschen die Wohnung zu teilen, Tag für Tag, ihr ganzes Leben lang. Von dem Tag an, als sie den Militärdienst hinter sich gebracht hatte, war sie ihre eigene Herrin gewesen. Nie hatte sie jemanden um Erlaubnis fragen müssen, was sie wann und wie tun sollte. Manchmal schlurfte sie mit ihren großen Füßen ganze Tage lang einem Thema hinterher, das sie fesselte, und niemand wusste, ob sie gegessen oder geschlafen oder sich gewaschen hatte, keiner kaute sich die Fingernägel ab, wenn sie nach Gaza fuhr, um über einen Zwischenfall auf palästinensischem Gebiet zu berichten oder einen Anschlag in Deir el-Balach. Die Tatsache, dass sie ein ungeschlachter Brocken mit langen Plastikohrringen und rot geschminktem Mund war, erlaubte es ihr, ihr Leben so zu führen, wie sie es wollte, ohne dass sich irgendjemand für sie verantwortlich fühlte. Sogar ihre Familie hatte längst aufgehört, sich in ihre Angelegenheiten zu mischen. Aufgehört? Benzi und Ilan waren überglücklich, wenn sie ihr bei der Arbeit nicht begegneten.

»Falls jemals ein Essen nach mir genannt wird, wird es ein Süßkartoffelgericht sein«, sagte Lisi zu Roni.

»Süßkartoffel à la Badigi«, sagte er, »die Spezialität der *Engadiner Post.* Hört sich lecker an.«

Er möchte mich versöhnen, dachte Lisi. Weshalb? Hat er meinen Zorn gespürt?

»Gehen wir?«, fragte er. »Ich höre ›Beautiful people‹.«

»Was?«

»Melanie hat es in Woodstock gesungen.«

»Aha?«

»Melanie Safka. Bamberg spielt alle Lieder, die man damals dort gesungen hat.«

»Wo?«

»In Woodstock.«

»Wann war das, Woodstock?«

»1969.«

»Glaubst du, dass er damals dort war?«

»Fast eine halbe Million Menschen waren damals dort«, sagte Roni. »Musik, Drogen, Liebe. Zurück zur Natur. Make love not war.«

»Ich meine, ob er dort gespielt hat«, sagte Lisi.

»Bamberg? Keine Ahnung. Wann ist er in Israel eingewandert?«

»Ungefähr damals, glaube ich. Als der Jom-Kippur-Krieg ausbrach, hatte er den Militärdienst fast beendet. Willst du es ihn fragen?«

Roni schüttelte den Kopf. »Nein. Wenn er mir etwas zu sagen hat, wird er es tun. Er hat uns hierher eingeladen. Ich weiß nicht, worauf er wartet. Aber wenn er auf etwas wartet, warte ich auch darauf.«

»Er wollte, dass wir Lion mit dem Polizeidirektor sehen«, sagte Lisi.

»Wir haben Lion mit dem Polizeidirektor gesehen, wir haben Lion mit dem Polizeidirektor fotografiert. Ich kann es nicht leiden, wenn man mit mir spielt.«

»Und?«, fragte Lisi. »Geht es uns hier nicht gut?«

»Besser als gut«, sagte Roni. »Geh zu ihm, lächle ihn an und ich werde euch fotografieren.«

»In Ordnung, Schätzchen«, sagte Lisi.

Die Musik, die Moschik Bamberg in der Pianobar neben dem Speisesaal spielte, stand in ihrer professionellen Kunstfertigkeit der des Kochs oder des Barkeepers in nichts nach. Der Barkeeper, ein junger Italiener mit einer Elvis-Presley-Frisur, wusste schon nach dem ersten Abend, dass Monsieur Melzer nach dem Abendessen einen Armagnac wünschte und dass Mademoiselle Badigi gern ein Stück Mokkaschokolade zu ihrem Kakao bekam. Lisi und Roni taten so, als würden sie niemanden sehen. Wie die anderen ignorierten sie die Gäste an den Nachbartischen.

Bambergs Klavier stand seitlich von der Bar. Er spielte über sechs Stunden lang, und soweit es Lisis Blechohren wahrnehmen konnten, wiederholte er keine der Melodien. In der Bar waren Gäste, die nur seinetwegen gekommen waren. Moschik Bamberg war sozusagen die kandierte Kirsche, die das Hotel nach einem märchenhaften Abendessen seinen Gästen servierte, und sein Repertoire umfasste auch deutsche und Wiener Lieder aus den Dreißigerjahren, bestand aber im Kern aus Liedern aus den Sechzigern, Rock, Blues und Folk. Manchmal spendierte ihm ein glücklicher oder verliebter Mensch einen Brandy oder einen Whisky, dann lächelte er dankbar. Lisi bemerkte jedoch, dass er die Getränke nicht anrührte.

Wie macht er das nur, dachte Lisi, wie kann er das, seine Tochter war vor ein paar Wochen ermordet worden und er saß da, ein Lächeln auf den Lippen, und spielte, seine Finger glitten wie Butter über die Tasten. War das seine eigene Methode, zu vergessen oder sich zu trösten?

An der Bar saßen zwei ältere Frauen. Die »Schüchterne« von beiden, die ihre Tasche fest an sich gedrückt hielt, war um die fünfzig, mit einer großen, schwarzrandigen Brille, ihr helles Haar von grauen Fäden durchzogen, und braune Flecken zeichneten sich auf ihrem gelblichen Gesicht ab. Ihre Freundin, vom Typ fröhliche Zwitscheramsel, die sicher zehn oder zwanzig Jahre älter war, schickte neugierige Blicke nach allen Seiten, hielt offenbar nach einem allein stehenden Mann Ausschau, der zwischen all den Paaren auftauchen könnte. Die laute Unterhaltung der beiden machte Lisi nervös. Sie saßen mit dem Rücken zum Pianisten, die Gesichter zur Bar, und ignorierten, dass hinter ihnen jemand spielte. Die Schüchterne mit der Brille war wohlerzogener und passiver und saß auf ihrem Hocker wie eine Eule auf dem Ast, während die zweite ständig wippte und redete. Lisi fragte sich, was passieren würde, wenn die Zwitscheramsel tatsächlich einen Wurm fände, was sich dann wohl abspielen würde. Das Verhalten der beiden sah nach Zweckfreundschaft aus. Allein stehende Touristinnen, die sich jedes Jahr zur selben Zeit am selben Ort trafen, Frauen, die sich unter normalen Umständen sicher nie angefreundet hätten. Sie kannten die anderen Stammgäste, das englische Paar, das nach dem Essen natürlich Tee trank und ein Scrabble-Brett auf den Tisch legte, den alten Lebemann in seinen Papageienmaßanzügen mit seiner anorektischen Begleiterin, die unter ihrem Schmuck fast zusammenbrach, und Ehud Lion und Uzi Nedava samt ihren Ehefrauen, die immer an dem runden Tisch neben der Garderobe saßen. Lion und Nedava wohnten im *Marnia,* einem großen, eleganten Hotel am Ortsrand, das aprikosenfarbig gestrichen war. Der Spaziergang den See entlang, zurück zum *Marnia,* nach einem Essen in der *En-*

gadiner Post, war eine geringe Sühne für die fleischlichen Genüsse, die an Völlerei grenzten.

Die Leute in der Bar begrüßten sich mit einem knappen Kopfnicken, verhielten sich nach den ungeschriebenen Gesetzen, deren Beherrschung offenbar Voraussetzung war, wenn man als Gast in solchen Hotels akzeptiert werden wollte.

Die Art, wie Lion und Nedava reagierten, als sie Lisi und Roni Hand in Hand am Ecktisch sitzen sahen, war ein Fehler im Protokoll. Als sie den Speisesaal verließen, Nedava voran, und das Turteltaubenpaar erblickten, schritt Lion an der Bar vorbei die Stufen hinauf, die zum großen Salon des Hotels führten, gefolgt von der ganzen Truppe. Nachdem sie sich offenbar beraten hatte, kamen sie einige Minuten später zurück und setzten sich an ihren angestammten Tisch, und Elvis Presley lächelte ihnen hinter der Bar freundlich zu. Der Rat der Weisen hatte offenbar beschlossen, dass keine Badigi ihnen den Urlaub verderben und etwas an ihren Gewohnheiten ändern könnte.

»Die Hotelleitung muss annehmen, das Be'er Scheva mindestens so groß ist wie New York«, sagte Roni.

Die Reaktion von Lion und dem Polizeidirektor amüsierte sie. Lisi und Roni verfolgten sie seit ihrer Ankunft vor drei Tagen. Jeden Morgen fuhren Lisi und Roni mit dem Motorrad von Silvaplana nach Sils Maria und warteten an der Kirche neben dem *Marnia* auf die vier. Auf ihrem gemieteten Motorrad, in schwarzer Lederjacke, einem Helm auf dem Kopf und einer großen Brille, unterschieden sie sich in nichts von anderen Paaren, die in dieser Jahreszeit mit ihren Motorrädern die Gegend unsicher machten. Es bestand also keine Gefahr, dass Lion und seine Freunde sie erkennen würden. Die Gruppe verließ das Hotel immer um halb neun Uhr morgens, ausgerüstet mit schweren Bergschuhen, Rucksäcken, Hüten, Wasserflaschen und Spazierstöcken. Lisi und Roni verfolgten sie, bis sie auf einem Wanderpfad in Richtung Berge verschwanden, erst dann erlaubten sie sich, den Weg zu einem anderen Berg einzuschlagen. Die vier hatten feste Gewohnheiten. Mittags, ungefähr um zwei, kamen sie zurück und setzten sich in das Gartencafé gegenüber der Post, aßen belegte Brote und tranken Bier, dann schleppten sie sich mit offensichtlich schmerzenden Füßen zu ihrem Hotel. Am Nachmittag ruhten sie sich aus und um Punkt fünf Uhr trafen sie sich wieder vor der Tür des *Marnia* und machten einen Spaziergang auf der kleinen Halbinsel Chasté, die sich vor ihrem Hotel erstreckte.

An einem der Tage, als sie auf der Halbinsel spazieren gingen, auf den Spuren Lions und seiner Freunde, entdeckten sie einen Stein, auf dem ein Gedicht von Nietzsche eingehauen war. Roni fotografierte den Stein mit dem Gedicht und sagte, er würde jemanden suchen, der Deutsch könne. Es stellte sich heraus, dass halb Sils Maria aus Nietzsche-Anhängern bestand. Er hatte seine letzten Lebensjahre hier verbracht und einige seiner Werke waren hier entstanden.

Der Spaziergang von Lion und seinen Freunden dauerte eine Stunde, dann kehrten sie ins Hotel zurück, zogen sich um und gingen gelassen und feierlich zur *Engadiner Post* zum Abendessen. Weniger gelassen und feierlich rasten Roni und Lisi mit dem Motorrad zu ihrem Hotel im Nachbarort, zogen sich ebenfalls um, donnerten zurück und betraten den Speisesaal der *Engadiner Post.*

An diesem Abend verzichteten Roni und Lisi auf einen Spaziergang und gingen in den Hotelgarten des Restaurants, um die Beine auszustrecken und den vom Wein schwindelnden Kopf zu lüften. Sie fanden zwei Liegestühle unter der Treppe zur Veranda der Bibliothek und legten sich hinein, schweigend und glücklich. Der Himmel war noch immer blau, von einem tiefen Dunkelblau, und die Sterne wirkten sehr nah, funkelten in kaltem Licht wie Diamanten. Roni legte seine Hand auf Lisis Hand und sie erwiderte seinen Druck und ließ ihre Hand in seiner.

»Nicht hier«, hörten sie auf einmal das erschrockene Flüstern einer Frau. »Nicht!«

»Niemand sieht uns hier«, flüsterte ein Mann. Seine Stimme klang amüsiert.

Roni und Lisi erstarrten.

»Gehen wir hinein«, flehte die Frau.

»Da erstickt man.«

»Ich habe Angst«, sagte die Frau.

»Seit wann?«, fragte der Mann.

Das Rascheln von Kleidern war zu hören, Seufzen und Stöhnen. Roni legte einen Finger auf den Mund, zog den kleinen Fotoapparat aus seiner Blazertasche und kroch unter der Treppe hindurch. Als er zurückkam, setzte er sich in das nasse Gras, weil er Angst hatte, der Liegestuhl könnte knarren.

»Wow!«, war das Flüstern der Frau zu hören.

»Kämm dich«, sagte der Mann.

»Wow!«

Die beiden gingen die Treppe hinauf und betraten das Hotel durch die Bibliothek. Das Vergnügen hatte höchstens zehn Minuten brutto gedauert, einschließlich des Füßeabtretens auf der Matte vor der Eingangstür.

Lisi atmete tief ein und flüsterte: »Wer war denn das!«

»Ehud Lion und Dalia Nedava«, sagte Roni.

»Wow!«

»Ja.«

»Er war als Schürzenjäger bekannt«, sagte Lisi, »aber das ist lange her.«

»Ja, genau fünf Minuten.«

»Sie ist alt«, sagte Lisi.

»Und was ist er?«, meinte Roni. »Ein junger Gockel?«

Lisi schaute ihn an. »Ist es das, was Bamberg wollte dass wir sehen?«

Roni zuckte mit den Schultern. »Wenn es das ist, was wir sehen sollten … das hätten wir auch in Israel sehen können. Dafür hätten wir nicht in die Schweiz fahren müssen. Ich hasse mich, wenn ich so etwas fotografiere.«

»Mit Recht«, sagte Lisi.

»Ein stinkiger Job.«

Lisi nickte. »Stimmt. Wirst du Bamberg davon erzählen?«

»Ich weiß nicht. Wenn es nicht nötig ist, werde ich es für mich behalten. Es geht keinen was an, wenn Lion fickt.«

Die Sterne funkelten schon nicht mehr wie Diamanten und der blaue Nachthimmel war einfach ein blauer Nachthimmel. Lisi erhob sich aus dem Liegestuhl.

»Komm, wir fahren zu unserem Hotel zurück.«

Roni hielt sie zurück. »Ich wollte dich etwas fragen, bevor dieser Mist da passiert ist.«

»Was?«

»Willst du mich heiraten?«

»Nein.«

»Warum?«

»Du hast etwas Besseres als mich verdient«, sagte Lisi.

»Dann bin ich eben ein Idiot, aber ich will dich.«

»Wir sind in der Schweiz und es geht uns prima«, sagte Lisi. »Mach das nicht kaputt, Schätzchen.«

»Lisi!«

»Du gehst unter deinen Stand. Du hast angefangen, für die Stinksocke zu arbeiten, die in den Augen deines Vaters eine Zecke ist, und statt mit Prozessen beschäftigst du dich damit, Bumsende zu fotografieren, nur um ja nicht so zu werden wie dein Vater. Ich passe in dieses Bild.«

»Ist es das, was du von dir hältst?«

»Nein«, sagte Lisi, »es ist das, was du von mir hältst.«

»Wenn ich anfange, in der Kanzlei meines Vaters zu arbeiten, zusammen mit meinen Schwestern, wirst du mich dann heiraten?«

»Nie im Leben«, sagte Lisi. »Ich hasse reiche Rechtsanwälte.«

»Ich bin arm.«

»Klar«, spottete Lisi. »Schau dich doch um, du Dummkopf!«

Beide schwiegen eine ganze Weile. Dann sagte Roni: »Woher hat ein Polizeioffizier Geld für solche Urlaubsreisen?«

»Das ist genau das, was sie sich in Bezug auf mich fragen.«

»In Bezug auf dich?« Er grinste. »Du hast dir einen Freier geangelt.«

»Kann sein, dass auch sie sich einen Freier geangelt haben.«

»Gut«, sagte Roni, »gehen wir davon aus, dass Lion die Ausgaben für Nedava trägt. Was schließt du daraus?«

»Vielleicht ist er einfach ein Freund?«

»›Einfach ein Freund‹ ist er bestimmt nicht.«

»Ein Offizier in so einem Rang darf auf gar keinen Fall Geldgeschenke in dieser Höhe annehmen. Der Flug, das teure Hotel, das Essen… rechne das mal zusammen! Und es ist nicht das erste Mal. Sie sind Stammgäste hier.«

»Es könnte doch sein, dass Nedava alles selbst bezahlt und die Sache sauber ist, vielleicht ist Dalia, die Bumserin, eine reiche Frau oder sie haben im Lotto gewonnen, was du willst, aber warum kommen sie dann abends in ein Hotel, in dem Moschik Bamberg spielt, sodass er über sie reden und den guten Namen des Polizeidirektors gefährden könnte?«

»Wenn alles sauber ist, gefährden sie nichts, und wenn es nicht sauber ist, gefährden sie auch nichts. Sie kommen schon seit Jahren hierher. Niemand weiß etwas davon. Bamberg hat bis heute den Mund nicht aufgemacht. Warum ist es Bamberg plötzlich so wichtig, dass man sie zusammen sieht?«

»Gehen wir mal davon aus«, sagte Roni, »dass Lion Druck auf Bamberg ausübt, dass er ihm seinen Boden in Sade Tejman verkauft. Dass der Mord an Dina eine Folge dieses Drucks war, vielleicht sogar unbeabsichtigt, etwas, das aus dem Ruder gelaufen ist. Bamberg wird sich an Lion rächen wollen und auch am Polizeidirektor, weil er in der Nacht, als seine Tochter ermordet wurde, keine Hilfe geschickt hat. Weiß er das eigentlich?«

Lisi nickte. »Ja. Am Abend vor dem Mord hat sich die Creme der Polizei in einem Lokal getroffen, das *Topas* heißt. Meine Schwäger hatten irgendeinen Einsatz und Malka, die Protokollistin, die meine Tante ist, hat versucht, Hilfe zu organisieren und deshalb im *Topas* angerufen. Nach ihrer Aussage – und ich glaube ihr aufs Wort – hat sie selbst mit dem Polizeidirektor gesprochen und ihm gesagt, dass man Streifenwagen nach Givat Benjamin und Tel Benjamin schicken müsse, weil die Gang von Juval Barkan den Sänger Effy Levia, seine Freundin und mich angreife. Laut Malka hat er zu ihr gesagt, er würde sich darum kümmern. Aber die Hilfe ist nicht gekommen. Malka hat dann meine Schwäger gerufen und sie sind gekommen und haben die Suche und die Festnahme geleitet. Aber es war zu spät. Sie hatten Dina Bamberg schon ermordet. Hör doch nur, wie er spielt! Wie kann er nur?«

Roni hob die Schultern. »So wie du weiter deine Artikel schreiben kannst und ich meine Nachforschungen anstellen kann.«

»Aber es geht um seine Tochter!«, widersprach Lisi.

»Ich habe längst aufgehört zu verstehen, welche Motive ein Mensch hat«, sagte Roni. »Was spielt es denn für eine Rolle? Es ist doch nur wichtig, was er tut. Ich habe keine Lust, mir anzuhören, was für eine schwere Kindheit ein Mörder oder ein Vergewaltiger gehabt hat.«

Roni hob lauschend den Kopf. »*Never going back*«, sagte er.

»Was?«

»Die *Loving Spoonful*. Ich habe ihre Platte.«

Lisi zog die Brauen hoch. »Mit *Never going back* hat er jeden seiner Auftritte im *Blauen Pelikan* in Be'er Scheva beendet.«

»Woher weißt du das?«, fragte Roni.

»Der Besitzer vom *Pelikan* hat es mir erzählt«, antwortete Lisi. »Wenn Bambergs Band aufhörte, schrie das Publikum immer *Never going back*, und dann spielten sie es.«

»Wann war das?«, fragte Roni.

»Als er schon an der Universität war. Sie haben Jam Sessions im *Blauen Pelikan* gemacht, mit einem Arzt, einem Maler und einem Studenten, der heute Platten in einem Einkaufszentrum verkauft.«

»Hast du mit ihm gesprochen?«, fragte Roni neugierig.

»Ja.«

»Warum hast du mir nichts davon erzählt? Was hat er gesagt?«

»Dass es keinen besseren Spieler als Moschik Bamberg gab und dass es nie einen besseren geben wird. Dass es eine Sünde ist, dass er aufgehört hat zu musizieren und stattdessen Professor für Orientalistik geworden ist. Auch seine Frau hat manchmal mit ihnen gespielt. Auf der Darbuka. Sie arbeitet als Musiklehrerin in Kindergärten und macht alle möglichen Nebenjobs.«

»Wo?«, fragte Roni.

»Die Nebenjobs? Ich weiß es nicht. Bei irgendwelchen Wohltätigkeitsorganisationen, bei Modenschauen, solche Dinge eben. Ich habe vor gar nicht langer Zeit über einen Schönheitswettbewerb geschrieben, die Wahl der ›Prinzessin des Südens‹, bei der sie auf der elektrischen Orgel gespielt hat. Zu den Organisatoren gehörte die *Post im Süden*, deshalb habe ich der Sache nicht zu viel Platz gegeben. Sie ist mir aufgefallen, weil ich wusste, dass sie immer noch in Trauer ist.«

»Wer hat gewonnen?«, fragte Roni.

»Ein Mädchen aus Sderot, eine Schülerin aus der siebten Klasse. Sie hat ein Auto gewonnen und man hat sie zu einem internationalen Wettbewerb nach Venezuela geschickt. Ganz Sderot war voller Luftballons und Fähnchen, als würden sie den Unabhängigkeitstag feiern.«

»Hast du mit ihr gesprochen?«, fragte Roni.

»Mit wem, mit dem Mädchen?«

Roni schüttelte den Kopf. »Nein, mit Sarah Bamberg.«

»Nein«, sagte Lisi. »Was hätte ich mit ihr sprechen sollen? Hätte ich ihr, während sie eine fröhliche Melodie nach der anderen spielte, erzählen sollen, dass ich Dinas Leiche gefunden hatte? Ich glaube auch nicht, dass sie wusste, wer ich war. Sag mal, Schätzchen, ist Musik machen eigentlich Arbeit, ich meine, so wie Schuhe reparieren oder Kleider nähen?«

»Bisher habe ich das nie geglaubt. Aber wenn ich mir Sarah Bamberg bei der Modenschau vorstelle und beobachte, wie Moschik hier spielt, weiß ich es wirklich nicht. Gehen wir schlafen? Mir fallen schon die Augen zu.«

Lisi seufzte. »Silvaplana kommt mir plötzlich so weit weg vor.«

»Mir auch«, sagte Roni.

Sie setzten ihre Helme auf, zogen ihre Lederjacken an und schoben das Motorrad bis zur Hauptstraße, um die Ruhe der friedlichen Nachbarschaft nicht zu stören.

23

Wenn man schnell ging, konnte man die Halbinsel Chasté in einer halben Stunde umrunden. Auf der Westseite des Sees lag die Hauptstraße, dahinter sah man die düsteren nackten Berge, und gegenüber, auf der Ostseite, wo die Uferlinie sanft bewaldet war, zog sich der Weg von Sils Maria nach Maloja entlang.

Lisi und Roni hatten es nicht eilig, irgendwohin zu kommen. An diesem Tag begannen sie ihren Ausflug auf der steileren Westseite. Die Entscheidung dafür hatten nicht sie getroffen. Ehud Lion, Uzi Nedava und ihre Frauen unternahmen ihren regelmäßigen Abendspaziergang in dieser Richtung.

»Warum gehen wir eigentlich hinter ihnen her?«, fragte Lisi, als sie sich auf einen Stein gesetzt hatten und die Blicke über den blauen See schweifen ließen.

»Keine Ahnung«, sagte Roni.

Lisi hob den Blick. »Wir wissen nicht mal, warum wir hier sind.«

»Wir sind hier, weil Bamberg uns dafür bezahlt, dass wir hier sind.«

»Er hat noch nicht einmal mit uns gesprochen«, wandte Lisi ein. »Was soll das? Hat er uns etwa hierher gebracht, nur damit wir sehen, dass die Lions und die Nedavas zusammen Urlaub machen?«

»Tut es dir denn Leid, dass du hergekommen bist?«, fragte Roni.

Lisi breitete die Arme aus, streckte den Rücken, hob das Gesicht zum Himmel und atmete tief ein. Die Luft war klar, Wolken schwammen unterhalb der Bergspitzen vorbei. Wenn es nach ihr ginge, wäre sie für immer hier geblieben.

»Gruezi.«

Ein altes Ehepaar in schweren Bergschuhen und mit Stöcken ging an ihnen vorbei. Um den Hals des Mannes hingen ein Fotoapparat und ein Fernrohr und die Frau trug, außer ihrem Stock, ein Botanikbuch mit Blumenabbildungen auf dem Umschlag.

»Ich habe noch nie verstanden, warum man die Natur nicht genießen können soll, ohne gleich zu wissen, ob eine Blume die blaue Franse oder die dicke Rolle heißt«, sagte Roni.

»Wenn wir hier geboren und aufgewachsen wären, hätten wir uns vielleicht auch für solche Dinge interessiert«, meinte Lisi. »Aber so? Die einzigen Naturphänomene, die ich in Be'er Scheva studiere, sind, ob das Wadi im Winter überflutet ist oder nicht, ob jemand verunglückt ist, weil er zufällig in ein militärisches Sperrgebiet geraten ist, die Traktorfahrten durch die Pisten des Negev, dirigiert von Soldatinnen, oder die Müllabfuhr in Ramat Chovev. Gehen wir weiter?«

Roni streckte die Hand aus und half ihr beim Aufstehen.

»Ich habe vorhin noch im Büro angerufen«, sagte Roni. »Joav meint, das Alibi von Josch Sinai, dem Manager von Effy Levia, sei hieb- und stichfest. In der Mordnacht war Josch bei einer Verlobungsfeier in Aschkelon, von sieben Uhr abends bis zwei Uhr nachts. Er gibt zu, dass er die Chazons aus Juval Barkan gut gekannt hat, aber sie waren keine Freunde von ihm. Er hatte manchmal in Schulden wegen seiner Spielsucht gesteckt und sie waren zu ihm geschickt worden, um das Geld einzutreiben. Das war auch der Grund für den bevorstehenden Auftritt in Istanbul, den er für Effy organisiert hatte. Geld. Effy ist kein Sänger für Hochzeiten, aber Josch hatte ihn um einen Gefallen gebeten. Effy wollte nach Juval Barkan fahren, um seinen Pass zu holen, weil Josch es ihm aufgetragen hatte. Und als Effys Auto kaputtging, hat Josch ein Motorrad für ihn ausgeliehen. Ob er ihm eine Falle gestellt hat? Wie will man das beweisen? Und warum eigentlich? Man hat die Anrufe kontrolliert, die am Mordtag im Haus der Chazons in Juval Barkan eingingen. Keiner war von Josch Sinai.«

»Sie hätten auch mit dem Handy telefonieren können oder sonst wo«, wandte Lisi ein. »Sie hätten sich im Supermarkt treffen können.«

»Welches Interesse sollte Josch Sinai gehabt haben, dem Sänger zu schaden, der ihm am meisten Geld einbringt?«

»Noch mehr Geld«, sagte Lisi. »Vergiss nicht, er ist ein Spieler. Vielleicht hat ihm jemand noch mehr Geld versprochen.«

»Wenn jemand diesen Gangstern befohlen hat zuzuschlagen, dann galt das Dina Bamberg, nicht Effy. Die Prügel für Effy waren das zusätzliche Vergnügen, das sie sich gegönnt haben. Es fällt mir schwer zu glauben, dass dieser Jemand, der Prügelbesteller, zu ihnen gesagt hat, sie sollen Dina Bamberg umbringen. Angenommen, jemand wollte Druck auf Moschik Bamberg über seine Tochter ausüben, dann musste der Grund doch sein, dass er etwas bekommen wollte. Ihr Tod war nicht Teil des Auftrags.«

»Damit sind wir wieder beim ersten Rätsel angekommen. Wer hat sich die Dienste der Schläger von Juval Barkan gekauft? Und warum?«

Immer wieder kehrten sie zu dieser Frage zurück.

Lisi sagte: »Nachdem jemand Nachik und Schmulik Chazon umgebracht hat, gibt es keinen Grund, warum jemand aus der Familie den Mund aufmachen sollte. Herzl Chazon ist bestimmt heilfroh, dass er im Gefängnis ist. Zurzeit ist das wohl der sicherste Platz für ihn.«

»Wenn wir wissen, wer der Schütze war oder wer ihn geschickt hat, wissen wir auch, wer sich die Schläger von Juval Barkan gekauft hat.«

»Oder …«, sagte Lisi zögernd.

»Oder was?«

»Wer die Brüder Chazon geschickt hat, muss nicht derselbe sein, der sie erschossen hat«, sagte Lisi. »Es muss nicht zwangsläufig so sein, dass sie zum Schweigen gebracht werden sollten. Es kommt durchaus auch jemand von der Seite Moschik Bambergs in Frage, der sich an ihnen wegen Dinas Tod rächen wollte.«

»Du meinst also, wir hätten zwei ›Auftraggeber‹?«

In diesem Moment hörten sie jemanden »Look« sagen. Die Eule aus dem Hotel kam mit der Zwitscheramsel den Weg herunter und deutete auf einen Felsen. Dort stand reglos ein Reh. Dann hob es den Kopf und sprang Richtung Wald davon, gefolgt von zwei anderen Rehen, bis sie alle zwischen den Bäumen verschwunden waren.

»Hast du's fotografiert, Anna?«, fragte die Eule ihre Freundin.

»Ach, nein, nein«, antwortete die. »Es ging zu schnell.« Sie hielt den Fotoapparat noch immer dorthin, wo das Reh vor einem Moment noch gestanden hatte.

»Haben Sie das gesehen?«, fragte die Eule Lisi und Roni. Ihre Augen waren vor Aufregung weit aufgerissen.

»Ja.« Alle vier waren glücklich, als wäre eine Sternschnuppe vom Himmel gefallen und sie hätten sich gerade noch rechtzeitig etwas gewünscht.

»Unten am See haben wir sogar eine Biberfamilie gesehen«, sagte die Zwitscheramsel, die Anna hieß. »Ich habe sie fotografiert.«

Die Eule lachte. »Und fast bist du dabei ins Wasser gefallen.« Dann wandte sie sich an Roni: »Vielleicht könnten Sie ein Foto von uns machen?«

»So schmutzig, wie wir sind?«, zwitscherte die Amsel protestierend. Hosen und Turnschuhe der beiden waren wirklich voller Schlamm.

»Warum nicht?«

»Nein, danke«, sagte Anna.

»Soll ich Sie beide fotografieren?«, fragte die Eule.

»Ja, warum nicht?« Lisi und Roni umarmten sich und grinsten in die Kamera.

»Ich werde Sie heute Abend im Hotel fotografieren«, sagte Roni. »Ziehen Sie Ihre hübschesten Kleider an.«

»Wonderful«, sagte Anna. »Bye, bye, auf Wiedersehen.«

Sie schlugen die Richtung zum Hotel ein, plaudernd und lachend, die kleinen Rucksäcke tanzten auf ihren Rücken. Es war sechs Uhr, der Himmel war hell. Auch um neun würde er noch hell sein, wenn sie ihren Abendspaziergang nach dem Essen unternehmen würden. Die Nacht senkte sich hier sanft und leise über die Welt, wie ein Wiegenlied.

»Wollen wir auch zurückgehen?«, fragte Roni.

»Nein, gehen wir noch ein bisschen weiter«, antwortete Lisi.

Irgendwoher weiter oben auf dem Weg, der sich den Berg hinaufschlängelte, von Bäumen verborgen, hörten sie Rufe: »Uzi? Uzi!«

Lisi und Roni gingen auf die Stimmen zu, schoben mit den Händen in den Weg hineinwachsende Zweige beiseite, krochen auf allen vieren hohe Steintreppen hinauf, und als sie sich der südlichen Landzunge der Halbinsel näherten, stießen sie auf drei erschrockene Menschen. Ehud Lion, seine Frau Nina und Dalia, Uzi Nedavas Frau.

»Wir finden Uzi nicht«, sagte Frau Nedava. Ihre blauen Jogginghosen waren schlammverkrustet, in ihren grauen Locken hatten sich Blätter und Dornen verfangen. Lion, in einem schmutzigen gelben Jogginganzug, der am Knie aufgerissen war, und seine Frau, mit völlig verdreckten Turnschuhen, sahen nicht besser aus als sie.

»Wir suchen ihn schon seit einer Stunde.« Nedavas Frau sprach zu Lisi und Roni, als erwarte sie von ihnen die Rettung.

»Er war plötzlich wie vom Erdboden verschluckt.«

»Vielleicht ist er ins Hotel zurückgegangen«, meinte Roni.

»Nein, ganz bestimmt nicht. Wir sind zusammen spazieren gegangen und auf einmal war er nicht mehr da. Er ist ganz bestimmt nicht ins Hotel zurückgegangen, ohne jemandem was zu sagen.«

»Wo ist es denn passiert?«, fragte Lisi. »Wo ist er verschwunden?«

»Wir waren noch nicht weit gegangen«, sagte Lion. »Vielleicht zehn Minuten. Auf dem schmalen Weg auf der anderen Seite der Halbinsel.«

»Und wann ist Ihnen aufgefallen, dass er nicht mehr da ist?«, fragte Roni.

»Es ist uns nicht aufgefallen. Wir sind in einer Reihe gegangen und er war der Letzte. Als wir gemerkt haben, dass er nicht mehr bei uns ist, hat Dalia gesagt, er wäre bestimmt pinkeln gegangen, da sind wir einfach weitergelaufen. Erst nach ungefähr einer Viertelstunde haben wir angefangen, uns Sorgen zu machen. Seither suchen wir!« Lions Stimme klang hysterisch. Er war schweißnass. »Uzi ist keiner, der solche Witze macht«, sagte er.

»Haben Sie vielleicht ein Handy dabei?«, fragte Dalia Nedava.

»Ja«, antwortete Roni. »Wen soll ich anrufen?«

»Unser Hotel, das *Marnia*. Vielleicht ist er trotzdem zurückgegangen«, sagte Dalia.

Keine der drei verschreckten Personen wusste die Nummer des Hotels. Roni erinnerte sich an die Nummer ihres Hotels in Silvaplana.

»Tun Sie mir den Gefallen und rufen Sie dort an«, bat Dalia. »Sie sollen sich mit dem *Marnia* in Verbindung setzen, und wenn er nicht da ist, sollen sie Hilfe besorgen. Ich weiß, dass es dumm ist, wir haben ihn erst vor einer Viertelstunde verloren, aber es ist ihm etwas passiert. Uzi ist kein Mensch, der einfach so verschwindet. So etwas passt nicht zu ihm.«

Der Empfangschef gab Roni die Telefonnummer vom *Marnia*. Roni wählte und reichte Ehud das Gerät.

Ehud telefonierte und sagte dann, Herr Gut, der Hoteldirektor, habe gesagt, dass er sich gleich darum kümmere. Sie sollten am Nietzsche-Denkmal warten, damit die Helfer sie fänden.

Dalia verkündete mit hysterischer Stimme, sie könnte nicht einfach dasitzen und warten, sie würde weitersuchen, und Nina Lion sagte, sie würde sie begleiten, sie wolle nicht, dass Dalia allein herumlaufe. Ihr Gesicht war feuerrot und ihr Atem ging wie ein Blasebalg. Sie wird einen Schlaganfall kriegen, dachte Lisi. Ehud verkündete, er habe ebenfalls nicht vor zu warten, bis die Schweizer ihren Hintern hochbekämen. Roni, angesteckt von der kämpferischen Stimmung, schlug vor, sie sollten sich teilen. Wenn sie in verschiedenen Richtungen suchten, wäre die Aussicht größer, dass einer von ihnen Uzi fände. Wie immer in der Stunde der Not gewannen der Unternehmensgeist, das Improvisationstalent und die Opferbereitschaft Israels die Oberhand. Wir, die wir dutzende von Kilometern Tragbahren geschleppt haben, wir, die wir die Gefangenen von Entebbe befreit haben, wir, die wir in einer Nacht die Schiffe von Cherbourg geraubt haben, wir, die wir den Reaktor von Bagdad gesprengt und überhaupt dem Tod ins Auge geblickt haben, bis er die Lider senkte, wir werden uns doch nicht einfach hinsetzen und warten, bis irgendein Schweizer Helfer, der seit sechshundert Jahren keine Schlacht mehr geschlagen hat, uns zu Hilfe eilen wird. Auf, mir nach!

Lisi wurde zur Verbindungsfrau für die Schweizer Helfer ernannt. Sie sollte neben dem Nietzsche-Denkmal warten, während die Armee zur Verteidigung Israels, die keine Verwundeten auf dem Feld zurückließen, in vier Richtungen zur Suche ausrückte. Lisi durchquerte die Halbinsel und gelangte über den gewundenen, steilen Pfad auf die sanftere Seite. Unten, in einer kleinen blauen Lagune vergnügten sich einige Italiener mit Grillen, während ihre Kinder im Wasser schwammen. Es war das erste Mal, dass sie jemand im Wasser sah, das bestimmt sehr kalt war. Ein Paar mit zwei kleinen Kindern, alle vier auf Rädern, fuhr auf dem Weg vorbei, und jeder Einzelne von ihnen rief ihr ein »Bon soir« zu. Ein großer Hund, dem der Geifer aus dem Maul tropfte, rannte hinter ihnen her. Lisi fiel ein, dass am Anfang der Halbinsel Chasté ein Schild stand mit dem Hinweis, Fahrräder und frei laufende Hunde seien verboten. Das mussten Franzosen sein.

Auf der Bank neben dem Denkmal saß ein junger Mann, der ein Buch las. Er sah aus wie siebzehn, trug kurze Hosen und hohe Schnürstiefel. Lisi setzte sich auf die Bank und schaute nach Maloja hinüber, dem Ort am anderen Ende des Sees. Sie hoffte, Uzi Nedava würde plötzlich auftauchen, auf der Suche nach seiner Frau und seinen Freunden.

Wie konnte man überhaupt auf einer so kleinen Halbinsel verloren gehen? Vielleicht war er gestürzt, hatte sich den Kopf angeschlagen und das Bewusstsein verloren.

Sie ließ ihren spähenden Blick über Bäume und Sträucher wandern und schaute alle zwei Minuten auf die Uhr. Viertel vor sieben. Sie haben noch mindestens zwei Stunden Licht, dachte sie. Am Nordufer waren die aprikosenfarbenen Wände des *Marnia* zu sehen. In den oberen Stockwerken brannte in einigen Zimmer bereits Licht. Auf diese Entfernung sah das Hotel sehr elegant aus mit den Bogenfenstern und den Gittergeländern vor den kleinen Balkons. Roni hatte ihr erklärt, dass es in diesem Gebiet eine besondere Architektur gebe, aber sie hatte nicht richtig zugehört. Sie musste ihn unbedingt noch einmal danach fragen.

Unten am Wasser saßen zwei Angler. Das Wasser war so glatt wie ein Spiegel. An einigen Stellen hatte es dunkelblaue Flecken, an anderen die Farbe von Smaragden, türkis schimmernd. Ihre Augen blieben an einem hellen Fleck hängen, und ohne dass sie wusste, wie ihr geschah, sah sie dort das Gesicht der toten Dina im Wasser zittern, die langen Haare umwogten ihren Kopf wie eine Krone aus Algen. Sie konnte den Blick nicht von dem Bild wenden. Ein heftiger Schauer, der ihren Körper durchrieselte, befreite sie schließlich von der gespenstischen Vision.

Sie rieb sich die Arme und der junge Mann, der neben ihr saß, bewegte sich und schlug die Beine übereinander, wobei er weiter in sein Buch starrte. Sie hätte so gerne mit ihm gesprochen. Das Buch, das er auf dem Schoß hielt, war ein Gedichtband. Sie wollte ihn fragen, ob das Gedichte von Nietzsche seien, ob er zu Fuß heraufgepilgert sei, wie Juden zu den Gräbern ihrer Gerechten pilgern. Aber er sah nicht aus wie jemand, der sich unterhalten wollte, und sie wagte es nicht, ihn anzusprechen, weil sie nicht einmal wusste, ob Nietzsche überhaupt Gedichte geschrieben hatte.

Ein kleiner Hubschrauber des Roten Kreuzes kam aus östlicher Richtung und flog über die Halbinsel. Lisi sprang auf die Beine und winkte ihm zu. Jemand winkte zurück. Die Retter waren gekommen! Unten auf dem See brummte ein Motor. Ein Polizeiboot. Lisi stand da und wartete. Der junge Mann klappte das Buch zu und fragte etwas auf Deutsch oder Schweizerisch. »Unser Freund ist auf der Halbinsel verloren gegangen«, sagte sie auf Englisch. Stimmen aus Funkgeräten übertönten den Lärm des Hubschraubers und des Bootes. Zwei Polizisten und eine Polizistin stiegen aus dem Boot an Land. Lisi ging ihnen entgegen. Sie sagte ihnen, wer verschwunden war, wann er verschwunden war und dass vier Freunde nach ihm suchten. Sie schlugen ihr vor, ins Boot zu steigen und mit ihnen zurückzufahren. Drei Minuten später legten sie an, gegenüber der kleinen Kirche, und die Polizistin half Lisi beim Aussteigen. Eine Gruppe von Menschen, die aussahen wie Pfadfinder auf einem Ausflug, standen um zwei Kleinbusse versammelt. Sie waren mit Taschenlampen und Seilen ausgerüstet, mit Funkgeräten, Tragen und Erste-Hilfe-Koffern. Wieder wurde Lisi aufgefordert, den Mann zu beschreiben, der verschwunden war, ebenso ihre Freunde, die nach ihm suchten. Sie konnte ihnen nicht sagen, wo genau er verschwunden war. Der Mann, der mit ihr sprach, ein ernster Mann um die vierzig, mit einem kleinen blonden, sehr sorgfältig gestutzten Schnurrbart, hellblauen Augen und einer rosigen Haut, die sie an Bajge Schochat, den Finanzminister, erinnerte, befahl der Polizistin, mit Lisi hier zu warten, zusammen mit einem weiteren Polizisten, bis man ihnen sagen würde, was sie tun sollten. Der Hubschrauber kreiste noch immer über der Halbinsel.

»Möchten Sie einen Kaffee?«, fragte der schweizerische Bajge Lisi.

»Ja, bitte«, antwortete sie. Auf einmal merkte sie, dass sie mit den Zähnen klapperte.

Die Pfadfindergruppe ging zur Halbinsel und teilte sich in drei Einheiten. Bajge hatte einen hübschen kleinen Hintern. Er schaute kurz über die Schulter zurück, als hätte er gemerkt, was sie betrachtete. Die Polizistin schenkte Lisi eine Tasse heißen Kaffee aus der Thermoskanne ein. Nachdem sie ihn getrunken hatte, nannte sie der Polizistin, die alles aufschrieb, ihren Namen und die Namen der anderen Israelis und in welchen Hotels sie sich aufhielten, wo sie in Israel lebten, für wie lange sie gekommen waren, welche Berufe sie ausübten. Lisi schrieb für sie in lateinischer Schrift die Namen auf, dazu die Stadt, Be'er Scheva.

Die Polizistin hob den Kopf und fragte, wie viele Einwohner Be'er Scheva habe. Zweihunderttausend, antwortete Lisi. Na ja, mit allen umliegenden Orten hatte Be'er Scheva vielleicht wirklich zweihunderttausend Einwohner.

Die Polizistin riss erstaunt die Augen auf, sagte aber nichts. Sie fragte, ob Lisi sich an jemanden erinnere, den sie bei ihrem Spaziergang auf der Insel gesehen hatte. Lisi erinnerte sich an jeden Einzelnen, einschließlich des Anglers. Sie sagte, der Mann, der verloren gegangen sei, sei ein Commander bei der Polizei, ein Polizeidirektor. Die Polizistin setzte sich über Funk mit Inspektor Bruder in Verbindung, um ihm das mitzuteilen. Der hübsche Hintern hieß also Inspektor Bruder.

Der Polizist, der neben einem der Kleinbusse stand, hielt die Spaziergänger an, die von der Halbinsel zurückkamen, fragte sie, ob sie etwas gesehen hatten, und notierte ihre Personalien. Alle Befragten wollten ausnahmslos wissen, was passiert sei, und er antwortete, ein etwa fünfzigjähriger Mann, schwarzhaarig, mit beginnender Glatze und schwarzen Augen, einem breiten Gesicht und von mittlerer Größe, in einem blauen Jogginganzug und schwarzweißen Adidas-Turnschuhen, sei verloren gegangen.

Verloren. Lisi hatte ein Wort Deutsch gelernt. Verloren. Fremdsprachen sind immer nützlich.

24

Die Bibliothek der *Engadiner Post* wurde zum Einsatzzentrum der Engadiner Polizei. Nach einer ersten Befragung wurden alle Gäste in ihre Hotels geschickt, um sich frisch zu machen, dann kamen sie zum Abendessen zurück.

Nun saßen sie in der Bibliothek und warteten. Dalia Nedava und Nina Lion kauerten in zwei Sesseln, ganz benommen von den Tabletten, die ihnen der Polizeiarzt gegeben hatte. Lion saß ein wenig entfernt und warf ihnen von Zeit zu Zeit einen wachsamen Blick zu. Er rauchte ununterbrochen, obwohl ein Schild an der Wand besagte, dass Rauchen in der Bibliothek verboten sei. Niemand wies ihn darauf hin. Lisi döste, an Ronis Schulter gelehnt. Aus der Bar drangen die Melodien herüber, die Moschik Bamberg spielte.

Roni und Lisi waren auf ihrem Weg zum Speisesaal bei Bamberg vorbeigegangen und hatten ihm erzählt, dass Uzi Nedava auf der Halbinsel Chasté verschwunden war. Er hatte es bereits gewusst. Schlechte Nachrichten verbreiten sich schnell. Sein Gesicht war grünlich und er sah aus, als würde er jeden Moment in die Tasten kotzen. Er sollte bis elf Uhr spielen, also spielte er weiter. Lisi dachte plötzlich daran, dass sie mit Roni vor kurzem erörtert hatte, ob das Klavierspielen Kunst oder Handwerk sei, wusste aber nicht mehr, zu welchem Schluss sie gekommen waren. Wenn überhaupt.

Die Szene hatte etwas Unwirkliches. Als würden sie in einem Film nach Agatha Christie mitspielen. Die Bibliothek war groß und gemütlich eingerichtet, mit ausladenden Sesseln, deren Bezug zu den geblümten Vorhängen passte, mit einem großen Kachelofen, der vermutlich im Winter geheizt wurde, und einem großen Schrank mit Büchern, die man sich ausleihen konnte, dazu eine große Kiste mit Kinderspielsachen und Comicheften. Eine Doppeltür führte hinaus auf die Gartenterrasse. Als sie in die Bibliothek gekommen waren, hatten sie zwei Bedienstete in grünen Uniformen und mit Handschuhen beobachtet, die Gartenmöbel zusammenklappten und in einem kleinen Schuppen verstauten. Vor etwa einer Stunde waren die ersten Blitze über den Himmel gezuckt und es hatte angefangen zu tröpfeln.

Inspektor Bruder, der die Suche leitete, saß an dem eleganten Schreibtisch mit schwarzer Lederplatte und geschnitzten Löwenfüßen. Nach der Befragung sollte jeder Gast angeben, wie lange er noch hier zu bleiben gedenke.

Er widmete sich gerade mit leiser Stimme dem älteren Ehepaar mit dem Botanikbuch, das Lisi und Roni nachmittags getroffen hatten. Die Frau trug einen blauen Leinenanzug, der Mann einen blauen Blazer über einem weißen Hemd mit einer rot-blauen Fliege. Sie sahen ganz anders aus als am Nachmittag. Der Inspektor war wohlerzogen, das Paar war wohlerzogen, doch sie sahen alles andere als glücklich aus. Lisi empfand ein leichtes Schuldgefühl. Da kam eine Gruppe Israelis in diesen kleinen ruhigen Schweizer Kurort, und schon gab's Schwierigkeiten, bestimmt war es das, was sie dachten.

Als sie ins Hotel zurückgegangen waren, um sich umzuziehen, hatte Roni Chana Regev angerufen und ihr erzählt, was passiert war. Er schlug Lisi vor, ihre Schwäger in Be'er Scheva anzurufen. Immerhin handelte es sich um ihren Polizeidirektor. Lisi hatte seit fast einem Monat nicht mehr mit Benzi gesprochen. Er klang nicht sehr begeistert, als er ihre Stimme hörte. Aus bitterer Erfahrung wusste er, dass ein Anruf von Lisi nur Schwierigkeiten bedeutete und er sollte sich nicht getäuscht haben. Auf Lisi war Verlass.

»Vielleicht solltet ihr jemanden schicken, der sich hier um Frau Nedava kümmert«, sagte Lisi.

»Ich werde das weitergeben.«

»Und sag allen in der Familie, dass ich sie umarme«, bat Lisi.

»In Ordnung.«

Er fragte sie nicht, wie es ihr ging und ob es ihr gefiel und wann sie zurückkommen würde. Doch das Gespräch, so unerfreulich es gewesen war, hatte ihr Verhältnis wenigstens wieder etwas normalisiert. Lisi überlegte, ob sie auch bei der *Zeit* anrufen sollte, beschloss dann aber, es nicht zu tun. Sie war im Urlaub. Sie war Arieli nichts schuldig. Weder ihm noch seinem blöden Cement.

»Was ist?«, fragte Roni.

»Wieso?«, fragte Lisi zurück.

»Du hast auf einmal ein Kamikazegesicht.«

»Ich habe an die *Zeit* gedacht.«

»Ob du ihnen einen Artikel schickst?«

»Arieli hat mich suspendiert«, sagte Lisi. »Ich schulde ihm nichts.«

»Sehr richtig«, bestätigte Roni. »Und außerdem hat er keine Ahnung davon, dass ein israelischer Polizeidirektor in der Schweiz verschwunden ist.«

»Genau.«

»Niemand weiß es«, sagte Roni.

»Ja, genau.«

»Und?«, fragte Roni.

»Ich bin hier. Ich habe eine exklusive Information, einen Knüller, und ich schicke ihn nicht.«

»Weil du im Urlaub bist«, sagte Roni.

»Genau.«

Lisi wählte die Nummer der Redaktion in Tel Aviv und verlangte Eran Fischer. Er war nach Kiriat Schmona gefahren, um über den Einschlag einiger Katjuschas zu berichten. Deshalb wählte sie die private Nummer von Sivan Schamai. Ein Mädchen war am Telefon. Lisi sagte, Miri, seine Schwester, würde ihn suchen.

»Hi, Miri.« Seine Stimme klang fröhlich. »Von wo rufst du an?«

»Aus der Schweiz.«

»Oh, ich beneide dich. Wir haben hier eine Affenhitze! Vierzig Grad heute. Wann kommst du zurück? Wir gehen alle schon die Wände hoch.«

»Hast du einen Block und einen Stift zur Hand?«, fragte Lisi.

»Ja.«

»Dann schreib.«

Sie berichtete, dass Uzi Nedava, der Polizeidirektor, verschwunden und eine großräumige Suche eingeleitet worden war. Und sie befahl ihm, diese Meldung in die Tel Aviver Redaktion zu schicken, mit seiner eigenen By-line.

»Warum mit meiner By-line und nicht mit deiner?«, fragte er erstaunt.

»Ich bin im Urlaub. Ich möchte nicht, dass Arieli mich zwingt, ein Follow-up zu schreiben.«

»Und was soll ich sagen, woher ich diese Information habe?«

»Denk dir was aus«, sagte Lisi.

»Und wenn ich von der Polizei nach meiner Quelle gefragt werde?«

»Du hast das Recht, die Antwort zu verweigern. Wenn sich etwas Neues ergibt, rufe ich dich an.«

»Welche Telefonnummer hast du?«, fragte Sivan.

»Don't call us, we'll call you«, flötete Lisi und beendete das Gespräch.

Sie fühlte sich erleichtert. Sie hatte ihre berufliche Pflicht als

Journalistin erfüllt. Sie war darauf programmiert, Nachrichten zu veröffentlichen, und nicht, sie zu totzuschweigen, umso mehr, wenn es sich um einen Exklusivbericht handelte. Ihre berufliche Loyalität gegenüber der *Zeit* war offenbar stärker als ihr Zorn auf Arieli.

Als Lisi und Roni die Bibliothek der *Engadiner Post* betreten hatten, nach dem Dinner, hatten die Eule und die Zwitscheramsel an Inspektor Bruders Tisch gesessen. Sie waren sich gegenseitig ins Wort gefallen, hatten diskutiert, ob sie um fünf oder um zehn nach fünf losgegangen waren, schimpften über diese Franzosen, die mit den Fahrrädern über die Halbinsel gefahren waren, trotz des Verbotsschildes, und nannten mindestens zehn Verdächtige. Sie kannten sich hier aus. Die Zwitscheramsel, Anna Rominger, Angestellte einer Versicherungsgesellschaft in St. Moritz, kam jeden Sommer her, und die Eule, Susan Berger, eine Verwaltungsangestellte aus New York, verbrachte seit sechs Jahren ihren Urlaub hier. Sie hatten sich im Hotel kennen gelernt und kamen alle Jahre wieder zur gleichen Zeit, um sich hier zu treffen. Sowohl Anna Rominger als auch Susan Berger wollten am nächsten Tag abreisen und äußerten ihre Sorge, man könnte sie wegen der Befragung aufhalten. In zwei Tagen, sagten sie, müssten sie beide an ihrem jeweiligen Arbeitsplatz erscheinen.

Der Inspektor beruhigte sie. Sie sollten ihm alles sagen, was sie wüssten, und falls ihnen noch etwas einfallen würde, er sei hier, sie könnten ihn anrufen. Es gebe keinen Grund, sie wegen dieser Angelegenheit weiter aufzuhalten. Wenn sie nur so freundlich wären, ihm ihre Adressen und Telefonnummern von zu Hause und von der Arbeit dazulassen.

Beide Frauen wirkten sehr erleichtert. Als sie schon an der Tür waren, erinnerte Roni sie daran, dass er versprochen hatte, sie heute Abend zu fotografieren.

»Hast du den Fotoapparat dabei?«, fragte die Eule die Zwitscheramsel.

»Oh, nein, ich habe ihn im Zimmer gelassen.«

Beide hatten sie Handtaschen von der Größe eines zusammengefalteten Taschentuchs.

»Nächsten Sommer«, sagte die Zwitscheramsel zu Roni, und Roni versprach: »Nächsten Sommer.«

Aus der Bar drang *Never going back*, das Lisi inzwischen bereits erkannte. Roni hob plötzlich gespannt den Kopf, er starrte mit leeren Augen das Fenster an.

»Was ist?«, fragte Lisi flüsternd.

»Nicht jetzt«, antwortete er ebenso leise.

»Sollen wir gehen?«, fragte Lisi.

Roni nickte. »Ja, hier gibt es nichts mehr zu tun. Der Inspektor hat gesagt, dass sie morgen beim ersten Tageslicht wieder anfangen zu suchen. Gehen wir zum Hotel.«

Lisi machte eine Kopfbewegung zu Nina und Dalia. »Und was ist mit ihnen?«

»Bestimmt schickt er sie auch ins Bett«, sagte Roni. »Es nützt überhaupt nichts, wenn sie hier als Halbleichen herumsitzen.«

Roni wandte sich an Inspektor Bruder. »Wir gehen jetzt zu unserem Hotel in Silvaplana. Morgen früh kommen wir wieder und helfen beim Suchen.«

Er nickte. »Wir werden morgen früh auf der Polizeistation sein. Ein Polizist wird im *Marnia* postiert. Der Direktor ist besorgt, es ist ihm nicht angenehm, wegen der Gäste. Umso mehr, als Herr Nedava überhaupt nicht hier wohnt.«

»Sollen wir dann zum *Marnia* kommen?«

Inspektor Bruder schüttelte den Kopf. »Nein, das ist nicht nötig, Sie müssen nicht so früh aufstehen. Wir werden am Morgen auf der Halbinsel Chasté sein.«

»Also…«, sagte Roni zögernd.

Der Inspektor schaute ihn fragend an. »Was ist?«, wollte er wissen.

»Vielleicht würde es sich ja lohnen, den Leuten, die heute auf der Halbinsel fotografiert haben, die Filme abzunehmen«, sagte Roni. »Vielleicht kann man darauf was finden, einen Hinweis oder so.«

»Wenn es nötig ist, werden wir das tun«, sagte Inspektor Bruder. »Vielen Dank für den Rat.«

Sie verabschiedeten sich von Nina und Dalia, die sie aus rot umrandeten Augen anschauten. Und von Ehud Lion, der ihnen zum Abschied zuwinkte, während er irgendjemanden am Telefon anbrüllte: »Ich verlange, dass Sie ihn sofort schicken! Nein! Nicht morgen! Sofort!«

Als sie hinaustraten, war es ganz dunkel. Blitze zuckten über den schwarzen Himmel und der Regen war stärker geworden. Morgen würde der Boden schlammig sein, was die Suche nach Uzi Nedava erschwerte.

»Was ist dir vorhin eingefallen?«, fragte Lisi, als sie auf das Motorrad zugingen.

»Ich muss darüber schlafen.«

»Was?«

»Ich möchte mit Joav sprechen, bevor ich etwas sage.«

»Was?« Lisis Stimme war laut geworden.

»Lisi!«

»Du sollst mir sagen, was du denkst!«

»Sei still«, sagte Roni. »Du störst mich beim Nachdenken.«

Lisi hielt den Mund.

Als sie in ihrem Hotelzimmer in Silvaplana angekommen waren, rief Roni Joav an und holte ihn aus dem Bett. Er bat ihn herauszufinden, vielleicht übers Internet – sofort, noch heute Nacht, nicht erst morgen –, ob es damals in Woodstock unter den Rockgruppen vielleicht einen Klavierspieler namens Berger gegeben hatte. Er solle mit dem Lied *Never going back* der Gruppe *Loving Spoonful* anfangen.

Joav sagte etwas, worauf Roni protestierte: »*Red Roads*? Wieso denn das? Es waren die *Loving Spoonful*! Wetten? Gut, gut, also kontrolliere, ob bei *Roads* oder den *Loving Spoonful* ein Klavierspieler war, der Berger hieß. Oder bei irgendeiner anderen Gruppe aus der Zeit. Ich weiß, dass das viel ist! Fang mit dem Namen Berger an. Und du brauchst nicht nach Woodstock zu suchen. Das war 1968. Ja, natürlich weiß ich das. Das weiß doch jeder. Ruf mich sofort an, wenn du etwas herausgefunden hast. Nein, ich kann dir nicht sagen, um was es sich handelt. Eine verrückte Idee. Danke. Du kannst mich auch mal!«

Lisi schwieg noch immer.

25

Die Suche am nächsten Tag fand bei Regen statt. Die Polizisten und der Suchtrupp trugen Anglerstiefel, die ihnen bis an die Oberschenkel reichten, und dicke gelbe Plastikanzüge.

Bevor sie Silvaplana verließen, gingen Lisi und Roni in ein Fotogeschäft und brachten Ronis Film zum Entwickeln. Als sie zur Halbinsel kamen, saßen Nina und Ehud Lion und Dalia Nedava schon auf einer Bank dort. Sie hielten große Regenschirme über sich aufgespannt, die ihnen das Hotel zur Verfügung gestellt hatte. Bei ihnen befanden sich zwei Personen, die zweifellos Israelis waren. Micki Bacharach, der israelische Botschafter, war aus Bern gekommen, und aus Brüssel der Vertreter der israelischen Polizei in Europa, der stellvertretende Polizeikommandant Buki Eschet. Lisi dachte, wie komisch es war, dass in Israel Kosenamen aus der Kindheit einem Menschen oft bis ins hohe Alter blieben, selbst wenn einer Ministerpräsident wurde. Aber sie musste ganz ruhig sein, außer ihrer Mutter nannte sie auch niemand Lisette.

Micki, der Botschafter aus Bern, hatte eine Dolmetscherin mitgebracht, Henriette, die alles mitstenografierte, was gesagt wurde, auf Hebräisch, Englisch und Deutsch. Henriette, eine rundliche Frau um die vierzig, in einem khakifarbenen, bis oben zugeknöpften Regenmantel und mit einem Seidenkopftuch, kam schweigend und kompetent ihrer Arbeit nach, ohne dass ihr jemand etwas sagte, ohne dass sie sich an jemanden wandte. Offenbar eine verwandte Seele, dachte Lisi.

»Dieser Inspektor ist dumm«, sagte Lion zum Botschafter. »Wie alle Schweizer. Langsam und beschränkt. Lassen Sie doch eine Gruppe Freiwilliger aus Israel herbringen. Ein paar Leute von einer Spezialeinheit vom Militär. Und israelische Ärzte. Wenn Uzi irgendwo bewusstlos da liegt, kann man ihn noch retten!«

»Wir können das nicht tun, Herr Lion«, sagte der Botschafter. »Wir befinden uns hier auf Schweizer Hoheitsgebiet.«

»Was heißt das, wir können das nicht?«, fuhr Lion auf. »Wir dürfen uns doch wohl unsere eigenen Helfer herholen. Das kann uns keiner verbieten! Die hier kriechen doch nur!«

»Sie sind sehr höflich bei der Rettungswacht, Herr Lion«, sagte der Botschafter.

»Das merke ich auch, dass sie höflich sind«, schimpfte Lion. »Wenn sie gestern so gearbeitet hätte, wie es sich gehört, hätten wir nicht jetzt im Regen suchen müssen. In diesem Schlamm findet man nicht mal mehr Spuren.«

Der Polizeivertreter, Buki Eschet, dem diese Diskussion sichtlich auf die Nerven ging, schlug vor, die Leute sollten in ihr Hotel gehen und dort warten. Er würde mit ihnen kommen und die Zeit nützen, um ihre Zeugenaussagen aufzunehmen. Wenn es etwas Neues gebe, würden sie das sofort erfahren. Ohne Lions Antwort abzuwarten, teilte er Inspektor Bruder mit, sie würden alle im *Marnia*, dem Hotel der Lions und Nedavas, zur Verfügung stehen. Buki, ein kleiner, nicht ganz schlanker Mann von ungefähr sechzig, im grauen Anzug mit grau melierter Krawatte, war höflich auf Hebräisch sowie auf Deutsch und Lisi fragte sich, ob er einen Kurs in guten Manieren mitgemacht hatte, bevor er diesen Job bekam, oder ob er diesen Job bekommen hatte, weil er über gute Manieren verfügte.

Roni sagte zu Lisi, er wolle die Bilder aus dem Fotogeschäft holen, dann habe er vor, bei Bamberg vorbeizugehen, und würde sie deshalb später treffen.

Im *Marnia* hatte man einen kleinen Salon vorbereitet, einen Raum, der offenbar für intimere Mahlzeiten für etwa fünfzig Personen bestimmt war. Ein Polizist saß da und ein Mann vom Roten Kreuz. Auf dem Buffet standen ein Computer, ein Telefon und Funkgeräte. Auf einem Tisch entdeckte Lisi einen Wasserkocher und Tüten mit Kaffee und Tee, außerdem stand dort eine Schale mit etwas Ähnlichem wie Begele, die man hier Brezeln nannte, wie sie schon gelernt hatte.

Die Lions und Dalia setzten sich an einen Tisch, Lisi, Buki und Henriette nahmen den anderen. »Machst du uns bitte Kaffee, Henriette?«, fragte Buki und Lisi sagte: »Für mich nicht.«

Der Polizist befragte den jungen Mann mit dem Gedichtband. Auf einem Holzstuhl saß der Angler. Er wartete darauf, dass er an die Reihe kam, und murmelte wütend irgendwelche Worte in seine Pfeife. Beide, der junge Mann und der Angler, verstanden gar nicht, was man von ihnen wollte, sie hatten nichts gesehen. Sie gaben dem Polizisten ihre Personalien und durften gehen.

»Ich habe mitbekommen, dass Sie Journalistin sind«, sagte Polizeikommandant Buki Eschet zu Lisi, als Henriette zwei Tassen Kaffee auf den Tisch stellte. Henriette zog ihren Block heraus und stenografierte, während ihr Kaffee abkühlte.

»Hm«, machte Lisi.

»Aus Be'er Scheva«, stellte Buki fest.

»Hm.«

»Bei welcher Zeitung?«, fragte er.

»Bei der *Zeit im Süden.*«

»Kenne ich nicht.«

»Die Lokalausgabe«, sagte Lisi. »Gehört zur *Zeit.*«

»Sind Sie auf Urlaub hergekommen?«

Lisi nickte. »Ja.«

»Für wie lange?«

»Für eine Woche.«

Er schaute sie an. »Dieser Vorfall ist nun nicht gerade das, was zu einem vergnüglichen Urlaub passt.«

»Nein«, sagte Lisi.

»Seltsam, so viele Israelis an einem so kleinen Ort.«

»Hmm«, machte Lisi.

»Wie kommt das?«

Lisi zuckte mit den Schultern. »Ich weiß es nicht. Mich hat mein Freund eingeladen, deshalb bin ich da. Wir wohnen in einem Hotel in Silvaplana, in einem anderen Ort. Die anderen wohnen hier, in Sils Maria. Sie sind vor uns gekommen. Wir haben sie in der *Engadiner Post* getroffen. Dort essen wir alle immer zu Abend.«

»Er ist Rechtsanwalt, nicht wahr?«, fragte Buki.

»Roni Melzer? Ja. Er arbeitet in Tel Aviv, in der Kanzlei von Chana Regev.«

»Kannten Sie Uzi Nedava schon in Be'er Scheva?«, fragte er weiter.

Er spricht bereits in der Vergangenheit von ihm, dachte Lisi. Ein Schauer lief über ihren Rücken und sie rieb sich unwillkürlich wieder die Arme. »Ja«, antwortete sie. »Auch Ehud Lion.«

»Persönlich?«

»Ich bin Reporterin und arbeite schon seit zehn Jahren für die *Zeit im Süden*. Ich kenne alle Leute in Be'er Scheva.«

»Auch Professor Bamberg?«

Lisi nickte. »Er war mein Dozent an der Universität.«

Er weiß doch alles über mich, dachte sie. Vermutlich weiß er auch von der Nacht, in der Dina Bamberg ermordet wurde. Sie beschloss, ihn seine Fragen stellen zu lassen, ohne viel zu antworten. Er hatte dunkle, kluge Augen und sprach mit einem Akzent, vielleicht aus Osteuropa, das würde auch sein fließendes Deutsch erklären, wenn er mit Inspektor Bruder sprach.

»Als er verschwand, waren Sie auf der Halbinsel, stimmt das?«

»Ja«, sagte Lisi. »Ich habe der Polizistin die Liste von allen Leuten gegeben, die zu diesem Zeitpunkt dort waren, das heißt, der Leute, die wir getroffen haben. Die Polizei hat die Liste.«

Er nickte. »Ja, ich habe sie gesehen.«

Roni kam herein. »Wirst du verhört?«, fragte er Lisi. »Brauchst du einen Rechtsbeistand?«

»Noch nicht«, sagte Lisi.

»Soll ich dir einen Kakao holen?«, fragte er. »Ich sehe, dass es hier keinen gibt.«

»Nein danke, Roni, nicht nötig.«

»Na gut«, sagte er. »Ich mache mir einen Kaffee.«

Buki Eschet stand auf und wechselte zum Tisch Ehuds und der beiden Frauen.

Roni setzte sich zu Lisi und zog den Umschlag mit den Fotos aus der Tasche. Beide betrachteten sie sie. Lisi auf dem Marktplatz von St. Moritz, Lisi auf der Drahtseilbahn, Lisi mit den Füßen im Bach und im Hintergrund die verschneiten Gipfel, Lisi auf dem Motorrad, mit Helm und Brille, Lisi im *Marnia* in Silvaplana mit Segelbooten im Hintergrund, Lisi in der Bar der *Engadiner Post*, zusammen mit Bamberg, und am Schluss – drei Fotos ohne Lisi. Ehud Lion und Dalia Nedava, umarmt, unterhalb der Treppe zur Bibliothek der *Engadiner Post* an die Terrassenwand gelehnt. Auf einem Bild war sein Hintern zu sehen, ohne Gesicht, während ihr Gesicht deutlich zu erkennen war. Auf dem zweiten Bild war sein Gesicht zu erkennen und sein Hintern verborgen. Auf dem dritten Bild war ihre Hose heruntergezogen, seine eine Hand lag auf ihrer Brust, seine zweite Hand steckte in ihrer schwarzen Unterhose, beide hatten die Köpfe zurückgelegt, die Gesichter mit den geschlossenen Augen dem Schweizer Nachthimmel zugewandt, mit offenem Mund und ohne zu lächeln.

»Du musst lächeln«, sagte Lisi.

Roni schaute sie erstaunt an. »Warum?«

»Dieser israelische Polizeimensch weiß viel mehr, als wir uns vorstellen können. Ich glaube, er weiß, dass Bamberg Lion beschuldigt, an der Ermordung seiner Tochter beteiligt zu sein. Er weiß, was ich über den Militärdienst von Lion bei der Grenztruppe geschrieben habe. Er weiß, dass ich behauptet habe, Nedava habe nicht rechtzeitig Hilfe geschickt, um Dina Bamberg zu retten. Ich würde mich nicht wundern, wenn er auch etwas über den Streit um den Grundbesitz zwischen Lion und Bamberg wüsste. Hast du mit Bamberg gesprochen?«

»Er ist zum Verhör vorgeladen. Ich habe ihm gesagt, dass ich ihn vertrete. Dass wir, wenn wir gefragt werden, die Wahrheit darüber sagen, dass er die Dienste von Chana Regev in Anspruch nimmt. Hast du irgendetwas anderes zu dem Polizisten gesagt?«

»Nein«, sagte Lisi und fragte flüsternd: »Was wirst du mit diesen Fotos machen?«

»Nichts«, antwortete Roni.

»Und wie geht es Bamberg?«

»Er ist erschrocken«, sagte Roni.

»Zum Glück hat er wenigstens ein Alibi«, meinte Lisi.

»Ja...«

»Was?«

»Nichts.«

»Zweifelst du daran?«, fragte Lisi.

»Nein. Er hat von fünf bis elf gespielt, alle haben ihn dort gesehen.«

»Du verbirgst etwas vor mir«, sagte Lisi. »Hast du mit Joav gesprochen?«

»Nein, noch nicht. Ich warte auf seinen Anruf.«

»Was ist das, mit diesen Gruppen aus den Sixties?«

»Was?«

»Hör auf«, sagte Lisi. »Mit deinem ›Was‹ brauchst du mir gar nicht zu kommen.«

Roni lächelte. Ein ausdrucksloses Gesicht, ein »Was« oder »Hm« oder »Ach so« war Lisi Badichis Domäne.

Der Botschafter Micki Bacharach und zwei Polizisten in gelben Regenmänteln kamen zur Tür herein und gingen zu Inspektor Bruder. Buki Eschet trat zu ihnen. Sie verbreiteten eine beklemmende Atmosphäre. Lion, Nina und Dalia Nedava sowie Lisi und Roni starrten erschrocken zu den flüsternden Männern hin. Die Stille im Zimmer war kaum erträglich. Plötzlich stieß Dalia einen unterdrückten Schrei aus. Sie rutschte vom Sessel auf den Boden und bedeckte ihr Gesicht mit den Händen, wie ein Kind, das sich vor Schlägen fürchtet. Bacharach trat zu ihr, zog sie hoch und drückte sie wieder in den Sessel.

»Was ist passiert?«, fragte Ehud Lion.

»Wir haben ihn gefunden«, sagte Bacharach ruhig.

»Er… Ist er…?«, sagte Lion, wagte es nicht, die Frage auszusprechen.

»Es tut mir sehr Leid«, sagte Bacharach.

»Und wo?«

»Im See. In der Bucht vor der Halbinsel Chasté. Wo der Aufstieg anfängt, gibt es auf der Ostseite eine Art Becken mit stehendem Wasser, ein bisschen wie ein Moor, mit dichten Wasserpflanzen und hohem Schilf. Er hatte sich am Grund verfangen, deshalb kam er nicht an die Wasseroberfläche. Man hat ihn ins pathologische Institut gebracht.«

»Was? Was?« Dalia hob den Blick und starrte den Botschafter verwirrt an. »Wohin hat man ihn gebracht?« Und dann wiederholte sie die Frage schreiend: »Wohin hat man ihn gebracht?«

»Ich werde alle Formalitäten erledigen«, sagte Bacharach. »Es tut mir so Leid, Frau Nedava, dass ich Ihnen diese Nachricht überbringen muss. Er ist tot. Uzi Nedava ist tot. Sie brauchen sich um nichts zu kümmern. Wir besorgen einen Sarg und organisieren die Überführung, wir werden alles tun, was zu tun ist.«

»Aber wieso denn? Uzi kann schwimmen!«, schrie Dalia. »Er ist ein ausgezeichneter Schwimmer.« Sie stand auf, packte den Botschafter an der Jacke und schüttelte ihn mit aller Kraft. Er wehrte sich nicht. Er stand nur da und ließ sich schütteln, und alle im Raum starrten die beiden an.

»Das wird untersucht werden, Frau Nedava«, sagte er mit ruhiger Stimme.

»Ist für eine Untersuchung im pathologischen Institut nicht

die Zustimmung der Familie erforderlich?«, fragte Lion. Sein Gesicht und seine Stimme hatten jede Farbe verloren.

Der Botschafter schüttelte den Kopf. »Nicht, wenn es sich um Mord handelt. Man hat auf ihn geschossen. In den Kopf. Zwei Schüsse.«

26

»Badichi!« Es war sieben Uhr morgens, als das Telefon klingelte. Exakt die Stimme, die Lisi beim Aufwachen hören wollte. Der lange Arm von Gedalja Arieli, dem Chefredakteur der *Zeit*, hatte sich bis nach Silvaplana ausgestreckt, um ihrer habhaft zu werden.

»Ja.«

»Sie haben die Nachricht vom Verschwinden dieses Polizeioffiziers geschickt, dieses Nedava?«

»Wie haben Sie mich gefunden?«

»Ich habe Sie was gefragt.«

»Was?«

»Sivan Schamai hat die Details von Ihnen.«

»Sagt er das?«, fragte Lisi.

»Ich sage das«, bellte Arieli.

»Und?«

»Schreiben Sie ein Follow-up.«

»Ich bin im Urlaub«, sagte Lisi.

»Hören Sie auf mit dem Quatsch! Sie hätten schon vor zwei Wochen wieder bei der Arbeit erscheinen müssen.«

»Sie haben mich suspendiert«, protestierte Lisi.

»Für zwei Wochen!«

»Ich habe seit fast zehn Jahren keinen Jahresurlaub mehr genommen. Er steht mir zu.«

»Aber jetzt ist Ihr Urlaub zu Ende. Hat man Nedava schon gefunden?«

»Ja. Tot. Man hat ihn erschossen und in den See geworfen.«

»Warum haben Sie dann noch keinen Bericht geschickt?«, brüllte Arieli. »Da habe ich eine Reporterin der *Zeit* am Ort des Geschehens, aber die Dame ist im Urlaub! Schicken Sie einen Bericht. Nein, warten Sie, ich gebe Ihnen Aviv Chason, sagen Sie ihm alles, was Sie wissen.«

»Ich bin im Urlaub!«, schrie Lisi. »Kein Aviv Chason!«

»Sie sagen ihm alles, was Sie wissen«, sagte Arieli etwas leiser. »Sie brauchen nichts zu schreiben. Sie müssen nur mit ihm sprechen, das ist alles.«

War das etwa Arielis Art zu bitten?, fragte sich Lisi. Sie schaute zur Decke hinauf und gähnte hörbar. »Tut mit Leid«, sagte sie.

»Lisi!«

Schau an, dachte Lisi, er weiß meinen Vornamen.

»Wir übernehmen Ihre Ausgaben. Hotel, Fahrten, Telefon, alles, was sie brauchen.«

»Auch die Flüge? Ich bin nicht hergekommen, um zu arbeiten, Herr Arieli.«

»Was für Flüge?«

»In die Schweiz und zurück nach Israel.«

»Aber Sie sind in Urlaub gefahren«, sagte er.

»Ja«, sagte Lisi. »Genau.«

Sie sah ihn jetzt leider nicht, doch nach allem, was sie von ihm wusste, erlitt er gerade einen Schlaganfall.

»Auch die Flüge, Badichi«, sagte der Landesherrscher.

»Verbinden Sie mich mit Aviv Chason«, sagte Lisi.

»Legen Sie nicht auf, ich verbinde.«

»In Ordnung, Herr Arieli!«, murmelte Lisi und dachte: Von mir aus kannst du ersticken, Herr Arieli. Langsam und unter schrecklichen Qualen, Herr Arieli. Sie fühlte sich wunderbar.

Lisi lag im Bett, lauschte auf die Geräusche am anderen Ende der Leitung, betrachtete ihre großen Füße und wackelte mit den Zehen.

»Lisi?«

Lisi gab Aviv Chason, dem Polizeireporter der *Zeit*, die

Nachricht vom Tod Uzi Nedavas, Polizeidirektor des Negev, durch, berichtete von der Suche der Schweizer Polizei, der Hilfe des Botschafters aus Bern, Herrn Micki Bacharach, und den Verhören, die der Vertreter der israelischen Polizei in Europa, der stellvertretende Polizeikommandant Buki Eschet, durchführte, der extra nach Sils Maria gekommen war, um die Polizei bei ihrer Suche zu unterstützen und sich um Dalia Nedava, die Ehefrau des Verstorbenen, zu kümmern. Sie vergaß nicht zu betonen, dass der Verstorbene mit seinem guten Freund Ehud Lion hierher gekommen war, dem Besitzer von *Lion Erbauer des Negev*, der sich um den Posten als Oberbürgermeister von Be'er Scheva bewarb. Und dass die Familien Nedava und Lion hier immer ihren Sommerurlaub verbrachten. Als sie fertig war, bat sie Aviv Chason, sie mit Juval Malul zu verbinden, dem Wirtschaftsredakteur.

Juvals »Hallo« klang ein wenig zögernd.

»Mach dir keine Sorgen, Süßer«, sagte Lisi. »Arieli hat mich wieder an die Arbeit geschickt.«

»Ich mache mir keine Sorgen«, protestierte er. »Was ist los?«

Sie wiederholte in geraffter Form alles, was sie gerade Aviv Chason erzählt hatte. Dann fragte sie: »Hast du für mich die Geschäfte von Ehud Lion durchleuchtet, Süßer?«

»Ja.«

»Und?«

»Irgendetwas stinkt, das ist sicher«, sagte er. »Aber ich habe keine Beweise, deshalb habe ich nichts veröffentlicht. Ich habe zwei kleine Kinder, ich kann mir keine Suspendierung erlauben.«

»Hast du Arieli erzählt, was du herausgefunden hast?«, fragte Lisi.

»Nein«, antwortete er. »Ich will vorher die Fäden noch verknüpfen. Auf Nummer sicher gehen.«

»Bist du bereit, mir zu erzählen, was du herausgefunden hast?«

»Off the record?«

Lisi versprach es.

»Na gut. Das Projekt der Erneuerung des Busbahnhofs von Be'er Scheva hat die Firma *Lion Erbauer des Negev* nach einer Ausschreibung bekommen. Sie haben es übernommen, die Ladenbesitzer zu entschädigen, entweder mit einem Laden in den geplanten neuen Gebäuden oder mit Geld. An diesem Projekt sind zwei Banken und zwei Baufirmen beteiligt. Das Projekt Sade Tejman hat Ehud Lion allein übernommen, er hat sich dazu von der Firma seiner Brüder abgekoppelt. Sein Trumpf war die *Societé Agricole* aus Brüssel. Auf Grund der Investition von Lion selbst und der Firma aus Brüssel wurde ein Vertrag mit dem Verkehrsministerium geschlossen, und als er diesen Vertrag in der Tasche hatte, unterschrieb er weitere Verträge mit dem Luftfahrtministerium, dem Bauministerium und dem Ministerium für Tourismus, und in jedem dieser Verträge verpflichteten sich die öffentlichen Stellen zu einem bestimmten Zuschuss. Mit diesen Verpflichtungen ging er zur *International Bank* und bekam Darlehen und Bürgschaften. Als die *Societé Agricole* die Zusammenarbeit aufkündigte, wegen bürokratischer Schwierigkeiten auf der israelischen Seite, beschloss man bei der *International Bank,* in aller Stille eine Untersuchung einzuleiten, und man fand heraus, dass es die *Societé Agricole* nur auf dem Papier gab. Ihre Büros in Brüssel wurden vor zwei Jahren eröffnet und bestanden aus einem Zimmer mit Telefon und einem Briefkasten, niemand arbeitete dort. Auf dem Bankkonto der Firma waren drei Millionen Dollar, die, um sich dem Verkehrsministerium gegenüber kulant zu zeigen, nach Israel transferiert wurden und dann nach Brüssel zurückgingen, auf dasselbe Konto, nachdem die Sache mit den anderen Ministerien geklappt hatte. Der Verdacht besteht, dass es sich um eine Scheinfirma handelt, die Ehud Lion gegründet hat, als das Projekt Sade Tejman ausgeschrieben wurde. Als er dann den Busbahnhof bekam, schickte er das Geld auf das Brüsseler Konto zurück. Das Geld kam aus seiner rechten Tasche, reiste nach Belgien, kam dann wieder nach Israel, in seine linke Tasche, und reiste von dort wieder nach Belgien. Er bekam Zuschüsse von den Ministerien und Darlehen von der *International Bank*, ohne dass er auch nur einen müden Groschen ausgegeben hat.«

»Woher weißt du das?«, fragte Lisi.

»Von jemandem, der bei der *International Bank* arbeitet«, antwortete Juval. »Die Untersuchung läuft noch. Und sie haben natürlich kein Interesse daran, ihre eigenen Fehler zu veröffentlichen, sie wollen ihre Kunden nicht verprellen. Die Bank hat Lion die Mitarbeit aufgekündigt. Sie haben allerdings kein Wort von seiner Strohfirma gesagt, sondern geben vor, sie hätten erst jetzt herausgefunden, dass sich mitten auf dem Gelände für das Projekt Sade Tejman hundert Dunam Privatgrund befänden. Diese hundert Dunam gehörten jemandem, der nicht bereit sei zu verkaufen, was sie in jahrelange Prozesse verwickeln könne. Sie haben also die Scheidung eingereicht und verlangen von ihm das Darlehen zurück, das sie ihm gegeben haben.«

»Um welche Summe geht es da?«, wollte Lisi wissen.

»Um Millionen«, sagte Juval Malul. »Inzwischen haben sie in den Ministerien erfahren, dass sich die Bank wegen dieser hundert Dunam zurückgezogen hat, und sie haben Lion mitgeteilt, dass man erst mit dem Projekt beginnen könne, wenn sich der ganze Grund in seinem Besitz befinde. Auch die Gelder, die er von staatlicher Seite hätte kriegen sollen, sind nicht gekommen. Alles liegt auf Eis und er steht mit heruntergelassenen Hosen da.«

»Weiß man, wie er das Geld zur *Societé Agricole* überwiesen hat?«, fragte Lisi.

»Bestimmt hat er es geschmuggelt«, meinte Juval. »Und damals war das ein Verstoß gegen das Gesetz, Geld aus dem Land zu bringen. Heute ist es erlaubt. Wenn man ihm die Sache mit der Scheinfirma und dem Geldschmuggel beweisen kann, muss er vor Gericht.«

»Warum bewahrt die Bank Stillschweigen?«, sagte Lisi. »Er hat doch Darlehen von ihnen erhalten.«

»Sie sind mit ihren Nachforschungen noch nicht fertig, Lisi. Aber ich weiß, dass sich der Mann, der mit den Untersuchungen betraut ist, mit den beteiligten staatlichen Stellen in Verbindung gesetzt und sie gewarnt hat. Die Bank schlägt einstweilen keinen Lärm, weil sie ein Interesse daran hat, dass Ehud Lion das Darlehen zurückzahlt. Und Lion ist wohl der Letzte, der etwas davon erzählt.«

»Und wenn es ihm gelingt, die hundert Dunam in die Hand zu kriegen, dann bezahlen sie ihm die versprochenen Investitionszuschüsse?«

»Kann gut sein«, erwiderte Juval. »Er kann das Projekt verwirklichen, weil er unterschriebene Verträge hat. Aber die Sache mit dem Geldschmuggel und der Scheinfirma wird ihn vor Gericht bringen.«

»Ist das sicher?«

»Nein, sicher ist es nicht. Er braucht nur einen guten Rechtsanwalt zu finden, der beweist, dass die Firma tatsächlich existiert hat, als er die Zusammenarbeit mit ihr vertraglich festlegte. Solche Haifische kommen immer heil aus ihren Kloaken heraus. Ein Bettler klaut zwanzig Schekel in einem Kiosk und wandert ins Gefängnis. Aber wenn du eine Million klaust, kriegst du einen Orden. Eine Bananenrepublik, das ist es, was wir sind.«

Lisi fragte: »Diese hundert Dunam Boden sind also sehr, sehr wichtig für Lion?«

»Schicksalhaft«, sagte Juval.

Lisi versuchte zu verstehen. »Und warum hat er nicht verlangt, dass man das Land enteignet?«

»Es handelt sich um Privatinteressen. Der Staat könnte enteignen, eine Privatperson nicht.«

»Auch wenn es sich um ein staatliches Projekt handelt?«

»Die hundert Dunam sind nicht direkt auf der Fläche des Flughafens. Sie sind in dem Gebiet, das für Gewerbezwecke ausgewiesen ist. Für das Einkaufszentrum, Hotel, eine Tankstelle.«

»Wenn hier bei der Untersuchung etwas herauskommt«, sagte Lisi, »dann schicke ich dir das Material. Du kannst es gerne auch unter meinem Namen veröffentlichen.«

Er stöhnte. »Arieli wird mich vergiften.«

»Arieli ist ein Scheißkerl«, entgegnete Lisi. »Wenn hier etwas herauskommt, dann hat es mit dem Mord an Uzi Nedava zu tun, und wenn wir es nicht bringen, erscheint es in der *Post*. Weißt du was? Bring mein Material zu Arieli und lass ihn entscheiden, ob er bereit ist, es zu veröffentlichen.«

»Glaubst du, es gibt eine Verbindung zwischen dem Mord an Nedava und Lions Geschäften?«, fragte Juval.

»Keine Ahnung«, sagte Lisi. »Du wirst von mir hören. Bye, Süßer.«

Als Lisi aufstand, um ins Badezimmer zu gehen, fragte Roni: »Sollen wir uns vielleicht das Frühstück aufs Zimmer bringen lassen?«

»Eine geniale Idee«, sagte sie begeistert.

»Vor der Gymnastik oder danach?«

»Was?«, fragte sie, dann verstand sie und lachte. »Beweg dich nicht, ich bin gleich zurück.«

Das Frühstück kam auf einem silbernen Tablett, mit Silberbesteck und gestärkten weißen Servietten. Sowohl der Kakao als auch der Kaffee waren sehr heiß.

»Du bist süß«, sagte Roni zu Lisi.

»Du auch.«

Er strich den Honig aus dem kleinen Becher auf ihren Körper und stippte ihn mit kleinen Stückchen Croissant auf, bevor er sie in den Mund steckte. Was an ihr hängen blieb, Honig und Krümel, leckte er sorgfältig auf, während sie sich unter seiner Berührung krümmte und stöhnte, lachte und ihm mit den Fäusten auf den Rücken und den Hintern schlug. Als Rache beschmierte sie ihn mit der Marmelade, lutschte und leckte, während andere Teile ihrer Körper sich mit anderem beschäftigten. Beide waren sie ungemein stolz auf ihre wilde Schamlosigkeit, ihre hemmungslose Hingabe, dass sie alles machten, wozu sie Lust hatten, und dass es ihnen völlig egal war, wie sie aussahen mit all dieser klebrigen Süße auf ihrer Haut, die genussvoll schmelzend in ihre Körper drang.

27

Roni stellte das Motorrad neben dem Café gegenüber der Post von Sils Maria ab.

»Was ist passiert?«, fragte Lisi.

»Wir trinken einen Kaffee.«

»Aber Moschik wartet im *Marnia* auf uns«, sagte Lisi.

Roni zuckte mit den Schultern. »Dann wartet er eben eine Viertelstunde länger.«

»Sie werden ihn inzwischen befragen.«

»Nein, er wird draußen auf uns warten, neben der Treppe«, erklärte Roni. »Ich habe zu ihm gesagt, dass er mit niemandem reden soll, bis ich komme. Sie können ihn nicht dazu zwingen.«

Lisi sagte: »Du trinkst zu viel Kaffee.«

Er lächelte. »Ich werde frischen Saft bestellen. Auch für dich. Damit wir groß und stark werden.«

Roni erzählte Lisi, was Joav, der Computerzauberer Nummer zwei in Chana Regevs Team, bei seinen Nachforschungen herausgefunden hatte.

Moschik Bambergs richtiger Name war Simon Berger, geboren 1947 in New York. Er war ein Mitglied der Rockgruppe *Barefoot Monkeys* und in den Sechzigerjahren in den Vereinigten Staaten ziemlich bekannt gewesen. Simon-Moschik war der Pianist der Gruppe, zu der auch sein jüngerer Bruder, Mike Berger, gehörte, der der Bassist war. Roni liebte die Gruppen der Sechziger und besaß eine ganze Sammlung von Platten.

Einschließlich der *Barefoot Monkeys*, die eine avantgardistische alternative New Yorker Gruppe gewesen waren. Einige der Mitglieder hatten ihre Karriere als Straßenmusikanten begonnen oder in den Cafés im Village gespielt. Der Text war ihnen so wichtig gewesen wie der Sound. Ihre Lautsprecher ließen dem Publikum das Trommelfell platzen. Als sie bekannt wurden, befreundeten sie sich mit Künstlern anderer Bereiche. Mit Andy Warhol zum Beispiel und mit Schriftstellern wie Delmore Schwartz, Chandler und Burroughs. Mike Berger, Simons jüngerer Bruder, trat immer ganz in Schwarz mit einer dunklen Spiegelbrille auf. Sie unterschieden sich von den Bands in Kalifornien, weil sie gesellschaftskritisch waren und einen harten, rauen Sound hatten. Sie sangen gegen alle Konventionen: gegen Eltern, Banken und System und für alle, die deren Opfer waren, Schwarze, Obdachlose, Fixer. Die Band reiste zu Auftritten in ganz Amerika, spielte vor allem auf Universitätsgeländen, trat auch in Südamerika und in Europa auf, war in Deutschland und England sehr erfolgreich. Die Mitglieder der Band traten zudem manchmal als Begleiter von Sängern oder zur Verstärkung anderer Gruppen auf.

Anfang neunundsechzig starb der jüngere Bruder, Mike, in Atlantic City an einer Überdosis. Innerhalb weniger Tage starb in einem Hotel in New York der Gitarrist und Sänger der Gruppe, ein sagenhafter Musiker namens Tony Kingsley, der zugleich musikalischer Leiter der Gruppe war. Ebenfalls an einer Überdosis. Die amerikanische Polizei fand heraus, dass Mitglieder der Band als Kuriere für Rauschgifthändler fungierten. Ihre Reisen nach Südamerika und ihre Auftritte an Universitäten dienten einem doppelten Zweck: der Musik und dem Drogenhandel. Bei Simons Verhör stellte sich heraus, dass er davon wusste, dass sein kleiner Bruder ab und zu etwas nahm, so wie die anderen auch, doch von dem Handel hatte er nichts gewusst. Er selbst rührte Drogen nicht an.

Bei der Untersuchung von Kingsleys Tod kam der Verdacht auf, dass Simons Vater, ein Überlebender des Holocausts, der in New York Geschäfte für Uhren und Schmuck besaß, Kingsley getötet haben könnte, um den Tod seines Sohnes zu rächen. Aber die Polizei konnte ihm nichts beweisen. Simon Berger verließ die Band, hörte zu spielen auf. Laut Aussage seiner Eltern hatte er das Haus verlassen und jede Beziehung zu ihnen abgebrochen, und sie wussten nicht, wo er sich befand. Simon und Mike Berger hatten noch eine jüngere Schwester: Susan Berger.

Roni schaute Lisi an und lächelte.

»Erwartest du jetzt, dass ich einen Salto schlage?«

»Ja«, sagte er.

»Ich bin wirklich erstaunt, wie viel du über die Gruppen aus den Sixties weißt.«

Roni hob die Hand. »Nein, nein.«

»Also was?«, fragte Lisi.

Roni schaute sie an. »Unsere Eule heißt Susan Berger.«

»Wow! Das haut mich um. Wie bist du denn darauf gekommen?«

»Jedes Mal, wenn Bamberg *Never going back* spielte, hatte ich ein ganz komisches Gefühl, ohne dass ich wusste, was es war. Dieses Lied hatten die *Loving Spoonful* gespielt, zusammen mit dem sagenhaften Gitarristen Red Roads. Die ursprüngliche Band der *Spoonful* löste sich gerade auf und sie suchten sich Musiker von außerhalb, um dieses Lied aufzunehmen. Du hast mir erzählt, dass Moschik Bamberg im Sommer in der *Engadiner Post* spielt, schon seit sechs Jahren. Als wir auf der Insel spazieren gegangen sind, hat Susan Berger gesagt, dass sie schon seit sechs Jahren hierher kommt. Vielleicht hast du ja gemerkt, dass es hier überhaupt keine Amerikaner gibt. Mir ist aufgefallen, dass sie Berger heißt, und ich hatte irgendwo im Hinterkopf, dass bei der Gruppe, die *Never going back* spielte, ein Musiker namens Berger aufgetaucht war. Ich habe Joav gebeten, das für mich nachzuprüfen. Er hat im Internet gesucht und herausgefunden, dass das *Never going back* von den *Loving Spoonful* 1968 gespielt wurde, und der

Pianist war Simon Berger von den *Barefoot Monkeys*, der für diese Aufnahme eingesprungen ist. Joav hat weitergesucht und ist auf diese Geschichte mit den Drogen und dem Tod von Mike Berger und Kingsley gestoßen. Simon Berger hat also nach dem Tod seines Bruders aufgehört zu spielen und dann hat sich seine Spur verloren. Nirgendwo taucht ein Simon Berger auf, in keiner Liste und in keinem Dokument.«

»Und Joav glaubt also, dass Simon Berger und Moschik Bamberg ein und dieselbe Person ist?«

»Er glaubt es nicht, Süße, er ist sicher. Auf den Schallplatten sind Fotos von Simon, in alten Zeitungen gibt es Fotos, im Internet. Auf diesen Fotos ist er zwar dreißig Jahre jünger, aber es ist derselbe Rotschopf.«

»Also deshalb kommt er im Sommer hierher«, sagte Lisi. »Um seine Schwester zu treffen!«

Roni nickte. »Er kann nicht in die Staaten fahren, um sie zu treffen, so viel ist sicher. Der Moschik Bamberg, der in seinem Pass steht, ist schon lange tot. Und die Mordakte Kingsley blieb offen. Also haben sie eine Lösung gefunden: Sie treffen sich in der Schweiz.«

»Seine Frau ist früher jedes Jahr mit den Kindern hierher gefahren. Glaubst du, sie wissen, dass Susan seine Schwester ist?«

»Vermutlich nicht«, sagte Roni. »Wenn sie es wüssten, hätte er ihnen erklären müssen, warum er sich einer geborgten Identität bedient. Sarah hat ihn als Moschik Bamberg kennen gelernt. Und Moschik Bamberg ist er geblieben.«

Lisi zog die Brauen hoch. »Susan Berger ist heute in die Staaten zurückgefahren.«

»Das ist egal«, sagte Roni. »Wenn sie sie brauchen, wird man sie finden.«

»Was hat sie gesagt, was sie ist?«, fragte Lisi. »Sozialarbeiterin oder so was?«

»Ja. Die ›Sozialarbeiterin oder so was‹ ist zwei Tage vor Bambergs Ankunft in der Schweiz eingetroffen. Auch letztes

Jahr ist sie zwei Tage vor ihm nach Sils Maria gekommen. Joav hat übers Internet in den Listen der Schweizer Grenzpolizei nachgeschaut.«

»Darf er das denn?«, fragte Lisi erstaunt.

»Nein.«

»Sie war mit Schlamm beschmiert, als wir sie auf der Halbinsel getroffen haben«, sagte Lisi nachdenklich. »Ich meine, an dem Nachmittag, als Uzi Nedava verschwand.«

Roni nickte. »Daran habe ich auch gedacht. Ihre Freundin hat gesagt, dass sie Biber oder so was fotografiert habe und in den Dreck gefallen sei. Sie weigerte sich auch, sich fotografieren zu lassen, als ich es anbot.«

»Du meinst also, Susan Berger ist die Mörderin der Brüder Chazon?«

Roni zuckte mit den Schultern. »Entweder sie oder jemand, den sie angeheuert hat.«

»Vor dem ersten Anschlag auf die Brüder Chazon hat jemand Wanzen in der Polizeistation in Be'er Scheva angebracht.«

»Du machst Witze!«, rief Roni.

»Sie haben herausgekriegt, dass eine alte Touristin zur Polizei gekommen ist, ganz aufgeregt, weil jemand ihr die Handtasche weggerissen hatte. Man hat ihr Wasser gebracht, sie ist aufs Klo gegangen … Als die Polizei die Wanzen entdeckt hat, hat man versucht herauszufinden, wer wann da gewesen ist, und da haben sie gemerkt, dass die Adresse, die ihnen die Frau gegeben hat, fiktiv war.«

»Warum hast du mir das nicht erzählt?«, fragte Roni.

»Es ist das momentan bestgehütetste Geheimnis in Israel. Eine Riesenschande für die Polizei in Be'er Scheva. Hat unsere Eule einen Partner?«

»Weiß ich nicht«, sagte Roni. »Ich habe Joav gebeten, die Passagierliste des Flugzeugs, mit dem sie gekommen ist, zu kontrollieren, ob irgendjemand dabei war, der ein gedungener Mörder sein könnte. Wenn da jemand auftaucht, sowohl bei ihrem Flug nach Israel als auch zurück in die Staaten, und wenn dieselbe Person mit ihr aus den Staaten in die Schweiz geflogen ist, wird Joav das herausfinden. Er muss sich ein bisschen Mühe geben. Die ›Stinksocke‹ wird uns zusammenstauchen, wenn sie herausbekommt, was wir hier tun.«

»Was werden wir jetzt unternehmen?«, fragte Lisi.

»Nichts«, antwortete Roni. »Ich habe mit Joav gesprochen, ich spreche mit dir. Ich schlage vor, dass wir nichts tun. Dass Simon Berger zu Moschik Bamberg geworden ist, spielt für die Ermittlung keine Rolle. Wenn sich die Polizei ein bisschen anstrengt, werden sie es genauso herausfinden, wie wir es herausgefunden haben.«

»Aber was ist, wenn es Bamberg war, der den Mord an den Brüdern Chazon und Uzi Nedava in Auftrag gegeben hat?«, fragte Lisi.

Roni zuckte mit den Schultern. »Er hat sie nicht selber umgebracht.«

»Prima!«, rief Lisi.

»Er hat uns angeheuert, damit wir herausfinden, wer seine Tochter Dina ermordet hat und dass wir dafür sorgen, dass der Täter vor Gericht kommt. Und das ist es, was wir tun werden.«

»Du willst der Polizei also nicht verraten, wer er und Susan, die Eule, sind?«

»Nein.«

»Aber das macht uns zu Mitwissern«, sagte Lisi.

»Genau deshalb will ich den Mund halten«, sagte Roni. »Ich werde vergessen, was ich von Joav gehört habe. Und was ist mit dir?«

»Du wirst deine Lizenz verlieren«, sagte Lisi. »Was wir tun, nennt man Behinderung einer polizeilichen Ermittlung, das ist dir doch wohl klar.«

»Sie untersuchen nicht die Vergangenheit von Moschik Bamberg oder die Identität der Eule.«

Lisi schaute Roni an. »Und was ist, wenn sie einen weiteren Mord planen?«

Roni schüttelte den Kopf. »Nach meiner Berechnung war das der Letzte.«

»Nach deiner Berechnung!«, protestierte Lisi. »Und was ist mit meiner Berechnung? Es erschüttert mich, wie du dich verhältst.«

»Denk an Dina«, sagte Roni.

»Was?«

»Ich habe gesagt, du sollst an Dina denken«, wiederholte er. »Dann wirst du über mein Verhalten weniger erschüttert sein.«

»Du meinst, er hat den Mord bestellt, weil Nedava uns in jener Nacht, als Dina ermordet wurde, keine Hilfe geschickt hat?«

Roni nickte. »Ja.«

»Dann wird er mich ebenfalls umbringen lassen. Ich habe Dina auch nicht geholfen, als sie ermordet wurde.«

»Sei doch nicht so blöd! Du warst die Einzige, die geholfen hat.«

Lisi schaute ihn an. »Weißt du, wie sein Gehirn funktioniert?«

»Ich glaube ja«, sagte Roni. »Er hat mit dem Mord an Uzi Nedava seine Rache abgeschlossen. Deshalb ist er hierher gekommen, obwohl er noch in Trauer ist. Weil er wusste, dass Nedava und Lion hier sein werden. Er spielt hier zwei Monate lang, aber er hat uns nur für eine Woche herbestellt. Ausgerechnet für diese Woche.«

»Sein Alibi ist nicht zu erschüttern«, sagte Lisi.

»Stimmt, es ist sicher.« Roni schaute sie an. »Also, was hast du beschlossen?«

»Du willst also der Polizei nicht sagen, was du weißt«, stellte Lisi fest.

»Nein, will ich nicht.«

»Und was ist, wenn ich es sage?«, fragte sie.

»Das wäre ein Vertrauensbruch mir gegenüber.«

»Du weißt, wie man das nennt, was du gerade tust«, sagte Lisi. »Erpressung!«

»Spiel doch nicht die Moralische. Das passt nicht zu dir.«

»Und du hör auf, so überheblich zu sein. Ich habe Recht und du weißt, dass ich Recht habe. Wir halten wichtige Informationen zurück. Wir gefährden Menschen. Auch uns selbst. Wir wissen, wer für den Mord an den Brüdern Chazon und Uzi Nedava gesorgt hat, und wir geben unsere Information nicht an die Polizei weiter. Die Eule wird uns umbringen, weil wir es wissen.«

»Erstens ist die Eule schon abgefahren«, widersprach Roni, »zweitens weiß Bamberg nicht, dass wir über seine Identität und die seiner Schwester Bescheid wissen. Und ich habe nicht vor, es ihm zu sagen. Vorläufig hat diese Information doch nur Spekulationen aufgeworfen. Glaub mir, die Polizei ist heilfroh, dass sie die Brüder Chazon losgeworden ist. Bestimmt haben alle erleichtert aufgeatmet, als diese Mistkerle umgebracht worden sind. Und dieser Fall ist im Moment das Letzte, mit dem sie sich beschäftigen wollen.«

Lisi verzog das Gesicht. »Du tust also der Polizei einen großen Gefallen.«

»Lisi!«

»Mir gefällt das nicht, was wir da tun«, sagte sie.

»Meine Frage ist«, sagte Roni, »hältst du den Mund, wenn Moschik Bamberg befragt wird?«

»Habe ich eine Wahl?« Sie spürte ein Brennen in den Augen und hatte Angst, sie würde anfangen zu weinen.

»Gut«, sagte Roni.

Und Lisi sagte: »Ich tue es für Dina, nicht für dich.«

Auf dem Weg vom Café zum *Marnia* wechselten sie kein Wort. Moschik Bamberg wartete nicht im Garten. Als sie den Salon betraten, den das Hotel für die Untersuchung zur Verfügung gestellt hatte, fanden sie dort Ehud und Nina Lion sowie Dalia Nedava vor. Moschik Bamberg saß an einem runden Tisch, zusammen mit dem Schweizer Inspektor Bruder, mit Buki Eschet, dem israelischen Untersuchungsbeamten, und Henriette, der Dolmetscherin. Ein Polizist saß neben dem Buffett und tauchte einen Keks in seinen Kaffee.

»Oh, endlich«, sagte Eschet, als Lisi und Roni den Raum betraten. »Ich habe schon versucht, Sie in Ihrem Hotel zu erreichen. Professor Bamberg ist nicht bereit, ein Wort ohne seinen Rechtsanwalt zu sagen. Wo waren Sie?«

»Wir haben eine Tasse Kaffee getrunken, gegenüber der Post«, sagte Roni und schaute Eschet an. »Warum verhören Sie ihn?«

»Sie sind also Professor Bambergs Rechtsanwalt?«, fragte Eschet.

Roni nickte. »Ja.«

»Warum braucht er einen Rechtsanwalt?«, fragte Eschet.

»Weil Sie ihn verhören«, antwortete Roni.

»Wann hat er Sie in seine Dienste genommen?«

»Verhören Sie jetzt mich?«

»Nein, ich stelle Ihnen nur ein paar Fragen«, sagte Eschet.

»Gut. Ich beantworte Ihnen Ihre Fragen, wenn Sie mir sagen, ob Sie mich verhören.«

»Hören Sie doch auf! Bamberg hat ein Alibi. Das ist einfach nur eine formale Geschichte.«

»Sie sagen, er hat ein Alibi, und trotzdem verhören Sie ihn«, wandte Roni ein.

»Wir stellen nur ein paar Fragen, wir stellen allen nur ein paar Fragen.«

»Aber mein Mandant war zur Mordzeit nicht am Tatort, daran besteht kein Zweifel. Übrigens, haben Sie die Waffe gefunden?«

»Ja.«

»Wo?«, fragte Roni.

»Auf dem Boden des Sees, nicht weit von der Stelle, an der Uzi Nedavas Leiche gefunden wurde.«

Dalia stieß einen seltsamen Laut aus, wie das Kratzen eines Messers auf Glas.

»Was für eine Waffe ist es?«

»Ein F. N.«

»Hat das irgendeine Bedeutung?«, fragte Roni weiter.

»Möglich«, sagte Eschet.

»Was heißt das?«

»Es ist eine Neunmillimeterwaffe. Mit einer solchen Waffe wurde auch auf Nachik und Schmulik Chazon geschossen. Sie wissen, wer die beiden sind?«

»Ja, diese Gangster aus Juval Barkan.«

Eschet nickte. »Sie waren in den Mord an Professor Bambergs Tochter verwickelt.«

»Dina«, sagte Bamberg leise.

»Ein zufälliges Zusammentreffen«, sagte Eschet und seufzte. »Ich hasse zufällige Zusammentreffen.«

»Wann wissen Sie, ob es sich vielleicht um dieselbe Waffe handelt?«, fragte Roni. »Wer untersucht das?«

»Wenn die Schweizer Polizei mit der ballistischen Untersuchung, die mit Nedavas Mord zu tun hat, fertig ist, wird man uns die Waffe aushändigen.«

»Hat man Patronenhülsen gefunden?«

»Nein. Weder hier noch in Israel«, sagte Eschet. »Eine saubere Arbeit.«

»Jemand hat sie geschickt, um sie umzubringen«, flüsterte Bamberg. Er hatte die gleiche kalte, automatische Stimme, die Lisi zum ersten Mal in der Mordnacht gehört hatte, als er ihr am Telefon befohlen hatte auszusagen, sie sei nur zu ihm ins Haus gekommen, um Effy Levia und seine neue Freundin zu interviewen. Diese Stimme machte ihr Angst. Ein lebendiger, atmender Körper hatte sich in einen Roboter mit einer mechanischen Stimme verwandelt.

Eschet schaute Bamberg an. »Wer?«, fragte er.

»Sagen Sie nichts«, sagte Roni zu Bamberg.

»Wir werden ihm helfen, den Mörder seiner Tochter zu finden«, fauchte Eschet Roni zornig an, in einer Lautstärke, die Lisi seinen guten Manieren gar nicht zugetraut hätte. Plötzlich fühlte sie sich an Benzi, ihren Schwager, erinnert.

»Ja«, sagte Roni, »und gleichzeitig wollen Sie ihm den Mord an Nedava anhängen.«

»Was hat das eine mit dem anderen zu tun?«

»Die Waffe«, sagte Roni. »Das haben Sie selbst gesagt.«

»Ich habe genau das Gegenteil gesagt«, sagte Eschet. »Ich sagte: Wer diese Waffe benutzt hat, um die Verbrecher von Juval Barkan zu erschießen, hat sie auch benutzt, um Nedava zu erschießen.«

»Was soll da das ›Gegenteil‹ sein?«, fragte Roni.

»Denken Sie doch nach.«

»Ich bin nicht so intelligent wie Sie.«

»Wenn Bamberg Nedava nicht erschossen hat, kann er auch die Chazons nicht erschossen haben, Euer Ehren.«

»Ich danke Euer Ehren, dass Sie mir die Augen geöffnet haben«, sagte Roni.

»Sarkasmus wird uns zu keinem Ergebnis bringen«, sagte Eschet. »Professor Bamberg, haben Sie irgendeine Vermutung, auch wenn sie sich noch so unwahrscheinlich anhört, wer hinter dem Mord an Ihrer Tochter steht?«

»Ehud Lion«, antwortete Bamberg, noch bevor Roni ihn zurückhalten konnte.

»Was?«, brüllte Ehud Lion, sprang von seinem Sitz auf und wollte sich auf Bamberg stürzen. Nina, seine Frau, schrie und packte ihn mit aller Kraft, noch bevor der Polizist, der den Mund voller Kekse hatte, sie erreichte.

»Ich soll deine Tochter umgebracht haben?«, schrie Lion aus den Armen seiner Frau, die ihn fest umklammerten. »Du bist ja komplett verrückt! Du warst schon immer verrückt und wirst immer verrückt bleiben! Das wirst du bereuen, du Drecksack! Du wirst noch bereuen, was du gesagt hast!«

»Ehud Lion hat den Mord an meiner Tochter Dina bestellt«, sagte Bamberg. Seine Stimme war ruhig und hart.

»Ich bitte Sie«, flehte Roni Bamberg an, »sagen Sie nichts. Wir haben abgemacht, dass Sie nichts sagen. Ich kann Ihnen nicht helfen, wenn Sie den Mund nicht halten.«

»Doch, Sie können es.« Ein eiskalter Blick aus blauen Augen streifte Roni.

»Ich schlage vor, wir gehen in ein anderes Zimmer«, sagte Buki Eschet. »Setzen wir die Befragung woanders fort.«

»Nein!«, schrie Lion. »Ich möchte hören, was er sagt, dieser miese Drecksack! Er kippt Scheiße über mir aus und ich soll mich nicht mal wehren können.«

»Dagegen habe ich nichts einzuwenden, Herr Lion«, sagte Eschet. »Aber Sie müssen sich ruhig verhalten.«

»Was, ich soll den Mund halten?«, schrie Lion weiter. »Er beschuldigt mich des Mordes!«

»Die Gang von Juval Barkan hat seine Tochter ermordet, nicht Sie«, sagte Eschet. »Und jetzt sind Sie entweder still oder wir gehen in ein anderes Zimmer. Was ist Ihnen lieber?«

»Geht! Das ist mir doch egal. Geht zum Teufel!«

»Nein«, sagte Nina Lion entschieden, »wir wollen hören, was er sagt. Ehud wird ruhig sein. Ehud, halt den Mund!«

»Ich bringe Ihnen ein Glas Wasser«, sagte Dalia zu Ehud Lion, dann wandte sie sich an Nina. »Für dich auch?«

»Ja, danke, Dalia.«

Lisi schaute unwillkürlich zu Roni hinüber, der sie im selben Moment ebenfalls anblickte. Beide erinnerten sich an die Fotos von Ehud und Dalia.

»Können wir jetzt fortfahren?«, fragte Buki Eschet Ehud Lion. Ehud gab keine Antwort.

»Wo waren wir stehen geblieben?« Er konzentrierte sich wieder auf Moschik Bamberg. »Ach ja. Sie haben gesagt, dass Ehud Lion den Mord an Ihrer Tochter Dina in Auftrag gegeben hat. Können Sie mir das erklären?«

»Ich rate Ihnen wieder, nicht zu antworten«, sagte Roni.

Doch Bamberg hörte nicht auf ihn. »Lion wollte, dass ich ihm meinen Boden in Sade Tejman verkaufe.«

»Und dafür war er bereit zu morden?«, fragte Eschet.

»Ja.«

»Er hat die Brüder Chazon vorgeschickt, um Ihre Tochter zu

ermorden, damit Sie ihm den Boden in Sade Tejman verkaufen?«

»Ja.«

»Ich glaub's nicht!«, fuhr Ehud Lion dazwischen.

»Seien Sie still!«, herrschte Eschet ihn an. »Halten Sie einfach den Mund. Oder wir setzen die Befragung woanders fort. Haben Sie mich verstanden? Ich warne Sie zum letzten Mal.«

»Er wird den Mund halten«, sagte Nina Lion und klopfte ihrem Mann aufs Knie. »Wenn sie die Befragung woanders durchführen, werden wir nicht wissen, was man dir vorwirft«, sagte sie zu ihrem Mann. »Also gib jetzt Ruhe.«

Eschet wandte sich wieder an Bamberg. »Wie viel Grund haben Sie dort?«

»Hundert Dunam.«

»Sind die hundert Dunam viel Geld wert?«

»In Sade Tejman soll ein neuer Flughafen gebaut werden sowie ein Zentrum für Touristik und Handel.«

»Ist Ehud Lion an Sie herangetreten, dass Sie ihm den Boden verkaufen?«

»Ja.«

»Wann?«

»Ungefähr vor zwei Jahren. Und danach noch ein paar Mal.«

»Handelt es sich um ein staatliches Projekt?«, fragte Eschet.

»Ja. Aber der Grund gehört mir. Privatbesitz. Von mir und meiner Frau. Sie hat ihn von ihrer Mutter geerbt.«

»Und warum wollen Sie ihn nicht verkaufen?«

»Wir wollen nicht.«

»Hat Lion eine bestimmte Summe geboten?«

»Beim letzten Mal hat er uns zwei Millionen Dollar angeboten«, sagte Bamberg.

»Wann war das?«

»Vor drei Monaten.«

»Und wie viel hat er beim ersten Mal angeboten?«, fragte Eschet.

»Fünfzehntausend für einen Dunam.«

Eschet machte ein nachdenkliches Gesicht. »Das ist viel Geld, zwei Millionen Dollar. Sie glauben also, der Boden war so wichtig für Lion, dass er bereit war, dafür zu morden?«

»Bei uns ist dieses Jahr dreimal eingebrochen worden. Man hat mir das Auto in Brand gesteckt. Wir haben Anrufe mit Morddrohungen bekommen.«

»Haben Sie die Sache bei der Polizei angezeigt?«, fragte Eschet.

»Nach den ersten beiden Einbrüchen«, sagte Bamberg. »Danach haben wir einen elektrischen Zaun um das Haus gezogen und eine Videoüberwachung installiert.«

»Die Anrufe mit den Morddrohungen haben sie nicht angezeigt?«

Bamberg schüttelte den Kopf. »Nein. Er möchte Oberbürgermeister werden. Wir dachten, er würde jetzt aufhören damit.«

»Was hat das miteinander zu tun?«, fragte Eschet erstaunt.

»Als Oberbürgermeister kann er über das Innenministerium oder über das Liegenschaftsamt Druck auf uns ausüben.«

Eschets Hand spielte nervöse mit einem Stift. »Und was ist jetzt auf diesem Boden?«

»Nichts.«

»Nichts?«, wiederholte Eschet. »Warum wollen Sie dann nicht verkaufen?«

»Wir haben den Beduinen versprochen, dass wir den Boden nicht verkaufen.«

»Welchen Beduinen?«

»Die dort ihre Tiere weiden lassen.«

Eschet betrachtete seine Hände. »Die Regierung kann das Land enteignen.«

»Und wir können die Enteignung durch Prozesse verzögern, die Jahre dauern können«, antwortete Bamberg. »Lion weiß das. Er hat sich wegen dieses Projekts verschuldet und ohne unser Grundstück kann er nicht damit anfangen.«

»Und deshalb schickte er die Brüder aus Juval Barkan, um ihre Tochter zu ermorden«, sagte Eschet.

»Ich weiß nicht, ob er sie schickte, um Dina zu ermorden«, entgegnete Bamberg. »Er schickte sie, um sie zu quälen. Um Druck auf mich auszuüben. Und sie wurde ermordet.«

»Die Brüder Chazon haben das aber nicht gestanden«, meinte Eschet.

»Natürlich nicht«, erwiderte Bamberg kühl. »Wie denn auch? Aus dem Grab?«

»Sie wurden auch von Lion ermordet?« Eschets Ton war anzuhören, dass er anfing, Bamberg für verrückt zu halten.

Bamberg nickte. »Ja, um sie zum Schweigen zu bringen.«

Ehud Lion hob mit einer verzweifelten Gebärde die Hände, dann griff er sich an den Kopf. »Und Uzi Nedava habe ich wohl auch umgebracht, um ihn zum Schweigen zu bringen.«

»Richtig«, sagte Bamberg.

Eschet drehte sich zu Lion um. »Halten Sie den Mund!«

»Erlauben Sie mir, dass ich einen Moment lang allein mit meinem Mandanten rede?«, sagte Roni.

Eschet machte eine Handbewegung. »Bitte.«

Roni stand auf, aber Bamberg blieb sitzen und starrte auf seine Fingernägel.

»Kommen Sie«, sagte Roni und berührte Bambergs Arm.

»Wohin?«

»Ich möchte mit Ihnen sprechen.«

»Worüber?«

»Das werde ich Ihnen sagen, wenn wir beide allein sind.«

Bamberg hob den Kopf. »Ich habe nichts zu verbergen.«

»Ich weiß, dass Sie nichts zu verbergen haben«, sagte Roni. »Aber bitte kommen Sie.«

Bamberg schüttelte den Kopf. »Nein, ich möchte das zu Ende bringen.«

»Ich kann Ihnen nicht helfen, wenn Sie nicht mit mir sprechen«, drängte Roni.

»Ich komme auch ohne Ihre Hilfe zurecht.«

Roni hob die Schultern. »Sie bringen sich in Schwierigkeiten.«

»Wenn Sie gehen wollen, gehen Sie«, sagte Bamberg.

»Heißt das, dass Sie mich entlassen?«, fragte Roni.

Bamberg schüttelte den Kopf. »Nein.«

»Also was?«

Bamberg ignorierte Roni, wandte sich an Eschet: »Was haben Sie gefragt?«

Roni ließ sich ratlos wieder auf den Stuhl sinken und Eschet sagte: »Sie haben gesagt, dass Lion Uzi Nedava umgebracht hat, um ihn zum Schweigen zu bringen, stimmt das?«

»Nein, das hat er gesagt«, sagte Bamberg mit einer Kopfbewegung zu Lion hin.

»Warum hätte Lion Nedava zum Schweigen bringen sollen?«

»Lion hatte zu Nedava gesagt, dass er keine Hilfe schicken sollte, als Dina angegriffen wurde.«

»Haben Sie gehört, dass er das gesagt hat?«, fragte Eschet.

»Nein.«

»Hat es jemand anders gehört?«

»Ich weiß es nicht.«

»Woher wollen Sie es dann wissen?«

»Lisi Badichi hat die Polizei angerufen und Hilfe angefordert. Die Dienst habende Polizistin hat Uzi Nedava angerufen. Uzi Nedava sagte, er würde Hilfe schicken. Das hat er nicht getan. Die Polizisten, die dort ankamen, waren von der Polizei in Omer, jemand aus Tel Benjamin hatte sie gerufen. Der Streifenwagen aus Be'er Scheva kam nur, weil die Schwäger von Lisi Badichi alles andere im Stich ließen, um ihr zu helfen. Uzi Nedava, Ehud Lions bester Freund, war gebeten worden, Hilfe zu schicken, aber er hat es nicht getan. Er hat es deshalb nicht getan, weil Lion ihm gesagt hatte, dass er es nicht tun solle.«

»Sie beschuldigen einen hohen Polizeibeamten, ein Verbrechen nicht verhindert zu haben.«

»Ja«, sagte Bamberg.

»Sie sollten sich schämen!«, schrie Dalia Nedava. »Seine Leiche ist noch nicht kalt und Sie beschuldigen ihn …«

»Bitte!«, unterbrach Buki Eschet.

Doch Dalia Nedava ließ sich nicht besänftigen. »Sie sind doch selbst Polizeibeamter!«, rief sie. »Warum erlauben Sie ihm, solche Sachen zu sagen? Er war Polizeidirektor für den Negev! Sein ganzes Leben hat er der Polizei geopfert! Wir sind Freunde, ja, Freunde, aber nie hätte Uzi das getan, was dieser Verrückte ihm vorwirft. Auch wenn wir noch so gute Freunde sind, das hätte er nie getan.«

Ein ironisches Lächeln erschien auf Bambergs Gesicht. »Freunde«, murmelte er und noch einmal: »Freunde.«

Buki Eschet erhob sich. »Kommen Sie«, sagte er zu Bamberg und Roni, »wir gehen in ein anderes Zimmer.«

»Nein!«, rief Nina. »Nein! Wir wollen hören, was man uns vorwirft. Dalia, Herzchen, setz dich hin. Ich weiß, dass es schwer für dich ist. Für uns ist es schwer, aber für dich ist es noch viel schwerer.« Sie wandte sich an Eschet: »Bitte, ich sorge dafür, dass alle still sind. Komm, Herzchen, setz dich zu mir.« Sie zog Dalia neben sich auf das Sofa und hielt ihre Hände fest.

»Das war das letzte Mal«, sagte Eschet, und Lisi dachte, wenn er gewollt hätte, hätte er die Befragung längst woanders durchführen können. Er wollte, dass die ganze Gruppe zusammen war und alle alles hörten, er wollte, dass es zu Feindseligkeiten kam. All seine Drohungen, den Raum zu verlassen, waren Theater.

»Wo waren wir stehen geblieben?«, fragte er Henriette.

Henriette hob den Kopf. »Bamberg hat gesagt: ›Freunde‹.«

»Waren sie denn Ihrer Meinung nach keine Freunde?«, fragte Eschet. Er sprach zu Bamberg, wie man zu einem Debilen oder Geisteskranken spricht.

»Natürlich waren sie Freunde.«

»Woher wissen Sie das?«

»Sie kommen jeden Sommer hierher«, sagte Bamberg. »Zusammen.«

»Auch Sie kommen jeden Sommer hierher.«

»Woher hat ein Polizeibeamter das Geld, jeden Sommer mit seiner Frau hierher zu kommen, in einem Vier-Sterne-Hotel zu wohnen, ein teures Auto zu mieten und abends im teuersten Restaurant des ganzen Engadin zu essen? Woher hat er ein Haus in Omer? Woher stammt das Auto von seiner Frau? Haben Sie schon mal darüber nachgedacht?«

Eschet schüttelte den Kopf.

»Sie haben sich gegenseitig in der Hand, Ehud Lion und Uzi Nedava, noch aus der Zeit, als sie zusammen ihren Militärdienst gemacht haben.«

Ehud Lion ächzte. Lisi wagte nicht, den Kopf zu drehen. Sie erstarrte auf ihrem Platz. Jetzt weiß Ehud, woher ich die Informationen über die Rauschgiftgeschichte habe, dachte sie. Sie hatte die Identität ihrer Quelle eisern geheim gehalten, und jetzt machte die Quelle selbst den Mund auf! Einfach prima! Soweit es sie betraf, hatte damit die ganze Geschichte begonnen. Mit der Pressekonferenz, bei der Lion damit geprahlt hatte, er habe bei der Grenztruppe gedient. Ihre Überlegungen hatten sie zu Bamberg geführt und dann zu dem Artikel, wegen dem sie suspendiert worden war.

Eschet schaute Bamberg forschend an. »Haben Sie die beiden schon damals gekannt?«, fragte er im Ton eines Arztes, der seinen Patienten nach früheren Krankheiten fragt. Wen will er damit täuschen, dachte Lisi, Bamberg oder Lion? Will er Lion damit bedeuten, dass er das, was Bamberg sagt, nicht ernst nimmt, oder will er Bamberg damit aus der Reserve locken, der natürlich zu intelligent war, um Eschets herablassenden Ton nicht zu bemerken. Oder hetzt er die beiden gegeneinander auf?

Bamberg nickte. »Ja, ich kannte sie. Ich bin zur gleichen Zeit zur Armee gekommen wie Ehud Lion. Wir waren ein Jahr lang zusammen bei der Grenztruppe. Wir schnappten Drogenschmuggler, Beduinen, und Lion hat einen Teil der Drogen gestohlen und sie an Drogenhändler in Be'er Scheva verkauft. Lion kam vor Gericht, sein Vater hat einen Rechtsanwalt genommen und er wurde aus Mangel an Beweisen freigesprochen. Zwei Beduinen, die mit den Drogen erwischt worden waren, die Lion ihnen verkauft hatte, kamen ins Gefängnis. Lion wurde von der Grenztruppe in die Militärverwaltung in Be'er Scheva versetzt. Uzi Nedava war damals dort Leutnant. Er sorgte dafür, dass aus Lions Militärakte alle Hinweise verschwanden, die mit dem Prozess zu tun hatten. Und als Nedava dann zur Polizei kam, vernichtete er auch dort alles, was darauf hindeuten konnte.«

»Er scheint ja ein Tausendsassa gewesen zu sein, dieser Uzi Nedava«, lächelte Eschet.

»Das muss man gar nicht sein«, sagte Bamberg. »Es reicht, wenn man ein kleiner Dieb ist.«

»Halten Sie den Mund! Halten Sie endlich Ihr dreckiges Maul!«, schrie Dalia Nedava. »Sie beleidigen die Ehre eines Toten.«

Bamberg drehte sich um und blickte sie an. »Die Ehre eines Toten? Und was ist mit meiner Tochter? Was ist mit der Ehre meiner toten Tochter?«

»Was hat das mit Ihrer Tochter zu tun? Sie ist doch nicht deshalb gestorben, weil Uzi vor dreißig Jahren Akten von Ehud verschwinden ließ.«

»Wer bezahlt Ihre Urlaube hier, Frau Nedava?«, fragte Bamberg.

»Bitte, Herzchen«, flehte Nina und zog an Dalia Nedavas Arm.

Bamberg schaute sie plötzlich an. »Herzchen, Herzchen«, äffte er sie nach. »Ihr Herzchen schläft mit Ihrem Mann. Warum, glauben Sie, hat er Nedava umgebracht?«

Bevor sich jemand rühren konnte, lagen Lions Hände um Bambergs Hals, schüttelten und würgten ihn, während er brüllte: »Ich bring dich um! Ich bring dich um!«

Der Polizist, Eschet und Roni hatten alle Mühe, ihn von Bamberg wegzuzerren. Während er sich gegen sie zur Wehr setzte, hörte er nicht auf zu schreien, es gebe eine Grenze dessen, was er bereit wäre, sich von diesem Scheißkerl anzuhören, er habe Nina nie betrogen, Bamberg ruiniere seine Geschäfte und jetzt versuche er auch noch, sein Familienleben kaputtzumachen. Mit wie viel Dreck durfte man einen Menschen bewerfen, ohne dass jemand im Zimmer aufstand, um ihn vor diesem Psychopathen zu schützen? Warum erlaubte man ihm überhaupt zu sprechen? Ein pathologischer Lügner war er, dieser Mann. Er verlange, dass diese Frau von der Botschaft, die alles aufschrieb, was gesagt wurde, diese gemeinen Lügen aus dem Protokoll streiche. Er bestehe darauf! Diese Lüge über Dalia und ihn beweise nur, dass alles, was Bamberg sage, rachsüchtig erlogen sei. Sie würden jetzt gehen! Schluss! Sie würden keine Sekunde länger hier bleiben! »Los, aufstehen!«, befahl er Dalia und Nina.

»Sie gehen nirgendwohin«, sagte der stellvertretende Polizeikommandant Buki Eschet.

»Wollen Sie uns etwa aufhalten?«, schrie Ehud Lion.

»Ich bitte Sie, sich zu beruhigen.«

»Ich soll mich beruhigen? Er soll sich beruhigen! Was wird er noch alles über mich erfinden?«

»Sie werden noch Gelegenheit bekommen, alles zu widerlegen, was er vorbringt«, stellte Eschet fest.

»Wo denn, im Gefängnis?«, schrie Lion weiter. »Würden Sie etwa wie ein braver Junge sitzen bleiben und den Mund halten, wenn jemand Sie beschuldigt, dass Sie Ihre Frau betrügen, noch dazu, wenn sie dabei ist? Nein! Wir bleiben nicht hier, Herr Eschet. Wenn Sie uns brauchen, wissen Sie, wo Sie uns finden.« Wieder wandte er sich an die beiden Frauen. »Los! Kommt!«

Roni zog den Briefumschlag mit den Fotos aus seiner Tasche und drückte Lion das Foto in die Hand, auf dem die Gesichter von ihm und Dalia deutlich zu erkennen waren, auch das, was sie taten. Lion warf einen Blick darauf und schleuderte es von sich, wie von der Viper gebissen. Nina hob das Foto vom Boden auf, betrachtete es und reichte es an Dalia weiter.

Lisi kochte vor Zorn. Roni hatte versprochen, nichts mit diesen Fotos anzufangen, und nun machte er sie zur Mitbeteiligten an einer schmutzigen Affäre. Sie hatte das bittere Gefühl, dass sie den üblen Geruch, der jetzt an ihr klebte, nie mehr loswerden würde.

28

»For he is an honourable man«, sagte Nina Lion.

Roni warf Nina einen erstaunten Blick zu. Es waren die ersten Worte, die sie sagte, nach all dem Schreien, Schluchzen und dem ganzen Durcheinander.

Lisi hatte nur noch einen Wunsch, nämlich von hier zu verschwinden. Zum ersten Mal, seit diese »Befragung« begonnen hatte, überlegte sie sich, ob sie auch zum Kreis der Verdächtigen gehörte. Sie hätte ebenfalls einen Grund gehabt, Uzi Nedava umzubringen. Er hatte sie zwar nicht selbst getreten und er hatte Dina nicht eigenhändig getötet, doch er hatte keine Hilfe geschickt, als Dinas Rettung noch möglich gewesen wäre. Und das vorsätzlich, weil sein bester Freund es so gewollt hatte. Sie war wütend auf Nedava gewesen, hatte ihn insgeheim des Mordes an Dina beschuldigt. Mordeten Menschen aus solchen Gründen? Natürlich, sie mordeten aus viel geringeren Gründen. Letzte Woche hatte ein Vierzehnjähriger einen anderen Jugendlichen aus der Nachbarschaft mit Messerstichen getötet, weil dieser vom Balkon ein Stück Wassermelone hatte fallen lassen, das ihn am Kopf getroffen hatte.

Lion verkündete, sie würden nach Hause fliegen. Wenn man sie verhören wolle, solle man das in Israel tun, mit ihren Rechtsanwälten. Dalia weinte unaufhörlich, schluchzte, sie wolle Uzi im Schoße Israels zur ewigen Ruhe betten. Normalerweise las man solche Worte in Zeitungen oder hörte sie bei Beerdigungen. Hier, im Salon des *Marnia*, fand Lisi sie reichlich deplatziert.

Inspektor Bruder, höflich geübt, sagte, er sehe keinen Hinderungsgrund dafür, dass sie zur Beerdigung nach Israel führen und dann hierher zurückkämen.

»Aber warum sollten wir zurückkommen?«, rief Lion.

»Das Verbrechen ist auf Schweizer Territorium verübt worden«, antwortete der Inspektor. »Ich bin sicher, dass Sie alle nichts mit dem Mord zu tun haben, aber wir müssen die Untersuchung hier abschließen, bevor wir die Akte der israelischen Polizei übergeben. Es wird gewiss nicht lange dauern. Nach der Beerdigung kommen Sie für ein paar Tage zurück, dann können Sie endgültig nach Hause fahren.«

»Aber warum wir? Warum verhören Sie nicht die anderen Leute, die auf der Insel waren? Wir sind seine Freunde! Seine Familie! Wir wollten seinen Tod nicht. Warum hält man ausgerechnet uns fest?«

»Sie werden nicht festgehalten, mein Herr. Um Gottes willen, nein! Sie können schon heute fahren. Aber Sie müssen zurückkommen, bis die Befragung abgeschlossen ist.«

»Befragung!« Lion spuckte das Wort förmlich aus. »Schicken Sie doch jemanden nach Israel, um das Verhör abzuschließen.«

Inspektor Bruder hob begütigend die Hand. »Glauben Sie mir, ich weiß genau, was Sie empfinden. Und es tut mir außerordentlich Leid für Sie, dass wir Sie dieser Prozedur unterwerfen müssen, besonders für Sie, Frau Nedava. Es könnte sein, dass wir tatsächlich jemanden nach Israel schicken, wie Sie es vorschlagen, Herr Lion. Dann können Sie die Unterstützung Ihrer Rechtsanwälte in Anspruch nehmen. Zwischen der Schweiz und Israel gibt es ohnehin ein Auslieferungsabkommen.«

»Nazi«, flüsterte Lion.

Inspektor Bruder tat, als habe er nichts gehört. Er fuhr geduldig und höflich fort: »Möchten Sie, dass wir uns um Ihre Flüge kümmern, oder erledigen Sie das selbst? Auf jeden Fall müssen Sie sich einverstanden erklären, hierher zurückzukommen zur Befragung, falls es notwendig sein wird. Sind Sie damit einverstanden?«

»Ich komme nie mehr hierher«, sagte Nina Lion.

»Ich auch nicht«, schluchzte Dalia.

»Wir können den Sarg nach Israel schicken«, sagte Polizeikommandant Buki Eschet. »Bis Sie dann nach Israel kommen, wird die Untersuchung im gerichtsmedizinischen Institut abgeschlossen sein und Sie können die Beerdigung vornehmen. Was sagen Sie dazu, Dalia?«

Dalia weinte.

»Ich kann das nicht ohne Ihre Einwilligung tun«, sagte Eschet.

»Ich weiß es nicht«, wimmerte sie. »Ich weiß es nicht.«

»Sind Sie bereit, mir zuzuhören?«

»Ja.«

»Dann schicken wir den Sarg nach Israel, mit Ihrer Zustimmung, dann verzögert sich die Beerdigung nicht, sobald Sie zurückkommen. Ich glaube nicht, dass Sie noch länger als einen Tag hier bleiben müssen. Was sagen Sie? Sind Sie einverstanden? Würden Sie mir das unterschreiben? Es bringt auch finanzielle Ausgaben mit sich. Ich nehme an, dass die israelische Polizei dafür aufkommt. Das ist es, was ich Ihnen empfehle, Dalia.«

»Ich möchte mit meinen Kindern sprechen«, sagte sie.

»Kein Problem«, sagte Eschet. »Rufen Sie sie an und beraten Sie sich mit ihnen. Da ist ein Telefon.«

Dalia weinte ununterbrochen während des Gesprächs mit ihren Kindern, sodass sich Lisi fragte, ob sie überhaupt verstanden hatten, was ihre Mutter ihnen sagte. Aber Dalia kehrte zum Tisch zurück und sagte zu Buki Eschet, ihre Kinder seien einverstanden, dass der Sarg ohne sie nach Israel geschickt würde.

»Wie alt sind die Kinder?«, fragte Eschet.

»Die Große ist zweiundzwanzig, der Jüngere ist bei der Armee, zwanzig, und die Kleine ist sechzehn. Wir möchten ihn in Be'er Scheva beerdigen.«

»Natürlich. Wo Sie wollen.«

»Wird der Sarg nach Be'er Scheva gebracht?«

»Ja, ich informiere das gerichtsmedizinische Institut, dass der Sarg nach Be'er Scheva überführt wird.«

Sie weinte noch immer. »Man muss Formalitäten erledigen.«

»Uzis Freunde bei der Polizei werden sich darum kümmern, Dalia«, sagte er. »Ich werde mit ihnen reden.«

»Er war mein bester Freund«, weinte Dalia. »Fünfundzwanzig Jahre waren wir zusammen. Sein Charme, seine Klugheit, seine Lebenslust, alle Hoffnungen… im Sarg!«

Und an dieser Stelle sagte Nina Lion diesen Satz auf Englisch: »For he is an honourable man«, der Roni so verblüffte.

»Was?«, fragte Lion seine Frau. Es war das erste Mal, dass er sie anblickte, seit Roni die Fotos aus der Tasche gezogen hatte.

»Er war ein ehrenwerter Mann, Uzi Nedava«, sagte Nina Lion, ohne den Blick ihres Mannes zu erwidern. »Ein Wort von ihm war ein Wort, ein Versprechen ein Versprechen. Ein Freund, auf den du dich mit verbundenen Augen verlassen konntest. Den du um alles bitten konntest. Du wusstest, er würde Himmel und Hölle in Bewegung setzen, um dir zu helfen. Nie wieder werden wir einen solchen Freund haben.«

Lions Blick war misstrauisch auf seine Frau gerichtet, doch er wagte nicht, sie zu unterbrechen.

»Du kannst aufhören zu weinen, Dalia«, fuhr Nina fort, »das heißt, falls du meinetwegen weinst. Ehud hatte immer andere Frauen und er wird immer welche haben.«

»Nina!«, schrie Ehud Lion.

»Er hat auch dafür gesorgt, dass ich es weiß. ›Ich werde immer nur eine Frau lieben‹, sagte er, ›und das bist du‹. Und das ist doch das Wichtigste, nicht wahr, die Liebe zwischen Eheleuten. Du hast also mit ihm geschlafen, aber was spielt das schon für eine Rolle? Liebst du Uzi deswegen weniger? Liebe ich Ehud weniger? Oder er mich?«

Dalia heulte jetzt laut, ohne Rücksicht auf die anderen im Raum.

»Als wir vor drei Jahren nach Brüssel gefahren sind, um dort die *Societé Agricole* zu gründen, gingen Ehud und Uzi in ein Bordell, das neben einer Kirche war. Die ›Mädchen‹ kamen gerade von der Kirche zurück, als Ehud und Uzi sie besuchten. Hat Uzi dir das erzählt? Im letzten Jahr, als wir nach Brüssel gefahren sind, um die Gelder nach Israel zu transferieren, haben sie entdeckt, dass dort statt des Bordells jetzt eine Filiale von McDonald's war. Ehud hat gesagt: ›Wir haben ihnen den Rest gegeben.‹ Uzi hat das für einen großartigen Witz gehalten. Hat er dir das nicht erzählt? Ehud ist ein prima Israeli. Das Salz der Erde. Kaum hat er abgeschossen, muss er es seinen Freunden erzählen. Nur dass in diesem Fall ich ›die Freunde‹ bin. Er sorgt immer dafür, dass ich es erfahre, wenn er mich betrügt. Betrügen ist eine Sache, aber belügen?«

»Nina! Ich habe dich noch nie betrogen! Warum sagst du solche Sachen? Das mit Dalia, das war ... ein Ausrutscher ... ein Zufall! Einmal! Hör doch auf!«

»Mit was soll ich aufhören?«

»Dich zu quälen und uns zu quälen«, sagte Lion.

»Zu quälen? Ich? Es tut mir sehr weh, was mit Uzi passiert ist. Bis heute habe ich nichts von der Geschichte mit den Drogen während der Militärzeit gewusst. Als du mich mit Uzi bekannt gemacht hast, bei unserer Verlobung, hast du gesagt, er wäre deine ›Brautgabe‹. Ein Freund durch dick und dünn. Israelische Treue. Ich habe diese Gabe liebevoll angenommen, denn ich habe im Laufe der Jahre erfahren, wie treu ihr wart. Glaubst du etwa, ich hätte nicht gewusst, wie außergewöhnlich diese Freundschaft war? Ich glaube durchaus, dass er für dich erst die Beweise aus der Militärakte und dann bei der Polizei vernichtet hat. Ich weiß doch, was für ein Freund er war. Er war sein Gewicht in Gold wert. Als du beschlossen hast, Uzi und Dalia die Villa zu geben, mit einem zinslosen Darlehen auf zwanzig Jahre, habe ich da was gesagt? Schließlich hat er dir geholfen, das Geld in die Schweiz zu schmuggeln und dann nach Belgien, um die *Societé Agricole* zu gründen! Du hast geschwitzt, aber er hat dich beruhigt. Wer wird schon einen hohen Polizeioffizier an der Grenze kontrollieren? Das hat er gesagt. Und als du Dalia das Auto gekauft hast, habe ich da was gesagt? Ich war deiner Meinung. Dass das in Ordnung ist. Denn wer hat dir vor einem Jahr geholfen, das Geld aus Belgien nach Israel zurückzubringen? Ich? Nein, es war Uzi Nedava! Ein Auto für seine Frau ist doch das Mindeste, was er dafür verdient hat.«

»Ich habe aber …«, heulte Dalia, »das Auto von Uzi bekommen, ein Geschenk zum Geburtstag …«

»Nein, Dalia, nein, Herzchen, das war ein Geschenk von Ehud. So ein guter Freund ist er, Ehud.« Sie drehte sich zu ihrem Mann um. »Ich glaube, dass alles, was du von ihm verlangt hast, war, dass er sich nicht um die Gang aus Juval Barkan kümmern soll, es passt zu Uzi, das zu tun, wenn du es willst. Er hat auch deine Obsession wegen Bambergs Land verstanden. Genau wie ich es verstanden habe. Auch ich habe geglaubt, dass du Recht hast. Und dass Bamberg verrückt ist. Unsere Schulden bei der Bank sind ständig gewachsen, nur weil Bamberg beschlossen hat, dass die stinkenden Ziegen der Beduinen ausgerechnet dort grasen sollen. Eine verrückte Situation. Auch Uzi hat das geglaubt. Deshalb hat er dir bei der Sache mit Dina Bamberg geholfen. ›Geholfen!‹ Man muss nicht übertreiben. Er hat die Augen zugemacht. Er hatte nicht nur ein gutes Herz, er hatte auch einen gradlinigen Verstand. Er wusste, wenn du zu Fall kämst, würde er mit abstürzen. Er war ein wahrer Freund.«

»Nina!«, flehte Ehud Lion.

»Er war wütend auf dich, als Dina Bamberg ermordet wurde. Das stimmt doch, Dalia, nicht wahr?«

»Was? Was?« Dalia verschluckte sich. Sie sah aus, als hätte sie den Verstand verloren. Als versuche sie vergeblich, die Worte zu verstehen, die zu ihr gesagt wurden.

»Das war nicht geplant, ihre Ermordung. Ich habe gehört, wie du mit ihm telefoniert hast. Du wolltest nur, dass er sich unsichtbar macht, wenn die Gang sie ein bisschen erschreckt, das war alles. So wie er sich unsichtbar machte, wenn sie die Stände auf dem Markt umgeworfen oder den Händlern vom Busbahnhof Angst eingejagt haben. ›Mach dich unsichtbar, Bruderherz.‹ Das war die Formulierung, die du ihm gegenüber benutzt hast. Er war ein guter Freund, dieser Uzi Nedava. Ein Mann von Ehre. Ein Wort ist ein Wort. Ein Versprechen ein Versprechen. Du konntest dich mit geschlossenen Augen auf ihn verlassen. Aber der Mord an Dina hat ihn wütend gemacht. Das stimmt doch, Dalia?«

»Was?«

»Er ist in Schwierigkeiten gekommen wegen des Anrufs von der Dienststelle, wegen der Bitte um Hilfe. Der Mord stand nicht auf dem Programm. Da hat etwas nicht geklappt mit eurem Abkommen. Er liebte dich und war dir treu, und du hast ihn in einen Mord hineingezogen.«

»Was habe ich mit diesem Mord zu tun?«, schrie Ehud Lion. »Was redest du da? Was tust du mir an?«

Nina Lions Stimme blieb weiterhin ganz ruhig. Als erzähle sie ihrem Mann eine Geschichte. »Ich sage ja nicht, dass du ihn in einen Mord verwickeln wolltest, wirklich nicht. Und wenn du noch hundert Jahre lebst, wirst du keinen Freund mehr finden wie ihn. Aber er war ein Polizist und er sagte ›bis dahin und nicht weiter‹. Und du konntest dir das ›bis dahin‹ nicht erlauben. Jetzt hör auf zu heulen, Dalia, du machst mich nervös. Ehud hat mit dir geschlafen, damit er, falls Uzi den Mund aufmacht, sagen kann, er will sich nur rächen, weil er mit seiner Frau geschlafen hat. Du warst dumm und bleibst dumm. Das maximale Alter, auf das Ehud anspringt, ist dreißig. Hast du wirklich geglaubt, er war so wild auf dich, dass er mit dir seinen besten Freund betrügt? Du warst seine Versicherung. Warum wusste Bamberg, dass Ehud mit dir rumgemacht hat? Warum hat es dieser Wurm da geschafft, euch mitten im Akt zu fotografieren? Weil Ehud das wollte. Das war seine Trumpfkarte, für den Fall, dass Uzi auf einmal beschließen sollte, alle

Gefälligkeiten, Schiebereien und Bestechungen aus fast dreißig Jahren offen zu legen.«

»Hatte Ehud Angst, dass Uzi Nedava den Mund aufmacht?«, fragte Eschet Nina Lion leise.

»Fragen Sie ihn doch selbst«, antwortete Nina.

»Ich frage Sie.«

»Ich habe alles gesagt, was ich zu sagen hatte.«

»Glauben Sie, dass er Uzi Nedava ermordet hat?«

»Das weiß ich nicht«, sagte Nina.

»Nina!«, schrie Ehud ungläubig.

Ihre Stimme klang energisch und entschieden. »Ich weiß es nicht«, sagte sie noch einmal.

»Was heißt das, du weißt es nicht?«, schrie Lion seine Frau an. »Wir waren zusammen! Zusammen sind wir spazieren gegangen und zusammen haben wir entdeckt, dass Uzi verschwunden ist, und zusammen haben wir ihn gesucht.«

»Als wir ihn gesucht haben, waren wir nicht zusammen.«

»Soll ich ihn gesucht und dabei umgebracht haben?«

»Nein, das habe ich nicht gesagt. Ich habe nur gesagt, dass wir nicht die ganze Zeit zusammen waren.«

»Wenn es so ist, könntest auch du ihn umgebracht haben.«

»Warum sollte ich?«, fragte Nina.

»Und warum sollte ich?«, hielt Lion dagegen.

»Du hattest Angst, dass er von dem Anruf wegen Dina Bamberg erzählen könnte.«

Lions Gesicht sah aus, als sei er geschlagen worden. »Warum tust du mir das an?«

»Ich tue dir nichts an, was du dir nicht selbst angetan hast.«

Moschik Bamberg begann zu lachen. Sein Lachen klang wie das Heulen eines Schakals.

29

»Glauben Sie an Schicksal?«, fragte Ehud Lion Lisi.

»Was?«

»An bösen Zauber und Verwünschungen.«

»Was?«

Im Flugzeug, das sie nach Israel brachte, saßen Ehud und Lisi Badichi nebeneinander, Buki Eschet mit Dalia Nedava und Nina Lion mit Roni Melzer zusammen.

Als Eschet ihnen mitgeteilt hatte, dass sie nach Israel zurückfliegen könnten und er, Eschet, für alle Formalitäten sorgen würde, hatten Roni und Lisi das *Marina* verlassen und waren nach Silvaplana in ihr Hotel gefahren, um die Koffer zu packen. Lisis Koffer war voller Plastiktüten mit schmutziger Wäsche. Am Abend rannte sie noch zu einem Souvenirladen, um Geschenke für die Familie zu besorgen. Sie kaufte Schweizer Püppchen für ihre Nichten, Schokolade für ihre Schwestern, Schweizer Kaffee für Tante Klara und Onkel Ja'akov und eine bestickte Tischdecke für ihre Mutter. Auf dem Rückweg zum Hotel hing eine Wolke über dem See wie ein riesiges Daunenkissen auf einem blauen Laken. Lisi hatte Lust, ins Wasser zu tauchen und sich in der Wolke aufzulösen. Die Schönheit der Landschaft schmerzte beinahe. Sie war so glücklich gewesen, als sie hergekommen war, und jetzt empfand sie so viel Bitterkeit.

Als sie ins Hotel gekommen waren, hatte sie ein eigenes Zimmer genommen. Die Vorstellung, jetzt mit Roni in einem Raum eingesperrt zu sein, war unerträglich. Von ihrem Zimmer aus rief sie Aviv Chason an und diktierte ihm einen Bericht über den Fund der Waffe, die Überführung des Sargs von Uzi Nedava nach Israel, die Fortschritte bei der Untersuchung und über die Tatsache, dass die Schweizer Polizei die weiteren Verhöre bis nach der Beerdigung ausgesetzt hatte.

Sie befanden sich schon zwei Stunden in der Luft, als Ehud

Lion sich plötzlich Lisi zuwandte und ihr diese seltsame Frage stellte.

»Nein«, sagte Lisi.

»Ich auch nicht.«

Wieder versank Lion in sich selbst. Nach einiger Zeit sagte er: »Sarah, Bambergs Frau, habe ich kennen gelernt, als sie ein kleines Mädchen war.«

»Ja?«

»Ja.« Wieder schwieg er, dann sagte er. »Sie war das schönste Mädchen der Welt.«

»Wo haben Sie sie getroffen?«, fragte Lisi.

»Im Haus meines Großvaters. Er war in Gaza geboren, würden Sie das glauben? Er war dort Chef der *Anglo-Palestine Bank* und Vorsteher der jüdischen Gemeinde. Erst nach dem Ersten Weltkrieg ist er nach Be'er Scheva gezogen. Er war ein sehr reicher Mann. Er hat mit den Briten zusammengearbeitet. Meine Großeltern besaßen eine große Villa, das Haus existiert noch. Im Hof stand ein Haus, das sie für die Bediensteten errichtet hatten. Dort haben die Köchin und der Fahrer gewohnt, die verheiratet waren, und das Kindermädchen. Sie haben alle auch weiter dort gewohnt, nachdem die Kinder groß waren. Das Kindermädchen wurde zur Haushälterin. Mein Großvater war der erste Privatier von Be'er Scheva. Josef Lion. So hieß er. Die Köchin und der Fahrer hatten zwei Töchter. Eine von ihnen war die Mutter von Sarah Bamberg. Das heißt, sie ist die Enkelin von diesen Bediensteten. Und dort habe ich sie gesehen, im Haus meines Großvaters. Als ich zu irgendeinem Feiertag dort war. Ich war neun oder zehn, sie war ein oder zwei Jahre jünger als ich. Ich war ein wilder Junge. Und Mädchen habe ich schon damals geliebt. Mein Großvater hat mich erwischt, wie ich Sarah umarmte und küsste, einfach so. Kinderküsse. Er hat mir zwei Ohrfeigen gegeben, die mir noch heute im Kopf klingeln. Es war das erste und letzte Mal, dass er die Hand gegen mich erhoben hat. Nie werde ich seinen Zorn vergessen. Ich habe gedacht, er bringt mich um. ›Dass du sie ja nie mehr anfasst!‹, hat er geschrien. ›Versprich es!‹ Ich habe geheult und vor lauter Angst und Weinen kein Wort herausgebracht. Und er hat mich weiter geschlagen und geschrien: ›Versprich es!‹ Bis unsere Eltern, meine und Sarahs, mein Weinen und Schreien hörten und uns zu Hilfe kamen. Er sagte, er wolle mich nicht mehr sehen, bis ich verspreche, dass ich Sarah nie mehr anfasse. Am Abend, als alle sich beruhigt hatten, ging ich zu ihm und bat ihn um Verzeihung. Und ich gab ihm das verlangte Versprechen. Ich habe es gehalten.«

»Haben Sie sie später einmal wieder getroffen?«, fragte Lisi.

»Da und dort. Be'er Scheva ist eine kleine Stadt. Aber ich habe nicht mit ihr gesprochen. ›Guten Tag, guten Tag‹, das war alles. Als mein Großvater starb, hinterließ er das Haus den Bediensteten, Hofmann haben sie geheißen, sie waren Schweizer Templer. Mein Großvater hatte sich ihrer angenommen und sie beschützt, als alle gegen Deutschsprechende waren, während des Zweiten Weltkriegs. In Israel haben die Leute keinen Unterschied zwischen Schweizern und Deutschen gemacht, und die meisten Templer waren sowieso Deutsche. Ranja, dem Kindermädchen, hinterließ er testamentarisch den Boden in Sade Tejman. Mein Vater und seine Brüder haben gedacht, dass Ranja, wenn ihre Zeit gekommen wäre, ihnen den Boden vererben würde, den sie von meinem Großvater bekommen hatte. Aber sie hinterließ den Boden den Töchtern der Hofmanns. Alle waren wütend auf sie. Sie nahmen zu Recht an, dass mein Großvater ihr gesagt hatte, sie solle den Boden der Familie zurückgeben und nicht zwei Mädchen hinterlassen, mit denen sie nichts zu tun hatte. Aber so war es.«

»Warum haben Sie mich nach bösem Zauber und der Wirksamkeit von Verwünschungen gefragt?«, wollte Lisi wissen.

»Diesen Boden in Sade Tejman vererbte mein Großvater an Ranja, das Kindermädchen. Sie hinterließ ihn, wie ich gerade erzählt habe, den Töchtern der Bediensteten. Sarah Bamberg ist die Enkelin dieser Leute. Mein Vater hat mich geschlagen, weil ich Sarah angerührt habe, als sie ein kleines Mädchen war, und ich habe das Gefühl, dass er seine lange Hand vom Himmel herunterstreckt und mich schlägt, weil ich sie doch wieder angerührt habe.«

»Wie?«, fragte Lisi.

»Ich wollte ihr den Boden wegnehmen.« Wieder versank er in Grübeleien. »Ich habe das Versprechen nicht gehalten, das ich meinem Großvater gegeben habe, und er straft mich. Glauben Sie an so etwas?«

»Ich weiß es nicht.«

»Mein Appetit ist zu groß«, sagte er.

»Was?«

»Und deshalb werde ich ins Gefängnis wandern.«

»Weil Sie ihren Boden wollten?«, fragte Lisi.

»Ich habe Uzi Nedava nicht umgebracht«, sagte er plötzlich.

»Natürlich nicht«, sagte Lisi.

»Sie glauben mir?«

»Ja.«

»Warum?«

»Darum.«

»Schade, dass mir meine Frau nicht glaubt«, sagte Lion.

Wenn es ihm nicht gelingt, seine Unschuld zu beweisen, mache ich den Mund auf und erzähle von der Eule, beschloss Lisi. Und sie können mir den Buckel runterrutschen, Roni Melzer, Chana Regev und Bamberg, alle zusammen. Nachdem Roni sein Versprechen gebrochen hatte, die peinlichen Fotos von Lion und Dalia nicht zu zeigen, fühlte sie sich von ihrem eigenen Versprechen entbunden. Sie wollte nichts mehr mit Roni und der Kanzlei zu tun haben. Es gab nur ihre Zeitung, der sie treu sein musste, und natürlich ihre Familie. Basta. Es lag allerdings kein großer Trost in diesem »Basta«.

30

Polizeikommandant Buki Eschet hielt sein Versprechen. Uzi Nedavas Freunde von der Polizei Be'er Scheva warteten am Flughafen auf sie. Sie kannte alle. Elischa Karnapol, der »Kommissar«, Leiter der Polizeidienststelle von Be'er Scheva, Oberfeldwebel Mike Silcha mit seiner Ledermappe, Feldwebel Jablonka und Carmela, der ewige Angestellte der Dienststelle.

Carmela fuhr mit Dalia Nedava und Elischa Karnapol, Ehud Lion im Streifenwagen zusammen mit seiner Frau und Jablonka. Lisi genoss die zweifelhafte Ehre, in Gesellschaft vom Mike Silcha zu fahren, der allmählich noch abgeschabter aussah als seine ewige alte Ledertasche. Seine Haut im Gesicht und an den Händen wirkte wie ein abgestandener Pudding. Er war groß und kahl, und aus seiner eingefallenen Brust kam eine Bassstimme, die jeden schockierte, der ihn nicht kannte.

»Da hast du aber echt einen Urlaub gehabt«, dröhnte Silcha unvermittelt, nachdem sie etwa eine halbe Stunde schweigend gefahren waren.

»Ja.«

»Wie lange warst du weg?«

»Eine Woche.«

»Mit deinem Freund?«

»Ja.«

»Warum seid ihr ausgerechnet dorthin gefahren?«

»Mein Freund hat den Ort ausgesucht«, sagte Lisi.

»Da seid ihr ganz schön reingefallen.«

»Ja.«

»Jemand da oben meint es nicht gut mit Leuten wie uns.«

»Vermutlich.«

»War Eschet in Ordnung?«

»Ja.«

Das war das längste Gespräch, das sie je mit Mike Silcha geführt hatte. Sie fragte sich, ob es einen Grund für den Beginn dieser wundersamen Freundschaft gab.

»Warum hat man Ehud Lion verhaftet?«, fragte sie.

»Da gibt's ein ganzes Paket.«

»Wird er des Mordes an Nedava beschuldigt?«

»Das entscheidet sich erst, wenn die Waffe untersucht ist.«

»Man wird keine Fingerabdrücke darauf finden«, sagte Lisi.

»Aha.«

»Hat Eschet euch Abschriften der Verhöre geschickt, die er in der Schweiz gemacht hat?«

»Ja.«

»Bei den Beweisen kann es sich nur um Indizien handeln«, sagte Lisi, »und auch das nur mit Mühe. Ich glaube nicht, dass er Nedava ermordet hat.«

»Du warst auf der Halbinsel, als es passiert ist, nicht wahr?«

»Ja«, sagte Lisi.

»Mit deinem Freund.«

»Ja.«

»Was ist mit Bamberg?«

»Was meinst du?«

»Ist er dort geblieben zum Spielen?«

»Ja, er verdient damit sein Geld. Der Einzige, der ein Alibi für die Tatzeit hat.«

»Ja, das haben wir gehört«, sagte Mike Silcha.

»Habt ihr inzwischen etwas herausgefunden?«, fragte Lisi.

»Ein bisschen«, sagte er.

»Was?«

»Nicht zur Veröffentlichung«, sagte er.

»Nicht zur Veröffentlichung«, bestätigte Lisi, »das ist mein Name. Lisi Nicht-zur-Veröffentlichung Badichi.«

»Josch Sinai ist Kronzeuge geworden.«

»Mist.«

»Ja«, sagte Silcha, »aber es hält sich in Grenzen. Er interessiert uns nicht besonders. Lion interessiert uns. Und zu meinem Bedauern interessiert uns auch Uzi Nedava, er ruhe in

Frieden. Ein schrecklicher Schlag für die Polizei, die Sache mit Nedava.«

»Was habt ihr über ihn herausgefunden?«, fragte Lisi.

»Nur was du schon weißt. Lion hat ihn die ganze Zeit schon in der Tasche gehabt. Wenn Lion seine Schläger ausschickte, um die Drecksarbeit zu erledigen, erpressen, drohen, Knochen brechen, dann sorgte Nedava dafür, dass die Polizei ein Auge zudrückte.«

»Dafür braucht er aber Helfer bei der Polizei«, meinte Lisi.

»Das ist ja das Schlimme«, knurrte Silcha. »Jetzt ist jeder verdächtig. Keiner wagt mit keinem zu sprechen. Eine Atmosphäre wie am Jom Kippur. Das war ein Schlag für uns, als wir es erfahren haben. Wir waren immer so stolz auf unsere Dienststelle, wir haben uns als was Besonderes gefühlt.«

»Weiß Josch Sinai, wer Nedavas Helfer bei der Polizei waren?«

»Nein«, sagte Silcha. »Er war der Außenminister, der Verbindungsmann zwischen Lion und der Gang von Juval Barkan. Josch hat immer Schulden. Pech beim Spielen, verloren, weitergespielt. Er hat seine Wohnung verkauft, sein Auto. Seine Frau ließ sich von ihm scheiden. Effy Levia und eine russische Sängerin waren sein Sicherheitsnetz. Er lernte Lion bei einer Fete in Aschkelon kennen, wo diese Russin aufgetreten ist. Er hat sich angeboten. ›Wenn Sie was geregelt haben wollen, Herr Lion, ich stehe Ihnen zur Verfügung.‹ Herr Lion hat ihn auf kleiner Flamme kochen lassen. Hat ihn da und dort mal was machen lassen. Bis er dann seinen festen Job bekam, als Verbindungsmann zwischen Lion und den Chazons in Juval Barkan. Er kannte sie ja, sie waren die Schwäger von Effy Levia. Als Lion wollte, dass sich die Chazons ein bisschen um Dina Bamberg kümmern, Effys Freundin, hat er alles organisiert.«

»Was ist mit Effy? Ist er immer noch in der geschlossenen Abteilung?«

»Ja. Er wird wohl noch lang dort bleiben.«

»Der Ärmste«, sagte Lisi. »Wie lange hat Josch schon für Ehud gearbeitet?«

»Ein Jahr«, sagte Silcha. »Und er hat viel geschafft in diesem Jahr. Eine Serie von Schlägereien auf dem Markt, beim Busbahnhof, feindliche Überfälle auf die Beduinen von Sade Tejman. Die Schläger von Juval Barkan können nicht mehr bezeugen, ob das, was Josch erzählt, alles stimmt. Und er? Was hat er getan? Telefoniert, nicht mehr.«

»Was ist mit dem Vetter in Tel Benjamin?«, fragte Lisi. »Der, in dessen Hof Dina gestorben ist?«

»Der ›Schlächter‹? Er wird ein Jahr bekommen, wegen Beihilfe. Laut der medizinischen Untersuchung war Dina schon tot, als sie in seinen Garten gebracht wurde. Weißt du, was ich glaube? Er wird acht Monate sitzen und dann wegen guter Führung entlassen werden. Verbrecher, die ganze Familie. Hast du das Foto von Ehud Lion und Dalia Nedava?«

Aha, dachte Lisi, das ist es also. Das ist der Grund für den Beginn dieser wundersamen Freundschaft.

»Nein«, sagte sie.

»Ist es bei deinem Freund geblieben?«

»Ja.«

»Warst du mit ihm zusammen, als er die Fotos gemacht hat?«

»Ja.« Ihr wurde übel. In der Tasche des Sitzes vor ihr befand sich eine zerknitterte Plastiktüte. Sie nahm sie heraus, um für den Notfall etwas zu haben. »Wenn ihr ein bisschen Verstand habt, nehmt ihr das nicht in die Nachforschungen auf«, sagte sie zu Silcha.

»Warum?«

»Dann bleibt noch mehr Dreck an der Polizei von Be'er Scheva hängen«, sagte Lisi. »Was man über Nedava weiß, reicht, um euch als Haufen Dummköpfe abzustempeln, die von einem bestechlichen Chef bis auf die Knochen blamiert worden sind. Da muss man nicht auch noch seine Frau in den Dreck ziehen.«

»Man wird dich bitten, über dieses Foto eine Aussage zu machen.«

»Das werde ich nicht tun, ich werde mein Schweigerecht in Anspruch nehmen.«

»Warum?«

»Weil es für die Untersuchung nicht relevant ist«, sagte Lisi.

»Und ob es relevant ist!«, sagte Silcha.

»Dass Lion Dalia Nedava gebumst hat? Im Ernst, Mike. Ich habe dieses Foto nicht gemacht, und wenn es nach mir gegangen wäre, hätte auch Roni Melzer es nicht gemacht. Ich will mit solchem Schmutz nichts zu tun haben. Wollt ihr eine Aussage? Dann haltet euch an Roni Melzer.«

»Alles, was du bezeugen musst, ist, dass du bei ihm warst, als er da und da um die und die Uhrzeit zu dem und dem Zweck diese Fotos gemacht hat.«

»Ihr könnt euch auf den Kopf stellen, aber ihr könnt mich nicht zum Reden zwingen.«

»Ich wundere mich über dich, Lisi, wirklich, ich wundere mich. Ich verstehe dich nicht. Du hast Malka gebeten, sie soll euch Hilfe nach Tel Benjamin schicken. Und Malka hat den Polizeidirektor angerufen, der mit dem Bürgermeister und den anderen hohen Tieren im *Topas* gesessen hat. Alle haben gesehen, dass der Polizeidirektor einen Anruf bekam, und alle haben gehört, dass er gesagt hat, er würde sich darum kümmern, und sie haben bezeugt, dass er weiter mit ihnen zusammensaß und nichts unternommen hat. Eine der Annahmen ist, dass Lion den Polizeidirektor umgebracht hat, weil er fürchtete, dieser würde ihn wegen des Mordes an Dina anklagen.«

»Wir waren auf einer Halbinsel, als es passierte. Ich habe ihn gesehen. Nedava war sein bester Freund. Lion hat auf Nedavas Verschwinden absolut hysterisch reagiert.«

»Und wer hat dann den Polizeidirektor ermordet? Etwa seine Frau Dalia? Oder Nina Lion?«

»Hat Lion ein Alibi für die Zeit, als jemand in den Hof der

Polizei geschossen und Nachik Chazon tödlich getroffen hat?«, fragte Lisi.

»Ja.«

»Hat Lion ein Alibi für die Zeit, als Schmulik Chazon vom Dach des *Soroka* aus erschossen wurde?«

Silcha seufzte. »Ja.«

»Aber ihr glaubt, Lion hätte den Scharfschützen angeheuert, nicht wahr?«

»Das ist sicher. Nachdem Dina ermordet wurde, wollte er nicht, dass die Chazons aussagten, dass er ihnen den Auftrag gegeben hatte, sie ein bisschen zu erschrecken.«

»Kann doch sein, dass derselbe gedungene Mörder auch Nedava umgebracht hat. Das heißt, wenn die Mordwaffe im Fall der Brüder Chazon dieselbe Waffe ist, mit der auch Nedava in der Schweiz erschossen wurde, habt ihr den Anfang eines Fadens in der Hand.«

»Das werden wir nach der ballistischen Untersuchung wissen«, sagte Silcha.

Lisi fragte sich, ob Silcha das Gespräch mit ihr auf Band aufgezeichnet hatte. Vermutlich ja. Sie steckte die zerknitterte Plastiktüte wieder in die Sitztasche. Sie hatte das Ihre getan. sie hatte gesagt, was gesagt werden musste. Jetzt hing alles von der Untersuchung ab. Wenn sie es verstanden, gut, wenn nicht, auch gut.

»Lion hat ein Alibi für die Zeit der Attentate hier in Israel. Er hat nicht auf den Abzug gedrückt. Auch in der Schweiz hat er nicht auf den Abzug gedrückt. Ihr werdet Indizien brauchen, das ist alles.«

»Wir haben genug Material über ihn, um ihn mindestens zehn Jahre in den Knast zu bringen«, meinte Silcha. »Betrug, Erpressung, Bestechung, Geldschmuggel, Anstiftung zum Verbrechen. Eine lange Liste.«

»Er wird morgen gegen Kaution entlassen«, sagte Lisi. »Habt ihr eine Sonderkommission eingerichtet?«

»Ja.«

»Und wer leitet sie?«
»Benzi.«
»O weh«, sagte Lisi.

31

Lisi hatte Angst. Sie hatte Angst, wenn sie das Treppenhaus ihres Hauses betrat, sie fürchtete sich, wenn sie ihr Auto parkte, sie hatte Beklemmungen, wenn sie auf der Straße, unter Menschen war, und sie hatte auch Angst, wenn sie sich an einem geschützten Ort befand, wie in der Redaktion oder in ihrer Wohnung. Die Angst nagte heimlich und beständig an ihr wie eine Motte an einem Kleidungsstück. Allein die Tatsache, dass sie Angst hatte, ängstigte sie und erschütterte ihre Selbstsicherheit, die sie die ganzen Jahre begleitet hatte. Sie war ein anständiger Mensch, der seine Arbeit anständig erledigte und seine Nächsten anständig behandelte, und die Sauberkeit ihrer Hände und ihrer Ansichten waren immer wie ein Schutzschild gewesen. Sie hatte niemanden, mit dem sie über ihre Angst sprechen konnte. Was sollte sie auch sagen? Und wem? Wem sollte sie sagen, dass sie wusste, wer den Befehl zur Ermordung der Chazon-Brüder und Uzi Nedavas gegeben hatte? Bamberg wuchs sich in ihrer Einbildung zu einem Ungeheuer aus, der Herrscher des Bösen.

Wie arbeitete der Kopf dieses Menschen, der ein perfektes Alibi hatte, der es geschafft hatte, den Mord an drei Menschen zu veranlassen und der nun in der Pianobar in der *Engadiner Post* saß und Lieder aus den Sixties spielte? Hatten Roni und Lisi die Wahrheit herausgefunden? Und falls dem so war, was für eine Bedeutung hatte es, welche Folgen? Wie viel Mal »lebenslänglich« gab es für einen Mörder bei drei Morden? Und vielleicht noch einer mehr. Denn aller Wahrscheinlichkeit nach hatten er und seine Schwester damals auch diesen Bandleader in New York ermordet.

Er befand sich noch immer in der Schweiz, aber sie, hier in Be'er Scheva, beobachtete mit äußerster Sorgfalt jeden, der tagsüber auf der Straße neben ihr ging oder den sie beim Nachhausekommen im Haus sah. Jedes plötzliche Geräusch erschreckte sie. Sie war an dieses Gefühl der Angst nicht gewöhnt. Sie fürchtete, Bamberg könnte herausbekommen, dass sie zu viel wusste. Und irgendwo würde ein Unbekannter mit einem Gewehr mit Schalldämpfer stehen und ihr auflauern.

Die Zeit hatte nicht mehr ausgereicht, um Geschenke für ihre Arbeitskollegen in der Redaktion zu besorgen, also ging sie jetzt ins Einkaufszentrum, um eine Flasche Wein und Kuchen zu kaufen. Der Geruch von frisch gebackenem Teig hing in der Luft, und als sie ihm folgte, landete sie bei Alex' *Super-Burekas*. Dort arbeitete Vardit, das Mädchen vom Frisurenwettbewerb, deren mit einem Band zusammengehaltene Haare inzwischen wieder braun waren.

»Hi«, sagte Lisi.

»Hi«, antwortete Vardit. »Was kann ich für Sie tun?«

»Ein halbes Kilo salzige Burekas und ein halbes Kilo süße, bitte.«

»Mit was gefüllt?«, fragte Vardit. »Die salzigen gibt es mit Käse oder Spinat, und die süßen mit Quark oder Schokolade. Man kann aber auch beides gemischt haben.«

»Dann gemischt«, sagte Lisi.

»Ich packe sie in zwei getrennte Tüten.«

Lisi schaute zu, wie Vardit die beiden Tüten füllte.

»Erinnerst du dich noch an mich? Lisi Badichi, von der *Zeit im Süden*. Ich habe über dich geschrieben, als ihr diesen Wettbewerb in Deutschland gewonnen habt.«

Vardits Gesicht fing an zu strahlen. »Oh, ja, natürlich, klar, hi!«

»Wie geht es deiner Mutter?«

»Prima. Sie haben doch ihr Rezept für eine Pastete aus Burekas veröffentlicht! Die ganze Nachbarschaft hat das Rezept aus der Zeitung abgeschrieben.«

Lisi lächelte. »Kümmert sie sich noch um die Kinder der Nachbarin?«

»Oh, klar, haben Sie es nicht gehört?«

»Was?«

»Sie hat ihre Wohnung angesteckt, diese Nachbarin. Sie hat die Kinder in den Kindergarten geschickt, ihr Mann ist zur Arbeit gegangen, in der Fischabteilung vom Supermarkt, und sie ist allein geblieben und hat die Wohnung angesteckt.«

»Schrecklich.«

»Ja, nicht wahr?«

»Ist jemand verletzt worden?«

»Man hat sie gerade noch rechtzeitig rausgeholt«, sagte Vardit. »Sie ist noch im Krankenhaus, mit Verbrennungen, aber in zwei Wochen oder so wird sie wieder entlassen. Deshalb hängen die Kinder jetzt noch mehr an meiner Mutter. Was kann meine Mutter denn dafür?«

»Haben die Leute keine Verwandten, die sich um die Kinder kümmern können?«

»Doch, eine Großmutter, sie wohnt im Nachbarviertel. Meine Mutter ist ins Krankenhaus gegangen und hat die Nachbarin gefragt, wie lange sie bleiben muss, und sie hat gesagt: ›Mindestens zwei Wochen, aber es ist mir auch egal, wenn es einen Monat dauert, das ist mein erster Urlaub, seit ich vor zehn Jahren geheiratet habe.‹ Da hat meine Mutter beschlossen, dass sie nicht leiden muss, nur wegen einer Nachbarin, die mal Urlaub machen will. Deshalb bringt sie die Kinder morgen zu ihrer Großmutter.«

»Warum hat diese Nachbarin das getan?«, fragte Lisi.

»Das hat man sie auch gefragt«, rief Vardit. »Und wissen Sie, was sie gesagt hat? ›Ich hatte genug.‹ Verstehen Sie das? Eine Mutter von zwei kleinen Kindern steckt ihre Wohnung an, nur weil sie genug hat! Die ganze Nachbarschaft hätte sie umbringen können mit ihrem ›genug‹. Ihr Mann hat ihr immer Sprotten von der Fischabteilung vom Supermarkt mitgebracht, und genau an diesem Morgen hat sie zu ihm gesagt, sie hat genug von Sprotten und er soll etwas anderes bringen, und er hat gesagt, er bringt, was er kann, und was wäre schlecht an Sprotten, sie sollten Gott dafür danken, dass es Sprotten gibt, und da hat sie gesagt, sie würde Gott ja dafür danken, dass es Sprotten gibt, aber ihn würde sie bitten, dass er heute mal was anderes bringt, weil sie genug von Sprotten hat, und er sagte, wenn es nur Sprotten gibt, bringt er Sprotten mit. Und dann hat sie ihre Wohnung angesteckt. Mein Vater ist hundertprozentig gelähmt, er kann nicht laufen, stellen Sie sich bloß vor, wenn das Feuer auf unsere Wohnung übergegriffen hätte. Die Leute machen Dummheiten, weil es ihnen zu gut geht, das ist es, was meine Mutter sagt. Wenn diese Nachbarin ernsthafte Schwierigkeiten hätte, würde sie nicht ihre Wohnung anzünden. Das ist es, was meine Mutter sagt.«

»Sie ist eine kluge Frau, deine Mutter«, sagte Lisi.

»Oh, und ob! Gott sei Dank. Das sagt auch mein Vater. Ein Glück, dass die Feuerwehr rechtzeitig gekommen ist. Sie haben sie mit einem Kran runtergeholt.«

»Hast du noch Kontakt zu Revital und Mouchon vom *Kopf-Design*?«

»Sie gehen an Christmas zu einem Wettbewerb nach Florida. ›Die junge Locke‹, das ist nur bis achtzehn, ich passe also haargenau. Sie haben mich gefragt, ob ich wieder als Model mitkomme. Es ist ungefähr an Chanukka, deshalb wird die Schule keine Schwierigkeiten machen. Und meine Eltern haben schon gesagt, dass sie einverstanden sind. Die Lehrer habe ich noch nicht gefragt.«

Lisi lächelte. »Du lernst die Welt kennen.«

»Wow!«

»Wie viel haben sie dir für den Job als Model bezahlt?«, fragte Lisi.

»Sie haben alle Ausgaben selbst bezahlt. Den Flug, das Hotel, das Essen, aber bei dem Fest, das sie im *Hilton* gegeben haben, haben sie mir eine Überraschung verpasst und mir einen Scheck über tausend Schekel gegeben. Waren Sie bei diesem Fest?«

Lisi schüttelte den Kopf und fragte: »Und werden sie dir auch was für Florida bezahlen?«

»Ich habe nicht gefragt. Das ist mir irgendwie unangenehm. Sie geben mir so viel …«

»Bitte doch Alex, deinen Arbeitgeber, dass er mit ihnen spricht«, meinte Lissi. »Sie müssen dich bezahlen, das ist üblich bei Models.«

»Für die tausend Schekel habe ich meiner Mama ein neues Bügelbrett gekauft, das alte war schon richtig angekohlt. Und aus dem Ausland habe ich ihr einen Haartrockner mitgebracht. Und meinen Brüdern und Schwestern habe ich T-Shirts mitgebracht. Und für meinen Vater ein Aftershave von Ives Saint Laurent. Ich war wie so ein Onkel aus Amerika. Aber den Haartrockner habe ich eigentlich nicht gekauft, ich habe ihn geschenkt bekommen. Am Schluss habe ich es meiner Mutter auch gesagt, er hat nämlich nicht funktioniert.«

»Von wem hast du ihn geschenkt bekommen? Von Mouchon?«

»Nein, wieso denn, nicht von Mouchon. Er ist mir in den Schoß gefallen, wie man so sagt. Am Flughafen, als wir auf das Flugzeug gewartet haben, habe ich eine Touristin getroffen, die auch auf das Flugzeug gewartet hat, und als sie hörte, dass ich aus Be'er Scheva bin, hat sie gesagt, sie hätte eine Freundin in Be'er Scheva, aber sie wüsste nicht, ob sie es diesmal dorthin schaffen würde. Wir haben uns also ein bisschen unterhalten und als sie gehört hat, dass ich beim Frisurenwettbewerb gewonnen hatte, sagte sie, ›Bleib hier sitzen und geh nicht weg, ich bin gleich zurück‹, und dann ist sie zum Duty-Free gelaufen und eine Viertelstunde später wiedergekommen, mit zwei eingepackten Föhns, einem roten und einem schwarzen. Der schwarze war ein Geschenk für ihre Freundin und der rote für mich. Du bist jung, hat sie gesagt, zu dir passt rot besser. Ich sagte, das wäre doch nicht nötig, ich hätte es auch sonst gern getan und so weiter, aber sie blieb stur. Also habe ich meiner Mutter einen Föhn aus Deutschland mitgebracht, ich habe nur nicht gemerkt, dass ich ihr den schwarzen gegeben habe. Erst nachdem meine Mutter das Päckchen aufgemacht, den Föhn ausprobiert und er nicht funktioniert hat, habe ich gesehen, dass ich die Farben verwechselt habe. Aber meine Mutter hat gesagt, es wäre nicht sehr höflich, den Föhn nun wieder umzutauschen, nachdem wir festgestellt hatten, dass er nicht funktioniert.«

»Wem hat sie den Föhn denn geschickt?«, fragte Lisi.

Vardit lachte. »Sie werden es nicht glauben, wie klein die Welt doch ist. An Sarah, die Frau, die uns die Hintergrundmusik gemacht hat. Als ich zu dieser Touristin sagte, dass ich sie kenne, ist sie fast vom Stuhl gefallen. Aber schreiben Sie nichts darüber.«

»Worüber?«

»Über diese Föhne.«

»Natürlich nicht. Warum?«

»Soll ich die Wahrheit sagen? Ich habe sie nicht angegeben.«

»Wo, beim Zoll?«, fragte Lisi.

»Ja.«

»Hat die Touristin gesagt, dass du sie nicht angeben sollst?«

»Ganz ehrlich? Ja.«

»Und warum?«, fragte Lisi.

»Sie hat gesagt, sie würden sich wundern, dass ich zwei habe. Und sie hat mir noch fünfzig Dollar gegeben, für den Fall, dass ich doch Zoll bezahlen muss. Aber ich habe ihr das Geld zurückgegeben, als wir in Israel am Flughafen angekommen sind.«

»Haben dich die Sicherheitsbeamten nicht gefragt, ob dir irgendjemand etwas mitgegeben hat?«

Vardit lachte. »Klar haben sie gefragt. Aber ich war ganz durcheinander und habe gedacht, sie wären vom Zoll, also habe ich Nein gesagt.«

»Diese Touristin«, fragte Lisi, »war sie Amerikanerin?«

»Mit mir hat sie Englisch gesprochen, aber sie konnte auch Hebräisch. Eine Fromme, glaube ich.«

»Ja? Hat sie ausgesehen wie eine Fromme?«

»Sie hatte so einen Hut auf dem Kopf wie eine Fromme und ihr Rock war lang, verstehen Sie, eine von denen.«

»Mit einer Brille?«

»Weiß ich nicht mehr«, sagte Vardit. »Vielleicht. Warum, kennen Sie sie?«

»Nein, ich habe mir nur nach deiner Beschreibung eingebildet, dass sie auch eine Brille getragen haben müsste.«

»Vielleicht hatte sie wirklich eine«, sagte Vardit, »sie war alt, aber sie hatte sie nicht auf, ich erinnere mich, dass ihre Augen braun waren.«

»Würdest du sie erkennen, wenn dir jemand ein Foto von ihr zeigen würde?«, fragte Lisi.

Vardit machte ein erstauntes Gesicht. »Warum sollte mir jemand ein Foto von ihr zeigen?«

Lisi winkte gleichgültig ab. »Ach, ich frag ja nur.«

»Ich habe sie mir nicht so genau angesehen«, sagte Vardit. »Wir haben uns miteinander unterhalten, aber sie war nicht jemand, den man wirklich anschaut, wenn Sie verstehen, was ich meine.«

»Ja, natürlich. Du hast also Sarah gefunden und ihr den Föhn gebracht?«

»Ja. Ich habe den Föhn Karin Assia gegeben, die uns mit den Kleidern und dem Schmuck geholfen hat, sie arbeitet hier im Einkaufszentrum. Sie hat dieser Sarah den Föhn gebracht, die ist doch eine Freundin von ihr. Erst habe ich gedacht, ich würde ihn ihr bringen, aber Karin Assia hat gesagt, dass sie einen Unglücksfall in der Familie hatten und die ganze Zeit in Trauer sind, deshalb habe ich sie gebeten, ihn ihr zu bringen. Ich wollte nicht mit irgendeinem Geschenk in ein Trauerhaus kommen. Möchten Sie einen Kaffee? Ich lade Sie ein.«

»Nein, danke, Vardit. Ich muss los. Sag deiner Mutter einen schönen Gruß von mir. Ich schreibe wieder über dich, wenn du die ›Junge Locke‹ gewonnen hast.«

»Hoffentlich, hoffentlich, man darf's nicht beschreien«,

sagte Vardit fröhlich. »Die Mädchen in meiner Klasse, die sind vielleicht neidisch. Zweimal Ausland, in einem Jahr. Hätten Sie das geglaubt?«

In der Redaktion der *Zeit* saßen nur Schibolet und Sivan, der Neue. Sie fielen nicht gerade vom Stuhl, als sie auftauchte. »Hi, Lisi, wie war's?«, fragten sie, und: »Hast du dich gut amüsiert?« Sie selbst hatte das Gefühl, schon ein Jahr nicht mehr hier gewesen zu sein, doch dann machte sie sich klar, dass die anderen sie gerade mal eine Woche nicht gesehen hatten. Es gab also tatsächlich keinen Grund, dass sie bei ihrem Auftauchen in Ohnmacht fielen. Sie füllte den elektrischen Kessel mit Wasser, kochte Kaffee und verteilte die Burekas auf die fleckigen Papierteller, die sie auf dem Kühlschrank fand. Eine große Feier würde es nicht geben, was für ein Glück, dass sie vergessen hatte, Wein zu kaufen.

»Wir machen die Zeitung morgen zum Druck fertig«, sagte Sivan Schamai. »Ich wollte dich fragen, ob du damit einverstanden bist, dass wir ein Foto von dir auf der ersten Seite bringen?«

»Was?«

»Wegen deines Artikels über den Mord am Polizeipräsidenten in der Schweiz. Wir haben gedacht, wir bringen ihn auf die erste Seite, zusammen mit einem Bild vom Polizeipräsidenten und ›unserer Korrespondentin‹.«

»Wer ist ›wir haben gedacht‹?«

»Dahan.«

»Auf gar keinen Fall!«, fauchte Lisi.

»Okay, okay, warum regst du dich denn so auf?«

»Wer regt sich auf?«, knurrte Lisi. »Du hast gefragt, ich habe geantwortet.«

»Oh, Lisi, herzlich willkommen!«, sagte jetzt Schibolet. »Du weißt gar nicht, wie wir uns nach dir gesehnt haben. Cement ist wie eine Rakete auf und davon, als er gehört hat, dass du heute kommst. Ein Glück, dass wir ihn los sind, das haben wir alle gesagt, stimmt's, Sivan? Und Arieli hat dir einen Bonus geschickt, ein Monatsgehalt, der Scheck ist bei Dahan, bestimmt gibt er ihn dir heute Morgen, und das ist zusätzlich zu den Reiseausgaben, und Dahan hat gesagt, es tut ihm sehr Leid, dass er nicht hier ist, wenn du kommst, stimmt's, Sivan?«

»Stimmt, Schibolet.«

Sie waren verliebt! Daran konnte es keinen Zweifel geben. Offenbar schon gut aufeinander eingestimmt. Sivan war anscheinend ganz glücklich mit den endlos langen Sätzen, die Schibolet in einem einzigen Atemzug ausstoßen konnte. Lisi unterdrückte ein Lächeln. Ihrer Meinung nach sah er nicht aus wie ein Kandidat, der mit Schibolet in Indien oder in Katmandu herumfuhr, aber wer konnte das wissen?

Lisi wandte sich an Sivan. »Übernimmst du die Spiele von *Poal* und vom *Beitar* an den Wochenenden?«

Er nickte.

»Schön.«

Lisi nahm die Zeitung und las ihren Bericht über den Mord in der Schweiz. Es war nicht das erste Mal, dass sie weniger schrieb als das, was sie über den Vorfall wusste, aber es war das erste Mal, dass sie das Gegenteil von dem geschrieben hatte, was sie wusste. Der des Mordes Beschuldigte war nicht der Mörder. Und das wussten drei Menschen: Sie, der Mörder und der Beschuldigte. Und Roni, natürlich. Und derjenige, der den Mord in Auftrag gegeben hatte. Und wer vielleicht noch?

»Ist etwas nicht in Ordnung?«, fragte Sivan.

»Was?«

»Bist du mit irgendetwas nicht zufrieden?«

»Nein, nein«, sagte sie, »es ist alles wunderbar.«

In ihrem Zimmer, auf ihrem Schreibtisch, lagen die Einladungen zu verschiedenen Ereignissen, dazu Zettel von Dahan. Die Eröffnung eines neuen Restaurants in Emek Sarah, ein Kurs für Naturheilkunde bei der *Wizo*, eine Uraufführung im Theater von Be'er Scheva, die Einladung zur Besichtigung einer Musterwohnung in einer neuen Siedlung, ein Konzert der Philharmoniker, ein Schachwettkampf für die Jugend, die Demonstration der Grünen gegen eine Müllhalde bei den Beduinen.

»Sivan!«

Er kam im Laufschritt, mit gespanntem Gesicht.

»Kandidiert jemand bei den Wahlen an Stelle von Ehud Lion?«, fragte sie.

»Ja, seine Nummer zwei«, antwortete Sivan.

»Wer ist das?«

»Jemand aus der Verwaltung von Har Hanegev, einer, der gegen die Truppenübungen der Marines im Negev ist.«

»Einer aus Be'er Scheva?«

»Weiß ich nicht.«

»Hast du mit ihm gesprochen?«

Sivan schüttelte den Kopf. »Noch nicht.«

»Wir haben einen neuen Kandidaten für das Amt des Oberbürgermeisters und in der Zeitung steht kein Wort davon?«, fragte Lisi ungläubig. »Du musst herauskriegen, warum er gegen die Anwesenheit der Marines im Negev ist. Wer er ist, was er ist, du musst auch ein Foto von ihm besorgen. Mach doch nicht so ein Gesicht! Die Zeit reicht, ruf ihn an! Ich bin sicher, dass er selbst ein Foto anbringt!«

»Prosper Parpar bringt mich um.«

»Ich werde mit ihm sprechen. Macht es dir was aus, auch den Bericht vom Wahlkampf zu übernehmen?«

»Nein.«

»Dann übernehme ich einstweilen diesen ganzen Schrott da.« Sie deutete auf ihren Tisch.

»Spitze!« Sein Gesicht strahlte, als sei ihm gerade ein ganzer Sack Steine vom Rücken genommen worden. »Ich schreibe über die Wahlen.«

»Gut. Sag mal, habt ihr was über die Frau von der Siedlung Gimel gebracht, die ihre Wohnung wegen der Sprotten angezündet hat?«

Sivan starrte sie mit aufgerissenem Mund an.

»Ja oder nein?«, fragte Lisi.

»Nein. Ich weiß überhaupt nicht, worum es geht!«

»In Ordnung, beruhig dich wieder«, sagte Lisi. »In einem Monat reden wir über die Aufteilung der Arbeit zwischen uns beiden. Und jetzt ab mit dir!«

»Bin schon unterwegs.«

Beide lächelten. Eine gute Entscheidung, dachte Lisi, es wird gut gehen mit ihm.

Lisi nahm das Telefon und wählte Benzis Nummer. Es klang, als freue er sich, ihre Stimme zu hören, was sie ziemlich aus dem Konzept brachte. Er fragte, ob sie sich übermorgen zum Schabbatessen bei ihrer Mutter treffen würden.

»Hör mal zu, Benzi«, sagte Lisi, »ich habe mir etwas überlegt.«

»Hach, es geht also los.« Seine Stimme klang noch immer relativ freundlich.

»Gewehre gibt's wie Sand am Meer, stimmt's?«

»Stimmt.«

»Wer sich eine Waffe besorgen will, hat kein Problem, stimmt's?«

»Stimmt.«

»Wisst ihr schon, wem die Waffe gehört, mit der Uzi Nedava und Nachik und Schmulik Chazon erschossen worden sind?«

»Das wird gerade untersucht.«

»Ist es dieselbe Waffe?«

»Die Kugeln sind jedenfalls alle neun Millimeter, das ist klar.«

»Und?«, fragte Lisi. »Ist die Waffe auf jemanden zugelassen?«

»Warum willst du das wissen?«

»Hat sie einen Schalldämpfer?«

»Vor ungefähr zwei Wochen ist einer drangemacht worden«, sagte Benzi. »Wir haben den Mechaniker gefunden, der es gemacht hat.«

»Wann hörst du heute auf zu arbeiten?«, fragte Lisi.

»Ich bin schon fertig, Lisi! Wenn es etwas gibt, was ich wissen sollte, dann sag's!«

Ihre Paranoia hatte schon einen Punkt erreicht, dass sie Angst hatte, am Telefon zu sprechen. Denn was war, wenn »er«, egal, wer er war, ihr Telefon abhörte?

»Ich muss einen Artikel über den Mord in der Schweiz fertig schreiben«, sagte sie. »Kann ich schreiben, dass die Polizei den Mechaniker gefunden hat, der den Schalldämpfer angebracht hat?«

»Nein!« Benzi wurde lauter. »Du kannst überhaupt nichts über diese Waffe schreiben.«

»In Ordnung, in Ordnung.« Sie verlieh ihrer Stimme einen enttäuschten Klang. »Aber es steht auch nicht in der *Post*, oder?«

»Nein. Und es wird auch nicht in der *Zeit* stehen, auf Wiedersehen bis übermorgen, Lisi.«

Lisi wartete auf Benzi im dunklen Hof unter der verstaubten Bougainvillea, an der zwei vertrocknete Blüten hängen geblieben waren. Wo war Be'er Scheva und wo die Schweiz! Der Polizist, der ihn nach Hause fuhr, hatte offenbar einen Witz erzählt, denn beide lachten. »Und sei um Viertel vor sechs bei mir!«, rief Benzi dem Auto nach, das sich wieder in Bewegung setzte.

»Um sechs, du Spinner!«, rief der Polizist zurück und dann war das Auto verschwunden. Schweißbäche liefen an Lisis Körper herab, im Radio hatten sie achtzig Prozent Luftfeuchtigkeit in Tel Aviv gemeldet. Hier, in Be'er Scheva, mochte die Luft trockener sein, aber nicht, wenn ein Mensch sich zwischen den Mülleimern versteckte.

»Benzi?«

Er machte einen Satz, als sei er auf eine Ratte getreten. Seine Hand lag an seinem Revolver, bevor sie seinen Namen ganz ausgesprochen hatte.

»Was machst du hier?«, fragte er.

»Ich möchte mit dir sprechen.«

»Du hast mich erschreckt«, sagte er. »Komm mit rauf.«

Lisi schüttelte den Kopf. »Nein, mit dir allein.«

»Ich habe seit mittags nichts gegessen«, sagte Benzi. »Wenn ich jetzt nicht hinaufgehe, sehe ich auch die Mädchen bis morgen nicht. Komm mit.«

»Nein, ich warte hier auf dich.«

»Du willst nicht, dass Georgette es hört, nicht wahr? Etwas Persönliches?«

»Ich will nicht, dass irgendjemand es hört. Ich will nicht, dass irgendjemand erfährt, dass ich mit dir gesprochen habe. Ruf Georgette an und sag ihr, dass du aufgehalten wirst.«

Wie immer staunte sie darüber, dass er vor ihrer Schwester Georgette Angst hatte. Dieser Mann, aggressiv und jähzornig, der sein ganzes Leben mit Verbrechern zu tun hatte, fürchtete sich nur vor einem Menschen, und das war seine Frau.

Als er noch mit Chavazelet verheiratet gewesen war, Lisis zweiter Schwester, hatte er sich in seiner Wohnung bewegt wie ein König in seinem Regiment. Chavazelet hatte ihn verwöhnt, hatte dafür gesorgt, dass er gut aß und schlief und dass die Töchter den Vater nicht störten, wenn er müde von der Arbeit kam. Doch das Ende vom Lied war, dass er sie verließ und ihre Schwester heiratete, die aus ihm einen Schoßhund machte. Jetzt verwöhnte Chavazelet Ilan, Lisis anderen Schwager, putzte ihm die Schuhe und kochte ihm Auberginen auf rumänische Art. Die beiden Schwestern, die ihre Ehemänner getauscht hatten, lebten in Frieden miteinander und priesen ihr Glück. Das sollte einer verstehen!

»Ich habe Hunger«, sagte Benzi.

»Ich habe Burekas, eine mit Spinat und eine mit Käse. Hier.«

»Hier sollen wir sprechen?«, fragte Benzi. »Im Hof?« Er nahm ihr die beiden Burekas aus der Hand. »Komm, setzen wir uns in dein Auto. Hast du eine Klimaanlage?«

»Ja, aber ich will nicht im Auto sprechen.«

»Was ist los mit dir?«

»Ich will nicht im Auto sprechen.«

»Ich hab's gehört. Komm, dann setzen wir uns wenigstens in den Eingang der Sanitätsstation. Dort gibt es eine Klimaanlage und eine Bank. Und sogar wenn einem jemand ein Messer in den Rücken stößt, achtet niemand darauf.«

Die Station vom Roten Davidsstern befand sich an der Straßenecke, neben der staatlich religiösen Schule. Benzi hatte Recht. Niemand achtete auf sie. Krankenwagen kamen an und fuhren weg, Ärzte und Schwestern liefen hin und her, diskutierten und telefonierten, während sie und Benzi auf der Bank im Eingang saßen und miteinander sprachen. Genauer gesagt, nur Lisi sprach, Benzi hörte zu.

Lisi erzählte ihm alles, was sie über Moschik Bamberg wusste, einschließlich seiner Vergangenheit in den Vereinigten Staaten, und alles über Sarah Bamberg und ihr beduinisches Erbe. Sie erzählte auch von Bambergs Schwester, die ihrer Meinung nach das Bindeglied zwischen Bamberg und dem Mörder oder den Mördern war – oder die selbst die Mörderin war. Etwas später erzählte sie ihm auch von dem Föhn, den die »Touristin« durch Vardit Simon an Sarah Bamberg geschickt hatte, und sagte, ihrer Meinung nach sei der Schalldämpfer auf diese Art an Bamberg geschickt worden, er müsse noch immer in dem Föhn sein, der aus Versehen bei Vardit geblieben war.

»Von wem hat der Mechaniker den Schalldämpfer?«, fragte Lisi.

»Er hat ihn selbst gemacht«, antwortete Benzi. »Das ist alles in allem nur ein kleines Rohr, das auf die Waffe aufgesetzt wird.«

»Und wer hat ihm die Waffe gebracht?«

»Snan Abu Arar.«

»Hat das der Mechaniker verraten?«

»Nein«, sagte Benzi. »Die Waffe war auf Muhamad Abd A-Raouf Snan Abu Arar zugelassen. Bamberg kennt diese Familie gut. Er sagte zu Snan, Muhamads Sohn, dass man in diesem Jahr schon dreimal bei ihm eingebrochen hatte, was auch stimmt, und er wollte eine Waffe zum eigenen Schutz haben. Snans Vater hat eine ganze Sammlung von Waffen. Also hat Snan Bamberg ein Gewehr gebracht, das seinem Vater gehört hat. Damit Moschik nachts in Ruhe schlafen kann.«

»F. N.«

»Was?«

»Ich weiß schon, nicht zur Veröffentlichung.«

»Es gibt tausend F. N.'s in Israel. Sie wurden jahrelang von der Armee benutzt und bei den Sicherheitsleuten und bei der Polizei. Ein großes Glück, dass wir überhaupt draufgekommen sind. Das Gewehr ist bei Muhamad Snan geblieben, nach seinem Dienst bei der Armee. Er hat einen Waffenschein. Und Neunmillimeterkugeln? Auch die gibt es wie Fliegen.«

»Und der Mechaniker?«

»Ein junger Mann von den Abu Arar, er arbeitet in einer Garage in Tel Scheva. Bamberg hat Snan gefragt, ob er jemanden kennt, der einen Schalldämpfer auf den Revolver machen kann, weil Sarah vor Schreck tot umfallen würde, wenn sie Schüsse im Haus hören würde. Deshalb hat Snan diesen Mechaniker gebeten, einen Schalldämpfer auf die Waffe zu machen.«

»Und warum haben sie das nicht vorher gesagt?«, fragte Lisi.

Benzi verzog das Gesicht. »Weil man sie nicht gefragt hat. Wir konnten die Nummer der Waffe erst nachprüfen, als sie aus der Schweiz geschickt worden war. Wir haben mit dem Besitzer angefangen, Snan, dem Vater, den ich schon über zwanzig Jahre kenne und von dem ich sicher war, dass er seine Waffe nicht verkauft hatte. Übrigens, er hat gesagt, dass du ihn mit Onkel Ja'akov besucht hast.«

»Ja.«

»Wie hat er sich benommen?«

»Onkel Ja'akov? Musterhaft. Onkel Ja'akov benimmt sich immer musterhaft.«

»Wir haben den Schweizer Inspektor gebeten, er solle Bamberg nach der Waffe fragen, die Snan ihm gegeben hat«, sagte Benzi.

Lisi hob neugierig den Kopf. »Und? Was hat er gesagt?«

»Er hat gesagt, dass das Gewehr aus seinem Haus gestohlen wurde.«

»Glaubst du ihm das?«

Benzi hob die Schultern. »Er hat ein Alibi für die Zeit des Mordes am Polizeidirektor. Er hatte ein Alibi für die Tatzeiten, als auf die Brüder Chazon geschossen wurde. Er hat jedenfalls nicht geschossen. Es gibt zu viele Zufälle, aber Tatsachen sind Tatsachen.«

Lisi schaute ihn an. »Verstehst du jetzt, warum ich mit dir sprechen musste? Wenn ich dir nichts erzählt hätte, hättet ihr Ehud Lion beschuldigt, den Mord an Uzi Nedava begangen zu haben. Er hat Uzi Nedava nicht umgebracht und er hat die Schläger aus Juval Barkan nicht umgebracht.«

Benzi schwieg.

»Ich habe Angst, Benzi«, sagte Lisi schließlich. »Ich habe Angst, dass sie auch mich umbringen. Nur ich und Roni wissen alles über sie.«

»Bamberg weiß nicht, dass du von diesem Mord in den Vereinigten Staaten weißt und dass Susan Berger seine Schwester ist. Er hat auch keine Ahnung, dass du sie verdächtigst, jemanden für den Mord an den Brüdern Chazon und an Uzi Nedava angeheuert zu haben.«

»Er weiß es«, sagte Lisi.

Benzi hob die Augenbrauen. »Woher?«

»Er hat eins und eins zusammengezählt.«

»Wie meinst du das?«, fragte Benzi.

Lisi ließ den Kopf sinken. »Es war ziemlich klar, dass ich nicht dran glaubte, dass Lion Nedava umgebracht hat. Und seine Schwester hat ihm bestimmt erzählt, dass wir sie fotografieren wollten, als wir sie auf der Halbinsel trafen. Und bestimmt hat er gespürt, dass ich Angst vor ihm habe. Ich habe keine Ahnung, was du jetzt tun kannst. Ich und Roni können den Mund nicht aufmachen. Bamberg ist ein Mandant und Roni muss ihn schützen, er kann ihn nicht verraten.«

»Darauf verlässt er sich«, sagte Benzi.

»Ich glaube, dass Bamberg weiß, dass seine Frau Sarah die Enkelin von Josef Lion und der Beduinin vom Stamm der Arar ist.«

»Ihre Eltern waren Nadja und Victor Levi. Den Boden in Sade Tejman hat sie von ihrer Mutter geerbt, von Nadja, geborene Hofmann. Das haben wir nachgeprüft.«

»Das böse Blut des Großvaters, Josef Lion, vergiftet das Leben seiner Enkel. Er rächt sich an ihnen, ohne dass sie wissen, warum.«

»Warum sagst du ›das böse Blut‹?«, fragte Benzi.

»Weil es ein Geheimnis ist, das Josef Lion seiner Familie nicht erzählt hat«, sagte Lisi. »Ehud Lion und Sarah Bamberg sind beide Enkel von Josef Lion. Und sie kämpfen um den Grund und Boden, den er hinterlassen hat. Geheimnisse wirken immer wie Gift.«

»Und Sarah Bamberg weiß nicht, dass ihr Mann in einem früheren Leben einmal Simon Berger hieß.«

»Wenn ihr anfangt, darüber Nachforschungen anzustellen, wird er noch weitere Menschen umbringen«, flüsterte Lisi. »Unter anderem mich.«

Benzi legte seine Hand auf ihre. »Er wird dich nicht anrühren, Lisi, du hast versucht, seine Tochter zu retten. Wie lange wird er noch in der Schweiz bleiben?«

»Ungefähr einen Monat.«

Benzi nickte. »Gut.«

»Wisst ihr schon, welche Polizisten weggesehen haben, als Lion seine Gorillas beauftragt hat?«

»Ja«, sagte Benzi. »Die Kerle sind relativ neu. Sie sind vor ungefähr zwei Jahren zu uns gekommen. Brave Jungs.«

»Brave Jungs gehen nicht zur Polizei. Wie habt ihr es herausbekommen?«

»Wir haben ein Abkommen mit Dalia Nedava getroffen«, bekannte Benzi. »Wir werden sie nicht wegen Mitwisserschaft anklagen, was den Geldschmuggel in die Schweiz und nach Belgien betrifft, und sie gibt uns dafür die Namen der Verräter.«

»Ihr werdet Schwierigkeiten mit Nina Lion bekommen«, sagte Lisi.

»Warum?«

»Sie haben das Geld gemeinsam geschmuggelt. Beide Paare gemeinsam. Nina wird wegen Mittäterschaft angeklagt und Dalia nicht?«

»Ja, da hast du Recht.«

Lisi zögerte, dann sagte sie: »Weißt du, ich habe gedacht, es wäre Micha Zadik.«

»Micha Zadik?« Benzi sprach lauter und die Sekretärin am Schalter hob den Kopf. »Bist du verrückt geworden?«, flüsterte er. Sein Flüstern hörte sich an wie ein Wasserhahn, der zischend Luft ausstößt. »Es gibt keinen Menschen, der aufrichtiger ist als er. Er ist aggressiv und verliert manchmal die Beherrschung, aber er ist absolut vertrauenswürdig.«

Wie du, hätte Lisi am liebsten gesagt, aber sie tat es nicht.

»Was willst du?«, fragte Benzi. »Sollen wir dich unter Polizeischutz stellen?«

Lisi zuckte mit den Schultern. »Ich weiß es nicht. Ich habe Angst. Und ich weiß nicht, was ich tun soll.«

»Willst du bei uns schlafen?«

»Nein.«

»Vielleicht bei deiner Mutter?«

»Und was soll ich ihr sagen?«, fragte Lisi.

»Gut. Lass mich eine Nacht darüber schlafen.«

Sie lächelte. »Ja, in Ordnung. Danke, Benzi.« Sie fühlte sich schon besser.

»Ich muss mir überlegen, wie ich anfangen soll«, sagte Benzi.

»Als ich mit meinen Nachforschungen über Ehud Lion begann, weil er Oberbürgermeister werden wollte«, sagte Lisi, »vor etwa zweitausend Jahren, bin ich zu einem alten Journalisten gegangen, der in der Redaktion der *Zeit* in Tel Aviv sitzt. Ich habe ihm dieselbe Frage gestellt: Wo soll ich anfangen? Und er hat mir eine sehr kluge Antwort gegeben: ›Gehen Sie dem Geld nach.‹«

Benzi bestand darauf, sie in ihrem Auto auf der Rückfahrt zu begleiten, er stieg mit ihr die Treppe hinauf, betrat mit ihr die Wohnung, um sicher zu sein, dass sie leer war, und dann bestellte er sich ein Taxi und fuhr nach Hause. Lisi hätte sich nie vorgestellt, dass er sich so gentlemanlike benehmen würde. Er hatte sie überrumpelt. Und ihr fiel ein, dass sie ihm nichts aus der Schweiz mitgebracht hatte. Auch Ilan nicht, ihrem anderen Schwager.

32

Nach dem Duschen ging Lisi sofort ins Bett. Das Telefon klingelte. Sie schaute auf die Uhr. Es war Mitternacht.

»Ja?«, sagte sie.

»Lisi? Lisi Badichi?«

Ihre Haare sträubten sich. »Ja.«

»Hier spricht Moschik Bamberg.«

»Guten Tag, Professor. Von wo rufen Sie an?«

»Aus meinem Hotel«, sagte er. »Ich bin gerade fertig geworden mit meiner Arbeit. Es gibt einen Zeitunterschied von einer Stunde. Habe ich Sie aufgeweckt?«

»Nein«, sagte Lisi, »nein.«

»Wie ist das Wetter bei euch?«

»Schrecklich heiß.«

»Hier regnet es heute«, sagte er. »Haben Sie wieder angefangen zu arbeiten?«

»Ich war in der Redaktion«, sagte Lisi vorsichtig. »Ich fange irgendwie wieder an.«

»Haben sie sich über die Burekas gefreut, die Sie ihnen mitgebracht haben?«

»Was?«

Bamberg lachte. »Ich habe Ihnen gar nicht für Ihre Hilfe gedankt.«

»Das ist in Ordnung«, wehrte Lisi ab.

»Doch, doch. Das war mehr als in Ordnung. Was sagt Benzion Koresch?«

»Worüber?«

»Haben sie Beweise gegen Nedava?«

»Er erzählt mir nichts von seiner Arbeit«, sagte Lisi abweisend.

»Worüber haben Sie dann so lange gesprochen?«

»Was?«, fragte Lisi. Sie zitterte bereits. Sie hatte Angst, er könnte an ihrer Stimme hören, wie sehr sie zitterte.

»Heute Abend«, sagte Bamberg, »als Sie sich mit ihm getroffen haben.«

»Woher wissen Sie, dass wir uns getroffen haben?«, fragte Lisi.

Er lachte. »Sie sehen ja, dass ich es weiß.«

»Wir bereiten eine Überraschungsparty für meine Schwester vor, Benzis Frau.«

»Ach so, eine Überraschungsparty«, sagte er. »Wie nett. Sie haben zwei Töchter, nicht wahr?«

»Ja.«

»Ich habe heute Nachmittag mit Roni gesprochen. Ich habe mich auch bei ihm für seine Hilfe bedankt.«

»Wie nett«, sagte Lisi.

»Hat er es Ihnen nicht erzählt?«

»Nein.«

»Was ist los? Sprechen Sie nicht mehr miteinander?«

»Nein, nein, ich habe nur heute nicht mit ihm gesprochen. Ich bin vor gar nicht langer Zeit erst nach Hause gekommen.«

»Ach ja, stimmt. Gut. Also noch einmal, danke. Und passen Sie gut auf sich auf, Lisi.«

»Und passen Sie auf sich auf, Professor Bamberg.«

»Gute Nacht«, sagte Bamberg und legte auf.

Lisi rief Benzi an. Es war ihr egal, ob dieser Scheißkerl dort ihr Telefon abhörte.

»Er hat gerade bei mir angerufen«, sagte sie.

»Wer?« Sie hatte Benzi geweckt.

»Bamberg hat aus der Schweiz angerufen. Nur um mir anzudeuten, dass ich verfolgt werde. Dieser Arsch hat alles gewusst, was ich heute im Lauf des Tages gemacht habe. Einschließlich unseres Zusammentreffens.«

»Lisi, beruhige dich!«

»Wie soll ich mich beruhigen?«, rief sie.

»Ich schicke jemanden zu dir, damit du nicht allein bist.«

»Nein!! Nein! Benzi!«

Plötzlich gefror ihr das Blut in den Adern. Sie hörte Benzi brüllen: »Lisi! Lisi!«, und mit dem Telefon am Ohr schlängelte sie sich in ihre Jeans und schlüpfte in das Unterhemd, das sie auf den Stuhl geworfen hatte. »Vardit«, rief sie. »Vardit Simon. Das Mädchen, das den Föhn bekommen hat! Er wusste, dass ich mit ihr gesprochen habe. Er hat gefragt: ›Wie waren die Burekas?‹ Ich muss mich beeilen. Sie hat einen Föhn für sie ins Land geschmuggelt. Bestimmt war ein Schalldämpfer drin. Und sie haben gesehen, dass ich heute mit ihr gesprochen habe.«

»Wo wohnt sie, Lisi?«, brüllte Benzi in den Hörer. »Lisi! Bleib zu Hause! Wo wohnt sie?«

Lisi rannte die Treppe hinunter zu ihrem Auto und schaltete das Handy ein. »In der Siedlung Gimel«, sagte sie zu Benzi. »Hama'apilim Ecke Donna Grazia. Auf der Seite von der Bushaltestelle. Zweiter Stock. Ich erinnere mich nicht, welche Nummer.«

O Gott, o Gott … das war alles, was sie denken konnte, während sie die leeren Straßen entlangraste und rote Ampeln und Stoppschilder ignorierte.

Das Haus sah ruhig aus. Der Hof mit dem Sand, der Wasserhahn, alles lag im Dunkeln. Die Straßenlaterne war kaputt. Lisi rannte die Treppen hinauf und drückte auf die Klingel an der Wohnungstür, ohne den Finger wieder wegzunehmen. Von draußen drang eine Polizeisirene an ihr Ohr. Jemand riss die Tür auf, versetzte ihr einen heftigen Schlag in den Bauch und rannte in Richtung Dach. In der Wohnung gingen die Lichter an und Schreie von Erwachsenen und Kindern waren zu hören. Benzi und Jablonka kamen die Treppe heraufgerannt und sie konnte nur flüstern: »Auf dem Dach.« Ruchama, Vardits Mutter, kam an die Tür, sah Lisi auf dem Boden liegen und hörte erst auf zu schreien, als sie Lisi erkannte.

»Haben Sie so geklingelt?«, fragte sie.

Lisi nickte.

»Sind Sie verletzt?«

Lisi machte eine Handbewegung, sie solle sie in Ruhe lassen. Langsam bekam sie wieder Luft. »Schauen Sie nach, was mit Vardit ist«, sagte sie. Vom Dach waren Schüsse zu hören und Schreie. Die Mutter rannte in die Wohnung, laut den Namen ihrer Tochter schreiend: »Vardit! Vardit!« Rotam und Nachman, zwei Polizisten, die Lisi kannte, rannten die Treppe herauf. Sie deutete mit der Hand zum Dach.

Wieder kamen die Mutter und hinter ihr zwei Mädchen und drei Jungen, alle mit erschrockenen Gesichtern in Unterhosen und Unterhemd, und alle brüllten im Chor. Vardit schob den Rollstuhl ihres Vaters.

Ruchama schaute Lisi an. »Was ist denn hier los?«, fragte sie. »Wer war das?«

»Er hat mich umgeworfen«, sagte der Vater, einen erstaunten Ausdruck auf dem Gesicht. Der Hosenlatz seines Pyjamas stand offen und ein Kratzer auf seiner Wange blutete. Er muss einmal ein gut aussehender Mann gewesen sein, mit Augen von einem dunklen Blaugrün und schwarzen Locken. Von ihm hatte Vardit den Charme geerbt. Als »hundertprozentig gelähmt« hatte sie ihn beschrieben.

»Wer sind Sie?«, fragte er Lisi.

»Lisi Badichi, von der *Zeit im Süden*«, flüsterte Lisi.

»Können Sie aufstehen?«, fragte er. »Das wird Ihnen das Atmen erleichtern.«

Lisi richtete den Rücken auf und alles drehte sich um sie.

Sie spürte, wie die kräftige Hand von Vardits Vater sich um ihre schloss. »Versuchen Sie aufzustehen, kommen Sie herein.«

Sie hielten sich noch immer an der Hand, als Benzi die Treppe vom Dach herunterkam, gefolgt von seinen Kollegen und – Lisi traute ihren Augen kaum – mit einer Gefangenen in Handschellen, der Zwitscheramsel aus der Schweiz.

»Bringt sie zur Wache«, sagte Benzi. »Ich bleibe noch hier.«

»Soll ich bei dir bleiben?«, fragte Jablonka.

Benzi schüttelte den Kopf. »Nimm ihre Personalien auf und bring sie in eine Zelle«, sagte er. »Wir verhören sie morgen. Sag Carmela Bescheid, ich möchte, dass eine Frau dabei ist, wenn wir mit diesem Miststück reden.«

Jablonka gab diesem Miststück einen Stoß in den Rücken, sodass sie fast die Treppe hinunterfiel.

»Los, geht wieder rein!«, schrie Benzi die Nachbarn an, die sich im Treppenhaus versammelt hatten. »Schluss der Vorstellung!«

Er betrat die Wohnung der Simons und fragte, wo Vardit sei.

»Hier bin ich«, sagte Vardit.

»Und wo ist dein Zimmer?«

Die ganze Familie ging zum Zimmer der Mädchen hinüber. Drei Betten, die tagsüber zu Sofas zusammengeklappt werden konnten. An den Wänden hingen Poster von Aviv Gefen neben Prinzessin Diana und den Spice Girls und einem großen eingerahmten Foto von Vardit, mit der Siegeskrone des Frisurenwettbewerbs in Deutschland auf dem Kopf.

Die Schubladen im Zimmer waren aufgerissen, ebenfalls die Schranktüren.

»Wo ist dieser beschissene Föhn?«, fragte Benzi.

»Hüten Sie Ihre Zunge«, sagte Vater Simon. »Hier sind Kinder.«

»In der Schuhschublade«, sagte Mutter Simon und ging zum Schlafzimmer der Eltern. Die anderen marschierten alle hinterher.

»Nicht anfassen«, sagte Benzi. »Haben Sie eine Plastiktüte? Nur vorsichtshalber.«

Der Föhn befand sich noch in seiner Originalverpackung. Das Glück der Armen, dachte Lisi, man macht ihnen ein Geschenk und es ist kaputt. Benzi steckte die Schachtel in die Plastiktüte, die ihm Ruchama gab.

»Hast du das von dieser Frau bekommen?«, fragte er Vardit.

»Von welcher Frau? War das eine Frau?«

»Hast du sie nicht gesehen?«, fragte Benzi erstaunt.

»Nein. Ich habe Papa geholfen. Sie hat ihn mit dem Rollstuhl umgeworfen.«

»Sehr gut. Dann können wir eine Gegenüberstellung organisieren.«

Vardit fing an zu weinen. Die kleinen Jungen ebenso. Ihre Mutter umarmte sie. »Hör auf zu weinen, Vardile, es ist nichts passiert. Wir sind alle da, wir sind heil und gesund, Gott sei Dank.«

Benzi wandte sich an den Vater. »Wie heißen Sie?«, fragte er.

»Uzi. Uzi Isidor.«

Benzi war erstaunt. »Aus Rumänien?«

»Nein, aus der Türkei.«

»Mein Schwager ist Rumäne. Sie bluten auf der Wange, Isidor.« Er schaute eines der Mädchen an. »Bring einen nassen Waschlappen für deinen Vater, Süße.«

Dann fragte er die Mutter: »Und wie heißen Sie?«

»Ruchama.«

»Könnten Sie für uns alle einen heißen, süßen Tee machen, Ruchama? Auch für die Kinder. Für die Kinder mit Milch.« Er lächelte die Kinder an. »Trinkt ihr gern Tee mit Milch?« Die

Kinder starrten erschrocken und stumm den Polizisten an, der mitten in der Nacht in ihre Wohnung eingedrungen war. »Und wenn ihr den Tee getrunken habt, sofort ab ins Bett! Verstanden?« Nun nickten die Kinder. Vielleicht war er gar nicht so erschreckend, er redete mit ihnen, wie sie es von ihrem Vater gewöhnt waren. »Was ist mit dir, Lisi?«, fragte Benzi.

»Ich atme.« Sie saß in einem Sessel, die Hände auf den Bauch gelegt, und versuchte, möglichst flach zu atmen. Ihr fiel auf, dass sie das Unterhemd verkehrt herum anhatte.

»Willst du auch Tee?«, fragte er.

»Nein.«

»Hast du irgendein Stück Papier dabei?«

»Nein. Ich habe die Schlüssel genommen und bin losgerast. Ich bin noch nicht mal sicher, dass ich die Wohnungstür zugemacht habe.«

Eines der Mädchen brachte Benzi Papier und einen Stift, er schob beides Lisi zu. »Also, lasst hören«, sagte er. Vardits Schwestern sahen wie vierzehn, fünfzehn aus. Ruchama musste sie gleich hintereinander auf die Welt gebracht haben, dachte Lisi. Die beiden Kleinen, zwei Jungen, waren erst ein paar Jahre später gekommen.

»Was?«, fragte Isidor Simon und drückte den nassen Waschlappen an die Wange.

»Was ist hier passiert?«, fragte Benzi, die Simons erschraken über seine Stimme.

»Das wissen wir nicht«, sagte Ruchama. Sie sah müde und angespannt aus. »Wir sind schlafen gegangen und da hat es auf einmal an der Tür geklingelt, es hat nicht mehr aufgehört zu klingeln. Isi ist in seinen Stuhl gesprungen, weil ich mich nicht getraut habe aufzumachen, und als er im Flur war, rannte jemand aus dem Zimmer der Mädchen und stieß ihn weg und er ist mit dem Stuhl umgefallen und hat einen schrecklichen Schrei ausgestoßen, und genau als ich zu ihm kam, sah ich jemanden durch die Wohnungstür hinausrennen und dann haben wir die Sirenen gehört und ihr seid gekommen.«

»Sie haben nicht gehört, dass jemand in die Wohnung gekommen ist?«

»Nein.«

»Keinen Lärm, kein Quietschen, kein Rascheln?« Benzi schaute alle der Reihe nach an. »Hat jemand was geträumt?«

Alle schüttelten die Köpfe.

»Wir schlafen im Sommer nachts mit offenen Fenstern«, sagte Isidor. »Und wir haben den Ventilator an der Decke, der summt immer.«

»Sie brauchen sich nicht zu entschuldigen«, sagte Benzi.

»Wer war diese Diebin, die bei uns eingebrochen ist? Warum? Hat Vardit etwas angestellt?«

»Aber nein!«, rief Lisi, die das Gespräch mitschrieb. »Vardit ist ein wunderbares Mädchen, hundertprozentig.«

»Also, er was war das? Was ist passiert?«

»Ich glaube, die Wohnungen wurden verwechselt«, sagte Benzi.

Ruchama Simon nahm ihm seine gelungene Ausrede nicht ab. »Lisi Badichi wusste, dass das unsere Wohnung ist. Sie hat bei uns geklingelt. Das war kein Irrtum. Was wollte diese Frau?«, beharrte sie. »Und Sie haben auch den Föhn mitgenommen. Was ist hier los?«

»Wir haben sie erwischt, das ist die Hauptsache«, sagte Benzi. »Und morgen früh werden wir sie verhören und Ihnen alles berichten, in Ordnung?«

»Nein, es ist nicht in Ordnung. Es ist alles andere als in Ordnung. Wenn man auf Vardit aufpassen muss, will ich wissen, vor wem und vor was.«

»Ich glaube, ich habe mir eine Rippe gebrochen, als ich mit dem Stuhl umgefallen bin«, sagte Isidor.

»O Gott!«, rief Ruchama.

»Jablonka!«, schrie Benzi in sein Funkgerät, so laut, dass alle im Raum entsetzt hochfuhren. »Schick einen Krankenwagen mit einem Arzt. Isidor Simon hat sich eine Rippe gebrochen.«

»Ich will keinen Krankenwagen«, sagte Isidor.

»Ich frage Sie nicht! Jablonka! Sag dem Arzt, der Mann ist gelähmt. Vielleicht hat er noch andere Knochen gebrochen, ohne dass er es weiß.« Benzi zeichnete sich nicht nur durch Empfindsamkeit und Höflichkeit aus, sondern auch durch ganz besonderen Takt. »Sprechen Sie ein Dankgebet, Isidor. Und bitten Sie den Arzt, dass er Ihnen allen ein Beruhigungsmittel gibt. Damit Sie schlafen können. Morgen früh schicke ich eine Polizistin her, die mit Vardit spricht, gut?« Er schaute Vardit an. »Wovor hast du Angst, Mädchen? Du hast nichts Böses getan. Eine Diebin ist in euer Haus eingedrungen, wir haben sie geschnappt, das ist alles! Der Haarföhn interessiert uns einen Dreck.«

»In Ordnung«, murmelte Vardit.

Ruchama begleitete sie bis zur Tür, gefolgt von Isidor in seinem Rollstuhl. Beide sagten Lisi und Benzi gute Nacht und man sah ihnen an, wie erschrocken und verwirrt sie waren. In ihrer Wohnung war etwas passiert und sie begriffen nichts. Sie blieben an der offenen Tür stehen, um auf den Krankenwagen mit dem Arzt zu warten.

33

»Ich habe keinen Koriander in die Spinattaschen getan«, sagte Batscheva Badichi zu Lisi, »das hat uns kein Glück gebracht beim letzten Mal.« Beide lächelten. »Aber dafür habe ich diesmal Rosinen genommen, zur Abwechslung. Ich hoffe, dass es den Mädchen schmeckt.«

Lisi saß am Tisch und schaute ihrer Mutter zu, die das Essen aus den Töpfen in Schüsseln füllte. Sie schlug nicht vor, ihr zu helfen. Allein die Tatsache, dass sie in der Küche sitzen durfte, war eine unverhoffte Gnade. Normalerweise jagte Batscheva jeden aus der Küche, der Hilfe anbot, mit der Behauptung, das mache sie verrückt. Der Duft von Olivenöl, Zitronen und Petersilie wehte Lisi aus der Schüssel mit Salat entgegen und plötzlich hatte sie großen Appetit. Ihre Schwestern Georgette und Chavazelet kamen immer wieder in die Küche, sie deckten den Tisch im Wohnzimmer. Die eine hatte das Salz vergessen, die andere fragte, wo die Servietten waren. Die Mädchen schauten fern, zusammen mit Benzi und Ilan. Es war das erste Mal, dass Lisi wieder am Schabbatabendessen teilnahm.

»Nach was riecht die gefüllte Aubergine?«, fragte sie ihre Mutter.

»Was heißt da nach was, willst du etwa kochen lernen?«

»Nein«, sagte Lisi. »Aber essen möchte ich schon.«

»Minze«, sagte ihre Mutter.

»Hast du immer Minze genommen?«

»Immer«, lautete die Antwort.

Jemand klingelte an der Tür. Ihre Mutter wusch sich die Hände, trocknete sie an einem Handtuch ab und verließ die Küche.

Roni Melzer stand in der Tür, in einem weißen, gebügelten Hemd, in der Hand einen Blumenstrauß und eine Flasche Wein.

»Wer bist du?«, fragte er Batscheva Badichi. »Georgette oder Chavazelet?«

Batscheva lachte, nahm ihm die Blumen und den Wein ab und sagte: »Ich bin Batscheva Badichi, die Mutter von Lisette, und Schmeicheleien funktionieren bei mir nicht. Komm, Roni, komm rein. Darf ich dir vorstellen, das ist … sie …«

Lisi stand in der Tür zwischen Küche und Wohnzimmer. Sie wollte in die Küche fliehen, fürchtete aber, dann vollkommen albern zu wirken. Sie fühlte sich wie jemand, der nach Hause kommt und entdeckt, dass ein Einbrecher sich in ihren intimsten Dingen verlustiert hat. Dieser Mistkerl sah fröhlich und gutmütig aus. Auch ihre Familienmitglieder sahen fröhlich und gutmütig aus. Alle hatten gewusst, dass er kommen würde, und keiner hatte ihr ein Wort gesagt.

»Komm, Lisette, was ist mit dir? Roni ist gekommen«, sagte ihre Mutter.

»Was sucht er hier?«

»Ich habe ihn zum Schabbatessen eingeladen.«

»Hast du ihn angerufen?«

»Nein, wieso? Er hat mich angerufen und gefragt, ob er zum Schabbatessen zu uns kommen kann, und ich habe gesagt, dass ich mich sehr freue, wenn er kommt, und dass ich sicher bin, dass auch du dich darüber freust.«

Hoffentlich wird er von der Minze in der Aubergine vergiftet, dachte Lisi, hoffentlich bleibt ihm eine Rosine im Hals stecken und er erstickt daran! Amen! Zwei Tage lang hatte er versucht, sie anzurufen, und sie hatte nicht zurückgerufen, und nun hatte er sie an einem Ort eingeholt, an dem sie nichts anderes tun konnte, als sich zu ergeben. Schade, dass sie nicht zu den Frauen gehörte, die einfach in Ohnmacht fielen. In diesem weißen Hemd sah er wie ein junger Bräutigam aus. Er versuchte, ihre Mutter zu beeindrucken, dieser Wahnsinnige. Sie überlegte, was sie ihm vom letzten Abendessen im Haus ihrer Mutter erzählt hatte. Natürlich lag auch heute eine weiße Decke auf dem Tisch und natürlich gab es auch heute Huhn mit Püree. Sie hätte nichts dagegen, wenn diesmal zur Abwechslung alles auf seiner gebügelten Jeans landen würde.

Ihre Familienmitglieder wirkten amüsiert. Alle hatten natürlich gewusst, dass »Lisis Freund« erwartet wurde und dass dies für Lisi eine Überraschung wäre. Nun tröstete sie der Gedanke daran, dass sie für ihre Schwäger keine Geschenke gekauft hatte.

Während des Essens erzählte Roni von ihrer Fahrt in die Schweiz. Von den Landschaften, vom Hotel, von den Menschen, die sie getroffen hatten, von ihren Ausflügen, von den Mahlzeiten. Dieser Mistkerl hatte sogar Fotos mitgebracht! Er war die Attraktion des Abends, dieser Roni Melzer. Lisi sagte kein Wort beim Essen. Als sie beim Kaffee angelangt waren, schlug Batscheva vor, sie sollten sich in die Sitzecke setzen. Auf dem kleinen Tisch lag die Decke, die Lisi in der Schweiz für ihre Mutter gekauft hatte. Ihre Schwestern Georgette und Chavazelet gingen in die Küche, um das Geschirr zu spülen, die Mädchen gingen ins Schlafzimmer ihrer Großmutter, zum Fernsehen, und Lisi und ihre Mutter blieben mit den Männern zurück.

»Nun, habt ihr Bamberg verhaftet?«, fragte Roni Benzi.

»Ja«, sagte Benzi. »Eschet wird ihn am Sonntag nach Israel bringen.«

»Was?«, rief Lisi.

Roni machte ein erstauntes Gesicht. »Schau an, sie kann ja sprechen!«

Alle lachten.

Roni wandte sich wieder an Benzi. »Könnt ihr beweisen, dass er die Morde an den Chazons und an Nedava in Auftrag gegeben hat?«

»Das Problem ist, dass er sie nicht selbst umgebracht hat. Diese Tante von seiner Frau tut alles, um ihn nicht zu belasten. Sie sagt, sie habe sich alles ausgedacht, der Plan stamme von ihr, die Ausführung auch.«

»Was für eine Tante?«, fragte Lisi.

»Anna Rominger, die Frau, die wir gestern Abend im Haus von Vardit Simon verhaftet haben«, sagte Benzi zu Lisi. »Übrigens, er hat sich keine Rippe gebrochen, Vardits Vater, nur angeknackst. Und im Föhn war, welche Überraschung, ein Schalldämpfer. Den hat sie gesucht. Wir haben heute Morgen eine Gegenüberstellung gemacht, Vardit hat sie als die Frau identifiziert, die ihr auf dem Flughafen in Deutschland den Föhn für Sarah Bamberg gegeben hat. Und diese Frau vom Einkaufszentrum, Karin, hat ausgesagt, dass sie von Vardit den Föhn bekommen und ihn an Sarah Bamberg weitergegeben hat. Es ist einfach schief gelaufen, weil das Mädchen sich in der Farbe geirrt hat. Bamberg fürchtete, mit Recht, dass sich die polizeiliche Untersuchung auf ihn konzentrieren würde, wenn man erst den Schalldämpfer mit seiner Frau in Verbindung gebracht hätte.«

»Wer hat mich verfolgt?«, fragte Lisi.

»Anna Rominger. Aber sie hat nicht dich verfolgt, sondern

Vardit. Sie hat einen Weg gesucht, den Föhn mit dem Schalldämpfer in die Hände zu bekommen. Dich kannte sie aus der Schweiz. Und als sie dich mit Vardit Simon sprechen sah, hat sie Bamberg angerufen. Vermutlich hat er ihr gesagt, sie solle sich an deine Fersen heften. Deshalb wusste er auch, dass wir beide uns im Roten Davidsstern getroffen haben. Sie gibt das natürlich nicht zu, aber vermutlich haben sie sich überlegt, dass sie den Föhn aus Vardit Simons Haus holen müsse, bevor die Polizei dahinter kommt und es tut. Über so eine Kleinigkeit sind sie gestolpert.«

»Wenn sie die Schuld an den Morden auf sich nimmt, was könnt ihr Bamberg dann vorwerfen?«

»Er hat die Morde geplant.«

»Bamberg wird es abstreiten und die Tante genauso«, sagte Lisi. »Und bestimmt wird es seine Schwester auch leugnen.«

Roni schaute Lisi an, als habe sie ihn angespuckt. »Hast du Benzi von seiner Schwester erzählt?«, fragte er.

»Ja.«

»Warum?«

»Weil ich Angst hatte«, sagte Lisi.

»Und wir drohen ihm jetzt mit einer Auslieferung an die Amerikaner, wenn er nicht mit uns zusammenarbeitet«, sagte Benzi selbstzufrieden. Plötzlich lachte er. Dann wandte er sich an Roni. »Warum bist du so erschrocken? Haben wir etwa keine Computer? Nichts ist einfacher als herauszufinden, dass Moschik Bamberg mit vierzehn Jahren in New Jersey bei einem Autounfall ums Leben gekommen ist. Ich glaube, dass Bambergs Frau nichts von seinem früheren Leben weiß. Er wird mit uns zusammenarbeiten.«

»Diese Tante, Anna Rominger, was für eine Tante ist sie?«, fragte Lisi.

»Sie ist die Tante von Sarah Bamberg. Die Schwester von Nadja, der Mutter von Sarah Bamberg.«

»Sie ist also nicht im Ausland gestorben, wie die Mutter von Muhamad Snan gedacht hat.«

»Nein. Sie ist sehr lebendig. Und das Ausland war übrigens Kanada.«

»War sie es, die auf die Brüder Chazon und Uzi Nedava geschossen hat?«

»Unter der aktiven Mithilfe von Susan Berger, der Schwester Professor Bambergs.«

»Wird auch sie verhaftet werden?«

»Sie ist die letzte Karte, die wir gegen Bamberg ausspielen. Zweifellos haben sie beide, Susan und Anna, Uzi Nedava umgebracht. Aller Wahrscheinlichkeit nach hat Anna auf ihn geschossen und beide zusammen haben die Leiche in den See geworfen und sich gegenseitig ein Alibi gegeben.«

»Einen Moment!«, rief Roni. »Weiß Bambergs Frau, dass Susan Berger die Schwester ihres Mannes ist?«

»Das haben wir noch nicht geklärt«, sagte Benzi. »Vermutlich weiß sie es nicht, wenn er es ihr nicht gesagt hat. Und wenn sie nicht weiß, dass ihr Mann früher Berger hieß.«

»Sie kann Berger heißen und trotzdem seine Schwester sein«, warf Ilan ein. »Wenn sie zum Beispiel geschieden wäre oder Witwe, eine Frau, die mal mit einem Berger verheiratet war.«

»Sie könnte auch eine Frau Bernstein Cohen-Minz sein. Was willst du damit sagen?«, fuhr Benzi seinen Schwager an.

»Wenn sie weder geschieden noch verwitwet ist und Berger heißt, muss das also auch Bambergs Familienname sein, oder?«

Lisi beschloss, die Diskussion um Susan Bergers Namen zu beenden.

»Anna ist eine alte Frau«, sagte sie. »Glaubt ihr wirklich, dass sie in der Lage ist, auf die Entfernung von ungefähr dreißig Metern ihr Ziel im Hof der Polizei zu treffen und dann noch einmal, im Hof des *Soroka*?«

»Anna ist siebzig, ja, sie ist alt. Und ob sie fähig ist, auf diese Entfernung zu treffen? Ja, ist sie.«

»Aber sie ist keine Kanadierin.«

»Sie hat kanadische Papiere und Schweizer Papiere.«

»Und sie ist die Schwester von Nadja, Sarah Bambergs Mutter«, sagte Lisi. Sie versuchte, die Dinge in ihrem Kopf zu ordnen.

»Ja, Schätzchen«, sagte Benzi.

»Hat sie über sich selbst was erzählt?«

Benzi grinste. »Sie war nicht mehr zu bremsen, nachdem sie einmal angefangen hatte. Mein Charme hat funktioniert, so wie immer.«

»Anna Rominger stammt also aus Be'er Scheva.«

»Stimmt. Ihren Angaben zufolge ist sie die Tochter von zwei Templern, die aus der Schweiz stammen und für Josef Lion als Köchin und Fahrer gearbeitet haben. Anna Hofmann, das ist der Name, der in ihrer Geburtsurkunde steht. Die meisten Templer haben das Land im Zweiten Weltkrieg verlassen, aber Josef Lion hat diese Hofmanns geschützt und sie sind da geblieben. Nach dem Zweiten Weltkrieg schickten ihre Eltern, Herr und Frau Hofmann, sie in die Schweiz, in ein Internat, wo sie als Sekretärin ausgebildet wurde und Sprachen lernte. Ihre Schwester Nadja war schon mit einem Arzt namens Victor Levi verheiratet. Georgette hat gesagt, dass sie sich an sie erinnert.

In der Schweiz hat Anna einen Kanadier kennen gelernt, einen Soldaten, der gerade vom Militärdienst entlassen worden war und in die Schweiz kam, um dort vor seiner Rückkehr Verwandte zu besuchen. ›Emile Roche war ein wunderbarer junger Mann, ein Berg von einem Mann mit einem olivfarbenen Gesicht und Augen, so blau wie die Nacht‹, das hat Anna wörtlich gesagt. Anna und Emil verliebten sich ineinander und fuhren zusammen nach Kanada. Er hatte ihr erzählt, seine Eltern besäßen eine Farm. Die Vorstellung, dass sie Hühner und Truthähne aufziehen sollte, begeisterte sie nicht wirklich, aber für diesen wunderbaren Mann war sie bereit, auch das zu tun. Als sie in Kanada ankamen, in einem Landstrich nahe dem Stillen Ozean, stellte sich heraus, dass sie wirklich eine Farm hatten.« Benzi grinste. »Die Farm war ungefähr so groß wie ganz Israel. Er hatte drei verheiratete Brüder und alle lebten auf dieser Farm, zusammen mit Frauen und Kindern und den Eltern. Die Mutter war indianischer Herkunft und der Vater stammte aus der Schweiz. Sie bauten Getreide an, sie fällten Bäume, sie fischten. Das Gebiet dort ist sehr kalt und fast das ganze Jahr schneebedeckt.

Anna wurde nicht schwanger, das führte zu Spannungen zwischen ihr und ihrem Mann und der Familie ihres Mannes. Emil amüsierte sich immer häufiger außerhalb des Hauses, er ging auf Fuchsjagden, jagte Rehe und versuchte, so hat sie es erzählt, sich mit einer weißen Bärin anzufreunden, die er Rita nannte. Manchmal begleitete Anna ihn auf seinen Jagdausflügen und lernte zu schießen, mit Jagdgewehren und mit anderen Waffen, wie alle Männer und Frauen der Familie. Ihr Mann sagte, Bären hätten einen sehr guten Geruchssinn und er gewöhne diese Bärin an seinen Geruch. Anfangs blieb er in sehr großer Entfernung stehen, damit sie ihn riechen konnte, im Lauf der Zeit kam er ihr immer näher. Sie waren vier Jahre verheiratet, als er im Frühling, als die Schneeschmelze begann, loszog, um Rita zu suchen. Zwei seiner Brüder waren dabei. Sie wussten, wo die Höhle war, in der Rita für den Winter Unterschlupf gesucht hatte. Als der Schnee schmolz, grub Rita sich aus der Höhle hervor, gefolgt von zwei Jungen, die ungefähr so groß waren wie Pudel. Annas Mann trat zu Rita, wie er es das ganze Jahr über getan hatte, damit sie seinen Geruch aufnehmen konnte, und Rita hat ihn erschlagen.«

»O weh, Gott behüte uns!«, rief Batscheva Badichi.

»Wegen ihrer Jungen«, erzählte Benzi weiter. »Anna hat gesagt, Bären wären überhaupt Vegetarier, jedenfalls war Anna mit zweiundzwanzig Jahren Witwe. Sie blieb noch ungefähr ein Jahr bei der Familie ihres Mannes. Weil sie keine Kinder hatte und weil sie anfing, die endlosen Winter zu hassen, beschloss sie, in die Schweiz zurückzukehren. Sie bekam von der Familie ihres Mannes das Geld, das ihr laut Testament zustand und das für ihren Unterhalt reichte, wie sie sagte, auch wenn sie hundert Jahre leben würde. Anfangs lebte sie in Zürich, dort arbeitete sie als Sekretärin bei einer Bank, dann zog sie nach St. Moritz, wo sie bei einer Versicherungsgesellschaft tätig war. Sie heiratete ein zweites Mal, einen Schweizer Witwer, der, wie originell, ein Uhrengeschäft besaß, und ließ sich fünf Jahre später von ihm scheiden. Von ihm hat sie die Schweizer Staatsbürgerschaft bekommen, und auch den Namen Rominger.

Nach dem Sechstagekrieg, 1967, nahm sie die Verbindung mit ihrer Schwester Nadja wieder auf. Jedes Jahr besuchten sie sich gegenseitig, einmal kam Nadja in die Schweiz, das nächste Mal kam Anna nach Israel. Nach Nadjas Tod hörte Anna auf, nach Israel zu kommen. Vor sechs Jahren arrangierte sie für Moschik Bamberg, den Ehemann ihrer Nichte, den Sommerjob in der *Engadiner Post*. Jeden Sommer fuhr sie nun in dieses Hotel und dort traf sie sich mit Sarah, ihrem Mann und ihren Kindern. Die Kinder kannte sie, seit sie klein waren. Und sie waren eigentlich die einzige Familie, die sie besaß.

Als sie vom Mord an Dina erfuhr, kam sie nach Israel, und als ihr die Umstände von Dinas Tod bekannt wurden, beschloss sie, die Männer zu töten, die Dina gequält und umgebracht hatten. Sie beschaffte sich eine Waffe und nahm Kontakt zu Uzi Nedava auf, den sie jedes Jahr in der *Engadiner Post* getroffen hatte, wenn er dort seinen Sommerurlaub mit den Lions verbrachte. Ihrer Aussage nach war es Uzi Nedava, der sie informierte, wann die Brüder Chazon aus der Polizeistation weggebracht werden sollten, und Uzi Nedava war es auch, der ihr sagte, wann Schmulik Chazon aus dem *Soroka* geholt wurde. Sie bezahlte ihm hunderttausend Schweizer Franken für seine ›Hilfe‹.«

»Wozu musste sie dann die Wanzen bei der Polizei anbringen«, fragte Lisi, »wenn Uzi ihr doch gesagt hatte, wann sie transportiert werden sollten?«

»Von was für Wanzen redest du?«, rief Benzi laut.

»War sie es nicht, die die Wanzen angebracht hat?«

Jetzt wurde Benzi schon sehr laut. »Wovon redest du?«, schrie er. »Wer hat dir diesen Scheißdreck erzählt?«

Lisi machte ein Gesicht, als erinnere sie sich nicht genau. »Wer mir das erzählt hat? Vielleicht habe ich es am Flughafen gehört, als ich zurückgekommen bin. Nein, ich weiß es nicht. Kann auch sein, dass es sich um eine ganz andere Polizeidienststelle gehandelt hat.« Dann gähnte sie unbeteiligt.

»Uzi Nedava kann ihre Aussage nicht mehr widerlegen«, warf Batscheva ein. Sie hörte dem Gespräch zu und häkelte dabei an einem Kleid für eine ihrer Enkelinnen. Sie war keine Frau, die ihre Hände müßig in den Schoß legen konnte.

»Man kann ihre Aussage anhand von Uzi Nedavas Bankauszügen kontrollieren«, meinte Benzi. »Sie sagt, sie habe ihm einen Scheck über hunderttausend gegeben, als er in Sils Maria ankam. Und bei dieser Gelegenheit hat er noch einmal fünfzigtausend Franken von ihr verlangt, die er, wie er sagte, brauche, um die Spuren zu verwischen, die von ihr zu Sarah Bamberg führten.«

»Ein gemeiner Mensch«, sagte Batscheva.

»Anna verstand, dass er sie ihr Leben lang weiter erpressen würde. Dabei interessierte sie sich weniger für das Geld als für Sarahs und Moschiks Wohlbefinden. Sie beschloss, ihn zu beseitigen. Das war einfach. Beide Paare, die Nedavas und die Lions, machten jeden Tag um die gleiche Uhrzeit ihren Spaziergang auf der Halbinsel. Sie musste nur eine Gelegenheit abwarten, das war alles. Eines Tages verließ er die Gruppe und ging in ein Gebüsch, um zu pinkeln. Sie erschoss ihn und warf die Leiche in den See. Das war das Ende von Anna Romingers Geschichte.«

»Und niemand hat ihr geholfen?«, sagte Lisi.

Benzi schüttelte den Kopf. »Nein, niemand.«

»Sie wiegt höchstens sechzig Kilo und Nedava hat bestimmt neunzig gewogen«, sagte Lisi.

»Und in der Zeit, in der sie ihn erschossen, zum See geschleift und hineingestoßen hat, hat ihre Freundin nichts gehört und nichts gesehen?«, fragte Roni.

Benzi nickte. »Stimmt. Susan Berger hat zu der Zeit Biber fotografiert.«

»Ja, das hat sie uns erzählt, als wir uns am Mordtag auf der Insel getroffen haben«, sagte Roni. »Könnt ihr den Film bekommen und entwickeln?«

»Vorläufig halten wir Susan in petto«, sagte Benzi.

»Und Moschik Bamberg, der Mann ihrer Nichte Sarah, wusste auch nichts von ihren Aktivitäten«, fuhr Roni fort.

»Natürlich nicht«, bestätigte Benzi.

»Weshalb habt ihr ihn dann festgenommen?«

»Deshalb, weil wir ihr nicht glauben«, sagte Benzi.

Lisi sagte: »Ehud Lion wird also nicht des Mordes angeklagt.«

»Doch, er wird angeklagt. Vergiss nicht, dass er der Mann war, der die Brüder Chazon auf Dina Bamberg gehetzt hat. Er war es, der seinen guten Freund Nedava gebeten hat wegzusehen, als die Chazons Dina ermordet haben. Er ist schuld an ihrem Tod, ebenso wie sie. Außerdem wird er wegen Betrug und Diebstahl angeklagt.«

»Was hat sie über Reue-Reue gesagt?«, fragte Lisi.

»Über wen?«

»Über diesen armen Kerl, diesen Verrückten, der vor dem *Apropos* gesessen hat, als geschossen wurde?«

»Was ist mit ihm?«

»Habt ihr seinen Tod untersucht?«

»Was soll das?«

Lisi schaute ihre Mutter an, die in ihre Handarbeit versunken war. »Mama, du hast Benzi nicht ausgerichtet, um was ich dich gebeten habe?«

»Nein, Lisette.«

»Warum nicht?«

»Ich wollte nicht, dass der arme Mann in seinem Grab gestört wird. Er hat genug gelitten, als er noch lebte.«

»Sie hat die Waffe in der zweiten Krücke versteckt, da bin ich ganz sicher«, sagte Lisi. »Und Reue-Reue hätte sie identifizieren können.«

»Er hat es verdient, endlich seine Ruhe zu haben«, sagte Batscheva.

»Worum geht es überhaupt?«, fragte Ilan.

»Das ist unwichtig«, sagte Batscheva. Sie wich Lisis Blick aus und senkte die Augen auf ihre Handarbeit.

Beide Schwäger schauten Lisi und Batscheva misstrauisch an.

Roni beschloss offenbar, ihnen zu Hilfe zu kommen. »Hat Anna etwas über den Grundbesitz gesagt, den sie und ihre Schwester von Lion geerbt haben?«, fragte er.

»Wir haben sie gefragt, ob sie Vermögen oder Grundbesitz in Israel habe, und sie hat Nein gesagt.«

»Den Boden von Anna gab ihre Mutter Ranja den Arar, nachdem sie den polnischen Geiger ermordet hatten«, sagte Lisi. »Nur Nadja besaß noch Boden und Sarah Bamberg hat ihn geerbt. Hundert Dunam in Sade Tejman. Hätte sie diesen verfluchten Boden nicht besessen, wäre ihre Tochter Dina noch am Leben. Und vielleicht auch die Brüder Chazon und Uzi Nedava.«

»Ich verstehe nicht, was ein polnischer Geiger in dieser Geschichte verloren hat«, sagte Batscheva.

Alle brachen in Gelächter aus. Ab und zu beruhigten sie sich, dann fing wieder einer an zu lachen und steckte die anderen an.

Chavazelet kam herein und legte den Finger auf die Lippen. »Pssst! Die Mädchen sind eingeschlafen.« Sie wandte sich an ihre Schwester. »Da werden Leute umgebracht und was tut ihr? Ihr lacht! Ekelhaft.«

Lisis Schwestern hatten das Geschirr gespült, jetzt setzten sie sich zu ihnen.

»Will noch jemand Kaffee?«, fragte Batscheva.

»Nein, danke«, sagte Roni Melzer. »Komm, Lisi, gehen wir heim.«

»Was heißt das, ›komm, Lisi‹?«, fuhr Lisi ihn an.

»Willst du etwa die ganze Nacht hier bleiben?«, fragte Roni unschuldig.

»Hat dich jemand zu mir eingeladen?«

»Ja. Benzi. Er hat mich gebeten zu kommen und ein paar Tage bei dir zu bleiben, weil du Angst hast, allein zu sein.«

Lisi funkelte Benzi wütend an. »Wieso denn das? Seit wann bist du mein Vormund?«

Ihre Familie wusste, dass sie und Roni eigentlich zusammenlebten, entweder bei ihm in Tel Aviv oder bei ihr in Be'er Scheva, doch über solche Dinge wurde in der Familie Badichi nicht gesprochen. Sie war hin- und hergerissen zwischen Scham und Wut.

»Hast du etwa nicht zu mir gesagt, dass du Angst hast?«, fragte Benzi und schrie fast schon wieder. Seine Fähigkeit, wütend zu werden, war eindeutig größer als ihre. Ein Glück, dass sie mit dem Essen fertig waren.

»Aber inzwischen habt ihr Anna Rominger und Moschik Bamberg festgenommen!«

»Als ich mit Roni gesprochen habe, hatten wir das aber noch nicht!«, schleuderte ihr Benzi entgegen.

»Lisi, Schätzchen«, sagte Ilan. »Es reicht. Wir sind alle müde. Gehen wir schlafen.«

»Von mir aus gern«, sagte Lisi. Sie stand auf, nahm ihre Handtasche und schlurfte zur Tür.

»Lisette!«

Und auf der Stelle war sie wieder das kleine Mädchen, der die Angst vor dem Zorn der Mutter den Magen zusammenkrampfte. Sie blieb wie angewurzelt stehen.

»Benzi hat Roni gebeten, dass er auf dich aufpasst«, sagte Batscheva. »Und Roni ist extra aus Tel Aviv gekommen. Ist es das, wozu ich dich erzogen habe? Was wird er von mir denken?«

»Du machst Witze«, sagte Lisi. »Was er von dir denken wird?«

»Ich denke von dir, dass du eine wunderbare Köchin bist, das ist es, was ich von dir denke, Batscheva Badichi«, sagte Roni. Er hatte Lisi am Arm gepackt.

»Ich hab's dir gesagt, als du hereingekommen bist«, sagte Batscheva und lachte. »Schmeicheleien funktionieren bei mir nicht.«

»Aber ich darf mich doch für ein großartiges Abendessen bedanken, oder?«, sagte Roni. »Darf ich nächste Woche wiederkommen?«

»Das wirst du Lisette fragen müssen«, sagte Batscheva. »Vielen Dank für den Wein und die Blumen. Und pass auf mein Mädchen auf.«

Lisi fuhr mit ihrem Auto, gefolgt von Roni auf seinem Motorrad. Sie überlegte, ob sie ihm die Tür vor der Nase zuschlagen sollte, doch das war einfach zu kindisch. Sie würde ihn hereinlassen, ihn jedoch ignorieren, das war besser.

Als sie in ihre Wohnung kam, warf Lisi Tasche und Schuhe in ein Eck und ging ins Badezimmer. Dann zog sie zwei Laken und einen Überzug aus dem Schrank und machte Roni ein Bett auf dem Sofa im Wohnzimmer.

»Auf so was kann ich nicht schlafen«, beschwerte er sich.

Sie zuckte mit den Schultern. »Tut mir Leid.«

Sie betrat das Schlafzimmer, machte die Tür hinter sich zu und legte sich ins Bett.

Aus dem anderen Zimmer waren Geräusche zu hören, die ein Mensch macht, wenn er sich auszieht und auf die Nacht vorbereitet. Es passt nicht zu ihm, eine Entscheidung einfach hinzunehmen, dachte sie. Seit wann ist er so folgsam? Sie starrte an die Decke und begann, von hundert rückwärts zu zählen. Neunundneunzig, achtundneunzig, siebenundneunzig… Als sie bei sechsundzwanzig angekommen war, riss Roni die Tür auf und kam herein.